Melissa Ratsch

Grizzlyblut

Das Highborn-Projekt

Romantic-Fantasy-Roman

Über das Buch

Unter falschem Namen versteckt sich der Grizzly-Hybrid Ursyn in einer Kleinstadt am Rande eines Nationalparks. Sechs Monate nach seiner Flucht aus den ConPharm-Laboren hat er sich von den körperlichen Wunden erholt. Doch die Sorge um seine noch vermissten Geschwister lässt ihm keine Ruhe.
Kurz bevor er sich aufmacht, die anderen Hybride zu suchen, tritt eine Frau in sein Leben, die sowohl das Herz des Mannes als auch das des Bären höherschlagen lässt. Ursyn ist hin- und hergerissen: Soll er ihr folgen oder nach seinen Geschwistern suchen?

Als wäre diese Entscheidung nicht schwierig genug, bedrohen ConPharms Männer in Schwarz abermals sein Leben. Diese hatten die Suche nach ihm nie aufgegeben und sind kurz davor, ihn zu schnappen…

Über die Autorin

Die 1987 geborene Autorin schreibt schon seit ihrer Jugend Kurzgeschichten und Romane - anfangs aus der Not heraus, da einfach nichts ihrem Geschmack entsprach und die Ideen in ihrem Kopf viel interessanter waren. Daraus ergaben sich im Laufe der Jahre mehrere Kurzgeschichten und erste Romane.

Impressum

1. Auflage
Inhalt: © / 2020; Melissa Ratsch, c/o SP-Day.de Impressum-Service, Dr. Lutz Kreutzer, Putzbrunner Str. 9c, 81737 München; www.melissa-ratsch.de; autorin@melissa-ratsch.de
Lektorat: Eva Benedikt
Cover: © / 2020; Melissa Ratsch; Bildmaterial: pixabay.com (DeeDee86; #man-2135471)
ISBN: 979-8603198828

Das Mutigste, was ich jemals getan habe,

war weiterzuleben, als ich sterben wollte.

Prolog

Anfang September, drei Monate nach der Flucht

Nass und tonnenschwer hing sein Pelz an ihm. Der Regen donnerte mit Macht auf die Erde hinunter, trommelte auf seinem Rücken und erschwerte die Sicht. Der Boden unter seinen Tatzen war weich und rutschig, so dass er die Krallen tief in die Erde graben musste, um nicht die Böschung hinunterzustürzen.

Durch das Tosen des Unwetters konnte Ursyn kaum noch seine Verfolger hören. Sein Geruchssinn wurde von dem vielen Wasser in der Luft ebenfalls behindert. Sein einziges Glück war, dass es den Männern in Schwarz hinter ihm genauso erging. Ihnen und den Bluthunden, mit denen sie ihn seit zwei Wochen durch die Wälder hetzten.

Nein, sie waren ihm schon länger auf den Fersen. Bereits wenige Tage nach ihrer Flucht hatten sie seine Spur aufgenommen. Zwei Monate lang war es ein Katz-und-Maus-Spiel gewesen, das heftig an seinen Nerven gezerrt hatte. Dann endlich hatte Ursyn gedacht, sie losgeworden zu sein, ehe sie ihn nahe einer Siedlung wieder aufgespürt hatten.

Du darfst nicht aufgeben, sagte er sich immer und immer wieder. Er war erschöpft, völlig am Ende seiner Kräfte und schleppte sich doch immer weiter. Aufgeben war keine Option, sie hatten es sich gegenseitig geschworen.

Ursyn konnte nur hoffen, dass seine drei Geschwister in Sicherheit waren. Er redete sich ein, dass so lange ConPharm ihn verfolgte, sie keine Spur von den anderen hatten. Es musste ihnen gut gehen, einen anderen Gedanken könnte er nicht ertragen.

Erinnerungen stiegen in seinem übermüdeten Verstand auf, an die Nacht ihrer Flucht. Auch damals hatte es in Strömen geregnet. Aufgepeitscht von Adrenalin waren sie alle in unterschiedliche Richtungen gerannt. Ein Fehler, wie Ursyn später herausgefunden hatte, als er seinen Bruder und seine Schwestern nicht wiedergefunden hatte.

Was, wenn sie doch…?

Nein!, dachte Ursyn, schüttelte seinen massigen Kopf – und brachte sich damit aus dem Gleichgewicht. Sein rechtes Vorderbein glitt auf dem schlammigen Waldboden aus, sein zweites hinterher und ehe er reagieren konnte, rutschte sein massiger Leib den Abhang hinunter. Schneller und immer schneller, die jungen Bäume waren kein Hindernis für ihn und er hinterließ eine Schneise der Zerstörung auf seinem Weg nach unten.

Mit einem Platschen landete er in einem Fluss. Eiskaltes Wasser schlug über ihm zusammen, die Strömung drückte ihn weiter unter die Oberfläche und zog ihn mit. Hektisch paddelte er nach oben, schnappte nach Luft und wurde gleich von der nächsten Welle überschwemmt. Immer wieder kämpfte er sich an die Oberfläche und es erschien ihm wie eine Ewigkeit, bis die Wut des Flusses nachließ.

Ursyn bekam einen Baumstamm zu packen, den das Wasser ebenfalls mit sich gerissen hatte. Keuchend hielt er sich daran fest, sah sich um und erkannte nichts wieder. Wie weit war er abgetrieben worden?

Andererseits war es vielleicht ein Glück für ihn gewesen. Im Wasser konnten die Bluthunde seine Fährte nicht verfolgen und es würde schwierig für die Männer in Schwarz werden, die Ufer über etliche Meilen hinweg abzusuchen, wo er wieder an Land gegangen war.

Ursyn zwang sich nachzudenken. Seinem Bären gefiel es nicht, noch länger wie ein Blatt von den Wellen hin und her geworfen zu werden, selbst jetzt als der Fluss bereits ruhiger geworden war. Ewig würde er nicht auf diese Weise reisen können, aber solange es ihm möglich war, wollte Ursyn nicht wieder zurück an Land. Das Wasser war kalt, doch sein dicker Pelz würde ihn davor schützen zu unterkühlen. Es war die beste Möglichkeit, so viel Abstand zwischen sich und seine Verfolger zu bringen, ohne sich anstrengen zu müssen.

Der Bär stieß ein tiefes Brummen aus, bevor er sich Ursyns logischeren Denkstrukturen ergab.

Es dämmerte bereits, als Ursyn sich schließlich aus dem Wasser zog. Der zuvor reißende Gebirgsfluss war zu einem breiten, gemächlichen Strom geworden. Der Kies an der seichten Stelle, die er sich für den Ausstieg ausgesucht hatte, knirschte laut unter seinen Tatzen. Er begann sich zu schütteln, versuchte so viel Wasser wie möglich aus seinem Fell zu bekommen. Er musste so gut wie möglich trocken werden, bevor die Nacht hereinbrach.

So komfortabel es auch gewesen war sich von dem Baumstamm und dem Fluss tragen zu lassen, so anstrengend war es gleichzeitig auch gewesen. Ursyns Magen zog sich unglücklich zusammen. Er musste dringend etwas zu fressen finden. Vielleicht fand er im Unterholz Beeren oder einige Pilze. Selbst Aas würde er nehmen, auch wenn es seiner menschlichen Hälfte heftig widerstrebte.

Prüfend hob Ursyn die Nase in den Wind, atmete tief ein und riss überrascht die Augen auf. Der Wind trug den Geruch von Holzfeuer, warmen Ziegelsteinen und gebräuntem Zucker mit sich. War er etwa in der Nähe einer Siedlung? Unwillkürlich machte Ursyn einen Schritt zurück.

Bisher hatte er Städte und damit Menschen immer gemieden. Sein Bär war robust genug, um für sich selbst zu sorgen, und Ursyns menschliche Seite war zufrieden damit im Hintergrund zu bleiben, jetzt da sie in Freiheit waren. Nur ein einziges Mal hatte er sich in den letzten Monaten gewandelt und das auch nur, um sich unter die Plane eines Lastwagens zu schmuggeln und auf diese Weise seinen Häschern zu entwischen.

Ohne es wirklich entschieden zu haben bewegte Ursyn sich in die Richtung des Geruchs. Sein Magen knurrte laut, während er durch das Unterholz stapfte. Tatsächlich war er nicht lange unterwegs, bis er zwischen den Stämmen der Bäume erleuchtete Fenster erkennen konnte. Der Geruch nach gebräuntem Zucker hatte sich mittlerweile um Zimt, Teig und süße Äpfel ergänzt.

Apfelkuchen, dachte er und ihm lief das Wasser im Maul zusammen. Sein Magen knurrte laut. Er hatte schon immer eine Schwäche für süße Speisen gehabt. Vor wenigen Wochen hatte er einen Bienenstock entdeckt. Der süße, cremige Honig war die zerstochene Nase allemal wert gewesen.

Wenige Meter vor dem Waldrand blieb er stehen. Jenseits einer mit hohem Gras bewachsenen Wiese konnte er ein Gebäude sehen. Es war ein zweistöckiges Haus, dessen Fenster erleuchtet waren. Die Fassade war weiß gestrichen, die Fensterläden in einem freundlichen Blau und das Dach mit schwarzen Schindeln gedeckt.

Auf der einen Seite des Gebäudes sah er einige Obstbäume stehen und daneben einen eingezäunten Bereich. Auf einer Leine schaukelte Kleidung im kühler werdenden Abendwind. Die ganze Szenerie schrie ihm praktisch entgegen, den Pelz loszuwerden und wieder auf zwei Beinen zu gehen.

Vielleicht war es an der Zeit sich unter den Menschen zu verstecken? In einer großen Gruppe fielen einzelne Individuen nicht so schnell auf. Ursyn schätzte, dass er sich irgendwie würde durchschlagen können und sollte es doch nicht funktionieren, dann würde er wieder dem Bären die Zügel überlassen.

Sein Bär war unschlüssig und schnaubte. Menschen bedeuteten Gefahr und Schmerz, das hatten er und seine Geschwister ihr gesamtes Leben gelernt. Trotzdem sagte etwas in Ursyn ihm, dass die Welt außerhalb der Hölle von Con-Pharm nicht durch und durch schlecht sein konnte.

Er erinnerte sich dunkel und verschwommen an die ersten Jahre seines Lebens, als er und seine jüngeren Geschwister noch Kinder gewesen waren. Ihre Betreuerinnen damals waren gut zu ihnen gewesen, hatten mit ihnen gespielt und sie zum Lachen gebracht. Die Sadisten hatten erst dann die Kontrolle über ihre Leben übernommen, als sich zum ersten Mal Ursyns Grizzly gezeigt hatte.

Danach war nichts mehr so gewesen wie davor.

Unwillig schüttelte er seinen massigen Kopf und verscheuchte die Alpträume. Er musste über andere Dinge nachdenken, als über das Grauen in seinem Unterbewusstsein. Sollte er wirklich menschliche Gestalt annehmen? Monatelang war er ein Bär gewesen und hatte seine Geschwister nicht finden können. Vielleicht würde es ihm als Mann gelingen. Es kam zumindest auf einen Versuch an.

Ja, er würde es wagen.

Ursyn schnupperte angestrengt, schwor sich sofort das Weite zu suchen und nicht hierzubleiben, sollte er auch nur einen Hauch von Gefahr wittern können. Aber auch nach mehreren Minuten und nachdem der Wind einmal gedreht hatte, konnte er nur weiter den verführerischen Duft des Kuchens wahrnehmen.

Sein Bär brummte noch immer unglücklich, doch Ursyn hatte eine Entscheidung getroffen. Er würde wieder auf zwei statt vier Beinen laufen. Ursyn atmete tief durch und leitete die Wandlung ein, sofort spülten Schmerz und Ekstase über ihn hinweg.

Seine Knochen knirschten, sprangen schmatzend aus den Gelenken, um sich kurz darauf in veränderter Anordnung wieder zusammenzufügen. Das Fell zog sich zurück und er fühlte kalte Luft auf seiner mit Schweiß bedeckten Haut. Sein Geruchssinn und sein Gehör wurden schwächer, wohingegen seine Augen besser wurden.

Es dauerte mehrere stolpernde Herzschläge, bis Ursyns Nervenenden sich wieder korrekt verknüpft hatten und er es wagen konnte sich aufzurichten. Die Muskeln in seinen Beinen zitterten und er musste die Arme ausstrecken, da er diesen Körper nicht mehr gewohnt war.

Sein Bär war von der Vorstellung, so nackt und schutzlos zu sein, nicht erfreut. Außerdem hatte die Wandlung Unmengen an Energie gekostet, so dass ihm zusätzlich schummrig vor Hunger war.

Wir ändern das gleich, versprach Ursyn dem tierischen Teil seiner Seele. Ein letztes Mal sah er sich um, dann trat er aus dem Wald und ging auf das Gebäude zu. Er behielt die erleuchteten Fenster die ganze Zeit im Blick, um sich rechtzeitig in das hohe Gras in Deckung fallen lassen zu können.

Zu seinem Glück war das nicht nötig. Eilig riss er einen groben Wollpullover und eine Jeans von der Leine und schlüpfte hinein. Der Pullover passte gerade so, die Jeans hing ihm etwas zu tief auf den Hüften. Schnell sah Ursyn sich um, entdeckte ein Paar Arbeitsstiefel neben der Veranda und nahm sich auch diese. Sie waren ihm etwas zu klein, weswegen er die Schnürsenkel weiter aus den Schlaufen zog. Für den Anfang würde er damit zurechtkommen.

Der Wind drehte wieder… und das metallische Klacken des Hahns einer Waffe ließ ihn zur Salzsäule erstarren.

„Keine Bewegung", schnarrte eine tiefe Stimme hinter ihm, „oder ich erschieße dich wie den räudigen Dieb, der du bist."

Kapitel 1

November, drei Monate später

Ursyn liebte den Winter.

Das erste Mal Schnee zu sehen hatte sich in sein Gedächtnis eingebrannt. Vor einer Woche, als Ursyn die Vorhänge geöffnet hatte, war er einfach da gewesen. Hatte wie eine weiße, glitzernde Decke über allem gelegen und hatte sowohl Bär als auch Mann fasziniert. Die Welt war ganz still gewesen, als würden die winzigen Kristalle alles dämpfen. Der Friede, den er bei seinem ersten Spaziergang durch den verschneiten Wald verspürt hatte, war unbeschreiblich gewesen.

Tief, allumfassend, heilend und wunderschön.

Diese Schönheit konnte jedoch, wie so vieles im Leben, grausam und unbarmherzig sein. Vor wenigen Tagen war ein Schneesturm über das Land gezogen, der Stromleitungen beschädigt und Dächer zum Einstürzen gebracht hatte.

Jetzt hingegen fiel der Schnee vom noch dunklen Morgenhimmel in weichen Flocken, die Ursyn kaum störten. Konzentriert und ohne Hektik kam er seiner Aufgabe nach.

„Tom? Wo steckst du?“, rief eine Frau und er drehte sich um. Er hob einen Arm und sie lächelte, als sie ihn entdeckt hatte. „Komm ins Haus, das ist vorerst genug Feuerholz.“

Ursyn griff nach noch einem Scheit, klemmte es sich unter den Arm und stapfte zurück zu dem zweistöckigen Haus, das er das erste Mal vor drei Monaten gesehen und betreten hatte. Er hatte damals gedacht, auf den Stufen der Veranda niedergeschossen zu werden, wo ihn jetzt eine kleine ältere Frau erwartete. Ihre Witterung aus Wasserlilie und Fichte strich über seine Geruchsnerven.

Es ist aber ganz anders gekommen, dachte er und lächelte innerlich.

Er lud das Holz ab, das er vom Schober am Schuppen geholt hatte und sah der Frau vor ihm ins Gesicht. Hazel Anderson war Ende fünfzig, mit weißblonden Haaren und altersfleckigen Händen. Sie war tüchtig, resolut und hatte ein großes Herz, in das sie Ursyn schon am ersten Tag geschlossen hatte.

Jetzt stand in Hazels hellgrünen Augen ein kritischer Ausdruck, während sie ihn von oben bis unten musterte und schließlich den Kopf schüttelte. „Meine Güte Tom, du siehst ja aus als wärst du in eine Schneewehe gefallen." Mit einem Lächeln begann sie seine Jacke abzuklopfen.

„Komm, bück dich ein bisschen", forderte sie und er tat ihr den Gefallen. Mit seinen fast zwei Metern überragte er sie für gewöhnlich um dreißig Zentimeter.

Jetzt allerdings konnten ihre Hände ohne Probleme über seine Schultern und durch sein Haar streichen, wodurch noch mehr Schnee auf die Veranda rieselte. Ihre Berührungen waren vertraut, sein Bär brummte zufrieden in seinem Kopf. Das war nicht immer so gewesen, doch Hazel und ihr Mann Rufus hatten ihn in den vergangenen Monaten gelehrt, dass es das Gute in der Welt und vor allem den Menschen wirklich gab.

„So, jetzt kannst du ins Haus, ohne dass du Pfützen auf meinem Boden hinterlässt." Sie trat von ihm zurück und lächelte ihn an. „Hättest du gerne einen Kaffee?"

Ursyn nickte zustimmend.

„Prima, die erste Kanne ist bereits durchgelaufen."

Gemeinsam gingen sie durch die Tür in den kleinen Windfang, wo Ursyn Stiefel und Jacke auszog. Er griff wieder nach den drei Holzscheiten, die er mit ins Haus genommen hatte, und trat durch die zweite Tür mitten hinein in die Küche des Hauses.

Sanftes Licht, warme Luft und der Geruch nach Kaffee und Frühstück umschlossen Ursyn. Ganz anders als die Gefühle, die ihn das erste Mal überkommen hatten, als er das Haus betreten hatte. Kaum hatte er das Holz in den Korb neben dem gemauerten Ofen gelegt, war hinter ihm das Klacken von Krallen auf dem Hartholzboden zu hören.

Ursyn ging in die Hocke und kraulte die Ohren des betagten Schäferhunds, der währenddessen seine nasse Nase an seinen Hals drückte. Der Bär in ihm schnaufte zufrieden, denn er mochte Floyd ebenso wie Ursyns menschliche Hälfte.

Ein Knarzen aus dem Obergeschoss, ehe der Geruch nach Rum und Fichtenholz die Ankunft des dritten Bewohners ankündigte. Ursyn erhob sich und ging zum Tisch, setzte sich und Floyd folgte ihm.

„Guten Morgen“, hörte man eine raue Stimme sagen.

Ursyn sah zur Treppe und entdeckte Rufus Anderson. Er war Anfang sechzig, hatte schütteres graues Haar und freundliche braune Augen. Für sein Alter, so hatte Ursyn gelernt, war er körperlich gut in Form, auch wenn ein deutlicher Bauchansatz seine Hemden und Pullover spannen ließ.

Er war es gewesen, der im Herbst mit seiner Schrotflinte auf Ursyns Rücken gezielt hatte. Statt ihn jedoch ohne viel Federlesens zu erschießen, hatte Rufus Anderson ihm befohlen, ins Haus zu gehen.

Dort hatte er ihn, noch immer mit vorgehaltener Waffe, gefragt, wie er auf die Idee kam Kleidung stehlen zu müssen. Noch bevor Ursyn ein Wort herausgebracht hatte, war eine ältere Frau zusammen mit einem großen Hund in die Küche gekommen. Ohne zu zögern hatte der Rüde sich sofort an Ursyns Bein gepresst und ihn mit heraushängender Zunge und wedelndem Schwanz angehimmelt.

„Rufus, wer ist der junge Mann?“, hatte Hazel Anderson gefragt.

„Das versuche ich gerade herauszufinden.“

„Mit einer Flinte?“

Darauf hatte der Alte nichts erwidert, sondern nur Ursyn angesehen und ihn abermals aufgefordert zu erklären, warum er auf ihr Grundstück gekommen war. Widerwillig hatte Ursyn angefangen zu erzählen. Er hatte ihnen nicht viel gesagt, zum einen, weil er die Wahrheit nicht hatte preisgeben können und zum anderen um, sich nicht in Lügen zu verstricken.

Die einzige echte Lüge war sein Name. Er wusste, dass Ursyn zu ungewöhnlich und auffällig war, also hatte er kurzerhand einen Namen genannt, den er Wochen zuvor auf einem Reklameschild an einem Wanderparkplatz gelesen hatte.

Er musste überzeugend gewesen sein, denn seither glaubten Hazel und Rufus, dass sie einen fünfundzwanzigjährigen Mann namens Tom Walker mit einer traumatischen Vergangenheit bei sich aufgenommen hatten, der mehrere Wochen in der Wildnis gelebt hatte.

„Du bist aber kein Verbrecher? Bist nicht aus einem Gefängnis ausgebrochen oder sowas?"

Um ein Haar hätte Ursyn kalt gelacht bei dieser Frage. Natürlich war er aus einem Gefängnis geflohen, doch sicher ganz anders als der alte Fabrikbesitzer das gemeint hatte. Also hatte Ursyn damals nur mit dem Kopf geschüttelt und für Rufus Anderson war das Thema damit gegessen gewesen.

„Du kannst so lange bleiben wie du willst", hatte er gesagt. „Es gibt nur zwei Bedingungen: Du machst keinen Ärger und du verdienst dir deinen Lebensunterhalt."

Wieder hatte Ursyn genickt. So kam es, dass er seit drei Monaten in der Holzfabrik des alten Mannes arbeitete und seiner Frau im Haushalt half. Im Austausch dafür bekam er Kost und Logis sowie einen kleinen Lohn.

Zuerst hatte Ursyn sich weigern wollen das Geld anzunehmen. Für ihn war es mit Schmerz verbunden, waren doch er und seine Geschwister einzig und allein wegen ihres monetären Werts jahrzehntelang von ConPharm gefoltert worden.

Schon wenige Tage später aber hatte er angefangen zu begreifen, dass in der freien Welt ohne Geld nichts funktionierte. Man benötigte es für Nahrung, Kleidung, Wohnraum und Transportmittel. Ursyn hatte verstehen gelernt, dass er Geld benötigten würde, um seine Geschwister zu finden. Denn die Welt war nicht nur unglaublich kompliziert, sondern auch sehr viel größer, als er sich vorgestellt hatte.

Die Furcht – nein, die Panik, dass Lycan, Canys und Felina vielleicht nicht mehr am Leben waren, weil sie von ConPharm geschnappt worden oder schlicht verhungert waren, ließ ihn oft nächtelang nicht schlafen. Ursyn durchforstete regelmäßig die Onlinenachrichten nach Sichtungen von Wölfen und Pumas, Meldungen über den verhassten Pharmakonzern oder irgendetwas, dass auch nur im Entferntesten auf seine Geschwister hinweisen könnte. Bisher alles ohne Erfolg.

„Was steht heute auf eurem Plan?“, fragte Hazel und riss Ursyn aus seinen Gedanken.

Sie setzte sich an den Tisch, nachdem sie Nemo von ihrem Stuhl heruntergehoben hatte. Der dicke rote Kater gab ein unwilliges Maunzen von sich, bei dem Ursyn lächeln musste. Mit vor Stolz gerecktem Schwanz ging er zur Ofenbank, hüpfte hinauf und kuschelte sich dort an Rob, den zweiten Kater im Haus.

„Heute kommen die Leute von der Stadt zu der Besichtigungstour“, sagte Rufus und schenkte sich Kaffee ein. Er sah zu Ursyn, grinste breit und fügte hinzu: „Nachdem du nicht der gesprächigste bist, übernehme ich das und du hilfst Billy und den Jungs die große Säge in Halle Vier zu zerlegen.“

Ursyn nickte nur, während er sich Butter auf eine Brotscheibe strich.

Hazel und Rufus begannen sich über diese Leute aus einer anderen Stadt zu unterhalten. Ursyn hörte nur mit halbem Ohr zu und aß sein Frühstück. Wie immer, wenn er an nichts bestimmtest dachte, wanderten seine Gedanken zu seinen Geschwistern.

Ob es ihnen gut ging?

Der Bissen Toast wollte ihm im Hals stecken bleiben. Zum millionsten Mal fragte er sich, wie er hier nur so entspannt sitzen konnte, in einem sicheren Haus und gut versorgt, während die anderen drei vielleicht nicht mehr am Leben waren.

„Hey Tom, alles in Ordnung?", fragte Hazel und sah ihn mit zusammengezogenen Brauen an. „Du hast schon wieder so betrübt ausgesehen."

Ursyn zwang sich zu einem Lächeln und nickte. Sie beendeten das Frühstück. Rufus und er zogen sich an, verließen das Haus und stapften durch den immer noch steten Schneefall über den Trampelpfad in Richtung Fabrik. Es war ein hohes Gebäude, die Fassade aus einfachem Holz. Es roch dort nicht nur nach Kiefern, Fichten und Harz, sondern auch nach dunklem Maschinenfett, warmem Metall und den verschiedenen anderen Arbeitern, die Rufus beschäftigte.

Sie hatten kaum zwei Schritte in die erste Halle getan, da kam ihnen ein großer, untersetzter Mann mit einem Lächeln entgegen. Sein Name war Billy Newton und er war der Vorarbeiter der Fabrik.

„Guten Morgen Rufus, Tom", sagte er und tippte sich an den Schirm seiner zerschlissenen Mütze. Seine Wangen waren wie immer gerötet und er verströmte den Geruch von Kurkuma.

Rufus und Ursyn erwiderten den Gruß, woraufhin Billy sich an Ursyn wandte und fragte: „Du bist heute bei mir eingeteilt?"

„Ist er", antwortete Rufus. „Ich übernehme die Gruppe, die heute zur Besichtigung herkommt.

„Du Glücklicher." Billy grinste breit. „Hab' gestern im Pub gehört, dass zwei hübsche Ladies dabei sind. Lass also deinen Charme spielen."

„Damit Hazel mich mit dem Nudelholz attackiert?", fragte Rufus und lachte. Bei der Vorstellung musste auch Ursyn lächeln. Hazel war so dominant, wie sie fürsorglich war, doch Rufus und sie bildeten eine harmonische Einheit.

„Was sie nicht weiß…", setzte Billy an und zuckte mit den Schultern.

„Ich tu einfach so, als hätte ich das nicht gehört." Rufus schüttelte den Kopf und sah zu Ursyn auf. „Lass dir nur von ihm keine Flausen in den Kopf setzen."

„Das versuche ich seit Monaten und es fruchtet nicht", sagte Billy. „Na los Tom, wir machen uns an die Arbeit."

Ursyn folgte dem Vorarbeiter in die andere Halle und stieß dort zu zwei weiteren Männern. Adam war ein Jahr älter als Ursyn, mit rotblondem Haar, einem unordentlichen Vollbart und einen seltsamen Sinn für Humor. Sein Kollege Charles hingegen war ein paar Jahre älter, mit dunklen Haaren und fast so schweigsam wie Ursyn.

Anfangs hatte es Ursyn unwahrscheinlich nervös gemacht, mit ihnen zusammenarbeiten zu müssen. Er war seit frühester Kindheit darauf konditioniert worden, dass vor allem Männer immer Schmerzen für ihn bedeuteten. Er hatte Wochen gebraucht, um zu begreifen, dass ihn in dieser Kleinstadt niemand, egal ob Mann oder Frau, mit Elektroschockern oder Skalpellen traktieren würde.

Dennoch blieb er lieber für sich, auch wenn er mit den drei Männern und auch einigen anderen Hilfsarbeitern, die im Herbst noch in der Fabrik gearbeitete hatten, relativ gut auskam.

„So Jungs, dann hört mal zu", sagte Billy und erklärte ihnen, was sie vorhatten – die Säge musste zerlegt werden, um sie warten zu können, bevor die Saison wieder anfing.

Nachdem alles gesagt worden war, machten sie sich ans Werk.

Zwei Stunden später war Ursyn, trotz der kühlen Temperaturen in der Halle, komplett durchgeschwitzt, so dass er seinen dicken Wollpullover ausgezogen und die Ärmel des Langarmshirts darunter hochgekrempelt hatte. Der Stoff war feucht und klebte ihm unangenehm am Oberkörper.

Trotz der niedrigen Temperaturen hätte er auch gerne noch das Shirt ausgezogen, doch das wagte er nicht. Nicht, seit Hazel einmal die Narben an seinem Rücken gesehen und ihn fast eine Stunde damit gelöchert hatte, woher sie stammten.

Irgendwann hatte sie aufgegeben, nachdem er sie in dem Glauben gelassen hatte, dass er die Narben aus dem Krieg hatte. Sie und ihr Mann hielten ihn ohnehin für einen ehemaligen Soldaten mit einer psychischen Belastungsstörung und er hatte sie nicht korrigiert. Erst Tage später hatte er online nachgelesen, was genau sie damit gemeint hatten und hatte zugeben müssen, dass es erschreckend gut passte.

Dennoch wollte Ursyn es nicht mehr riskieren, wieder so ein Verhör über sich ergehen lassen zu müssen, weswegen er dazu übergegangen war, seinen Oberkörper in Gegenwart anderer immer bedeckt zu halten. Er hatte zwar auch an den Unterarmen und auf der Brust einige alte Wunden, die schlecht verheilt waren, doch die Narben auf dem Rücken waren besonders wulstig.

Die Erinnerung, wie er sie bekommen hatte, lauerte an den Rändern seines Bewusstseins.

Das ist Vergangenheit, sagte er sich selbst und biss die Zähne zusammen. Er war nicht mehr derselbe, der er noch in den Laboren gewesen war. In den vergangenen Monaten hatte sich durch die Arbeit und die gute Versorgung sein

Körper verändert. Nirgends standen mehr die Knochen unter seiner Haut hervor.

Zudem war durch die körperliche Anstrengung sein Rumpf muskulöser geworden, ebenso seine Arme und seine Beine. Es fühlte sich gut an sich zu bewegen und zu wissen, dass er die verbrauchte Energie jederzeit wieder auffüllen konnte. Zudem linderte die tägliche Anstrengung das Bedürfnis, den Bären herauszulassen.

Ursyn hatte seit seiner Ankunft in Columbia Falls kein Anzeichen mehr dafür bemerkt, dass er weiterhin verfolgt wurde, doch er wollte sein Glück nicht herausfordern und vielleicht von Wanderern gesehen werden, während er im Pelz durch den Wald lief.

Nein, er würde noch einige Zeit hierbleiben. Einen Monat, vielleicht noch zwei, ehe er genügend angespart hatte, um die Suche nach seinen Geschwistern wieder aufnehmen zu können. Heiße Sehnsucht, Schuldgefühle und Kummer drohten ihm das Herz abzuschnüren bei dem Gedanken an Lycan, Felina und Canys.

Stimmen drangen aus der anderen Halle zu ihnen, waren selbst über das Hämmern zu hören. Sie näherten sich und Ursyn schaute von der völlig verrosteten Schraube auf, die er versuchte zu lösen.

Eine Gruppe von Fremden, angeführt von Rufus, kam durch die Verbindungstür. Es waren vier Männer und drei Frauen, die Mäntel teilweise geöffnet. Neugierig sahen sie zu ihnen herüber. Ursyns Herzschlag geriet ins Stolpern, denn die Aufmerksamkeit von ihm unbekannten Personen versetzen sowohl den Mann als auch den Bären noch immer in Stress.

Der Grizzly knurrte unsicher in seinem Kopf und wollte Ursyn dazu bewegen das Weite zu suchen. Da das nicht möglich war und Ursyns menschliche Hälfte im Moment die

Oberhand hatte, blieb er, wo er war und verlegte sich darauf, die Fremden zu mustern.

Sie alle machten einen harmlosen Eindruck, hörten Rufus zu, wie er etwas über die Maschinen in der Halle erzählte, und beachteten ihn nicht. Die Männer wirkten schmächtig bis fettleibig, zwei der Frauen waren in etwa in Hazels Alter und die dritte…

Ursyns Herz stolperte und schlug mit doppeltem Tempo weiter. Blaue Augen sahen ihn aus einem jugendlich-schönen Gesicht an, als würden sie direkt in sein Innerstes blicken können. Sie sahen ihn so intensiv und eindringlich an, dass es ihm für gewöhnlich unangenehm gewesen wäre. Stattdessen schlug sein Herz heftig gegen seinen Brustkorb.

Die Frau war Ende zwanzig und viel kleiner als er. Ihre Jeans und der dunkelgrüne Pullover, welche er unter ihrem geöffneten Mantel sehen konnte, betonten ihre sanften Rundungen. Dunkelbraune Locken reichten bis zu ihren Schultern, sahen weich und verführerisch aus.

Sein Bär hatte aufgehört zu brummen, tänzelte nun aufgeregt in seinem Kopf hin und her. Er wollte unbedingt näher an diese Frau heran und herausfinden, ob sie genauso verführerisch roch, wie sie aussah. Der Grizzly versetzte Ursyn einen Stoß, dass er sich endlich in Bewegung setzen sollte.

Was um alles in der Welt war nur los?

Weil starren nicht nur unhöflich, sondern sehr gefährlich war, zwang er sich, den intensiv-verstörenden Blickkontakt mit der Fremden abzubrechen. Sein Bär war darüber nicht begeistert, doch das ignorierte Ursyn einfach. Er war hier, um sich zu verstecken, um zu arbeiten und die Mittel anzusparen, die er brauchte, um seine Familie wiederzufinden.

Mit beiden Händen griff er wieder nach dem schweren Schraubenschlüssel und setzte ihn erneut an der widerspenstigen Schraube an. Vielleicht lag es an seiner Verwirrung, dem Adrenalin oder beidem, dass er mehr Kraft als nötig benutzte, um das Werkzeug nach unten zu drücken. Mit einem Kreischen löste sich die Schraube, brach aus dem Gewinde und fiel scheppernd auf den Boden. Damit nicht genug, ergoss sich ein Strahl aus dunklem, stinkendem Schmieröl in hohem Bogen durch die Halle - und traf die Frau mit den blauen Augen.

Überraschte Rufe wurden laut und Flüche erfüllten die Halle, während Ursyn versuchte, mit einer Hand den schwarzen Strahl zu stoppen. Es gelang ihm auch, wobei er jedoch selbst von oben bis unten besudelt wurde. Das war ihm herzlich egal, selbst wenn der Geruch ihm beinah die Tränen in die Augen trieb. Sobald das Öl versiegt war, sprang er von der Maschine herunter und ging zu der Frau hinüber.

Ursyn wusste, dass Menschen nicht so gut riechen konnten wie er, aber auch für ihre Nasen musste das Öl ranzig und abgestanden stinken. Sein Bär brummte unglücklich und legte sich die Tatzen auf die Augen. Außerdem war er unzufrieden, weil er wegen des Öls nicht die eigentliche Witterung der schönen Frau aufnehmen konnte.

„Es tut mir leid", sagte er mit rauer Stimme. Ursyn zog ein Stofftuch aus seiner hinteren Hosentasche und gab es der Frau. Sie reichte ihm kaum bis zum Brustbein. Die Frau nahm das Tuch, wischte sich über das Gesicht und sah zu ihm auf. Irritiert bemerkte er, dass sie ihn anlächelte.

„Ach, ich hab schon schlimmeres abbekommen", sagte sie mit einem Schulterzucken.

Rufus hielt ihr ebenfalls ein Taschentuch hin und sagte: „Bitte entschuldigen Sie Miss, wir werden natürlich für die Reinigungskosten aufkommen."

Ursyn warf dem alten Mann einen besorgten Blick zu, ihm war extrem unwohl bei dem Gedanken, dass er wegen seines Missgeschicks auch noch Ärger bekommen würde. Als der alte Mann ihn ansah, lächelte er kurz und zuckte mit den Schultern, was so viel bedeutete wie ‚kann passieren'.

„Schon in Ordnung", murmelte die Frau und tupfte ihren Pullover ab. Sie sah zu einem der fremden Männer, der einen roten Schal trug, und fragte: „Ich würde mich hier ausklinken und zum Hotel zurück. Kannst du mir ein Taxi rufen?"

„Klar, kein Problem", sagte der Mann und zog sein Handy aus der Tasche.

Ursyn sah wieder du der schönen Frau, die ihm tatsächlich nicht böse zu sein schien. Dennoch wurde das bedrückende Gefühl in seiner Brust immer schlimmer. „Es tut mir wirklich leid."

„Ich weiß, schon gut." Sie lächelte ihn wieder an, ihre blauen Augen funkelten dabei. „Es war ja keine Absicht."

Er schüttelte entschieden den Kopf, sein Blick wanderte zu dem Mann, der ihn aufgenommen hatte. „Rufus, ich..."

„Jetzt hör auf dich zu entschuldigen", sagte er und zwinkerte ihm zu. „Geh rüber ins Haus und zieh dich um, dann kannst du damit anfangen die Sauerei hier aufzuräumen."

Ursyn nickte, warf aber, bevor er ging, noch einen Blick auf die Frau. Sie war so schön, selbst von oben bis unten mit Öl besudelt. Vor allem, weil sie ihn noch immer anlächelte und ihm zuzwinkerte. Sein Bär brummte in seinem Kopf, forderte ihn auf mit der Hand über ihre Wange zu streichen, um herauszufinden, ob sie wirklich so zart war, wie sie aussah.

Bevor er diesem verrückten Impuls nachgeben konnte und damit die ganze Sache noch schlimmer machte, drehte er sich um und verließ die Halle.

Kapitel 2

Mehrere Stunden später, nach dem Abendessen, fühlte sich Ursyn immer noch eigenartig wegen des Vorfalls mit der fremden Frau in der Fabrik. Es war nicht nur, dass es ihm noch immer leidtat, dass er sie mit Öl besudelt hatte. Es war vielmehr der intensive Ausdruck in ihren blauen Augen, vor dem Missgeschick, der ihn regelrecht verfolgte.

Ursyn war in seinem Leben schon oft beobachtet worden, eigentlich durchgehend. Entweder von den Kameras oder von den Wissenschaftlern hinter den Spiegelwänden. Etwas wie Privatsphäre war ihm und den anderen völlig fremd gewesen. Selbst die Waschräume in ihren Zellen waren nur mit einer Glaswand abgetrennt gewesen, so dass sie auch dort nicht unbeobachtet gewesen waren.

Aber so, wie diese Frau ihn angesehen hatte… solch einen Blick hatte er noch nie auf sich gespürt. Er war intensiv gewesen, aber nicht aggressiv. Stattdessen hatte sich sein Herzschlag beschleunigt und sein Bär hatte aufgemerkt. Da war ein Feuer in ihren blauen Augen gewesen, das ihn fasziniert hatte.

Eine nasse Nase stupste ihn an der Hand an und Ursyn wachte aus seinen Tagträumen auf. Er sah an sich hinunter und begegnete Floyds sehnsüchtigem Blick. Der Rüde wich ihm selten von der Seite und so saß er auch jetzt mit ihm zusammen auf dem Sofa im Wohnraum, wo Ursyn versucht hatte in einem Buch zu lesen.

Mit der Betonung auf ‚versuchte'. Hazel und Rufus unterhielten sich in der Küche, doch das war nicht Ursyns Problem. Es war das Paar blauer Augen in dem schönen Gesicht, das ihn sich nicht konzentrieren ließ.

Wieder stupste der Rüde ihn und Ursyn streichelte ihm mit einem Lächeln über den Kopf, woraufhin dieser zufrieden seufzte. Ursyn begann ihn hinter den Ohren zu kraulen, was auch Canys und Lycan immer besonders gemocht hatten.

Der alte Hund hatte ihm fast so sehr bei der Eingewöhnung in das Leben außerhalb der Labore geholfen wie seine Besitzer, vielleicht sogar mehr. Ursyn hatte gesehen, wie vertrauensvoll und ohne Scheu Floyd nicht nur mit Hazel und Rufus umging, sondern auch mit den Arbeitern in der Fabrik, wohin Rufus ihn vor dem Kälteeinbruch immer mitgenommen hatte.

Der Hund hatte ein sehr gutes Gespür, was Menschen anging, und bei den wenigen Ausnahmen hatte es immer einen guten Grund gegeben – wie zum Beispiel bei dem Arbeiter, den Rufus eine Woche nach Ursyns Einzug bei ihnen gefeuert hatte. Ein cholerischer und unzuverlässiger Mann, der seither eine offene Abneigung gegen Ursyn hatte, weil er der Meinung war, er hätte ihm den Job weggenommen.

„Nimm es dir nicht zu Herzen Tom“, hatte Rufus gesagt und ihm ein schiefes Lächeln zugeworfen. „Darrell war schon als Jugendlicher ein Nichtsnutz und Unruhestifter. Ich hätte ihn sowieso fortschicken müssen.“

Ähnliche Worte hatten auch die anderen Männer in der Fabrik gefunden, die Ursyn schon bald in ihrer Mitte akzeptiert hatten. Es war ein eigenwilliges, aber gutes Gefühl gewesen, in diese Gemeinschaft hineinzufinden. Ursyn hatte immer unter der Einsamkeit und Isolation in den Laboren gelitten, fast so sehr wie unter den grausamen Experimenten.

Man hatte ihn und seine Geschwister nur selten zusammengelassen und wenn, dann oft nur zu zweit. Die wenigen Male, als sie zu dritt oder gar alle zusammen hatten Zeit verbringen dürfen, waren selten und unglaublich kostbar für ihn gewesen. Es hatte den konstanten Schmerz in seiner Seele jedes Mal gelindert, der erst wieder nach ihrer Trennung gewachsen war.

Die Einsamkeit nach der Flucht war anders gewesen, deswegen aber nicht weniger schmerzhaft. Ganz zu schweigen von der Angst, von den Männern in Schwarz geschnappt und zurück zu ConPharm geschleift zu werden. Die ersten zwei Wochen hatte Ursyn bei jedem unbekannten Geräusch oder verdächtigem Geruch fast einen Herzinfarkt erlitten, in der festen Überzeugung, von ihnen gefunden worden zu sein.

Erst nach einem Monat hatte er sich soweit entspannen können, dass er nicht ständig zusammengezuckt war und er sich gelassen zwischen den Arbeitern der Fabrik hatte bewegen können. Sie hatten ihn akzeptiert und schienen sich auch nicht daran zu stören, dass er nicht viel sprach.

Rufus hatte einmal gescherzt, dass das auch gut so war, denn einige der Männer redeten genug für drei. Bei der Erinnerung an dieses Gespräch am Esstisch der Andersons musste Ursyn lächeln. Er hatte nie Eltern gehabt. Die, die ihn und seine Geschwister designt hatten, hatten diese Bezeichnung nicht verdient und auch die Frau, die ihn geboren hatte, war nicht seine Mutter.

Hätte er sich welche aussuchen dürfen, es wären Hazel und Rufus Anderson gewesen. Sie hatten eine Tochter, Nora. Sie war erwachsen und lebte mit ihrem Mann und ihren Kindern in Seattle. Nora kam Hazel und Rufus gelegentlich besuchen, doch Hazel hatte Ursyn anvertraut, dass Nora schon als Teenager aus Columbia Falls hatte fortziehen wollen.

„Das raue Klima und die Abgeschiedenheit hatten ihr nie gefallen“, hatte sie gesagt und mit den Schultern gezuckt. Aus den Medien wusste Ursyn, dass Seattle eine Großstadt mit mehreren hunderttausend Einwohnern war, ein riesiges Gebiet aus Häusern, Asphalt und voller Lärm. Er hatte so etwas noch nie mit eigenen Augen gesehen und wusste doch, dass er niemals im Leben freiwillig dorthin gehen, geschweige denn dort leben wollte.

Woher wohl die Frau mit den blauen Augen stammte?

„Komm Junge“, sagte Rufus hinter ihm und riss ihn aus seinen Tagträumen. Ursyn drehte sich zu ihm um, fühlte sich seltsam ertappt. Der alte Mann nickte zur Haustür und sagte: „Wir gehen ins Hugh's. Billy und die Jungs sind auch dort.“

Ursyn zog die Augenbrauen zusammen und wollte schon den Kopf schütteln, als Hazel hinter ihrem Mann auftauchte und forderte: „Geh mit Tom. Du solltest mal wieder raus aus diesem Haus, dich unter Leute mischen.“

Er unterließ es ihr zu sagen, dass er sich noch nie unter Leute gemischt hatte und das eigentlich auch nicht vorhatte. Da er sich nicht auf seine Lektüre konzentrieren konnte und es ihn vielleicht von seiner seltsamen Reaktion auf die blauäugige Frau ablenken würde, legte er sein Buch zur Seite und stand auf.

„Komm, das wird lustig“, sagte Rufus und klopfte ihm auf die Schulter, ein amüsiertes Funkeln stand in seinen braunen Augen. Ursyn nickte lediglich, schlüpfte in Wintermantel und Stiefel und verließ mit dem alten Mann zusammen das Haus. Obwohl die Sonne schon länger untergegangen war, war es dank der weißen Schneeschicht noch relativ hell.

Die Hände tief in den Taschen des Mantels, stapften die beiden Männer schweigend ins Zentrum des Ortes. Hugh's Bar war der gesellschaftliche Dreh- und Angelpunkt von Columbia Falls, so hatte es Rufus ihm am Anfang erklärt. Alt und Jung traf sich dort um etwas zu trinken und sich zu unterhalten. Meistens eher Letzteres, wobei einige es auch in regelmäßigen Abständen mit dem Bierkonsum übertrieben.

Ursyn hatte den herb-malzigen Geschmack gemocht, als er es das erste Mal probiert hatte, doch nach kurzer Zeit hatte er die berauschende Wirkung des Alkohols gespürt und seither kein Glas mehr getrunken. Er war in seinem Leben eindeutig zu oft benebelt gewesen von irgendwelchen Substanzen, dass er sich das selbst sicher nicht antun würde.

Also bestellte er ein großes Glas Cranberrysaft, nachdem sie die Bar betreten und sich einen Platz an der Theke gesucht hatten. Es war ein großer, aber durch viele halbhohe Trennwände verwinkelter Raum mit dunklem Holzboden und rustikalem Mobiliar. An den Wänden hingen diverse Jagdtrophäen - darunter auch der Kopf eines Grizzlys, was Ursyn bei seinem ersten Besuch in Panik versetzt hatte. Seither versuchte er, das grausige Ding aktiv zu ignorieren.

„Kommt sofort", sagte Miranda, die Bedienung auf der anderen Seite der Holzkonstruktion, und zwinkerte ihm zu. Ihre Witterung nach Pfirsich entfernte sich von ihnen und ging schnell in dem Kaleidoskop an anderen Gerüchen im Raum unter.

„Sie ist an dir interessiert, das weißt du?", fragte Rufus an seiner Seite, ein Grinsen auf dem faltigen Gesicht.

Ursyn blinzelte ihn irritiert an, fragte: „Warum?"

Rufus prustete los und lachte so laut, dass sich einige in der Bar zu ihm umdrehten. „Du bist mir echt einer", sagte er und schüttelte noch immer lachend den Kopf. „Vielleicht, weil du ein großer, junger Mann mit einem hübschen Gesicht bist?"

Ursyn hob ungläubig die Augenbrauen und sah in den Spiegel hinter der Bar, den man durch einige Flaschen davor erkennen konnte. Ihm blickte dasselbe Gesicht entgegen, das ihm auch die Einwegspiegel in den Laboren gezeigt hatte: Kantiges Kinn, hohe Wangenknochen, grünbraune Augen und dunkelbraune Locken. Letztere, so bemerkte er, musste er dringend wieder schneiden. Ebenso den Bart, der begann seine Wangen verschwinden zu lassen.

Rufus neben ihm lachte unterdrückt. „Bitte sag nicht, dass du eben von mir dein erstes Kompliment bekommen hast."

Bevor Ursyn darauf etwas erwidern konnte, brummte sein Bär und machte ihn auf einen Neuankömmling aufmerksam. Der Hauch von Kurkuma kündigte Billy an, der sich kurz darauf zu ihnen gesellte und sie mit einem breiten Grinsen ansah.

„Rufus, was hast du mit unserem Tom angestellt, dass er aussieht wie ein Reh im Scheinwerferlicht?"

„Gesagt, dass Miranda auf ihn steht."

„Das ist doch kein Grund, so erschrocken auszusehen", lachte Billy und schlug Ursyn auf die Schulter. Nicht sicher, wie er mit dieser Aussage umgehen sollte, verlegte er sich darauf nichtssagend mit den Schultern zu zucken. Er hatte bereits viel über zwischenmenschliche Interaktionen gelernt, doch einige waren ihm noch nicht vertraut.

„Willst du keine Freundin?", fragte der Vorarbeiter und sah ihn abwartend an.

„Nicht im Moment", erwiderte Ursyn. Er nahm sein Getränk von Miranda entgegen und als hätte Rufus ihm einen Floh ins Ohr gesetzt, meinte er, einen hungrigen Ausdruck in ihren Augen zu sehen. Ein unangenehmes Gefühl breitete sich in seinem Magen aus und er wandte schnell den Blick von der jungen Frau ab. Er hatte den Vorarbeiter nicht belogen, dass er nicht nach einer Partnerin suchte.

Weder er noch Rufus oder sonst wer in diesem Ort wussten, dass er ein entflohenes Genexperiment war. Niemals würde Ursyn es riskieren, dass sie es erfuhren. Kein Mensch durfte davon wissen, das Geheimnis war nur in seiner eigenen Familie sicher. Die Ernüchterung, dass er im Umkehrschluss nicht so eine Beziehung führen konnte, wie die Andersons eine miteinander hatten, brannte kalt in seinem Blut und ließ seinen Bären schnaufen.

Billy atmete ein und wollte offenbar noch etwas zu dem Thema zu Ursyn sagen, als Rufus sich einmischte und den blonden Mann in ein Gespräch über Football verwickelte. Ursyn warf ihm einen kurzen Blick zu, lächelte dankbar, und der alte Mann zwinkerte ihm zu.

Kurz darauf gesellten sich Charles, Adam und noch andere Männer aus der Stadt zu ihnen. Die meiste Zeit hörte Ursyn nur zu, gab nur gelegentlich einen Kommentar ab. Er hörte ihnen gerne zu, denn so hatte er schon sehr viel über die freie Welt gelernt und wie man sich in ihr zu verhalten hatte.

Eine neue Gruppe Gäste kam durch die Tür, neben kalter Winterluft wurden neue Gerüche in den Raum getragen. Rein aus Reflex atmete Ursyn tief ein, erhaschte neben Schnee und feuchter Wolle Spuren von Salz, Lilien, Pfeffer… und etwas so Verlockendem, dass sich unwillkürlich alles in ihm vor Vorfreude anspannte.

Wie von selbst richtete sich Ursyn auf, sein Blick huschte zum Eingang und blieb an einem fremden und doch vertrauten blauen Augenpaar hängen. Auch die Frau hatte ihn entdeckt und ein Lächeln ließ ihr Gesicht aufleuchten, das Ursyn direkt in den Magen traf. Seine Hand spannte sich fester um das Glas, während sein Bär in seinem Kopf aufgeregt schnüffelte.

Ihre Witterung – es musste einfach ihre sein, darauf würde er seinen Pelz verwetten – war leicht und fruchtig, süßlich und doch mit einer herben Unternote. Grüner Apfel. Ihm lief das Wasser im Mund zusammen, sein Bär zerrte an der Kette und wollte zu ihr.

Vergiss es, sagte er ihm und zwang, sich still sitzen zu bleiben. Dennoch konnte er sich nicht davon abhalten, ihr mit den Augen zu folgen, wie sie sich mit ihren Begleitern am anderen Ende des Tresens niederließ. Immer wieder huschte ihr Blick zu ihm und als sie ihm zuzwinkerte, überlief ihn eine heiße Gänsehaut.

Zu seinem Leidwesen hatten die Männer um ihn herum sein Verhalten bemerkt. Adam lachte und witzelte: „Sieht so aus, als wäre sie die Sauerei von der unfreiwilligen Öldusche wieder losgeworden."

„Sei froh, dass sie so locker reagiert hat", sagte Charles und grinste. „Meine Frau hätte gekreischt wie eine Furie und versucht dir die Augen auszukratzen."

„Es war keine Absicht", brummte Ursyn. Er fühlte sich unwohl und linkisch, vor allem weil die Frau immer wieder zu ihm sah. Sein Bär seufzte jedes Mal sehnsüchtig, wenn er einen Hauch ihres Apfelgeruchs wahrnahm.

Rufus versetzte ihm einen leichten Stoß mit dem Ellenbogen und fragte amüsiert: „Warum gehst du nicht rüber, lädst sie auf ein Getränk ein und entschuldigst dich nochmal ordentlich bei ihr?"

Der Grizzly in ihm war sofort Feuer und Flamme für die Idee. Ursyn musste eisern an der Kontrolle festhalten, damit das Tier ihn nicht aufstehen und zu ihr rübergehen ließ. Ursyn war es nicht gewohnt, mit seiner anderen Hälfte so im Ungleichgewicht zu sein, da sich Mann und Bär die meiste Zeit einig waren.

Er schüttelte den Kopf, wollte nur einen letzten Blick zu der schönen Frau werfen und sich dann abwenden. Was er jedoch am anderen Ende des Tresens sah, ließ ihm alle Haare zu Berge stehen. Sein Bär knurrte bösartig in seinem Kopf, als er Darrell McLean neben der Frau mit den schönen Augen stehen sah. Er sprach mit ihr, ein berechnendes Lächeln auf dem Gesicht.

Er mochte Darrell nicht – beide Teile von ihm. Für das Tier gab es oft nur schwarz und weiß, Gut und Böse, und es hatte sehr früh und mittels schmerzhafter Lektionen lernen müssen, andere einzuschätzen. Es hatte gelernt, ob Menschen ihm Böses wollten oder nicht. Darrell McLean ließ all seine Alarmglocken schrillen, denn ihn umgab dieselbe vergiftete

Aura wie auch die sadistischen Wissenschaftler und Pfleger in den Laboren.

Vielleicht hätte Ursyn sich noch zurückhalten können, sich einfach abwenden und die ganze Szene ignorieren können, wenn er nicht gesehen hätte, wie Anspannung und Widerwillen im Gesicht der Frau zu lesen gewesen wären, während Darrell mir ihr sprach. Als er eine Hand viel zu vertraulich auf ihre Schulter legte, brüllte Ursyns Bär wütend.

Ohne es zu merken hatte sich Ursyn bereits von seinem Stuhl erhoben, er ballte die Hände an den Seiten zu Fäusten. Das Knurren in seinem Kopf war mittlerweile so laut, dass er Sorge hatte, es würde durch seine menschliche Kehle schlüpfen.

Unzählige Erinnerungen, eine hässlicher und quälender als die andere, drängten sich in seine Gedanken. Er hörte das Wimmern von Canys und die Schreie von Felina und fühlte die Ohnmacht, ihnen nicht helfen zu können, wie Säure in seinem Magen. Diesen Frauen, seinen Schwestern, hatte er nicht helfen können, als sie von Männern und Frauen nicht nur belästigt, sondern gequält und gefoltert worden waren. Er selbst war zur Untätigkeit verdammt gewesen und es hatte ihn jedes Mal fast wahnsinnig werden lassen.

Nie wieder, dachte er wütend und setzte sich in Bewegung. Mit einer Geschwindigkeit, die man seiner großen Gestalt nicht zutraute, durchquerte er den Raum und packte das Handgelenk des anderen Mannes. So fest, dass er die Knochen knirschen spürte und Darrell mit einem kurzen Aufschrei die Finger von der Schulter der Frau nahm.

„Sie hat gesagt, dass sie das nicht möchte“, sagte Ursyn. Für einen kurzen Moment war er froh, dass man in dem schummrigen Licht der Bar nicht sah, dass das Grün aus seinen Augen verschwunden war und sie die dunkelbraune Färbung seines Bären angenommen hatten.

„Bist du verrückt geworden?!", jaulte Darrell und versuchte, seine Hand aus Ursyns Griff zu lösen. „Lass sofort los, du brichst mir ja das Handgelenk!"

Sofort lockerte Ursyn seinen Griff, schob sich gleichzeitig zwischen den kleineren Mann und die Frau mit den blauen Augen. Seine Stimme war tiefer als sonst, als er sagte: „Du solltest gehen."

Darrell, der sich das lädierte Handgelenk hielt, warf ihm einen hasserfüllten Blick zu. Ursyn kümmerte das wenig, er war schon in echter Lebensgefahr gewesen, mehrfach, da war die Drohung in dem Blick des anderen nichts weiter als ein lächerlicher Versuch ihn einzuschüchtern.

Als Darrell merkte, dass Ursyn es ernst meinte, wich er zurück. Seine Pupillen weiteten sich und Ursyns Bär schnaubte zufrieden, erfreute sich sogar an dem säuerlichen Geruch von Angst, der sich in die Witterung des anderen Mannes mischte.

Ohne ein weiteres Wort machte sich Darrell aus dem Staub, so dass sich Ursyns Adrenalinlevel wieder auf ein Normalmaß reduzieren konnte. Erst als er sicher war, dass der Störenfried verschwunden war und er selbst nicht mehr den Bären in den Augen hatte, drehte er sich zu den Frauen um.

Drei Augenpaare sahen ihn an, doch Ursyn war nur an dem schönen Blauen interessiert.

„Alles in Ordnung?", fragte er. Ihr Duft legte sich wie unsichtbare Bänder um ihn, brachte seinen Bären und auch den Mann in ihm völlig aus dem Konzept. Er war gleichzeitig friedlich und aufgewühlt.

„Ja, danke", sagte sie und lächelte ihn an.

„So ein Mistkerl", brummte eine ihrer Begleiterinnen, ehe sie Ursyn zuzwinkerte. „Sie sind also ein anständiger Tollpatsch."

Er spürte, wie ihm das Blut in die Wangen schoss, als er das Lachen der Frauen hörte.

„Es tut mir wirklich sehr leid, immer noch", murmelte er.

„Ich habe heute Morgen schon gesagt, dass es nicht so schlimm ist. Zweimal in der Waschmaschine und der Ölgeruch ist aus dem Stoff raus." Sie grinste breit und fügte hinzu: „Letztes Jahr bin ich bei einer Wanderung im Wald in einen Tümpel gefallen. Das war um einiges ekelhafter."

„Ich kann mich erinnern", kicherte die dritte der Frauen, sie trug eine Brille auf der Nase und hatte Lachfältchen in den Augenwinkeln.

Die blauäugige Frau neigte den Kopf zur Seite und fragte: „Wie heißt du eigentlich?"

„Tom", brachte er heraus. Die Silbe blieb ihm beinah im Hals stecken. Der dringende Wunsch, ihr seinen echten Namen zu verraten und nicht den falschen, den er hier benutzte, schnürte Ursyn die Kehle zu. Was war nur los mit ihm?

Er räusperte sich und fügte hinzu: „Tom Walker."

Die Frau lächelte ihn an, ihre schönen Augen funkelten und sie streckte ihm die Hand entgegen. Seine Haut prickelte und sein Bär schnaufte in seinem Kopf, als er ihre schlanken Finger in seine nahm. Niemals, nicht einmal wenn seine Geschwister ihn berührt hatten, hatte es sich so gut angefühlt.

„Hi Tom Walker", sagte sie mit diesem bezaubernden Lächeln, „ich bin Zoe Harper."

Kapitel 3

Tom Walker war riesig, sicher an die zwei Meter, und Zoe musste selbst auf dem hohen Barhocker den Kopf in den Nacken legen, um ihm ins Gesicht zu sehen. Es war schwierig, sein Alter zu schätzen, der beginnende Vollbart verdeckte sein halbes Gesicht und seine Augen… sie kamen ihr irgendwie alt vor, dabei war er sicher keine dreißig.

Was sie jedoch genau wusste und was ihr immer noch ein wenig peinlich war, war, wie das Shirt am Morgen an seinem Oberkörper geklebt hatte. Und ihre Augen daran. Ihre Hormone hatten am Vormittag einen spontanen Samba hingelegt, als sie mit ihren Kollegen und dem Besitzer der Holzfabrik in die Halle mit den Sägen gegangen war.

Mary hatte es im Anschluss gut beschrieben, als sie zurück ins Hotel gekommen war. Ihre Kollegin hatte sich theatralisch Luft zu gefächelt, als drohte sie ihn Ohnmacht zu fallen, und geseufzt: „Oh lala… in diese Schultern würde ich liebend gerne meine Zähne versenken."

Zoe hatte nur gelacht, denn sie hatte in etwa dasselbe gedacht. Selbst dann noch, als sie über und über mit Schmieröl bedeckt gewesen war. Oder vielleicht gerade dann, als der schöne Mann zu ihr gekommen war und mit ihr gesprochen hatte. Wie albern und unreif für eine alleinerziehende Mutter.

Aber hey, sie war schließlich weder blind noch tot.

Was sie jetzt wieder deutlich feststellte, wenn sie den intensiven Blick von Tom Walker erwiderte. Seine Handfläche fühlte sich rau an, sein Griff hatte genau die richtige Mischung aus Vorsicht und Festigkeit. Zoe zwang sich, ihre Hand zurückzuziehen.

„Danke nochmal für deine Hilfe eben“, sagte sie und deutete mit einem Kopfnicken in die Richtung, in die der aufdringliche Mistkerl verschwunden war. „Ihm hat scheinbar noch niemand das Wort Nein beigebracht.“

Ihr Bruder hatte schon früh dafür gesorgt, dass sie sich hervorragend selbst verteidigen konnte, vor allem gegen solche angetrunkenen Dummköpfe, aber es war dennoch nett, es nicht selbst tun zu müssen.

„Idioten sterben einfach nie aus“, schimpfte Tammy neben ihr und schob sich die Brille höher auf die Nase. Mary und Zoe murmelten zustimmend, ehe sie alle drei wieder den Mann vor sich musterten. Dieser schien sich über die ungeteilte Aufmerksamkeit nicht sonderlich zu freuen. Er rieb sich über den Nacken, ein halbes Lächeln zog einen Mundwinkel nach oben.

„Gern geschehen. Ich… ich sollte wieder gehen.“

„Nein!“, platzte es aus Mary heraus, so dass alle um sie herum zusammenzuckten. „Setz dich doch zu uns, wir laden dich auf einen Drink ein. Hättest du gerne ein Bier?“

„Kein Bier“, sagte er und das Lächeln verschwand aus seinem Gesicht. „Ich trinke nichts.“

„Ich auch nicht“, sagte Zoe und zwinkerte ihm zu. Sie hatte ihm genau angesehen, dass er zu einer Erklärung hatte ansetzen wollen. Sie selbst war keine Abstinenzlerin, aber ein gebranntes Kind, was Alkohol anbelangte. Sie deutete auf die Tasse vor sich und sagte: „Die machen hier einen wirklich guten Kaffee.“

Der Ausdruck in seinen Augen, die eine sanfte grünbraune Färbung hatten, entspannte sich und er lächelte verhalten. „Das stimmt.“

„Na dann einen Kaffee“, sagte Tammy und winkte nach der Barfrau. Die hübsche Brünette nahm ihre Bestellung entgegen, nicht jedoch ohne einen prüfenden Blick erst auf Tom, dann auf Zoe und ihre Kolleginnen zu werfen. Wie interessant, dachte Zoe und sah zu Tom auf. Ob er wusste, dass die Frau eifersüchtig zu sein schien?

In der folgenden Stunde bemühten sich alle Frauen mehr oder weniger auffällig, mehr aus dem großen Tom Walker herauszubekommen. Mit mäßigem Erfolg, denn er schien nicht sonderlich redselig zu sein. Dafür war er ein fabelhafter Zuhörer und stellte kluge Fragen, was ihn in ihren Augen noch anziehender machte. Verdammt, hätte er nicht nur ein tollpatschiger, heißer Holzfäller sein können?

So interessant und kurzweilig es auch war, langsam machte sich der anstrengende Tag bei Zoe bemerkbar. Sie war schon seit sechs Uhr auf den Beinen. Sie konnte ihr Gähnen gerade noch so mit der Hand verdecken.

„Tut mir leid", sagte sie lächelnd. „Ich glaube, für mich ist heute Schluss.

„Wir bleiben noch", verkündete Tammy, ein unheilvolles Funkeln in den Augen, als sie sich an Tom wandte und fragte: „Würdest du sie zum Hotel begleiten?"

„Ja, zur Sicherheit", fügte Mary hinzu.

Der arme Kerl hatte keine Chance… und Zoe ertappte sich dabei, dass sie ihm nicht zur Hilfe eilen wollte. Natürlich hätte sie ganz leicht darauf bestehen können, dass sie die paar hundert Meter zum Hotel auch alleine zurücklegen konnte – das hier war eine Kleinstadt wie St. Mary auch, da wurde man nicht auf offener Straße entführt – doch sie schwieg.

Aus dem einfachen Grund, dass sie sich wie jede andere junge Frau auch gerne von einem attraktiven Mann nach Hause bringen lassen wollte. Es war schon viel zu lange her, dass sie bei diesem Gedanken nicht sofort von Schuldgefühlen überrollt wurde.

Außerdem war es ja nicht so, dass sie wirklich plante ihn mit auf ihr Hotelzimmer zu nehmen. Bei diesem Gedanken schüttelte Zoe innerlich den Kopf.

Mit einem Lächeln sah sie zu Tom auf, der noch immer ziemlich verloren aus der Wäsche schaute. „Würde es dir etwas ausmachen?“

„Nein.“

„Prima“, verkündete Mary, „bis Morgen dann Zoe.“

Auch Tammy verabschiedete sich von ihr, sie wünschten Tom einen schönen Abend und wandten sich demonstrativ zur Barfrau um. Na, wenn das nicht deutlich gewesen war.

„Sollen wir?“, fragte Zoe, nachdem sie von dem Hocker gerutscht war. Mit einem Schlag war sie mehr als dreißig Zentimeter kleiner als der Mann vor sich. Sie fühlte sich an Mike erinnert, der dunkelhäutige Hüne und Geschäftspartner ihres Bruders. Bei ihm musste sie den Kopf auch so in den Nacken legen, um in sein Gesicht zu sehen.

Tom nickte, trat einen Schritt zurück und ließ ihr den Vortritt zur Tür. Ein echter Gentleman, wie Zoe mit einem albernen weiblichen Seufzen feststellte. Warum waren die in St. Mary nur ausgestorben oder schon vergeben?

Andererseits musste sie fairerweise zugeben, dass sie seit Jahren niemandem auch nur die Chance gegeben hatte, von ihr bemerkt zu werden. Aber selbst so reflektiert wollte ihr niemand einfallen, der auch nur ansatzweise ihr Interesse so geweckt hätte wie der schweigsame Holzfäller hinter ihr.

Kalter Wind schlug ihr entgegen und vertrieb alle Gedanken an die Vergangenheit, als sie vor Tom die Bar verließ. Zoe überlief ein Zittern, sie schloss ihre Jacke und schlug den Kragen hoch. Die ersten Wochen des Winters hatte sie immer das Gefühl erfrieren zu müssen, bis sich ihr Körper an die Kälte gewöhnt hatte.

Sie sah zu Tom, der keine Anstalten machte seine Jacke zu schließen. „Ist dir nicht kalt?“

„Nein.“

Er sah sie an, so intensiv wie auch schon in der Bar, und Zoe wurde es gleich wieder ein paar Grad wärmer. Langsam winkelte er den Arm ab und fragte, ob sie sich bei ihm einhaken wolle. „Die Gehwege sind rutschig."

„Das habe ich schon feststellen müssen", sagte sie und legte ihre Hand in seine Armbeuge. Dadurch musste sie näher an ihn treten und konnte zum ersten Mal seinen Geruch nach Mann und Seife einatmen. Eine so ansprechende wie unaufdringliche Mischung, wie der Mann selbst.

„Wo hast du gelebt, bevor du hierhergekommen bist?"

„In Kanada", erwiderte Tom leise. Irgendetwas an seinem Tonfall sagte ihr, dass er dort nicht sonderlich glücklich gewesen war.

„Warum bist du dann ausgerechnet nach Columbia Falls?"

Er zuckte mit den Schultern. „Das war Zufall."

„Wegen der Anstellung im Sägewerk?"

Ein Nicken von dem Mann an ihrer Seite.

Weil sie ihn, wie zuvor in der Bar, nicht verhören wollte, begann sie von St. Mary zu erzählen. Er wusste bereits, dass sie und ihre Kollegen wegen eines Kooperationsprojekts ihrer Stadtverwaltungen nach Columbia Falls gekommen waren. Sie wollten sich zusammenschließen, um ein einheitliches Touristikkonzept aller Gemeinden und Städte rund um den Glacier Nationalpark aufzubauen.

„Dir gefällt deine Arbeit", sagte Tom unvermittelt und Zoe lächelte zu ihm auf.

„Ja, sehr sogar."

Er lächelte ebenfalls, was ihr Herz zu einem albernen kleinen Hüpfer verleitete. Sie räusperte sich, wandte den Blick ab und bemerkte, dass sie ihr Ziel bereits erreicht hatten.

„Da wären wir", sagte sie unnötigerweise, um die Stille zu füllen. Ihr Blick wanderte wieder hoch in Toms Gesicht, das von der Leuchtschrift im Fenster des Hotels angestrahlt wurde. Es war wirklich schwer, sein Alter zu schätzen. Er hätte Anfang dreißig sein können wie ihr Bruder oder vielleicht sogar jünger als Zoe.

Er sah zu ihr hinunter, seine Augen wanderten über ihr Gesicht. Sie blieben an ihrem Mund hängen, wurden dunkel, und alles veränderte sich innerhalb eines Herzschlags: Die Atmosphäre lud sich auf, Zoes Puls verdoppelte sich und sie erwischte sich dabei, wie sie von diesem schweigsamen, hinreißenden Mann geküsst werden wollte.

Zoe wartete auf das schlechte Gewissen, auf die Stimme in ihrem Kopf, die ihr sagte, dass das falsch und vor allem Betrug war, doch sie kam nicht. Stattdessen flüsterte ihr etwas zu, dass sie über ihre Unterlippe lecken sollte, um damit eine stumme Einladung an den Mann ihr gegenüber auszusprechen.

Aus einem verrückten Impuls heraus gab sie der Stimme nach.

Toms Reaktion kam sofort: Sein Blick wurde intensiver und er beugte sich langsam zu ihr hinunter. Da der Größenunterschied zwischen ihnen beträchtlich war, hatte Zoe alle Zeit der Welt, um zurückzuweichen oder es sich anders zu überlegen.

Aber sie wollte keinen Rückzieher machen, sie wollte hier und jetzt auf dieser verschneiten Straße von einem hinreißenden Mann geküsst werden, den sie kaum kannte. Ihr Magen kribbelte und sie hörte das Blut in ihren Ohren rauschen, als sie seinen warmen Atem auf ihrem Gesicht spürte.

Kurz bevor sich ihre Lippen berührten, schloss sie die Augen, um sich völlig auf den Kuss konzentrieren zu können. Und es lohnte sich, denn obwohl es nur eine sanfte Berührung war, ein fast schon züchtiges Aneinanderreiben ihrer Lippen, setzte es Zoe von Kopf bis Fuß in Brand.

Ihr Untergang war das leise, eindeutig zufriedene Brummen von Tom, das ihr eine heiße Gänsehaut verschaffte. Überrumpelt von einer Welle aus Verlangen und Leidenschaft, ja gar Abenteuerlust, hob sie die Arme und schlang sie um Toms Hals. Sie zog sich näher an seinen festen Körper und öffnete den Mund. Lud ihn ein, sich mehr zu nehmen.

Ihre Belohnung war ein Kuss, der sie bis in ihre Grundfesten erschütterte. Heiß, sinnlich und mit einem Hunger, der ihren ganzen Körper prickeln ließ. Seine Zunge schmeckte nach Kaffee und Versuchung. Es machte süchtig.

Auch ihn ließ der Kuss nicht kalt. Zoe konnte sein Zittern spüren und wie fest sich seine Arme um sie legten. Nur am Rand bekam sie mit, wie er sie gegen die Hauswand drückte. Der Kontrast von kaltem Stein und heißem Mann ihr gegenüber war berauschend. Sie konnte die Kraft spüren, die in seinem Körper steckte. Der Gedanke an das Shirt, das sich am Morgen noch an seinen hinreißenden Oberkörper gedrückt hatte, heizte ihre Fantasie weiter an.

Dennoch erinnerte es Zoe daran, dass sie hier auf offener Straße mit Tom herumknutschte. Das… das ging nicht. Zitternd atmete sie ein, ließ von ihm ab und auch Tom hob den Kopf. Seine Augen waren ihren ganz nah, dunkel vor Verlangen.

„Das… das war…", murmelte Zoe. Ihre Wangen glühten. „Ich sollte nun rein gehen. Allein."

Ein Lächeln erschien auf Toms Gesicht, das drohte Zoes letzte funktionierende Gehirnzelle in einem Meer aus Hormonen ertrinken zu lassen. Ihr Glück war es, dass er zurücktrat und sie damit vor einer Dummheit bewahrte.

„Gute Nacht Zoe", sagte er leise. „Danke für den schönen Abend."

Sie brachte nur ein Nicken zustande. Tom lächelte breiter, drehte sich um und verschwand ohne ein weiteres Wort in die Nacht.

Oh wow, dachte Zoe. Sie hatte das Bedürfnis, sich ganz mädchenhaft an die Lippen zu fassen. Es konnte nicht daran liegen, dass sie schon lange nicht mehr geküsst worden war, dass es sich jetzt so intensiv angefühlt hatte.

Oder vielleicht doch?

Zoe schüttelte über sich den Kopf. Sie zwang sich, nicht länger auf dem Gehsteig zu stehen und ihm hinterher zu starren, sondern kramte nach ihrem Zimmerschlüssel und betrat das Hotel. Das war ja sowas von verrückt gewesen. In ihrem Zimmer angekommen lachte sie leise vor sich hin.

Wer hätte gedacht, dass dieser kleine Geschäftsausflug so interessant hätte werden können?

Aufgewühlt und völlig verwirrt irrte Ursyn durch die dunklen Straßen der Stadt.

Sein Bär saß ihm so dicht unter der Haut, dass sich sein menschlicher Körper sicher schon mit einer feinen Schicht brauner Haare überzogen hatte. Schon seit Jahren war er nicht mehr so nah daran gewesen, völlig die Kontrolle zu verlieren, wie in diesem Moment.

Sein Tier forderte ihn vehement dazu auf, zurück zu Zoe Harper zu gehen und herauszufinden, wie viel sie ihm noch gestatten würde. Er wollte bei ihr sein, seinen Kopf in ihren Schoß legen und sich von ihr streicheln lassen.

Seiner menschlichen Hälfte gefiel dieser Gedanke ebenso, doch er war rationaler. Er konnte sich nicht von diesem irrwitzigen Verlangen überwältigen lassen. Das ging nicht. Er war eine widernatürliche Kreatur, die eigentlich nicht existieren sollte. Was, wenn Zoe Harper das herausfand?

Nein, sagte sich Ursyn und seinem Bären. Nein, er musste zurück zu den Andersons.

Mit weitausgreifenden Schritten schlug er den Weg zur Fabrik ein. Er sollte eine kalte Dusche nehmen oder sich noch besser in eine Schneewehe werfen, um das Feuer in seinem Blut zu löschen. Andernfalls würde er sicher keine ruhige Minute in der Nacht finden.

Als er an seinem Ziel ankam, zögerte Ursyn jedoch. Er sah zu dem Wohnhaus auf und wusste, dass er nicht hineingehen konnte. Alles kalte Wasser der Welt würde nicht die in ihm brodelnde Energie beruhigen können. Ihm fiel nur eine Möglichkeit ein - er musste sich wandeln.

Es war so lange her, seit er dem Bären die Zügel überlassen hatte. Ursyn hatte nicht riskieren wollen von Menschen oder noch schlimmer, von Jägern entdeckt zu werden. Der Grizzlykopf im Hugh's war ihm Warnung genug, was man in dieser Gegend mit Bären anstellte.

Jetzt jedoch war es mitten in der Nacht, alle Einwohner von Columbia Falls waren Zuhause und schliefen. Er konnte sich einen kurzen Ausflug in den Wald erlauben, dem Tier seinen Auslauf gönnen und anschließend selbst schlafen gehen. Die Wandlung verbrauchte jedes Mal Unmengen an Energie, das würde ihn sicher erschöpfen.

Mit dieser Entscheidung im Herzen umrundete Ursyn das Haupthaus und ging zu dem Geräteschuppen neben dem Küchengarten. Die Tür war lediglich mit einem einfachen Riegel gesichert. Er schlüpfte hinein und begann sofort sich von seiner Kleidung zu befreien.

Eiskalte Luft strich über seinen Körper, verschaffte ihm eine Gänsehaut, die er willkommen hieß. Sein Bär tänzelte in seinem Kopf aufgeregt hin und her. Als Ursyn ihn von der Kette ließ, sprang er voller Freude in den Vordergrund.

Mit einem leisen Ächzen sank Ursyn auf alle viere und überließ sich der Euphorie und der Qual der Wandlung. Knochen, Gelenke, Organe und Gewebe, alles verschob sich in den folgenden Minuten. Sein Gesicht zog sich in die Länge, Fell wucherte über seine Haut und seine menschlichen Proportionen verschoben sich zu denen eines Grizzlys.

Als es vollbracht war, stand er mit zitternden Beinen einige Minuten still. Der Schmerz ließ nach und seine Atmung beruhigte sich wieder.

Ursyn wusste, dass er mit seinen einhundertzehn Kilo und dem Stockmaß von einem Meter zwanzig biologisch gesehen zu den kleineren Vertretern der Grizzlys gehörte, die durchaus ein Gewicht von mehr als sechshundert Kilo erreichen konnten.

Seine Geschwister waren in ihrer Tierform kaum von den rein tierischen Vertretern ihrer Art zu unterscheiden. Einer der Wissenschaftler, das hatte er belauscht, hatte erklärt, dass das Gesetz der Masseerhaltung für diesen Effekt verantwortlich war. Während der Wandlung, so unglaublich sie auch war, konnte Ursyn weder Masse verlieren noch dazugewinnen.

Demnach konnte der Bär niemals schwerer sein als der Mann und umgekehrt. In der Zeit in den Laboren, als sie ihn ein ums andere Mal ausgehungert hatten, war er ein extrem abgemagerter Mann und ein noch viel klapprigerer Bär gewesen. Normalerweise hätte er die Wandlung in diesem Zustand niemals selbst eingeleitet, doch ConPharm hatte schnell ein Medikament entwickelt, das ihn und die anderen drei zur Wandlung gezwungen hatte.

Eine widerwärtige Mixtur, die so heftige Nebenwirkungen gehabt hatte, dass Ursyn sich einfach gewandelt hatte, wenn sie es von ihm verlangt hatten. Canys und Lycan hatten es ebenso gehalten, nur Felina hatte sich auch dann noch heftig gewehrt, wenn es besser für sie gewesen wäre einfach nachzugeben.

Ursyns Bär brummte tief. Er vermisste seine Geschwister, machte sich nach wie vor Sorgen um sie.

Bald suchen wir sie, versprach der menschliche Teil dem tierischen.

Der Grizzly schnaubte, schüttelte seinen Pelz und schob vorsichtig die Nase durch den Spalt der Schuppentür. Er schnüffelte und prüfte, ob die Luft rein war. Erst danach trat er mit seinem kompakten Leib ins Freie. Ohne zu trödeln ging er über die verschneite Wiese hinüber zum Waldrand. Zwischen den Bäumen, wo der Schnee nicht so dicht lag, würde er mit seinem dunklen Fell nicht mehr so sehr auffallen.

Erst als er die Baumgrenze hinter sich gelassen hatte, atmete er tief durch. Mit seinen breiten Tatzen hatte er keine Probleme, sich durchs Unterholz zu bewegen. Die Nacht war sternenklar, aber er war nicht auf das Licht angewiesen. Der Grizzly verließ sich vielmehr auf seinen Geruchssinn und sein Gehör, als auf seine Augen.

Ursyn überließ sich ganz den animalischen Denkstrukturen, die die menschlichen Probleme unwichtig und lächerlich erscheinen ließen. Er würde diesen Ausflug nutzen, um zur Ruhe zu kommen, damit er entscheiden konnte, wie es weitergehen sollte.

Damit er vielleicht auch das Verlangen los wurde, umzudrehen und dem Duft nach grünem Apfel zu folgen, der ihn zurück nach Columbia Falls lockte.

Kapitel 4

Schweißbedeckt und mit rasendem Herzschlag erwachte Ursyn aus einem Traum.

Einem, der ihm so real erschienen war, dass er glaubte noch den Geruch nach warmer Haut und grünem Apfel in der Luft wahrzunehmen. Er war schon oft aus solchen Träumen erwacht, aber für gewöhnlich waren es Alptraume und keine verführerischen Szenen voller zarter Haut, sanften Berührungen und verzehrenden Küssen.

Er war noch nie mit einer Erektion aus einem Traum erwacht.

Seufzend legte er einen Arm über seine Augen und versuchte seine Atmung zu beruhigen. Eine Minute später hämmerte sein Herz noch immer gegen seinen Brustkorb, der Druck in seinen Lenden wollte nicht nachlassen.

Frustriert, müde und gleichzeitig aufgedreht, stieg Ursyn aus dem Bett. Er zog die Shorts über seine pochende Erektion und ging in das kleine Badezimmer, das sich an sein Zimmer anschloss. Er drehte das Wasser in der Dusche auf, stieg hinein… und zischte, als der Strahl auf seine harte Mitte prasselte.

Ein Schauer lief von seinem Nacken die Wirbelsäule hinunter und erzeugte eine Gänsehaut. Das dringende, fast schon verzehrende Gefühl, sich Erleichterung zu verschaffen, machte ihn ganz schwindelig. Eine Hand an der Fliesenwand abgestützt, legte er die andere um sein Glied und begann langsam auf und ab zu streichen.

Das Wasser war mittlerweile warm, lief über seinen Nacken und seinen Oberkörper. Ursyn schloss die Augen und sofort tauchte in seinen Gedanken ein Paar blauer Augen auf, die ihn verschleiert ansahen. Er dachte an den Kuss, an diese harmlose Berührung, die doch seinen kompletten Körper in Brand gesetzt hatte.

Der Gedanke führte dazu, dass er die Hand fester um seinen Penis schloss. Sein Atem floss keuchend über seine geöffneten Lippen, der Druck in seiner Wurzel nahm zu. Seine Muskeln begannen zu zittern, sich zu verkrampfen, bis er sich schließlich in einem überwältigenden Höhepunkt entlud. Heiß ergoss er sich über seine Hand.

„Scheiße", fluchte er und löste den Griff um seinen Schaft, um sich auch mit dieser Hand an der Wand abzustützen. Sein Herz schlug noch immer rasend schnell, das Blut rauschte in seinen Ohren. In das Hochgefühl des Orgasmus' mischte sich ein Hauch Scham, dass er sich mit den Gedanken an diese Frau selbstbefriedigt hatte.

Sein Bär hingegen sah darin kein Problem. Er hatte ihn schon am vergangenen Abend dazu gedrängt, die Frau über seine Schulter zu werfen und sich ein abgeschiedenes Plätzchen mit ihr zu suchen. Der Kuss, die kleinen Laute in ihrer Kehle, die ihm verraten hatten, wie sehr es ihr gefallen hatte, ihr mit heißer Erregung durchsetzter Duft, das alles war ihm mehr zu Kopf gestiegen als alle Drogen und Rauschmittel, die man ihm je verabreicht hatte.

Es war ein Grund gewesen, warum Ursyn sich knapp verabschiedet und anschließend gegangen war. Warum er die rastlose Energie in sich auf andere Art hatte loswerden müssen. Sein Bär hatte ihn nach der Rückkehr von ihrem Waldspaziergang wieder versucht davon zu überzeugen, dass er zu Zoes Hotel gehen und wieder das süße Vergessen in ihrer Berührung suchen sollte.

Nein, dachte er auch jetzt und begann sich einzuseifen.

Er durfte nicht zulassen, dass ihn eine Frau ablenkte. Es war schon so viel Zeit vergangen, seit er seine Geschwister gesehen hatte. Er musste aufhören, sich ablenken zu lassen, sich hier zu verstecken und vorzugeben, ein normales Leben zu führen. Übelkeit stieg in Ursyn auf, befeuert von seinen Schuldgefühlen.

Er drehte das Wasser ab, trocknete sich ab und zog sich an. Er war wohl genährt, er hatte Geld gespart und die Jäger von ConPharm hatten sich seit seiner Ankunft hier nicht mehr blicken lassen. Vielleicht hatten sie bereits aufgegeben, hielten ihn für tot und er konnte aus seinem Versteck herauskommen.

Der Gedanke, dass sie stattdessen mit seinen drei Geschwistern beschäftigt waren, ließ seinen Bären bösartig brummen.

Felina war schlau und gerissen, sie hing an ihrem Leben wie kein anderer von ihnen. Um sie machte sich Ursyn die wenigsten Sorgen. Auch Lycan war widerstandsfähig, sein Wolf voller Überlebenswille und Stärke.

Canys hingegen…

Ursyn hielt inne, schloss die Augen gegen den Schmerz und die Sorge um seine jüngere Schwester. Sie war als zweite geboren worden und doch so anders als die anderen. Anders selbst als Lycan, obwohl auch sie einen Wolf in sich verbarg.

Sie war nicht schwach - niemand, der die Jahre der Folter mit noch klarem Verstand überlebt hatte, war schwach - doch ihr Wesen war so zart, so fragil. Niemals hätte Canys in solch eine Umgebung hineingeboren werden dürfen. Ihr fehlte die Dominanz, der Killerinstinkt. Sie hatte so ein sanftes Wesen.

Um sie hatte Ursyn sich schon immer die meisten Sorgen gemacht, so wie auch jetzt. Er konnte nur hoffen, dass seine Geschwister sich nach ihrer Flucht irgendwie gefunden hatten. Er zumindest war auf keine ihrer Fährten gestoßen, nachdem er stundenlang als Bär durch die Nacht gehetzt war.

Auch Tage, Wochen später hatte er kein Karamell, keine Passionsfrucht und keinen Schnee gepaart mit Wacholder aufschnappen können. Was wohl auch daran gelegen hatte, dass ihm ConPharms Häscher stets dicht auf den Fersen gewesen waren.

Ihnen geht es gut, sagte er sich und begann, sich anzuziehen. Es musste ihnen gut gehen und jetzt war es an der Zeit für ihn, die Suche nach ihnen wieder aufzunehmen.

Mit diesem Vorsatz verließ er sein Zimmer und ging hinunter ins Erdgeschoss. Schon auf dem Flur roch er Kaffee und fluffigen Teig, gepaart mit einer süß-fruchtigen Note. Essen war noch immer ein Schwachpunkt von ihm. Seine Psyche und sein Körper erinnerten sich zu gut an die unzähligen Gelegenheiten, bei denen die Wissenschaftler ihn hatten aushungern lassen, um zuzusehen wie sein Körper sich selbst verzehrte.

Ursyn schüttelte den Kopf, stopfte die dunklen Erinnerungen zurück in sein Unterbewusstsein. Er stieg die Treppe hinunter, sammelte dabei Rob auf, der sich strategisch ungünstig quer über eine Stufe gelegt hatte. Der Kater maunzte unzufrieden, schmiegte seinen Kopf jedoch sofort unter Ursyns Kinn, als er ihn an seine Brust drückte. Das Schnurren war viel lauter, als man es von einem so kleinen Körper hätte erwarten können.

„Ah, guten Morgen Tom", sagte Hazel mit einem Lächeln. „Wo hast du den Schlawiner denn gefunden?"

„Auf der Treppe", sagte er und setzte sich. Er hatte ganz zu Anfang seiner Zeit versucht, Hazel behilflich zu sein, doch die ehemalige Krankenschwester hatte ihn mit klaren Worten auf seinen Platz verwiesen.

„Nett von dir Junge", hatte sie gesagt und dabei gelächelt, „aber ich mache das lieber selbst. Außerdem weißt du eh nicht wie es gemacht werden muss und ich hatte leider schon immer wenig Geduld."

Es war schwierig für ihn gewesen, sich in die Gepflogenheiten normalen menschlichen Verhaltens einzufinden. Mehrmals hatten ihm Hazel, Rufus oder die anderen Männer in der Fabrik eigenartige Blicke zugeworfen. Zu seinem Glück hatten sie alle immer eine Erklärung gefunden – sei es die posttraumatische Belastungsstörung von seinem vermeintlichen Kriegseinsatz oder mangelnde Erziehung – so dass er nie in die Verlegenheit gekommen war, sich erklären zu müssen.

Er hätte es nicht gekonnt und selbst wenn, wer würde ihm die Wahrheit schon glauben?

Ursyn schüttelte über sich selbst den Kopf und fragte: „Wo ist Rufus?"

„Ach, der ist schon drüben in der Firma."

Ursyn warf einen Blick auf die Uhr – es war erst kurz nach acht. „Habe ich verschlafen?"

„Nein Junge", sagte Hazel und lächelte, bevor sie seufzte: „Weiß der Himmel warum er so früh rüber wollte. Ich glaube, er leidet schon an seniler Bettflucht."

Das Wort Flucht prickelte auf Ursyns Haut und erinnerte ihn daran, was er demnächst tun musste. Der Magen zog sich ihm zusammen, wenn er daran dachte dieses Gespräch mit Hazel nun zu führen. Er war innerlich zerrissen von dem Wunsch hierzubleiben, weil er hier zum ersten Mal wirklich als Person behandelt worden war und nicht wie ein Forschungsgegenstand. Gleichzeitig sehnte er sich nach seinen Geschwistern.

Hazel kam mit einem Teller Rührei und Toast zu ihm, schenkte ihm Kaffee nach und setzte sich ihm gegenüber. Die ganze Zeit plauderte sie von ihrem gestrigen Tag, wen sie alles getroffen und über was sie sich unterhalten hatten. Für gewöhnlich hörte Ursyn ihr gerne zu, aber heute konnte er sich nicht auf ihre Worte konzentrieren.

„Hazel?", sagte er in eine ihrer Gesprächspausen.

„Was Tom?"

„Ich… ich muss bald gehen."

„Ja natürlich, Rufus und die Jungs warten sicher schon auf dich.“

„Nein, das meinte ich nicht.“ Ursyn atmete tief durch, legte die Gabel beiseite und sagte: „Ich muss von hier fortgehen.“

„Oh.“ Sie nickte, ihre hellen Augen wirkten traurig. „Wo willst du denn hin?“

„Ich weiß es noch nicht genau“, sagte er und wusste, dass die Frau ihm gegenüber mit dieser Aussage nicht zufrieden sein würde. Tatsächlich seufzte sie leise und lehnte sich auf ihrem Stuhl zurück, ihr Blick nachdenklich auf ihn gerichtet.

„Weißt du Junge, Rufus und ich haben oft über dich geredet, nachdem du hier aufgetaucht bist. Du scheinst ein guter Mensch zu sein. Wir wollten dich nie ausfragen, warum du ohne Ausweis und sonstige persönliche Gegenstände durch den Wald geirrt bist. Uns hatte gereicht, dass du gesagt hast kein Verbrecher zu sein.“

Ursyn nickte. Er war ein Gefangener gewesen, aber nicht wegen etwas, das er getan hatte. Allein seine bloße Existenz, seine designte DNA, hatten ausgereicht, um ein Leben hinter Gittern führen zu müssen.

„Aber Tom“, sagte Hazel und beugte sich ein Stück nach vorn, „ich muss es trotzdem wissen. Was ist passiert? Wo musst du hingehen?“

Sein Magen zog sich zusammen. Er hatte das dringende Bedürfnis Hazel die Wahrheit zu sagen, weil sie ein guter Mensch war und es nicht verdient hatte angelogen zu werden. Aber er konnte es nicht - nicht nur, weil es ihn in Gefahr brachte, sondern auch Hazel und Rufus.

Der Kater, der das ganze Frühstück über auf seinem Schoß gesessen und gedöst hatte, streckte sich und rieb seinen Kopf an seiner Brust. Fast so, als würde er seinen Stress fühlen und versuchen ihn zu besänftigen. Ursyn strich ihm über das rotgetigerte Fell und es half tatsächlich seinen Puls zu beruhigen.

„Ich muss meine Geschwister finden", sagte er langsam, sah zu Hazel auf. „Wir sind getrennt worden. Es... es war eine sehr schwierige und hektische Zeit."

„Sind sie in Schwierigkeiten?"

„Vielleicht."

„Können wir dir irgendwie helfen? Sollen wir eine Vermisstenanzeige starten oder einen Aufruf über dieses Facebook?"

„Nein", sagte Ursyn schnell. Sein Bär knurrte unruhig bei der Vorstellung, dass solch ein offensichtlicher Versuch gleichzeitig auch die Männer von ConPharm auf seine Fährte locken würde. So lange hatte er sich hier schon erfolgreich vor ihnen verborgen, das wollte er nicht riskieren.

Hazel atmete tief durch. „Na schön. Wann willst du denn aufbrechen?"

„In ein paar Tagen", sagte Ursyn und das Herz zog sich bei diesen Worten in seiner Brust zusammen. Sein Griff um Rob auf seinem Schoß wurde fester, was der Kater mit einem Raunzen bemängelte. Sofort ließ er locker und der Kater schnurrte wieder weiter.

„Ach Tom", sagte Hazel. Ein schiefes Lächeln verzog ihren Mund. Sie stand auf, kam zu ihm herüber und strich ihm durch die Haare. Noch vor Wochen hätte er diese Berührung nicht zulassen können, wäre vor ihr zurückgeschreckt, das Knurren des Bären in der Kehle. Aber hier in diesem Haus, in diesem kleinen Ort, war nicht nur sein Körper geheilt, sondern auch ein Teil seiner Seele. Daher konnte er Hazels Hand in seinem Haar zulassen, konnte den freundlichen Kontakt sogar genießen.

„Wir werden dich vermissen."

Er sah zu ihr auf und erwiderte: „Ich euch auch."

Unvermittelt lächelte Hazel, der Schalk tanzte in ihren Augen, als sie sagte: „Vielleicht solltest du mit deiner Suche in St. Mary anfangen."

„Warum?"

„Na, um diese hübsche junge Frau wiederzusehen, mit der du dich gestern in der Bar unterhalten hast."

Überrascht blinzelte Ursyn sie an, fühlte, wie seine Wangen warm wurden, während er sich nicht nur an die Unterhaltung mit Zoe Harper erinnerte, sondern auch wieder an den Kuss.

„Woher weißt du davon?"

„Natürlich, weil Rufus mir davon erzählt hat. Ich sollte dich auch warnen, dass die Jungs dich sicher heute den ganzen Tag damit aufziehen werden. Du hast dich vorher noch nie für ein Mädchen interessiert." Sie lachte und fügte hinzu: „Wir hatten schon gedacht, dass du vielleicht auf Kerle stehst."

„Ähm… nein", stammelte er, was Hazel noch mehr zum Lachen brachte.

„Das muss dir nicht peinlich sein. Es wäre vollkommen in Ordnung, wenn es so wäre." Sie zwinkerte ihm zu. „Aber nachdem du diese nach Rufus' Aussage hübsche Frau gestern sogar nach Hause begleitet hast…" Sie wackelte mit den Augenbrauen, grinste und begann den Tisch abzuräumen. Ursyn spürte, wie seine Wangen warm wurden, denn er erinnerte sich nur zu gut daran, was vor dem Hotel passiert war.

„Ich sollte das vielleicht nicht sagen", wechselte Hazel das Thema, „aber ich war schon ein wenig schadenfroh, als ich gehört habe, dass du Darrells Handgelenk gebrochen hast."

„Habe ich?", fragte er. Sein Magen zog sich zusammen, Schuldgefühle drückten auf seine Brust. Er war so wütend gewesen, dass dieser Mann Zoe und die anderen beiden

Frauen belästigt hatte, dass er seine Kraft nicht unter Kontrolle gehabt hatte. Er hatte wohl gespürt, dass es in dem Gelenk des anderen Mannes geknirscht hatte, doch er hätte nie gedacht, dass er ihm tatsächlich einen Knochen gebrochen hatte.

„Das hat zumindest Dr. Banner erzählt, als ich heute Morgen mit ihr telefoniert habe", sagte Hazel. Als ehemalige Krankenschwester half sie immer wieder in der Praxis der Allgemeinmedizinerin aus, wenn eine ihrer Arzthelfer verhindert war. Andernfalls hätte Ursyn sich sicher Sorgen gemacht, warum Hazel so früh am Tag mit einer Ärztin sprechen musste.

Aber er war im Moment gedanklich mit ganz anderen Dingen beschäftigt. Schuldgefühle wollten sich in ihm breitmachen.

Bei Menschen, das hatte Ursyn mehrmals bei den Wissenschaftlern hinter den Spiegelwänden belauschen können, heilten Knochenbrüche wesentlich langsamer als bei ihm und seinen Geschwistern. Dauerte es bei ihnen bei guter Versorgung vier Wochen, so mussten genetisch reine Menschen sechs Wochen und länger warten, bis der Bruch verheilt war.

Sein Bär brummte nur. Das Tier sah die Dinge klarer, in schwarz und weiß Kategorien und ihm war es egal, dass er jemand anderem Schmerzen zugefügt hatte, der Zoe Angst gemacht hatte. Er wollte dem Mann in Ursyn sagen, dass Darrell alles verdient hatte.

Für seine menschliche Seite war es nicht so einfach zu akzeptieren, dass er jemand anderen so verletzt hatte. Er hatte sich nur selten gegen die Experimente gewehrt, ganz im Gegensatz zu Lycan und Felina. Seine jüngste Schwester hätte sich sogar mehrfach fast umgebracht bei dem Versuch zu rebellieren. Ursyn hatte es stoisch ertragen und Canys war schlicht zu verschreckt gewesen, um etwas anderes zu tun, als stillzuhalten.

Sehnsucht und Sorge drückten auf sein Herz.

Wir müssen sie bald finden, sagte Ursyn zu dem Tier in seiner Seele. Der Grizzly brummte zustimmend und forderte, dass sie in der Heimatstadt von Zoe anfingen zu suchen. Ihm gefiel die Vorstellung, diese Frau wiederzusehen, die sein Blut zum Kochen brachte.

Es geht nicht um Zoe, sagte Ursyn dem Tier, doch das schnaubte nur. Ja, auch er wollte seinen Bruder und seine Schwestern wiedersehen, aber irgendwo musste er ja anfangen und warum dann nicht in diesem Ort?

Kapitel 5

„Roxanne Jones“, sagte Scott und setzte sich an den Tresen des Diners.

Es war wenig Betrieb, was sowohl an der nachtschlafenden Uhrzeit liegen konnte, als auch an dem grauenvollen Kaffee, den sie hier servierten. Er hatte so seine eigenen Theorien, warum der Laden noch nicht dicht gemacht hatte. Keine davon beinhaltete legale Aktivitäten.

Die Frau mit der dunklen Haut und den schwarzen Haaren, die in Scotts Augen immer aussahen wie ein flauschiges Kissen, drehte ihren Kopf zu ihm und lächelte.

„Scott Hewlett.“ Sie musterte ihn von oben bis unten, ihr Blick war sowohl eine Leibesvisitation als auch eine Einladung. „Hat dir also noch immer niemand ein Körperteil abgehackt.“

„Bisher war ich immer schneller“, erwiderte er. Sein Blick huschte zu ihrer Lederjacke, unter der er sowohl ein weißes T-Shirt als auch den Umriss einer Waffe erkennen konnte. „Immer noch die Beretta?“

„In der Hinsicht bin ich eine treue Seele.“

„Ich weiß von was du sprichst“, sagte Scott und seufzte. „Ich weine noch einer Glock hinterher, die ich vor ein paar Monaten verloren habe. Sehr ärgerlich.“

„Wie verliert man denn sowas?“

„Längere Geschichte.“ Er nickte der Bedienung zu, die sich mit der Kanne ekligen Kaffees zu ihm auf den Weg machte. Er hätte lieber Scotch für dieses Gespräch gehabt, aber wann bekam man schon, was man sich wünschte?

Er musterte Roxanne. Sie war eine entfernte Kollegin und weil er immer gerne informiert darüber war, was die Branche so umtrieb, wusste Scott, dass sie seine Nachfolge bei Con-Pharm zur Auffindung der Hybride angetreten hatte.

Es verriet viel darüber wie nah oder eher fern sie den Moore-Geschwistern war, wenn sie hier in Louisiana war, nur eine Autostunde von New Orleans entfernt. Er hatte hier nach einem eigenen Auftrag sehen müssen, der sich entgegen seiner sonstigen leider etwas hinzog.

„Was führt dich so weit in den Süden?", fragte er.

„Nur hier bekommt man ordentliches Soul Food", erwiderte sie und deutete auf ihren halbaufgegessenen Teller Chicken and Waffle.

Scott verzog das Gesicht. „Wenn ich noch eine Seele hätte, ich würde sie dafür sicher nicht verkaufen."

Roxanne lachte und schnitt ein weiteres Stück Waffel ab. „Du bist so ein typisches Weißbrot."

„Mag sein." Er neigte den Kopf zur Seite, das Lächeln verschwand von seinem Gesicht und aus seiner Stimme. „Was tust du wirklich hier?"

Die Söldnerin warf ihm einen Seitenblick zu, ihre schwarzen Augen waren hart. Ah, da war die wahre Roxanne Jones, skrupellos und höchst effizient.

„Ich brauche deine Hilfe."

„Ach, ist das so?", fragte Scott und seine Stimmung hob sich. Er hatte schon befürchtet, dass er sich der jüngeren Frau entledigen müsste. Er hätte es schnell für sie gemacht und ein besonders hübsches Plätzchen im Sumpf gesucht. Spaß hätte er dabei jedoch keinen gehabt.

„Ja", schnaubte Roxanne. Sie legte ihr Besteck zur Seite und drehte sich ihm halb zu. Ihr Blick war intensiv und ihre Stimme gedämpft, als sie sagte: „Der Auftrag von diesem Snyder ist beschissener als ich anfangs dachte. Vor Monaten haben wir die letzte brauchbare Spur verloren und der Typ beginnt mir auf den Sack zu gehen."

„Und ich soll ein gutes Wort für dich einlegen?"

„Nein. Du sollst mir von dem ersten Teil des Jobs erzählen. Ich brauche mehr Details als die, die man mir gegeben hat."

Scott hob eine Augenbraue. „Du kennst meine einzige Regel."

„Jaja, schon klar." Roxanne verdrehte die Augen und sprach weiter: „Ich will ja auch nicht, dass du dich wieder einbringst. Das ist mein Job. Aber ich kann dich ja wohl um die Infos vom ersten Teil bitten, oder nicht?"

„Natürlich kannst du."

„Und?", fragte sie gespannt.

„Alles, was wir herausgefunden haben, wurde an Glenn übergeben. Er wird es dir ja wohl ausgehändigt haben."

„Ach komm schon, ich kenne dich", knurrte Roxanne. „Du weißt doch noch mehr als in diesem mickrigen Bericht drinstand."

Oh Roxy, wenn du wüsstest, dachte Scott und lächelte innerlich, ohne sich etwas anmerken zu lassen. Wenn sie auch nur ahnte, was er alles wusste, dann hätte sie schon längst angefangen ihn mit ihrer Gabel zu malträtieren. Nicht, dass Scott nicht schon Schlimmeres hatte erdulden müssen.

Er wusste so viel über die Moore-Geschwister, dass er damit ganze Bücher füllen konnte. All die Unterlagen von Con-Pharm, die er gelesen hatte. Die Zellen, die er von den vier gefangenen Hybriden gesehen hatte. Nicht zu vergessen die netten kleinen Gespräche, die er bei seinen verschiedenen Besuchen mit den Moores geführt hatte.

Nur ein Geheimnis war noch geblieben, nämlich wo der zweitgeborene der Geschwister abgeblieben war. Da aber die schwarze Amazone vor ihm ziemlich verzweifelt wirkte, hatte sie auch keine Ahnung, wo er war. Gut für Aleydis Moore, schlecht für Roxanne Jones.

Nun, niemand bekam alles, was er oder sie sich wünschte.

„Roxy, es tut mir ehrlich leid", sagte Scott. „Du hast den Weg umsonst auf dich genommen."

„Fuck“, knurrte sie und griff nach ihrer Kaffeetasse. Dem angewiderten Zug um ihren Mund zu urteilen, schmeckte ihr das Gebräu genauso wenig wie ihm. Sie seufzte und brummte: „Weißt du wie scheißkalt es da oben geworden ist? Mir friert noch alles ab, wenn ich da nicht bald dauerhaft wegkomme.“

„Du denkst sie sind immer noch in Montana? Ich dachte, du hast seit Monaten keine neue Spur?“

„Ich weiß es einfach“, erwiderte sie. „Nenn es Intuition. Außerdem passt es zu den psychologischen Profilen, die Snyder uns gegeben hat. Wenn sie nicht schon tot sind, dann sind sie irgendwo dort in den Wäldern und ich finde ihre mutierten Ärsche.“

Sie sah ihn erwartungsvoll an, durchbohrte ihn regelrecht mit ihrem Blick. Roxanne Jones war eine knallharte Frau, eine der wenigen in der Branche, die Scott respektieren konnte, auch wenn sie nicht dieselben Wertvorstellungen teilten. Dieser Gedanke brachte ihn zu anderen ihrer „Kollegen“.

„Hast du das von Jace und Diana gehört?“, fragte er langsam. „Ihnen ist die Zusammenarbeit mit ConPharm nicht gut bekommen.“

Die dunkelhäutige Frau lachte verhalten. „Aber nur, weil er ein Dummkopf und sie eine schießwütige Amateurin war.“

Dazu hatte Scott nichts hinzuzufügen. Vor allem nicht, da er es gewesen war, der Jace‘ leidige Existenz beendet hatte. Er würde nur ungern dasselbe mit Roxanne tun müssen.

„Komm schon Scott“, versuchte sie es noch einmal. Ihre Hartnäckigkeit war einer ihrer besten Charakterzüge, aber bei Scott biss sie damit auf Granit. Er hatte eigene Pläne und Roxanne Jones spielte darin keine Rolle. Genauer gesagt war sie auf dem besten Weg, ihm gehörig in die Suppe zu spucken.

„Ich kann dir nicht das geben, was du von mir verlangst. Aber“, fügte er hinzu und lächelte sie an, „ich habe in ein paar Tagen einen Job im Norden. Wenn sie wirklich noch dort sind, wie du sagst, und sich nicht schon längst über die Grenze nach Mexico oder sogar über den großen Teich abgesetzt haben, dann halte ich die Ohren offen und spreche mit ein paar meiner Kontakte.“

Ein Lächeln erhellte ihr Gesicht und fast konnte man glauben, dass sie nicht in der Lage war seelenruhig einem Mann mit einem Bleistift die Eier zu durchlöchern. Der heitere Gesichtsausdruck hielt jedoch nur so lange an, bis Scott ihr Lächeln erwiderte.

„Shit“, sagte Roxanne. „Dieses Grinsen kenne ich. Was willst du für deine Unterstützung?“

„Oh, bist du wirklich bereit dein Schuldenkonto bei mir zu erhöhen?“ Er neigte den Kopf zur Seite und musterte sie. „Denk nicht ich habe vergessen, dass du mir bereits einen mächtigen Gefallen schuldest.“

„Ich wünschte du würdest Bargeld akzeptieren, so wie alle anderen in der Branche auch.“

Er zuckte mit den Schultern. „Geld ist nett, aber langweilig.“

„Man kann sich schöne Dinge dafür kaufen“, sagte sie, ehe ihre Augen hart wurden. „Umsonst ist nur der Tod.“

„Nein, meine Teure. Auch den muss man sich hart verdienen und manchmal bekommt man ihn dann doch nicht.“

Sie schüttelte den Kopf. „Du bist ein kranker Bastard.“

„Ich weiß.“ Er zuckte mit den Schultern. „Das Leben ist hart und ungerecht.“

Ein sarkastisches Lachen löste sich aus Roxannes Brust. „Wem sagst du das…“ Sie sah ihn abschätzend an, ehe sie die Schultern sacken ließ. „Na schön, ein weiterer Gefallen. Wärst du damit zufrieden?“

„Vielleicht“, sagte Scott und warf einige Geldscheine auf die Theke. „Bleib unanständig.“

Mit diesen Worten verließ er das Diner. Halb rechnete er damit, dass Roxy oder einer ihrer Helfershelfer ihm folgen würde. Tatsache war jedoch, dass er völlig allein und unbehelligt zu der angemieteten Wohnung gegenüber des Hochhauskomplexes gehen konnte, die er gelegentlich für Aufträge in der Gegend bewohnte.

Obwohl es mitten in der Nacht war, dachte Scott noch nicht daran ins Bett zu gehen.

Nein, er musste packen. Es wurde Zeit, dass er sich wieder mit den Moores unterhielt.

Kapitel 6

Die ganzen eineinhalb Stunden, die Zoe und ihre Kollegen am folgenden Tag durch den Nationalpark zurück nach St. Mary benötigten, versuchten Tammy und Mary Details aus ihr herauszuquetschen. Doch Zoe schwieg. Nicht nur, weil Garry und Robert aus ihrer Nachbargemeinde mit im Wagen saßen, sondern auch weil sie ihren neugierigen Kolleginnen kein Klatschfutter liefern wollte.

„Wir sehen uns", sagte Zoe mit einem Lächeln, als sie sie vor dem Haus ihres Bruders aus dem Auto ließen. Tammy rollte nur mit den Augen, Mary grinste ihr breit zu und die beiden Männer verabschiedeten sich bis zu ihrem Termin in der folgenden Woche.

Ihren kleinen Koffer in der Hand, ging Zoe auf das Haus zu. Sie kannte es schon seit Jahren, doch vor einigen Monaten hatte er einiges verändern lassen. Allgemein hatte sich das Leben von Rafael sehr verändert, als er vor etwas mehr als einem halben Jahr im Wald einen verwundeten Wolf mit nach Hause genommen hatte, der sich dort in eine junge Frau verwandelt hatte.

Das Verrückteste an der Sache war, dass das nicht das Verrückteste an der Sache war.

Bei dem Wortspiel musste Zoe grinsen, auch wenn das Thema im Kern sehr ernst war. Es war alles andere als witzig, dass Aleydis' Eltern verrückt-geniale Wissenschaftler gewesen waren, die mit ihrer eigenen DNA und der von Tieren experimentiert und so Hybride erschaffen hatten. Als wäre das nicht schlimm genug, hatten sie vier der fünf Embryonen bei ihrem skrupellosen Arbeitgeber zurückgelassen, der sie hatte austragen lassen und sie über mehr als zwei Jahrzehnte für grausame Experimente missbraucht hatte.

Nun sind sie alle frei, dachte Zoe und griff ihren Koffer fester. Einer der Geschwister fehlte noch, aber diesen würden sie auch noch aufspüren. Davon war sie fest überzeugt.

Mittlerweile hatte Zoe das Haus umrundet und betrat es durch die Hintertür, die direkt in die Küche führte. Der Geruch von Kaffee, Plätzchen und Holzfeuer hieß sie willkommen. Ein großer Mann mit schwarzem Haar drehte sich zu ihr um.

„Hey, da bist du ja schon", sagte ihr Bruder, kam zu ihr und nahm sie in den Arm. „Wie war der Tag gestern? Seid ihr trotz Schneefall gut durchgekommen?"

„Ja, es lief alles gut." Zoe stellte den Koffer neben die Tür. Sie sah in Rafaels grüne Augen und ihr brannte eine Sicherung durch.

„Ich habe jemanden geküsst", platzte es aus ihr heraus. Was Mary und Tammy in neunzig Minuten nicht aus ihr herausbekommen hatten, konnte sie vor ihrem Bruder beim besten Willen nicht geheim halten. Schon als sie noch Kinder gewesen waren, hatten sie sich alles erzählt, was sicher an dem eher kühlen und distanzierten Verhältnis zu ihren Eltern gelegen hatte.

In den vergangenen Jahren war ihre Verbindung noch enger geworden. Was sowohl an Rafaels schwerem Unfall bei den Seals und seiner anschließenden langen Genesungsphase, sowie dem Tod von Zoes Mann geschuldet gewesen war.

Überrascht sah Rafael sie an, eine dunkle Augenbraue erhoben. „Ähm… okay."

Zoe seufzte und ließ das Gesicht in die Hände fallen. Kurz darauf spürte sie Rafaels Arm um ihre Schultern, ließ sich von ihm an seine Brust ziehen.

„Willst du von mir, dass ich den Typ verprügle oder kennenlerne?"

„Nichts von all dem." Sie atmete tief ein und murmelte: „Ich kann es nur nicht fassen, dass ich sowas getan habe."

„Sei nicht schockiert, aber viele Menschen küssen sich", sagte er amüsiert. „Das ist sicher keine neue Erfindung von dir."

„Du bist ein Idiot", knurrte sie und pikste ihn mit dem Finger in die Seite, so dass er zusammenzuckte und lachte. An der Stelle war er schon als Kind kitzlig gewesen.

Als er wieder das Wort ergriff, war seine Stimme nicht mehr neckend, sondern ernst, als er fragte: „Ist es wegen Chris?"

„Ja... nein... ich weiß es nicht. Ich habe ein schlechtes Gewissen, weil ich kein schlechtes Gewissen habe." Zoe zuckte unschlüssig mit den Schultern und sah zu Rafael auf. „Ich weiß, dass sich das völlig verrückt anhören muss."

„Nur ein bisschen", sagte ihr Bruder mit einem schiefen Grinsen. Verständnis und Zuneigung standen in seinen Augen geschrieben. „Chris hätte nicht gewollt, dass du ewig alleine bleibst."

Zoe seufzte leise: „Ich weiß."

„Sieh es als ersten Schritt in einen neuen Lebensabschnitt. Die Kids werden immer selbstständiger und du kannst endlich wieder nach dir selbst schauen."

„Ich weiß, aber..."

„Kein aber", verlangte er und sah sie streng an. „Du bist keine schlechte Mutter, weil du einmal an dich selbst denkst. Ryan und die Mädchen wissen, dass sie bei dir immer an erster Stelle kommen. Sie wollen, dass auch ihre Mom glücklich ist."

„Ich weiß", murmelte Zoe. Sie zwang sich, tief einzuatmen und die negativen Stimmen in ihrem Kopf zum Schweigen zu bringen.

„Gutes Mädchen", sagte Rafael und gab ihr einen Kuss auf die Stirn. „Ich sage dir schon seit Jahren, dass du mehr ausgehen sollst."

„Das ist nicht so einfach."

„Du bist eine tolle Mutter", beteuerte ihr Bruder. „Außerdem lieben es die Kids hier zu sein. Ally bringt ihnen lauter verrücktes Zeug bei, Canys und Lina lieben es mit ihnen zu spielen und ihnen vorzulesen und sie lassen sich liebend gerne von Lycan durch das Haus und den Garten jagen. Auch Nim und Vincent sind ganz vernarrt in sie. Alle überschütten sie mit so viel Liebe und Aufmerksamkeit, dass sie sich nicht eine Sekunde von dir im Stich gelassen fühlen."

Nicht fähig etwas darauf zu erwidern, weil ihr ein Kloß im Hals saß bei Rafaels Worten, nickte Zoe ruckartig. Sie wusste, dass ihr Bruder Ryan und die Zwillinge liebte wie seine eigenen Kinder. Trotzdem war es ihr schon immer schwergefallen, sie loszulassen. Dabei war Ryan mittlerweile fast neun, er nabelte sich schon jetzt mehr von ihr ab und auch Amy und Liv wurden mit ihren sechs Jahren immer selbstständiger.

„Komm, ich mach dir einen Kaffee und du setzt dich zu den anderen ins Wohnzimmer. Die Kids kommen erst in einer Stunde und dann gibt es Mittagessen, so dass du sie erschöpft und vollgefressen mit nach Hause nehmen kannst."

„Okay", murmelte sie und konnte ein kurzes Auflachen nicht unterdrücken.

Wenige Minuten später betrat Zoe mit einer dampfenden Tasse das Wohnzimmer, das vor wenigen Monaten um einen großen Wintergarten erweitert worden war. Auf dem Glasdach lag dichter Schnee, ein Feuer brannte im Kamin und es war eine so heimelige Atmosphäre, dass die letzten Reste von Zoes Anspannung von ihr abfielen.

„Hey ihr", begrüßte sie die beiden Frauen, die auf dem Sofa saßen und jeweils in einem Buch lasen. Ein hellbraunes und ein grünes Augenpaar sahen sie an.

„Hey Zoe, wie geht es dir?", fragte Aleydis und klopfte neben sich. Lächelnd ließ Zoe sich neben ihr nieder, wollte ihr schon von dem vergangenen Tag erzählen, als Canys sich unvermittelt näher zu ihr beugte und an ihr schnüffelte. Irritiert zuckte Zoe zurück, so etwas hatte die ansonsten zurückhaltende Frau noch nie getan.

„Ähm… habe ich vergessen ein Deo zu benutzen?", fragte sie langsam. Die junge Frau sah erschrocken zu ihr auf, ein goldener Ring hatte sich um ihre Pupillen gelegt.

„Nein, aber…" Sie atmete nochmals tief ein, ehe sie den Kopf schüttelte. „Tut mir leid, mir hat meine Nase glaube ich gerade einen Streich gespielt."

„Schon okay, das liegt sicher an dem Schmieröl", sagte sie und lachte leise vor sich hin. Auf die Frage von Aleydis, was sie denn damit meinte, erzählte sie von der Führung in der Fabrik und den Zwischenfall mit Tom. Allein seinen Namen zu nennen und dabei sein attraktives und gleichzeitig ernstes Gesicht vor ihrem inneren Augen zu sehen, ließ Wärme in Zoe aufsteigen.

Wie albern und unpassend.

Zwei Tage später musste Zoe immer noch an den Kuss denken.

War das nicht seltsam? Sie wartete immer noch auf das schlechte Gewissen, das Gefühl von begangenem Verrat, doch es wollte sich nicht einstellen. Was sie zwischen Sorge und vorsichtigem Optimismus gefangen hielt.

Dabei hatte Rafael mit seinen Worten Recht gehabt, wie meistens. Sie musste aufhören, sich selbst ständig ein schlechtes Gewissen einzureden, egal ob wegen der Kinder oder wegen Chris. Natürlich hätte er nicht gewollt, dass sie ewig allein bleiben würde. Ein Teil ihres Herzens würde immer ihm gehören, das wusste Zoe.

Ein Blick auf die Uhr verriet ihr, dass sie optimal im Zeitplan lag. Das Leben einer alleinerziehenden Mutter von drei Kindern konnte nur mit perfektem Timing und guter Organisation funktionieren, inklusive mehrerer Notfallpläne.

Ganz am Anfang hatte Zoe sich gewünscht, dass ihre Eltern zurück nach St. Mary gekommen wären. Sie hatte Rafael, ihre Freundinnen und die Kollegen gehabt, doch selbst mit Mitte zwanzig hatte sie sich nach ihrer Mom und ihrem Dad gesehnt. Im Nachhinein war sie froh, dass sie nicht gekommen waren, sondern sich aufs Geldschicken verlegt hatten.

Jetzt, da die Kids älter waren, wurde es bedeutend leichter. Zudem hatte sich Zoes Netzwerk an Helfern um Aleydis und ihre Geschwister erweitert, was alles zusätzlich entspannte. Anfangs hatte der Gedanke, dass die Partnerin und die Familie ihres Bruders nicht ganz menschlich waren, sie verstört und erschreckt. Wer würde bei der unglaublichen Geschichte nicht so reagieren?

Jetzt fand sie den Gedanken lächerlich, dass sie den Hybrid-Geschwistern ihre Kinder nicht anvertrauen konnte. Sie liebten die Kleinen ebenso wie Rafael und waren jedes Mal begeistert Zeit mit ihnen verbringen zu können.

Mit einem Lächeln speicherte sie die Datei ab und fuhr ihren Rechner runter.

„Ich mach Schluss für heute“, sagte Zoe zu Mary, die am Schreibtisch gegenüber von ihr saß. Sie schenkte ihr ein Lächeln und sie verabschiedeten sich.

Wenige Minuten später saß Zoe in ihrem Geländewagen und fuhr durch die Stadt zur Firma ihres Bruders. Oder nein, zu Rafaels und Mikes Firma. Der hünenhafte Mann war ein ehemaliger Personenschützer, der seit Jahren als Trainer arbeitete. Ihr Bruder hatte ihn nach seiner Verletzung in der Reha kennengelernt und ihm da von seinem Plan für ein

Schulungszentrum für Leibwächter und Selbstverteidigungskurse erzählt.

Mike war sofort Feuer und Flamme dafür gewesen und Rafael hatte ihn eingestellt. Die Firma war stetig gewachsen und mittlerweile war Mike gleichberechtigter Partner, was er nie müde wurde zu betonen.

Zoe grinste, setzte den Blinker und fuhr auf den Parkplatz vor der großen Halle, in der sowohl die Trainings-, Schulungs- als auch Büroräume untergebracht waren. Jetzt im Winter waren die großen Rolltore geschlossen, während sie im Sommer immer frische Luft hereinließen.

Was auch nötig war, denn die Kursteilnehmer wurden von den Trainern ordentlich zum Schwitzen gebracht. So schlug Zoe beim Betreten der Halle auch jetzt der feuchtwarme Geruch von Schweiß in der Verbindung mit Gummimatten und Talkum entgegen.

Aleydis hatte ihr einmal verraten, dass dieser Geruchsteppich sie am Anfang fast überwältigt hatte. Sie besaß auch in ihrer menschlichen Form einen besseren Geruchssinn, so wie ihre Geschwister. Als Zoe nachgefragt hatte, wie sie das aushalten konnte, hatte sie nur mit den Schultern gezuckt und gesagt, dass man sich daran gewöhnen würde.

„Hey Zoe“, rief jemand hinter ihr und sie drehte sich um. Als hätte sie geahnt, dass sie über sie nachgedacht hatte, kam Aleydis auf sie zu. Ein breites Lächeln stand in ihrem Gesicht, das ihre hellen Augen funkeln ließ. Sie hatte ihr schwarzes Haar zu einem hohen Pferdeschwanz gebunden, trug enge Sporthosen und ein T-Shirt mit dem Logo der Firma. Sie hatte sicherlich den ganzen Tag über Kurse gegeben und sah dennoch aus wie aus dem Ei gepellt. Zoe empfand einen Hauch von freundschaftlichem Neid.

„Hi Ally.“ Sie umarmten sich kurz.

„Bist du hier um die Kids abzuholen?“

„Ja", erwiderte Zoe. Sie ließ den Blick durch die Halle schweifen und entdeckte die Gruppe Kinder, die in einer Ecke auf gepolsterten Matten saß und einer Frau mit blonden Haaren aufmerksam zuhörte. Sie hatte ein ähnliches Outfit an wie Aleydis.

„Der Kurs endet erst in zwanzig Minuten", sagte Aleydis. „Wollen wir einen Kaffee trinken? Ich habe heute nur noch Bürokram zu erledigen."

Zoe lächelte und nickte. „Gerne."

Gemeinsam gingen sie zu der kleinen Bar, die unter der Treppe zu den Büroräumen eingebaut war. Da die Halle so hoch war, war an einer Wand eine Zwischendecke eingezogen worden, wo sich die Arbeitsräume befanden.

Zoe zog ihre Jacke aus, setzte sich auf einen der Barhocker und sah wieder zu den Kindern und der Trainerin.

„Wie macht sich Canys?", fragte sie.

„Ganz hervorragend", beschied ihr Aleydis, die Worte voller Zuneigung. „Sie liebt die Kinder und das beruht auf Gegenseitigkeit. Es macht ihr großen Spaß und auch die Eltern sind sehr zufrieden mit ihr."

„Das kann ich nur bestätigen. Bei Ryans letztem Elternabend in der Schule haben alle von ihr geschwärmt. Es war eine hervorragende Idee von dir, Rafael und Mike zu den Kinderkursen zu überreden."

„Viel Überredungskunst hat das bei den Männern nicht gebraucht", erwiderte Ally mit einem Lächeln. Sie schob Zoe eine Tasse zu, kam um den Tresen herum und setzte sich neben sie. „Nur Canys hat etwas gebraucht, um sich zu überwinden."

Zoe nickte. Canys hatte, wie Aleydis und ihr Bruder Lycan, einen Wolf in sich, doch im Gegensatz zu den beiden anderen hatte sie keinerlei Hang zur Dominanz. Selbst Felina, deren Gene, mit denen eines Pumas gekreuzt worden waren, hatte mehr Kampfgeist in sich.

Unwillkürlich verzog Zoe bei diesem Gedanken das Gesicht. Es hörte sich fast so an, als wäre Canys überängstlich oder duckmäuserisch, dabei war sie einfach nur ruhiger. Sanfter als ihre Geschwister. Die grausame Zeit bei ConPharm hatte ihr sehr viel mehr zugesetzt als den anderen und dementsprechend länger braucht sie, um sich zu erholen.

„Was machen ihre Panikattacken?", fragte Zoe und sah zu Ally.

„Werden weniger." Sie seufzte und fügte hinzu: „Sie ist stur, was, glaube ich in der Familie liegt. Letzte Woche hat sie es geschafft, eine komplette Trainingseinheit bei den Leibwächtern mitzumachen, ohne einzuknicken."

„Wow", murmelte Zoe anerkennend. Das war wirklich ein großer Schritt, bestand ein solcher Kurs doch aus fitten Männern, die alle in Kraft und Körpergröße der Wölfin überlegen waren. Von Lycan wusste Zoe, dass die wirklich grausamen Versuche immer von Männern durchgeführt worden waren.

Aleydis lächelte. „Ich war und bin immer noch mächtig stolz auf sie, auch wenn sie fast die ganze Zeit den Wolf in den Augen gehabt hatte."

„Ist es jemanden aufgefallen?"

„Nein, zum Glück nicht." Ally lachte verhalten und sagte: „Die meisten der Teilnehmer waren zu beschäftigt auf ihren Hintern zu starren statt in ihr Gesicht."

Grinsend schüttelte Zoe den Kopf. Wenn bei den Geschwistern das Tier sehr nah unter der Oberfläche saß, meist bei großem Stress oder Schmerzen, dann veränderte sich die Augenfarbe. Hätte Zoe es nicht schon bei mehreren Gelegenheiten selbst gesehen, dann hätte sie es nicht geglaubt. Bei Aleydis wurde das Hellbraun und bei Canys das Flaschengrün zu Gold, bei Lycan wandelte sich dunkelgrau zu eisblau und bei Felina wurden das menschliche Grau zu einem schönen Bronzeton.

Äußerst faszinierend, aber den besagten Kursteilnehmern offenbar nicht so wichtig wie die schlanken Kurven der Vierundzwanzigjährigen. Dass diese Kurven da waren, war Aleydis zu verdanken, die ihre Geschwister anfangs regelrecht mit Nahrung vollgestopft hatte.

Damals hatte Zoe sich noch gewünscht, auch so viel essen zu können, ohne zuzunehmen. Dann hätte sie jeden Tag einen von Mr Spencers Schokoladenkuchen zum Frühstück verdrücken können. Andererseits konnte ein so schneller Stoffwechsel auch ein Fluch sein, denn wenn sie nicht genug aßen, dann magerten die Hybride in kürzester Zeit gefährlich ab.

„Mom! Ally!"

Der Ruf riss Zoe aus ihren Gedanken. Ryan kam auf sie zu gerannt, die dunkelbraunen Locken zerwühlt und die Wangen rot vor Aufregung und Anstrengung, aber mit einem breiten Grinsen im Gesicht. Er hüpfte vor ihr auf und ab.

„Nys hat uns wieder so tolle Sachen heute gezeigt!"

Zoe grinste breit bei dem Spitznamen, den die Kinder Canys verpasst hatten. Einige von ihnen hatten den vollen Namen nicht aussprechen können und ihn kurzerhand abgekürzt. Mittlerweile nannten alle Kinder sie so und Canys liebte es.

Sie wuschelte ihm durch die Haare und fragte: „Das heißt ihr hattet Spaß?"

„Ja, total!" Glücklich begann er von den Turnübungen zu erzählen. Mittlerweile waren auch die anderen Eltern gekommen, um ihre Kinder abzuholen, so dass sich die Halle bald geleert hatte.

Canys kam auf sie zu, links und rechts je eines von Zoes Zwillingsmädchen an der Hand. Beide plapperten fröhlich, mit funkelnden Augen und ebenfalls geröteten Gesichtern. Sie sahen so niedlich aus in ihrem Sportdress, Amy in Grün und Liv in Blau, dass Zoes Mutterherz gleich noch ein wenig höherschlug.

Als sie bei ihr angekommen waren, erzählten sie genauso enthusiastisch von ihrer heutigen Stunde, während sie glücklich die Saftpäckchen tranken, die Aleydis ihnen gegeben hatte.

„Können wir noch Onkel Raffy Tschüss sagen?“, fragte Amy und sah Zoe mit ihren großen blauen Kinderaugen an.

„Wenn er Zeit hat“, sagte Zoe und sah zu Aleydis.

Diese lächelte breit und sagte: „Klar, er wird sich freuen, wenn ihr ihn vor den Aktenbergen rettet.“

Die Kinder brachen in Gelächter aus. Zusammen mit Ally gingen sie die Treppe nach oben in die Büros, während Zoe ihren Kaffee zu Ende trank. Sie sah zu Canys, die sich neben sie auf einen der Hocker gesetzt hatte.

„Ally hat mir erzählt, dass du letzte Woche einen Kurstag bei den Leibwächtern mitgemacht hast.“

„Ja.“ Sie lachte verhalten und sagte leise: „Ich hatte die ganze Zeit einen Puls von hundertachtzig und war am Ende des Tages komplett erledigt, aber ich habe es ohne Panik zu bekommen durchgezogen.“

„Ich bin stolz auf dich“, sagte Zoe und griff nach der Hand der jüngeren Frau.

„Danke.“ Eine sanfte Röte legte sich über Canys‘ Wangen, sie sah sich um und beugte sich ein Stück näher zu Zoe. „Ich würde dir gerne eine Frage stellen.“

„Was denn?“

„Nun… ähm…“ Sie begann, von einem Fuß auf den anderen zu treten, und nun war Zoe richtig neugierig. Dass Canys ruhiger und ein wenig schüchterner war, das gehörte zu ihrem Charakter. Aber so rumzuzappeln und sich zu winden, das hatte Zoe noch nie bei ihr erlebt.

„Ja?“, fragte Zoe. Sie versuchte gar nicht erst, ihr Lächeln zu unterdrücken. Canys‘ Wangen nahmen einen hübschen

Rotton an, während sie mit den Fingern an dem Etikett der Wasserflasche herumzupfte.

„Bei dem Leibwächter-Kurs", setzte sie an und warf Zoe einen kurzen Blick zu, bevor sie wieder nach unten sah, „da hat mich einer der Teilnehmer angesprochen."

Da Aleydis ihr von keinem Zwischenfall erzählt hatte, schätzte Zoe, dass dieser Kerl sich anständig benommen hatte. Andernfalls hätten Mike, Rafael und selbstverständlich Ally den betreffenden Mann längst um die Ecke gebracht und heimlich im Wald verscharrt.

„Was hat er gesagt?", fragte Zoe nach.

„Ich... ich glaube, er hat versucht mit mir zu flirten."

Zoe grinste breit. „War dir das unangenehm?"

„Ich weiß nicht so genau. Er war nett." Canys zuckte mit den Schultern, ihr Gesicht war noch etwas roter geworden. „Ich wusste nur nicht, wie ich mich verhalten sollte. Meine Wölfin war verwirrt, meine menschliche Seite auch und so bin ich, ohne etwas zu sagen, weggegangen. Deswegen... ich meine... deswegen wollte ich dich fragen, wie du mit so etwas umgehst."

Überrascht blinzelte Zoe. „Ich?"

„Ja", bestätigte Canys und sah sie an. „Du bist hübsch und lustig und sicher wirst du oft von Männern angesprochen."

Zoe konnte nicht anders, sie musste lachen. „Das ist süß von dir, aber ich muss dich leider enttäuschen. Mich hat schon lange niemand mehr angeflirtet." Unvermittelt kam Zoe ein Paar dunkler, intensiver Augen und die Erinnerung an den verzehrenden Kuss in den Sinn. Zoe zwang ihre Gedanken fort davon, zurück zu Canys und fragte: „Was hat Ally dir geantwortet?"

„Ich habe sie nicht gefragt." Canys zuckte mit den Schultern.

„Felina und Nim?"

Die blonde Frau schüttelte den Kopf. „Ally und Lina sind anders als ich, sie würden denjenigen entweder beißen oder ignorieren und Nim hat mir mal erzählt, dass sie wegen ihres Jobs kaum mit Männern in ihrem Alter in Kontakt gekommen war und auch sonst zu schüchtern war."

„Weißt du, es ist wie mit allen anderen Gesprächen auch", sagte Zoe. „Wenn du nicht von jemandem auf diese Art angesprochen werden willst, dann ist es völlig in Ordnung, das klar und deutlich zu sagen. Wenn der Mann einen guten Charakter hat, dann wird er das akzeptieren und wenn nicht, dann haben dir Mike und Aleydis sicher gezeigt, wie du ihm die Nase und noch ein paar andere Knochen brechen kannst."

„Das haben sie", lachte Canys. Die Anspannung wich aus ihren Schultern. „Danke Zoe."

„Kein Problem." Sie zwinkerte ihr zu und grinste. „Wenn du allerdings von ihm angesprochen werden möchtest, dann sei einfach du selbst. Bleib locker und hab Spaß dabei."

„Mal schauen", murmelte sie. „Es dauert sicher noch eine Weile, bis ich in der Nähe fremder Männer keine Schweißausbrüche mehr bekomme."

Zoe lächelte und fasste nach der Hand der anderen. „Das schaffst du, keine Frage."

Canys lächelte sie an und sie begannen sich über den Kurs zu unterhalten. Es war eher eine spielerische Variante der Selbstverteidigungskurse, die die Firma für Erwachsene anbot. Es ging mehr um Körperbeherrschung und Koordination, erst in zweiter Linie darum sich in Notsituationen zur Wehr setzen zu können.

Kurz darauf kamen ihre drei Lieblinge zurück in die Halle, schnappten sich ihre Schul- und Sporttaschen und verabschiedeten sich.

„Mom, ich hab Hunger", sagte Ryan, während sie ins Auto stiegen.

„Wir auch“, schaltete sich Amy ein, Liv nickte bekräftigend.

„Keine Sorge, daheim dauert es nicht mehr lange“, sagte Zoe. „Ich habe Lasagne zum Auftauen in den Ofen gestellt.“ Sie kontrollierte, ob sich alle angeschnallt hatten, setzte sich auf den Fahrersitz und startete den Motor.

Kurz nach Christophers Unfall hatte sie sich geweigert, in ein Auto zu steigen, geschweige denn ihre Kinder in eins zu setzen. Es hatte Wochen und viel Überredungsarbeit von Rafael und ihren Freundinnen gekostet, bis sie sich wieder hinters Steuer gesetzt hatte. Sobald es das Budget zugelassen hatte, hatte sie sich ein Auto mit der neusten Sicherheitsausstattung gekauft. Seither war sie um einiges entspannter.

Die Kinder unterhielten sich über die Dekorationen, die sie im Unterricht bereits für Thanksgiving bastelten. Seit September waren die Zwillinge auf derselben Schule wie Ryan, was es Zoe um einiges erleichterte Elternabende und die ganzen Aktivitäten unter einen Hut zu bringen. Außerdem war Ryan ein wirklich hervorragender großer Bruder, der auf seine beiden Schwestern aufpasste und ihnen am Anfang sehr dabei geholfen hatte sich einzufinden.

Zoes Herz zog sich zusammen, während sie einen kurzen Blick nach hinten zu ihren drei Goldstücken warf.

Kurz darauf hatten sie ihr Zuhause erreicht und stiegen aus. Sie winkten Mr Miller von gegenüber, der damit beschäftigt war auch noch die letzte Schneeflocke von seiner Auffahrt zu fegen, und gingen zum Haus.

„Schuhe und Jacken bitte ordentlich aufräumen, dann geht ihr Händewaschen“, ordnete Zoe an, nachdem sie den Windfang des Hauses betreten hatten. „Das Essen ist dann bald fertig.“

Die Kinder rannten ins Badezimmer, während Zoe den Backofen einschaltete und begann den Tisch zu decken. Sie war stolz auf sich, dass sie es schaffte, an den meisten Tagen nicht nur mit ihren Kindern zusammen zu essen, sondern auch Selbstgekochtes auf den Tisch zu bringen. Wieder etwas, das sie nach dem Tod ihres Mannes hatte lernen müssen und viel mit Organisation zu tun hatte.

Zwanzig Minuten später saßen sie beim Essen und hörten Amy zu, die von einem Buch erzählte, das sie in der Schule zusammen lasen. In eine Gesprächspause hinein klingelte Zoes Handy.

„Straf-Schwein!“, rief Liv fröhlich. Sie deutete auf eine Spardose in Schweinform, die auf der Küchenanrichte stand. Die Kinder mussten einen Dollar einzahlen, wenn sie vergaßen, Zoe von Hausaufgaben oder Schulprojekten zu erzählen, oder sich wirklich danebenbenahmen. Das gesammelte Geld wurde für gemeinsame Ausflüge oder Kinobesuche verwendet.

Aber nicht nur die Kinder mussten in das Schwein einzahlen, dasselbe galt auch für Zoe, wenn sie fluchte oder wie jetzt ihr Handy am Tisch nicht lautlos geschalten hatte. Sie würde sich hüten, deswegen eine Ausnahme zu machen, da Ryan demnächst in ein Alter kam, in dem er sein eigenes Smartphone würde haben wollen. Zoe war jetzt schon ein wenig bang davor, sie hatte mit einigen Eltern schon längere Diskussionen zu diesem Thema geführt.

Zoe zwinkerte ihren Kindern zu, nahm das Telefonat entgegen und stand auf, um ihre Schulden gleich zu begleichen.

„Harper?“, meldete sie sich.

„Hey Zoe, hier ist Tammy. Ich wollte dir sagen, dass wir spontan morgen nochmal nach Columbia Falls fahren.“

„Warum denn das?“

„Die Bürgermeisterin war so begeistert von unseren Vorschlägen, dass sie gleich mit der Planung für die Wintersaison anfangen will. Stan will wissen, ob du wieder dabei sein kannst.“

Zoe biss sich auf die Unterlippe und sah zu ihren Kindern. „Ich muss es mit meinem Bruder abklären."

„Okay, natürlich." Sie hörte, wie Tammy leise mit jemandem im Hintergrund sprach. „Du meldest dich, sobald du weißt ob es klappt? Es wäre super, wenn du wieder dabei wärst."

„Ich frag ihn gleich und melde mich anschließend", versprach Zoe und sie verabschiedeten sich. Gedankenverloren steckte sie den von den Kindern geforderten Dollar in die Spardose, schrieb Rafael eine kurze Textnachricht und kam zurück an den Tisch.

Ihr Besteck nahm sie wieder auf, doch sie aß nicht weiter. Nervös befeuchtete Zoe ihre Lippen und sah ihre Kinder an, die seelenruhig weiter ihre Lasagne verputzten. Ihr Magen hingegen fühlte sich ein wenig flau an.

„Wie findet ihr es denn, dass ich öfter weg bin und ihr bei Rafael übernachtet?"

„Das ist super!", rief Amy. Sie hüpfte auf ihrem Stuhl auf und ab, so dass der unordentliche Pferdeschwanz fröhlich wippte. „Nys liest uns immer Gute-Nacht-Geschichten vor."

„Aber dich haben wir immer noch am meisten lieb", sagte Liv, einen ernsten Ausdruck in ihren blauen Augen. Sie und Amy waren zwar eineiige Zwillinge, doch Liv war die etwas ruhigere und feinfühligere von ihnen.

Zoe griff über den Tisch und strich über ihre Wange. „Das weiß ich doch Schneckchen."

„Rafael hat gesagt, dass das wie Schulausflüge sind", sagte Ryan mit halbvollem Mund. „Schulausflüge sind toll und du sollst auch Spaß haben Mom."

In Zoes Hals bildete sich ein Kloß. Sie unterließ es, ihm zu erklären, dass das Arbeit war und sie keinen Freizeitpark besuchte. Das würden er und die Zwillinge noch früh genug begreifen. Im Moment war es ihr nur wichtig, dass ihre Kinder kein Problem damit hatten, dass sie nicht immer hier war.

Beruhigt begann sie weiter zu essen. Als Rafaels Antwort kam - ein einfaches Ja mit einem Smiley - löste sich auch der letzte Knoten in Zoes Brust. Sie schrieb Tammy die Zusage und erhielt sofort die Nachricht, dass sie morgen um acht aufbrechen würden.

Den restlichen Abend verbrachte sie damit, ihre Kinder erst in die Badewanne und anschließend ins Bett zu packen und ihre Reisetasche für den kommenden Tag vorzubereiten. Dabei versuchte sie die ganze Zeit die Frage zu ignorieren, ob sie in Columbia Falls vielleicht wieder Tom über den Weg laufen würde.

Kapitel 7

Pünktlich um halb acht am nächsten Morgen stand Zoe mit ihren Kindern vor Rafaels Haus. Licht drang von innen durch die Milchglasscheibe der Tür, die sie mit ihrem eigenen Schlüssel aufschloss. Sofort schlug ihr warme Luft, durchsetzt mit dem Duft nach Kaffee und Toast entgegen.

„Guten Morgen!", rief sie in den Flur, während Ryan und die Mädchen bereits an ihr vorbei in Richtung Küche stürmten.

„Hey Zoe", hörte sie ihren Bruder rufen, dicht gefolgt von vielen anderen Stimmen. Überrascht und neugierig betrat sie die Küche und sah sich einem halben Dutzend Augenpaaren gegenüber.

„Oh wow, guten Morgen", sagte sie und sah sich an dem fast vollbesetzten Tisch um. „Ihr seid alle schon wach?"

Es waren nicht nur Rafael, Aleydis und Canys anwesend, sondern auch Lycan und Nim sowie Felina und Vincent. Vor allem die letzten beiden so früh hier zu sehen überraschte Zoe. Vincent lebte eigentlich in Browning, wo er eine Tierarztpraxis hatte. Seit er vor einigen Monaten einen verletzten Puma behandelt hatte, von dem er nicht gewusst hatte, dass es sich um Felina handelte, gehörte er fest zur Moore-Familie dazu.

Nicht nur aus Dankbarkeit, sondern weil Vincent und Felina ein Paar geworden waren. Die anfangs im wahrsten Sinne des Wortes etwas kratzbürstige Felina pendelte regelmäßig zwischen Browning und St. Mary, um Zeit mit ihren Geschwistern sowie mit Vincent zu verbringen. Zudem absolvierte sie hier mit Aleydis ihre Physioübungen, um die Lähmung ihrer Beine zu behandeln.

Zoe schlüpfte aus ihrem Mantel, zwängte sich noch mit an den Tisch und nahm von Rafael dankend eine Tasse Kaffee entgegen. Tammy würde sie hier abholen, so dass sie noch ein wenig Zeit hatte. Amy kletterte auf ihren Schoß und begann an einem Haferriegel zu knabbern.

„Müsstest du heute nicht arbeiten?", fragte Zoe an Vincent gewandt.

„Ich habe einen zweiten Tierarzt für meine Praxis gefunden", erklärte der junge Mann mit einem Lächeln. „Seit Olivia mit dabei ist, kann ich nun öfter mit Lina hier sein."

„Wie geht es dir?", fragte Zoe an die jüngste der Moore-Geschwister gerichtet.

„Besser", sagte sie und ein Lächeln erhellte ihre schiefergrauen Augen. „Ich brauche nur noch einen Gehstock. Die Krücken kann ich mittlerweile weglassen."

„Das ist ja toll!", jubelte Zoe. Es freute sie wirklich, denn keiner von ihnen war sich sicher gewesen, ob die Nervenschädigung, die Felina durch ein spezielles Medikament erlitten hatte, sich je wieder regenerieren würde. Wie es schien, kam ihr Körper aber gut mit der Heilung voran.

„Das heißt, du kannst doch mit uns Schlittenfahren gehen?", fragte Liv hoffnungsvoll. Sie hatte einen besonderen Narren an Felina gefressen, was auf Gegenseitigkeit beruhte.

Die Puma-Hybridin zwinkerte Liv zu und sagte: „Ich denke schon."

Alle drei Kinder waren begeistert von der Vorstellung. Sofort begannen sie Felina und den anderen von den besten Stellen in der Gegend zum Schlittenfahren zu erzählen.

„Plant ihr heute etwas Besonderes?", fragte Zoe an Ally gewandt, die neben ihr saß.

Die schwarzhaarige Frau nickte, ihre Miene wurde düster, als sie sagte: „Wir wollen heute einen weiteren Versuch starten eine Spur von Ursyn zu finden."

„Onkel Ursyn?“, fragte Ryan, woraufhin Rafael nickte. „Genau. Er fehlt noch in unserer Familie.“

„Vielleicht könnte der nette Hund ihn finden“, kam es von Liv.

Zoe runzelte die Stirn. „Welcher nette Hund?“

„Der, der auch Amy und mich gefunden hat, als wir weggelaufen waren.“ Sie sah Zoe mit ertapptem Gesichtsausdruck an und fügte kleinlaut hinzu: „Was wir nie mehr machen werden, versprochen Mom.“

„Natürlich nicht Schneckchen“, sagte sie mit einem schiefen Lächeln. Dieses wurde breiter, als sie zu Aleydis sah. Was sie damals nicht gewusst hatte und die Kinder bis heute nicht ahnten, war, dass Aleydis dieser vermeintliche Hund gewesen war.

Ally und ihre Geschwister hatten kurz nach Lycans und Canys‘ Ankunft in Kanada eine Spur von ihrem Bruder gefunden, die jedoch in einer Sackgasse geendet hatte. Zoe schätzte, dass sie nun im Winter mit ihrem Geruchssinn eher geringe Chancen hatten.

Unausgesprochen im Raum hing, dass die Möglichkeit bestand, dass Ursyn von ConPharms Männern aufgegriffen worden war. Wenn dem so war, das wusste Zoe von einem Gespräch mit Rafael, dann hätte der Grizzly-Hybrid sich selbst umgebracht. So hart und grausam es auch klang, die in den Laboren aufgewachsenen Hybrid-Geschwister hatten sich geschworen nur tot zurück zu ConPharm zu gehen.

Unwillkürlich schloss Zoe ihre Arme fester um Amy und gab ihr einen Kuss auf den Scheitel. Sie konnte es sich nicht erklären, wie Eltern nicht nur mit ihren Genen herumspielen konnten, sondern auch einfach Embryonen zurücklassen konnten. Die Moores hatten nur Aleydis mit in ihr abgelegenes Haus in den Wäldern des Nationalparks mitgenommen, während sie die restlichen vier Embryonen bei ConPharm zurückgelassen hatten. Der Gedanke war grausam und kalt, aber es wäre humaner gewesen sie zu vernichten, statt sie diesem gewissenlosen Konzern zu überlassen.

Die Vergangenheit und das Schicksal kann man nicht ändern, dachte Zoe. Sie selbst hatte das mehrmals und teils sehr schmerzhaft erfahren müssen. Sie atmete tief durch, schob diese dunklen Gedanken beiseite und konzentrierte sich auf das Glück, das sie hatte, Teil dieser großen Familie zu sein.

Viel zu schnell klingelte Zoes Handy, sie verabschiedete sich von allen und verließ das Haus. Vorne an der Straße wartete bereits Tammy in ihrem babyblauen Jeep auf sie. Auf dem Rücksitz erkannte Zoe zudem Stan Griffin, den Bürgermeister von St. Mary und der Vorgesetzte von Zoe und Tammy. Er war Anfang fünfzig, hatte schwarze Haare mit vielen weißen Strähnen, freundliche dunkle Augen und einen Wohlstandsbauch.

„Guten Morgen“, grüßte Zoe und stieg ein.

„Hey, guten Morgen“, sagte Stan gutgelaunt. „Schön, dass es bei dir geklappt hat.“

„Ich freue mich darauf wieder dabei zu sein“, antwortete sie. „Es ist toll, dass Bürgermeisterin Goldenblatt so begeistert von unseren Ideen ist, dass sie sofort starten möchte.“

„Das wird aber auch viel Arbeit bedeuten“, murmelte Tammy. Sie hatte mittlerweile den Wagen durch die Stadt und in Richtung der Bundesstraße gelenkt, die mitten durch den Glacier Nationalpark führte. Wenn alles gut ging, würden sie Columbia Falls in knapp zwei Stunden erreichen.

Zoe warf ihrer Kollegin ein Lächeln zu. „Sei doch froh. In den Wintermonaten ist uns sonst doch immer langweilig gewesen.“

„Das will ich als euer Vorgesetzter jetzt mal nicht gehört haben“, stichelte Stan von hinten.

Stan, der vor seinem Amt als Bürgermeister als Firmenberater tätig gewesen war, grinste Zoe im Rückspiegel an. Er hatte einen Burnout und zwei Herzinfarkte gehabt und war immer sehr darauf bedacht, dass seine Mitarbeiterinnen und Mitarbeiter eine ausgeglichene Work-Life-Balance pflegten. Er war es auch gewesen, der Zoe eingestellt hatte, wofür sie ihm für immer dankbar sein würde.

Während der Fahrt unterhielten sie sich entspannt, eine Mischung aus Privatem und Geschäftlichem, so dass die Zeit wie im Flug verging. Kurz vor zehn kamen sie in Columbia Falls an, wo sie bereits von Sue Goldenblatt erwartet wurden.

„Ich bin so froh, dass ihr so schnell wieder Zeit hattet“, sagte sie mit einem Lächeln, das ihre hellblauen Augen funkeln ließ. Die Begrüßung fiel kurz aus und sie begannen sofort über geschäftliche Themen zu sprechen, während sie das Gebäude betraten.

In den folgenden Stunden merkte Zoe wieder, wie sehr sie ihre Arbeit liebte.

Anfangs war es nur ein Notnagel gewesen die Teilzeitstelle bei der Stadtverwaltung anzunehmen. Sie hatte Grafikdesign studiert und hatte eigentlich von Zuhause aus arbeiten wollen, mit einer eigenen Designfirma, während Christopher seinen Job bei der regionalen Bank hatte. Sie hatten ihr Leben so perfekt durchgeplant gehabt, bis das Leben selbst ihnen dazwischengekommen war.

Zoes Ambitionen waren in einem Berg aus Aufgaben, Schulden und Verpflichtungen untergegangen, so dass sie sich nach einem geregelten Job mit einer Sozialversicherung hatte umsehen müssen. Bei einer Behörde zu arbeiten war da die beste Alternative gewesen.

Mittlerweile liebte sie es, sich um die Touristiksparte zu kümmern, und konnte sogar ihr Wissen aus dem Studium einbringen, wenn es um die Gestaltung der Broschüren und Plakate ging. Ihre Kollegen hatten das gerne ihr überlassen und Stan war wie zu erwarten begeistert, dass er auf diese Weise Geld sparen oder anders verwenden konnte.

So wie jetzt an einem gemeinsamen Projekt mit einer anderen Gemeinde zu arbeiten, war ein echtes Highlight. Zumal Bürgermeisterin Goldenblatt ebenfalls mit Feuereifer dabei war.

Der Tag flog nur so dahin und als Zoe das erste Mal auf die Uhr sah, war es bereits zwei Uhr nachmittags. Sie hatten die ganze Zeit durchgearbeitet und waren ein großes Stück vorangekommen.

Tammy hatte ihren Blick zu der Wanduhr in dem kleinen Besprechungsraum bemerkt und lachte leise. „Wow, es ist ja schon Nachmittag."

„Ach du liebes bisschen!", kam es von Sue Goldenblatt. Sie sah erschrocken in die Runde und sagte: „Was bin ich für eine Gastgeberin, dass ich euch hier die Mittagspause durcharbeiten lasse. Es tut mir leid, wirklich!"

„Wir fallen nicht vom Fleisch", wiegelte Zoe grinsend ab, doch die Frau Ende fünfzig schüttelte den Kopf.

„Nein, so geht das nicht. Kommt, wir machen eine Pause und holen uns etwas zu Essen. Die Straße runter gibt es ein Café, das hervorragende Sandwiches und Salate anbietet."

„Salat", brummte Stan. Er hörte sich so begeistert an, als hätte man ihm angeboten Regenwürmer zu essen.

Tammy lachte ausgelassen und begann Stan damit zu ärgern, während Zoe und Sue grinsten. Sie schnappten sich ihre Mäntel und verließen das kleine Rathaus.

Auf ihrem Weg zu dem Café plauderten sie zum ersten Mal über andere Themen als die Arbeit. So erfuhren sie, dass Sue seit fünfzehn Jahren geschieden war und eine bereits erwachsene Tochter hatte, die wenige Ortschaften entfernt lebte und ein kleines Restaurant betrieb.

Kurz darauf kamen sie an ihrem Ziel an. Das Café war wirklich gemütlich eingerichtet und hatte selbst nach der

Mittagszeit noch eine große Auswahl. Sie bestellten sich etwas, setzten sich und unterhielten sich weiter. Keine Stunde später waren sie fertig.

„Ich hole uns noch ein paar Cookies, was meint ihr?", fragte Zoe und stand auf.

Wie zu erwarten, war Tammy sofort Feuer und Flamme dafür. Sie grinste Zoe an und sagte: „Nervennahrung ist immer willkommen."

„Ja dann." Sie grinste, schlängelte sich durch die engstehenden Tische und stellte sich an den Tresen. Vor ihr war ein älteres Ehepaar, das sich nicht entscheiden konnte, sowie eine Gruppe Teenager. Da sie es nicht eilig hatte, vertrieb sie sich die Zeit damit, die anderen Gäste zu beobachten und die stilvolle Einrichtung zu genießen.

Unvermittelt spürte Zoe eine große Gestalt hinter sich und ihr Magen zog sich kribbelnd zusammen. Mit der Angst, sich mit irgendeinem Grabscher oder sonstigen Rüpel auseinandersetzen zu müssen, drehte sie sich mit klopfendem Herzen um…

… nur um erleichtert zu lächeln. Vor ihr stand kein Unbekannter, sondern ein Mann mit grün-braunen Augen und dunklen Locken, an den sie sich noch sehr lebhaft erinnern konnte. Sein Blick war intensiv auf sie gerichtet, so dass ihr Puls wegen etwas völlig Anderem als Angst ins Stolpern geriet.

„Tom, du bist es", sagte sie. „Du hast mich ganz schön erschreckt."

„Entschuldigung", murmelte er. Er stand so dicht bei ihr, dass sie die Wärme seines großen Körpers spüren konnte. Er hatte die Jacke geöffnet, unter der ein marineblauer Pullover hervorblitzte.

Nervös, weil er sie, ohne etwas zu sagen, weiter ansah, fragte Zoe: „Bist du auch wegen dem Mittagessen hier?"

Er schüttelte den Kopf. „Ich hatte dich gesehen."

Hitze stieg in Zoes Wangen. Sie fühlte sich an die Unterhaltung mit Canys über das Flirten erinnert. Tom stand zwar einfach nur da und sah sie an, es kam kein origineller Spruch von ihm, und doch kam sich Zoe vor wie zu ihrer Teenagerzeit, wenn sie das erste Mal mit einem süßen Jungen gesprochen hatte.

„Wie geht es dir?", fragte sie, obwohl es ziemlich einfallslos war. Ihre Gehirnzellen waren aber im Moment zu keiner geistreicheren Frage fähig. Sie waren vollauf damit beschäftigt Zoe daran zu erinnern, wie schön es sich angefühlt hatte von Tom geküsst zu werden.

Wie unschicklich in einem vollbesetzten Café, noch dazu mit ihrer Kollegin und ihrem Chef in der Nähe.

„Gut", antwortete Tom. Seine tiefe Stimme verschaffte Zoe eine wohlige Gänsehaut. Sie überlegte, ob sie ihn einladen sollte sich zu ihnen an den Tisch zu setzen, als er sich unvermittelt näher zu ihr beugte und tief einatmete.

Zoe schnappte nach Luft. Was sollte denn das?

Bevor sie ihn fragen konnte, richtete sich Tom wieder auf und sagte eindringlich: „Es tut mir leid, aber darf ich dich fragen, wen du heute schon alles getroffen hast? Bevor du hierhergekommen bist?"

Völlig aus dem Konzept gebracht blinzelte Zoe ihn an. „Nun… mit meinen Kindern und später mit meinem Bruder und dessen Familie." Sie rechnete schon halb, dass er bei dem Wort ‚Kinder' einen Schritt zurückweichen oder gar das Gesicht verziehen würde. Diese Reaktion hatte Zoe schon bei mehr als einem Mann beobachten können, mit dem sie sich unterhalten hatte. Sie waren charmant und interessiert, machten ihr Komplimente, bis sie herausfanden, dass sie eine Witwe mit drei Kindern im Grundschulalter war.

„Oh", murmelte Tom. Er wirkte enttäuscht, doch irgendwie anders. Dennoch klingelten bei Zoe die Alarmglocken. Nein, er war sicher genauso ein Kerl wie alle anderen auch.

Wahrscheinlich bereute er es bereits, dass er sie vor einigen Tagen geküsst und heute wieder angesprochen hatte.

Um die Sache abzukürzen und für sie beide weniger peinlich zu machen, setzte Zoe ein einstudiertes Lächeln auf, das sie sich für solche unangenehmen Situationen zugelegt hatte, und sagte: „Es war nett dich wiederzusehen, aber ich muss los."

Sie warf ihm ein kurzes, wahrscheinlich sehr gezwungen aussehendes Lächeln zu, ging zurück zu ihrem Tisch und griff nach ihrem Mantel.

„Wo sind die Cookies?", fragte Tammy.

„Sie hatten nur noch welche mit Rosinen." Wie erwartet verzog ihre Kollegin das Gesicht. „Sollen wir dann zurück?"

Die drei anderen nickten, sie schlüpften in ihre Jacken und entsorgten die Reste ihres späten Mittagessens. Überrascht und ein wenig verunsichert sah Zoe, dass Tom noch immer an derselben Stelle an der Theke stand, wo sie ihn zurückgelassen hatte. Er sah sie mit seinem dunklen Blick an, als würde er versuchen, aus ihr schlau zu werden. Was ein völlig abwegiger Gedanke war, schließlich war er es gewesen, der sich eigenartig verhalten hatte.

Zoe vermied es, seinen Blick zu erwidern, als sie an ihm vorbei ging, sondern folgte den anderen hinaus in die Kälte. Tammy, Stan und Sue unterhielten sich auf ihrem Weg zurück zum Rathaus, während Zoe ihnen schweigend folgte. Sie konnte beim besten Willen nicht das Gefühl von Verlust abschütteln, das sich ihrer bemächtigt hatte.

Warum störte sie sich derart an Toms Reaktion? Sie hätte am liebsten etwas gegen die Wand geworfen oder mitleiderregend geschluchzt. Völlig verrückt.

Sie kannte ihn so gut wie nicht und trotzdem fühlte sie sich… sitzengelassen. Sie musste offenbar viel dringender an ihrem Privatleben arbeiten, als sie bisher hatte wahrhaben wollen, wenn sie sich schon von einer solchen Lappalie runterziehen ließ.

Wie albern war denn das?

Kapitel 8

Seit Ursyn beschlossen hatte, Columbia Falls und damit auch die Andersons zu verlassen, fühlte er sich eigenartig. Es war eine Mischung aus Wehmut und einer Prise Schuld. Natürlich würden Hazel und Rufus auch ohne ihn zurechtkommen und Rufus würde für die Stelle in der Fabrik sicher einen Ersatz bekommen, dennoch konnte Ursyn dieses Gefühl nicht abstellen.

Sein Bär war ebenso unschlüssig, sagte ihm aber gleichzeitig deutlich, dass es an der Zeit war weiterzuziehen. Die Sorge um seine Geschwister ließ ihn nur noch unruhig schlafen. Er hatte sich lange genug verborgen, ConPharm hatte sicher bereits aufgegeben und es war sicher für ihn, wenn er nun weiterzog.

So kam es, dass er früher seinen Arbeitsplatz in der Fabrik verlassen hatte und nun letzte Besorgungen machte. Er brauchte einen Rucksack, den er zur Not auch in Bärenform tragen konnte. Er hatte zwar beschlossen von nun an die Strecken möglichst als Mensch zurückzulegen, doch er wollte für alle Eventualitäten gerüstet sein.

Es gab keine Busverbindung durch den Nationalpark und mit dem vielen Schnee konnte es als Mensch schnell unmöglich werden vorwärtszukommen. Die Option, die Reise auf vier Beinen fortzusetzen, wollte er sich offenhalten. Ursyn wollte sich nicht von so etwas Banalem wie einem tiefen Schneefeld davon abhalten lassen seine Familie wiederzusehen.

Mit diesem Vorsatz machte er sich auf den Weg in die Innenstadt. Trotz des Schnees, der überall lag und vieles dämpfte, durchzogen genügend Gerüche die Stadt, die die Nase seines Grizzlys interessiert zucken ließen. Er wusste, dass er von seinen Geschwistern den besten Geruchssinn hatte. Bei einer der wenigen Gelegenheiten, zu denen sie alle vier hatten zusammen sein dürfen, hatten die Wissenschaftler das getestet.

Er selbst hatte schon im Teenageralter herausgefunden, dass man anhand des Geruchs einer Person oder eines Gegenstands herausfinden konnte, wo dieser vorher gewesen war und mit wem. Es war eines der wenigen Dinge gewesen, mit denen er seinen Verstand hatte beschäftigen können. Zudem hatte es ihn von den grausamen Experimenten und den Schmerzen abgelenkt.

Wo war der Pfleger vorher gewesen? Was hatte er gegessen? Wen hatte er als Letztes berührt?

In seiner Zeit in der Wildnis hatte sein Bär allein wegen seines feinen Geruchssinns Nahrung finden können. Beeren, Wurzeln oder Aas. Ursyn war nicht stolz auf sich und in menschlicher Form zog sich sein Magen unangenehm zusammen bei der Erinnerung, doch um zu überleben war ihm jedes Mittel recht gewesen.

Er war endlich frei gewesen, da konnte er auch das verwesende Fleisch eines Hirschs fressen.

Das war einmal, dachte er und atmete tief durch. In der Zivilisation roch er ganz andere Dinge als Aas oder modriges Holz. Es gab unzählige Witterungen von Menschen, manche kannte er und manche waren ihm fremd, dazu Essen, Abgase, Holzfeuer und der ein oder andere Hund.

Ursyn atmete tief ein… und wäre beinah über seine eigenen Füße gestolpert. Ein weiterer Atemzug und er war sich sicher, dass es sich um die Witterung einer ganz bestimmen Frau handelte. Dieses fruchtige Aroma von grünem Apfel, in Verbindung mit warmer Haut würde er überall wiedererkennen.

Wie von einer unsichtbaren Schnur gezogen ging er durch die Straßen, wich immer wieder Passanten aus. Je deutlicher

Zoe Harpers Geruch wurde, desto aufgeregter wurde sein Grizzly. Vor einem Café schließlich endete die Spur. Er öffnete die Tür, Millionen andere Gerüche schlugen ihm entgegen und doch verlor er nicht eine Sekunde Zoes Witterung.

Sie stand am Verkaufstresen, mit dem Rücken zu ihm, und betrachtete die Auslage. Ihr dunkles Haar war zu einem hohen Pferdeschwanz zusammengefasst. Sie trug einen cremefarbenen Pullover, der sich weich an ihren Oberkörper schmiegte. Ursyn juckte es in den Fingern darüberzustreichen. Ihre restliche Kleidung bestand aus dunklen Jeans und Stiefeln. Sie sah warm, einladend und anbetungswürdig aus.

Wie von selbst ging er auf sie zu und blieb hinter ihr stehen. Er überlegte noch, wie er sie ansprechen sollte, was er sagen sollte, da drehte sie sich schon um. Ihre blauen Augen hatten die ersten Sekunden einen angespannten Ausdruck, der sich jedoch schnell zu freudigem Erkennen wandelte.

„Tom, du bist es", sagte sie mit einem anbetungswürdigen Lächeln. „Du hast mich ganz schön erschreckt."

„Entschuldigung."

„Bist du auch wegen dem Mittagessen hier?", fragte sie.

Ursyn schüttelte den Kopf. Unfähig, die ganze Wahrheit zu sagen, erwiderte er: „Ich hatte dich gesehen."

Eine sanfte Röte legte sich dabei über ihre Wangen, über die er am liebsten mit dem Finger streichen wollte.

„Wie geht es dir?"

Hervorragend, dachte er und der Grund war sie. Sein Bär hatte ihm die letzten Tage kaum Ruhe gelassen, hatte ihn immer wieder aufgefordert, sie zu finden und sie wieder zu küssen. Er war Tagträumen über Zoe nachgehangen, von den heißeren in der Nacht ganz zu schweigen.

„Gut", antwortete er schließlich. Weil er einfach nicht widerstehen konnte, beugte er sich ein Stück tiefer, wollte mehr von dem grünen Apfel und der Süße ihrer Haut aufschnappen… und ihm blieb beinah das Herz stehen.

Tief atmete er ein – roch Wacholder, Karamell, Passionsfrucht und noch einige andere Duftnoten. Wollten seine Sinne ihm einen Streich spielen? Lag es daran, dass er sich endlich entschlossen hatte weiterzuziehen und seine Geschwister zu suchen, dass er sie nun meinte an Zoe wittern zu können?

Wie durch Watte bekam er mit, dass Zoe von ihm zurückwich und ihn mit verwirrtem Blick ansah. Sie öffnete den Mund, um etwas zu sagen, doch Ursyn unterbrach sie. Sein Herz schlug ihm heftig in der Brust, er musste es wissen!

„Es tut mir leid“, setzte er an, „aber darf ich dich fragen, wen du heute schon alles getroffen hast? Bevor du hierhergekommen bist?“

„Nun… mit meinen Kindern und später mit meinem Bruder und dessen Familie.“

„Oh“, murmelte Ursyn.

Ernüchterung und das Gefühl von Verlust breiteten sich in ihm aus. Er hatte schon öfter geglaubt, einzelne Bestandteile der Witterungen seiner Geschwister wahrzunehmen. Jedes Mal war es wie ein Schlag ins Gesicht gewesen herauszufinden, dass sie es nicht gewesen waren.

Nie zuvor waren ihm diese Duftnoten aber so geballt und klar begegnet. Er hätte schwören können, dass Zoe noch vor wenigen Stunden, vielleicht am Morgen, mit all seinen Geschwistern in einem Raum gesessen oder sie vielleicht sogar berührt hatte.

Dass dem nicht so war, versetzte seinem Herz einen schmerzhaften Stich. Er durfte sich unter keinen Umständen länger hier verstecken, wenn ihm seine Nase schon solche Streiche spielte.

Genug, rief er sich zur Ordnung und richtete seine Aufmerksamkeit wieder auf Zoe. Sie lächelte ihn an, doch dieses Mal sah es kalt und falsch aus. Es erreichte nicht ihre schönen blauen Augen, brachte sie nicht zum Funkeln und verstärkte noch das Gefühl des Verlusts in Ursyn. Er hatte sie offenbar beleidigt.

„Es war nett dich wiederzusehen", sagte sie kühl, „aber ich muss los." Damit drehte sie sich um und ging zu einem Tisch. Ursyn erkannte eine der Frauen als Sue Goldenblatt, die Bürgermeisterin, und die zweite als eine von Zoes Kolleginnen. Die dritte Person, ein älterer Mann mit graumeliertem Haar, war ihm hingegen unbekannt.

Ursyn beobachtete, wie sie ihre Mäntel anzogen, den Abfall ihres Essens entsorgten und das Café verließen. Die ganze Zeit konnte Ursyn seine Augen nicht von Zoe abwenden. Sein Bär, der den Schock viel schneller als der Mann hinter sich gelassen hatte, wollte ihn dazu drängen noch einmal zu ihr zu gehen und mit ihr zu sprechen. Herauszufinden, mit was er sie beleidigt hatte, um es dann aus der Welt zu schaffen und wieder ihr schönes Lächeln zu sehen.

Der Mann in Ursyn jedoch ließ sie stillstehen. Er war noch immer kein Experte, wenn es darum ging das Verhalten von normalen Menschen zu deuten - er war schließlich von perfiden Monstern aufgezogen worden - und doch wusste er, dass es nicht ratsam war eine beleidigte Frau zu bedrängen.

Rufus war ihm in dieser Hinsicht ein mahnendes Beispiel gewesen. Erst vor einer Woche hatte er Hazel verärgert und als sie ihn mit einem wahrhaft mörderischen Blick angesehen und gesagt hatte, dass er verdammt nochmal die Klappe halten sollte, hatte er einfach weitergeredet. Der anschließende Streit hatte ihm selbst im Obergeschoss bei geschlossener Tür noch die Ohren klingeln lassen.

Ursyn zwang, sich noch eine Minute zu warten, ehe auch er das Café verließ. Die kalte Luft schnitt in seine Lungen, er schloss den Reißverschluss seiner Jacke und schob die Hände in die Taschen. Von Zoe und ihren Begleitern war nichts mehr zu sehen, was wohl auch besser war. Er musste endlich seine Besorgungen abschließen, packen und sich von den Andersons verabschieden. Sie würden ihm fehlen, genauso wie ihre Haustiere und die Männer in der Fabrik.

Hier hatte er zum ersten Mal ein freies Leben führen können, umgeben von Menschen, die ihn nicht ständig mit Skalpellen zerschneiden oder giftigen Medikamenten vollpumpen wollten. In Columbia Falls hatte er lernen können, was es bedeutete, eine vollwertige Persönlichkeit zu sein und nicht nur ein Ding, an dem man forschen konnte. Mit dem man Geld verdiente, weil es eine im Reagenzglas gezüchtete Abnormität war.

Ich komme zurück, versprach er sich im Stillen. Irgendwann, wenn er Canys, Felina und Lycan gefunden hatte und ConPharm sie nicht mehr jagte, dann würde er zurückkommen und den Andersons seine Familie vorstellen.

Jetzt jedoch verstärkte sich sein Entschluss, nach St. Mary zu gehen. Er würde herausfinden, woher diese so schmerzhaft vertrauten Witterungen an Zoe Harper gekommen waren und ob sich vielleicht doch ein Hinweis in dieser Stadt finden ließ, der ihn zu seinen Geschwistern führen konnte. Vielleicht würde er Zoe dort auch wiedersehen.

Die Vorstellung ließ ihn lächeln, vertrieb beinah den dunklen Schatten auf seinem Gemüt, den Zoes ablehnende Reaktion heraufbeschworen hatte.

Beinah.

„Wir werden dich vermissen Junge“, sagte Hazel Anderson und sah ihn mit einem schiefen Lächeln an.

Rufus neben ihm seufzte und fragte: „Du bist sicher, dass du nicht bleiben willst?“

„Ich kann nicht“, sagte Ursyn.

„Du willst nicht bis morgen warten?“

„Nein, ich habe alles. Es ist an der Zeit." Ein zustimmendes Brummen von seinem Bären. Seit er die vermeintlichen Witterungen seiner Geschwister an Zoe gerochen hatte, wollte er gehen. Am besten sofort. Ursyn war froh, dass er in einem der Campinggeschäfte einen passenden Rucksack gefunden hatte.

Da er nicht viel mitnehmen würde, war er mit Packen schnell fertig gewesen. Einige warme Kleidungsstücke, ein kleines Set mit Verbandsmaterial, eine Taschenlampe und das verdiente Geld aus der Holzfabrik. Die Route, die er bis nach St. Mary gehen musste, hatte er sich auf einer Karte markiert, die ebenfalls in seinem Rucksack steckte.

Er war bereit und doch nicht.

„Ich habe dir noch ein bisschen Proviant eingepackt", sagte Hazel und riss ihn aus seinen Grübeleien. Sie griff nach einer Papiertüte auf der Küchenzeile und hielt sie ihm hin. Der Geruch von Brot, Braten und Keksen schlug Ursyn entgegen. Mit einem Lächeln nahm er die Tüte entgegen, packte es zu seinem bescheidenen Besitz.

Dinge, die er ohne diese beiden Menschen niemals sein Eigen hätte nennen können.

„Danke für alles", sagte er und breitete die Arme aus. Anfangs war es ihm extrem schwergefallen, Körperkontakt zuzulassen, sein Unterbewusstsein hatte alle Menschen als potentielle Gefahr gesehen. Hier hatte er jedoch gelernt, dass der Großteil der Menschen in ihrem Kern gut war und dass eine Umarmung Dinge ausdrücken konnte, die man mit Worten nicht sagen konnte.

Mit einem kleinen Lächeln trat Hazel an ihn heran und legte die Arme um seine Taille. „Du kommst uns besuchen, mit deinen Geschwistern. Versprochen?"

„Ja."

„Gut." Hazel trat zurück, strich über seinen Pullover, als wolle sie Falten entfernen. „Pass auf dich auf Tom."

Ursyn haderte mit sich, wollte ihnen die Wahrheit sagen – dass er nicht Tom hieß und auch nicht im Krieg gewesen war – doch er schwieg. Sollte der unwahrscheinliche Fall eintreten und ConPharm doch noch von seinem Aufenthalt hier erfahren, dann wären Hazel und Rufus mit diesen Informationen in größter Gefahr.

Er löste sich von Hazel und wandte sich Rufus zu.

„Viel Glück", sagte der ältere Mann. Seine Umarmung war kräftiger, er schlug ihm leicht auf den Rücken. „Bist ein guter Junge."

Ein Lächeln verzog Ursyns Mund. Er war so viel mehr und doch weniger als ein Junge oder ein gewöhnlicher Mann.

Er ging auf die Knie und streichelte Floyd. Der Hund schien die gedrückte Stimmung im Haus zu spüren, denn er saß ganz dicht bei ihnen. Sein Schwanz wedelte leicht und er leckte Ursyn übers Kinn. Selbst Rob und Nemo waren gekommen, strichen um seine Beine und verteilten den Geruch des ersten Zuhauses auf ihm, das er jemals gehabt hatte.

Ursyn wünschte fast, dass er dieses besondere Aroma ebenfalls mitnehmen konnte. Diese Mischung aus Fichte, Rum und Wasserlilie, die vornehmlich von den Andersons stammte. Dazu die warmen Witterungen der Tiere, das Holz der Einrichtung und dem Duft nach Kaminfeuer und Kaffee.

Mit einem Kloß im Hals richtete sich Ursyn auf, schulterte den Rucksack und zog sich Handschuhe, Schal und Mütze an. Gemeinsam mit den Andersons ging er zur Haustür, verabschiedete sich ein letztes Mal und trat hinaus ins Freie. Es fühlte sich grauenvoll und richtig zur selben Zeit an.

Er zwang sich, keinen Blick zurückzuwerfen, aus Angst doch noch einzuknicken. Stattdessen setzte er einen Fuß vor den anderen, die Hände in den Taschen seiner Jacke, weiter und weiter fort. Er würde die ganze Nacht durchwandern müssen, laut Routenplan würde er mehr als zwanzig Stunden benötigen. Deswegen wäre es auch sinnlos gewesen, bis zum nächsten Tag zu warten. Er war lieber in der Nacht unterwegs, wenn er nicht bereits den ganzen Tag gelaufen und damit entsprechend erschöpft war.

Ursyn wusste, dass er das schaffen konnte. In den Laboren hatten sie ihn regelmäßig mit Schlafentzug gequält. Die Halluzinationen würden erst nach sechzig Stunden ohne Schlaf eintreten. Da er plante, lange vor diesem Zeitraum in St. Mary anzukommen, sah er kein Problem. Zudem war er gut genährt, sein Bär hatte ihn schon früh sehr widerstandsfähig gemacht, womit auch die Kälte kein Hindernis darstellen sollte.

All diese Fakten zählte Ursyn immer wieder in Gedanken auf, während er durch Columbia Falls in Richtung des Trails durch den Glacier Nationalpark ging. Es hielt ihn davon ab, zu viel über die Andersons nachzudenken. Oder über Zoe Harper, deren Gesicht und fruchtig-warmen Geruch er nicht vergessen konnte.

St. Mary würde seine erste Etappe sein. Er würde dort ankommen und dann, wenn es sich als Sackgasse entpuppte, würde er einfach weitergehen. Ursyn fürchtete sich nicht vor dem unbekannten Weg, der Dunkelheit, der Kälte oder den wilden Tieren im Wald. Er hatte so viel überlebt, was andere längst umgebracht hätte.

Manchmal, wenn sein Körper auseinandergenommen, zusammengesetzt und dann wieder zerschnitten worden war, da hatte sich Ursyn gewünscht einfach zu sterben. Die Augen zu schließen und nie wieder aufzuwachen. Er hatte es nicht mehr ertragen können als Laborratte für die kranken Experimente der Wissenschaftler herzuhalten.

Zwanzig Jahre lang, seit seiner ersten Wandlung mit fünf, hatte er in diesem Teufelskreis aus Schmerz, Erniedrigung und Folter festgesteckt. Die ersten Jahre, nachdem er das erste Mal die Präsenz des Grizzlys in sich gespürt und seine Form angenommen hatte, hatte Ursyn den Bären gehasst. Er hatte ihm die Schuld an all dem Leid gegeben, das darauf über ihn und seine Geschwister gekommen war.

In der kindlichen Annahme, dass alles wieder gut werden würde, hatte Ursyn sich geweigert, sich zu wandeln. Er hatte angenommen, dass seine Pflegerinnen und die Ärzte das akzeptieren würden. Doch schon während er als kleiner Bär in seinem Zimmer gesessen hatte, panisch und völlig verwirrt, da hatte ConPharm das Betreuungspersonal ausgetauscht.

Besonders schlimm war es für Felina gewesen. Sie war damals erst drei Jahre alt gewesen, ein süßes Kleinkind, immer mit einem Lächeln in den schiefergrauen Augen. Dieses Lächeln hatten sie ihr schnell ausgemerzt, ebenso wie das Licht in den Augen von Lycan und Canys.

Ursyn hatte sich die Schuld gegeben, hatte seinem Bären die Schuld gegeben. Erst Jahre später hatte er sich selbst vergeben können, hatte die wahren Schuldigen erkannt. Es waren diejenigen gewesen, die ihn und seine Geschwister geschaffen hatten. Die Wissenschaftler, die mit ihrer eigenen und tierischer DNA herumgespielt und sie dabei kreiert hatten.

Die sie in eine Hölle auf Erden gesteckt hatten.

Ursyn hatte sich so sehr Frieden gewünscht, einen Ausweg aus dem ständigen Leiden. Er hatte sterben wollen. Aber jedes Mal, wenn ihn die ewige Dunkelheit gelockt hatte, war er davor zurückgeschreckt. Hatte sich mit aller Kraft ans Leben geklammert, um seine Familie nicht im Stich zu lassen.

Eine Familie, die er so viele Wochen und Monate nicht mehr gesehen hatte. Schuldgefühle drückten auf sein Herz. Er hatte sich in Columbia Falls versteckt. War es ein Fehler gewesen? Hatte in der Zwischenzeit ConPharm oder jemand anderes ihnen ein Leid angetan? Hätte er es verhindern können?

Ein Knurren löste sich aus seiner menschlichen Kehle, so sehr wildes Tier, wie es ihm in dieser Form möglich war.

Nein, dachte er. Er hatte sich erholen müssen. Er hatte lernen müssen, was es bedeutete, mit anderen Menschen zusammenzuleben, die ihm nicht sprichwörtlich das Fleisch von den Knochen ziehen wollten. Er hatte lernen müssen sich anzupassen.

Das konnte er nun, war in der Lage in einer Stadt unterzutauchen. Er hatte sich selbst bewiesen, dass er sowohl in der Wildnis als auch der Zivilisation überleben konnte. Egal wo Felina, Canys und Lycan waren, er würde mit ihnen zusammen sein können.

Diesen Gedanken fest im Herzen erreichte Ursyn die Waldgrenze. Ohne zu zögern, überschritt er sie, tauchte ab in das immer dunklere Zwielicht zwischen den Bäumen. Er war jetzt auf dem Weg.

Er würde seine Geschwister finden.

Kapitel 9

„Der Sohn des Müllers zuckte mit den Schultern und sagte, dass er sich vor gar nichts fürchtete. Er wollte ausziehen und lernen, wie das Früchten ging. So packte er seine sieben Sachen und ging fort."

Der Dummkopf, dachte Canys und blätterte weiter. Sie würde alles darum geben sich nicht mehr zu fürchten. Aber ihr Leben war schließlich kein Märchen.

„Er kam an einen großen dunklen Wald, mit vielen wilden Tieren und Räubern. Jedermann warnte ihn dort hindurch zu gehen, sagte dass es dort spukte, doch der junge Müllersohn klatschte in die Hände. Vielleicht würde er dort das Fürchten lernen! Mit einem Lächeln betrat er den finsteren Wald."

Canys blätterte um, doch ihre Wölfin ließ sie innehalten. Von draußen war ein tiefes Brummen und Knirschen zu hören...

Ein Auto war in die Einfahrt zum Haus eingebogen und hatte angehalten. Canys erkannte das Motorengeräusch ganz genau, es war der Wagen von Zoes Kollegin Tammy. Sie hatte sich die meisten Fabrikate eingeprägt, damit sie nicht ständig einen Herzinfarkt erlitt, wenn sich jemand zu ihnen verirrte. Besonders ärgerlich waren die Postboten, die immer wieder ihre Wagen wechselten. Dabei mochte sie Dan und Karen ganz gerne, sie waren immer freundlich.

„Hey, deine Mom ist wieder da", sagte sie und sah zu dem Jungen neben sich, der sich in eine Decke eingekuschelt hatte.

Ryans Augen leuchteten auf und er sah zur Tür, doch dann drehte er sein Gesicht wieder zu Canys. Mit einem kleinen Lächeln fragte er: „Kannst du mir die Geschichte schnell zu Ende erzählen? Mom will uns sicher gleich mit nach Hause nehmen und ins Bett bringen."

Canys konnte nicht anders, als zu lächeln. Ihre menschliche und ihre wölfische Seite hatten Ryan und seine Schwestern fest in ihr Herz geschlossen. Sie liebte die Zeit mit ihnen, weil sie sich in ihrer Gegenwart völlig entspannen konnte. Etwas, das ihr nur bei wenigen Menschen gelang. Der einzige Trost war, dass sich dieser Kreis immer weiter ausdehnte.

„Aber natürlich", sagte sie und sah wieder auf das Buch. Im Flur hörte sie Aleydis und Zoe miteinander sprechen. Sie atmete tief ein… und fühlte sich wie elektrisiert. Dieser Geruch! Ihr Kopf fuhr hoch und sie sah gerade noch, wie die beiden Frauen vorbeigingen.

„Schätzchen, halt das mal", sagte Canys, sprang vom Sofa und rannte in den Flur. Sie atmete tief ein und ihre Wölfin drehte komplett durch. Herb-süßes Ambra, eindeutig! Sie glitt mit ihren Socken auf dem glatten Boden fast aus, schlitterte in die Küche und riss dabei beinah einen Stuhl um.

Aleydis und Zoe starrten sie erschrocken an.

„Canys, was…?", setzte ihre Schwester an, doch Canys ignorierte sie.

Stattdessen ging sie direkt auf Zoe zu, packte sie an den Schultern und zog sie dicht zu sich. Ein tiefer Atemzug, noch einer, und sie war sich ganz sicher.

„Ursyn!", sagte sie, ihre Stimme tief und rau, weil ihre Wölfin so dicht unter der Oberfläche war. Sie zerrte heftig an der Kette, wollte sofort wissen, warum Zoe den Geruch ihres älteren Bruders an sich hatte.

„Ursyn?", fragte Aleydis. Sie hatte eine Hand auf Canys' Unterarm gelegt. „Was redest du da?"

„Riechst du es denn nicht?", herrschte Canys sie an. Das Adrenalin ließ sie unwirsch werden. „Du müsstest doch auch seine Witterung kennen, von dem anderen Nationalpark, wo wir vor Monaten waren."

Nun beugte sich auch Aleydis zu Rafaels Schwester, atmete tief ein… und das Hellbraun ihrer Augen wurde zu Wolfsgold.

„Du hast recht." Sie wich zurück und sah zwischen Canys und Zoe hin und her. „Oh mein Gott, du hast recht!"

„Okay, ihr beide macht mir echt Angst", sagte Zoe. Sofort nahm Canys ihre Hände von ihr. Verwirrt sah Zoe sie an. „Was genau geht hier bitte vor sich? Rieche ich nicht gut?"

„Du riechst sogar genau richtig!", sagte Canys. Sie wandte sich aufgeregt an ihre ältere Schwester. „Vor einigen Tagen, als Zoe von ihrer Geschäftsreise zurückkam, da dachte ich auch kurz, ich würde ihn an ihr riechen. Jetzt bin ich mir absolut sicher!"

„Was… wie…?", stammelte Zoe. Sie war blass um die Nase geworden und für einen Moment fürchtete Canys, dass sie umkippen könnte.

Aleydis hatte wohl dieselbe Sorge, denn sie fasste Zoe vorsichtig an den Schultern und drückte sie auf einen der Stühle am Esstisch. Sie lächelte breit, noch immer den Wolf in ihren Augen. „Du hast die Witterung unseres Bruders an dir."

„Weißt du was das bedeutet?", fragte Canys, in ihre Augen stiegen Tränen, als sie Ally ansah. „Das heißt, dass es ihm gut geht und dass ConPharm ihn nicht geschnappt hat! Wir… wir können ihn endlich finden."

„Und Zoe kann uns sagen wo."

„Was?", fragte Zoe verwirrt. „Warum ich?"

Ally beugte sich zu ihr und erklärte: „Weil du die letzten beiden Male, als du auf Geschäftsreise warst, in seiner unmittelbaren Nähe gewesen sein musst."

„Wo genau warst du?", fragte Canys sofort.

„C-Columbia Falls", antwortete Zoe.

„Lycan!", rief Canys und sah aus dem Augenwinkel, wie Zoe zusammenzuckte. Sie wirkte verwirrt und verloren, was Canys leidtat, aber sie war im Moment zu aufgeregt, um ihr

Trost zu spenden. Außerdem war Zoe eine starke Frau, sie konnte es verkraften ein wenig durcheinandergebracht zu werden.

Aleydis griff nach dem Telefon und wählte eine Nummer. Canys würde darauf wetten, dass sie Felina anrief, die am Nachmittag mit Vincent zurück zu ihm nach Hause gefahren war.

Schritte auf der Treppe, ehe Lycan in die Küche trat. Er sah von einer zur anderen und fragte. „Was ist?"

„Riech mal an Zoe." Ally hob die Hand, als sie bemerkte, dass er widersprechen wollte, und fügte hinzu: „Mach einfach!"

„Das ist so schräg", murmelte Rafaels Schwester und verzog das Gesicht, als Lycan sich dicht zu ihr hinunterbeugte.

Ihr Bruder hatte kaum einen Atemzug genommen, da richtete er sich sofort kerzengerade auf und starrte Canys an. „Oh mein Gott, Ursyn!"

„Sag ich doch", erwiderte Canys glücklich. Sie ging zu Lycan und umarmte ihn, ihre Wölfin so glücklich bei der Vorstellung auch ihren zweiten Bruder bald wieder in die Arme schließen zu können.

„Wie ist das möglich?", fragte Lycan und Canys setzte ihn kurz ins Bild.

In der Zeit hatte Aleydis ihr Telefonat beendet, atmete tief durch und sagte: „Okay, wir machen folgendes…"

Aleydis konnte sich kaum noch dazu bringen stillzusitzen. Es waren zweieinhalb Stunden vergangen, seit Canys die Küche gestürmt und sie auf Ursyns Witterung an Zoe hingewiesen hatte. Zweieinhalb Stunden, die sich für sie wie Tage angefühlt hatten.

Es hatte einige Diskussionen mit ihren Geschwistern gegeben, was sie nun machen sollten. Canys war überhaupt nicht begeistert gewesen in St. Mary zu bleiben und auf Felina zu warten. Diese hingegen war sehr ungehalten darüber, wahrscheinlich immer noch, dass sie sie nicht hatten mitnehmen wollen.

Sie wird sich einkriegen, sagte sich Aleydis auch jetzt. Sie war es, die zusammen mit Lycan und Rafael nach Columbia Falls unterwegs war. Lycan, weil er im Zweifelsfall mehr Kraft hatte, um Ursyn zu helfen, sollte er verletzt sein, und Rafael, weil zumindest einer von ihnen den nötigen emotionalen Abstand haben musste.

Nicht, dass ihr Gefährte von der Möglichkeit, ihren letzten Bruder zu finden, nicht auch aufgewühlt war, doch er hatte im Gegensatz zu ihnen kein Tier zu kontrollieren, das ihn zu impulsiven Handlungen treiben wollte. Wie zum Beispiel die Geschwindigkeitsbegrenzungen völlig zu ignorieren, um schneller zu sein, nur um dann auf den teilweise noch verschneiten Straßen einen Unfall zu bauen.

Eine warme Hand legte sich in ihren Nacken. Sie sah zu dem Mann neben sich, der ihr einen kurzen Seitenblick zuwarf. Sein Duft nach Zedern und Kardamom half ein wenig sie zu beruhigen.

„Noch zehn Minuten, dann sind wir dort“, sagte Rafael.

„Gott sei Dank“, kam es von Lycan auf der Rückbank. „Mein Wolf treibt mich gleich in den Wahnsinn.“

„Meiner auch“, sagte Aleydis und drehte sich um. Tatsächlich leuchteten ihr ein Paar eisblauer Augen entgegen.

Sie sah wieder zu Rafael und fragte: „Meinst du Zoe hat unseren Überfall mittlerweile verkraftet?“

„Auf jeden Fall“, antwortete er grinsend. „Zoe hat einen starken Charakter. Außerdem bin ich mir sicher, dass sie sich freut euch unwissentlich geholfen zu haben.“

„Warum kann sie sich dann nicht daran erinnern Ursyn gesehen zu haben?“

„Ich weiß es nicht“, sagte Aleydis an ihren Bruder gerichtet. „In den Unterlagen von ConPharm gab es keine Fotos von euch.“

„Was ich immer noch seltsam finde“, brummte Rafael. Er sah sie kurz an und fügte hinzu: „Versteh mich nicht falsch, das ist bisher gut für euch gewesen, denn so konnten sie keine Fahndungen für euch rausgeben.“

„Hätten sie auch so nicht getan“, sagte Aleydis. „Dabei hätten sie riskiert, dass Lycan und die anderen den Beamten die Wahrheit erzählten. Das Risiko, dass irgendjemand ihnen geglaubt hätte, konnten sie nicht eingehen.“

Zustimmendes Gemurmel von den Männern im Wagen. Zu ihrem Glück würden sie kein Foto brauchen, wenn sie erst einmal in Columbia Falls waren. Wenn Zoe an zwei Tagen Ursyns Witterung abbekommen hatte, dann bedeutete das, dass er nicht nur auf der Durchreise gewesen war. Vielleicht hatte er dort einen Unterschlupf gefunden.

Wir finden es heraus, sagte Aleydis ihrer Wölfin, die daraufhin zustimmend knurrte. Die restlichen Minuten verbrachten sie in angespanntem Schweigen. Rafael lenkte den Wagen zu einem Parkplatz im Stadtzentrum. Es war halb neun und die Straßen und Gehwege so gut wie ausgestorben. Perfekt also, damit Lycan und sie sich ganz auf ihre Nasen konzentrieren konnten.

Aleydis sprang regelrecht aus dem Fahrzeug, schloss ihre Jacke und schlüpfte in ihre Handschuhe. Sie atmete tief die kalte Luft ein. Es hatte wieder angefangen zu schneien, was vielleicht oder vielleicht auch nicht ein Problem darstellen könnte.

„Wie gehen wir es an?“, fragte Lycan. Er trat von einem Fuß auf den anderen, noch immer stand der Polarwolf in seinen Augen. Aleydis musste unvermittelt grinsen, denn dieses Wetter war wie geschaffen für ihren Bruder. Mit seinem weißen Fell konnte er mit der verschneiten Landschaft verschmelzen und nahezu unsichtbar werden, wie sie es mit ihrem schwarzen in der Nacht konnte.

„Wir drehen eine Runde um den Marktplatz, in entgegengesetzte Richtungen. Anschließend weiten wir die Kreise aus, bis einer von uns eine Spur hat.“ Sie wandte sich an Rafael und sagte: „Würdest du beim Wagen bleiben? Wir melden uns telefonisch bei dir, wenn wir etwas haben und du sammelst uns auf.“

Rafael nickte und sagte: „Passt auf euch auf.“

Aleydis stellte sich auf die Zehenspitzen und gab ihm einen schnellen Kuss, ehe sie der Wölfin die Zügel überließ. Sie wandelte sich zwar nicht, doch das Tier nahm so viel Raum in ihren Gedanken ein, wie es ihr in menschlicher Form möglich war. Ohne weitere Worte machten sie sich auf den Weg und Aleydis verfiel in einen Laufschritt.

Es war anstrengend, all die Witterungen in der Luft zu sortieren, die sie aufnahm. Ihre Lungen brannten von der kalten Luft. Beides war ihr egal, denn der Gedanke an Ursyn und daran, ihn endlich bei sich zu haben, trieben sie immer weiter vorwärts.

Sie konnte nur hoffen, dass es ihm gut ging. Sie hatte genug davon ihre Geschwister abgemagert, verletzt und halbtot vorzufinden. Ihnen sollte es gutgehen, verdammt nochmal. Mehr wollte sie doch gar nicht.

Ihr Handy vibrierte in ihrer Jackentasche und sie blieb sofort stehen. Es war Rafael.

„Ja?“

„Komm zurück, Lycan hat eine Spur.“

„Okay“, sagte sie, legte auf und rannte, so schnell es der schlüpfrige Untergrund zuließ, zurück zum Parkplatz. Rafael wartete dort schon mit laufendem Motor, sie sprang rein und er fuhr gleich los. Keine Minute später sahen sie Lycan am Straßenrand stehen.

Aleydis riss die Tür auf und fragte: „Wohin?“

„Dort.“ Er zeigte nach Norden. „Ihr fahrt mir einfach hinterher.“

Kaum hatte Lycan das gesagt, begann er in die gezeigte Richtung zu joggen. Rafael blieb dicht an ihm dran, während Aleydis versuchte, ihre Wölfin zu kontrollieren. Fast zehn Minuten dauerte es, bis sie auf den Parkplatz einer großen Fabrik einbogen. Lycan kam zu ihr ans Fenster und sie ließ die Scheibe herunter.

„Hier ist sein Geruch ganz dicht“, sagte er.

Aleydis nickte. „Ich bemerke es auch.“

„Was heißt das für uns?“, fragte Rafael und Aleydis antwortete: „Das heißt, dass wir von hier an zu Fuß gehen.“

Ohne weitere Fragen parkte Rafael den Wagen. Er hatte noch nicht einmal den Motor abgestellt, da sprang Aleydis bereits ins Freie und atmete tief ein. Tatsächlich, hier war ganz eindeutig der herb-süße Geruch von Ambra stark vertreten. Instinktiv begann sie eine Spirale zu laufen, ehe sie sagen konnte, wo die Quelle der Witterung war.

Lycan wandte sich in dieselbe Richtung: Ein kleiner Weg, der vom Firmengelände fort zu einem zweistöckigen Haus führte. Selbst durch den dichter werdenden Schneefall konnten sie sehen, dass einige Fenster hell erleuchtet waren.

„Da drüben“, murmelte ihr Bruder. Aleydis nickte lediglich. Ihr Herz schlug ihr auf dem Weg zu dem Gebäude bis zum Hals. Vor allem, weil Ursyns Witterung immer dichter wurde. Sie würde gleich ihren noch fehlenden Bruder sehen! Ihn endlich kennenlernen und damit ihre Familie komplett machen. Etwas, das schon von Anfang an hätte so sein sollen.

Ohne zu zögern traten sie auf die Veranda und Aleydis drückte die Klingel unter dem Schild mit dem Namen ‚Anderson‘. Die wenigen Augenblicke, die es dauerte, bis sich im Haus jemand in Bewegung setzte, erschienen ihr wie eine Ewigkeit. Kurz darauf wurde die Tür geöffnet und neben all den Gerüchen, die ihnen mit der warmen Luft entgegenschlugen, befand sich auch ein großer Anteil Ambra. Ihr Bruder war hier gewesen!

„Oh hallo“, sagte eine ältere Frau mit hellen Augen und weißblonden Haaren. „Wie kann ich Ihnen helfen?“

„Bitte entschuldigen Sie die späte Störung“, sagte Aleydis und hatte Mühe ihre Wölfin unter Kontrolle zu halten, „aber wir suchen nach jemandem. Er müsste noch vor kurzem hier gewesen sein.“

„So groß“, sagte Lycan und hielt eine Hand ein Stück über seinen Kopf, „breite Schultern, dunkle Locken und grünbraune Augen. Er ist ungefähr in meinem Alter und spricht nicht viel.“

Ein Aufleuchten in den Augen von Ms Anderson. „Woher kennen Sie Tom?“

„Wen?“, fragte Ally irritiert.

„Na Tom“, sagte sie und zog die Augenbrauen zusammen. „Den jungen Mann, den Sie eben beschrieben haben.“

„Er heißt… ähm, ja natürlich“, sagte Aleydis und zwang sich zu einem Lächeln. „Tom, natürlich. Bitte entschuldigen Sie. Wir hatten immer einen anderen Spitznamen für unseren Bruder.“

„Ihren Bruder?“, kam es von einem Mann, der aus dem Hintergrund ebenfalls an die Tür getreten kam. Er hatte schütteres Haar und einen deutlichen Wohlstandsbauch. Es musste sich um Mr Anderson handeln und auch er trug neben seiner eigenen Duftnote die von Ursyn mit sich.

Aleydis nickte.

„Oh“, murmelte die Frau und ihre Augen weiteten sich. „Oh! Das bedeutet, sie sind Toms Geschwister?“

„So ist es“, sagte Lycan. „Wir suchen ihn schon lange. Ist er da?“

„Tut mir leid, da kommen Sie zu spät“, antwortete der Mann betrübt. „Er ist heute fortgegangen.“

„Fort? Wohin?“, fragte Rafael.

„Er wollte sie suchen gehen“, sagte die Frau. „Er ist vor Monaten bei uns im Garten aufgetaucht, in einem schrecklichen Zustand. Wir haben ihn hier aufgenommen. Er hat nie viel geredet, aber das meiste haben wir uns zusammenreimen können. Erst heute hat er erwähnt, dass er Familie hat und sie suchen will.“

„Was denken Sie denn ist mit ihm passiert?“, fragte Aleydis vorsichtig. Sie konnte nur hoffen, dass Ursyn nichts über ConPharm gesagt hatte. Von den Erzählungen der anderen war er ein besonnener und schweigsamer Mann. Dennoch musste sie wissen, was das Ehepaar wusste oder glaubte zu wissen.

„Er hat gedient“, sagte Mr Anderson, sein Gesicht kummervoll. „Ich kenne einige Jungs, die drüben gewesen sind. Die hatten einen genauso verlorenen und traumatischen Ausdruck in den Augen wie Tom.“

„Manche sind danach nicht mehr dieselben“, fügte seine Frau hinzu. „Sie dürfen ihm keinen Vorwurf daraus machen, dass er sich hier… nun ja, vor Ihnen versteckt hat.“

„Machen wir nicht M'am“, sagte Rafael an ihrer Seite. „Ich wurde selbst im Einsatz verwundet.“

Lycan räusperte sich und fragte: „Wissen Sie denn wohin er gegangen ist?“

„Zu Fuß hat er sich aufgemacht, der verrückte Kerl.“ Ms Anderson schüttelte mit einem schiefen Lächeln den Kopf. „Er wollte durch den Nationalpark.“

Aleydis Kopfhaut begann zu prickeln, am liebsten hätte sie die beiden gepackt und kräftig geschüttelt. „Wohin genau wissen Sie nicht?“

„Doch“, antwortete der Mann. „Er wollte nach St. Mary.“

„Was?!“, platzte es aus Lycan heraus. Auch Rafael schnappte nach Luft, während Aleydis gegen das verrückte Gefühl ankämpfte zu lachen. Laut und ausgelassen über das

Schicksal zu lachen, das einen grauenvollen Sinn für Humor hatte.

Da das aber nicht möglich und vor allem nicht hilfreich war, zwang sich Aleydis zu einem Lächeln und sagte: „Vielen Dank für Ihre Hilfe. Wirklich, vielen Dank. Auf Wiedersehen."

Mit diesen Worten packte sie sowohl Rafael als auch Lycan am Arm und zerrte sie von der Veranda des älteren Ehepaars. Sie hörte noch, wie Ms Anderson ihnen etwas hinterherrief, doch das verstand sie nicht. Es interessierte sie auch nicht, denn sie mussten jetzt nur eines tun: Herausfinden, wie weit Ursyn gekommen war.

„Wir sollten ihm nach", sagte Lycan an ihrer Seite, als hätte er ihre Gedanken gelesen. „Wir sollten uns wandeln und ihn auf vier Pfoten verfolgen."

„Ganz sicher nicht", sagte Rafael und verschränkte die Arme vor der Brust.

Aleydis drehte sich zu ihm um, das Knurren ihrer Wölfin in der Kehle. „Was? Warum nicht?"

„Weil es dunkel ist, es immer heftiger schneit und ihr nicht genau wisst welchen Weg er genommen hat. So viel weiß ich schon über eure Spürnasen, dass frischgefallener Schnee es euch wahnsinnig schwer macht die Fährte zu behalten."

„Was schlägst du dann vor?", herrschte sie ihn an. „Sollen wir einfach zurück nach Hause und warten, ob er es schafft? Dass er nicht ausrutscht, sich den Fuß bricht und an einer Unterkühlung stirbt? Oder dass er sich verläuft und auf eine der Millionen anderen Todesursachen umkommt, die dort draußen lauern?"

„Ally, jetzt beruhige dich", versuchte er es, doch sie wollte sich nicht beruhigen.

„Mein Bruder ist da draußen! Ganz allein!"

„Er ist auch mein Bruder", sagte Lycan neben ihr. Seine Schultern waren angespannt und sein Blick eisblau, doch er wirkte gefasster als sie. Er griff nach ihrer Hand und fügte hinzu: „Ursyn ist intelligent. Er hat all die Monate ohne uns überlebt, da wird er es eine Nacht in den Wäldern auch aushalten."

„Und wenn er es trotzdem nicht schafft?", fragte Aleydis. Die Wölfin in ihr heulte, frustriert und in Sorge. Sie zwang sich und ihre zweite Hälfte, tief durchzuatmen, die Panik beiseitezuschieben und sich auf die Fakten zu konzentrieren.

Beide Männer hatten recht: Bei dem steten Schneefall würden sie Probleme haben an Ursyns Spur dranzubleiben und er war, wie Lycan gesagt hatte, nicht auf den Kopf gefallen. Außerdem war er zäh. Beides Eigenschaften, die ihm hoffentlich das Überleben sicherten.

„Okay." Aleydis holte tief Luft, hielt sie einige Sekunden an und entließ sie in einem einzigen Atemstoß. „Okay, wir fahren zurück. Aber wenn er morgen Abend nicht in St. Mary angekommen ist, dann drehe ich auf der Strecke von hier bis nach Hause jeden Stein um."

„Natürlich", sagte Rafael und gab ihr einen Kuss, bevor Lycan sie in den Arm nahm. Sie wusste, dass ihr Wolfsbruder den Kontakt ebenso dringend brauchte wie sie. Noch immer hing der schwache Nachhall von Ambra in der Luft, lockte und verhöhnte sie gleichermaßen.

Pass auf dich auf Bruder, dachte Aleydis, löste sich von Lycan und stieg ins Auto. Die ganze Heimfahrt starrte sie angestrengt in die Dunkelheit, in der Hoffnung eine Gestalt am Straßenrand zu sehen, doch vergeblich. Es war, als hätte das Schicksal ein weiteres Mal beschlossen, ihr haushohe Steine in den Weg zu legen.

Kapitel 10

St. Mary ist so nett, dachte Scott, während er am frühen Morgen das kleine Motel verließ und durch die Stadt ging. Es war so ein typischer kleiner Ort, der außerhalb der Touristensaison wie ausgestorben wirkte. An jeder Ecke wartete ein neues Postkartenmotiv darauf, fotografiert zu werden, die Menschen grüßten sich, egal ob Fremde oder Einwohner.

Für gewöhnlich versuchte Scott solche Städte bewusst zu meiden, da man hier nicht gut in der Masse untertauchen konnte. Nun allerdings wollte er eine Ausnahme machen. Er hatte seinen Job, von dem er Roxanne erzählt hatte, bereits erledigt und ihm war langweilig gewesen. Sein Auftrag für Glenn lag im Moment auf Eis und er war zum Warten verdonnert.

In einer langen Nacht war ihm eine so verrückte wie vielversprechende Idee gekommen. Es würde ihm entweder hervorragend die Wartezeit versüßen oder sehr gefährlich werden. Vielleicht sogar tödlich. Beide Aussichten reizten Scott. Es war eine Herausforderung, die er genoss.

Gutgelaunt bog er vom sauber geräumten Gehweg auf das Firmengelände ein, trat durch die Eingangstür in eine große, hohe Halle. Es roch nach Talkumpulver und Gummimatten. Er sah sich ganz genau um, registrierte den Hindernisparcours an einer Hallenseite, ebenso wie die auf einer Zwischenebene befindlichen Büroräume. Es gingen mehrere Türen ab, wahrscheinlich zu den Schulungs- und Umkleideräumen. Materialschränke und mehrere Stapel Matten verbargen eine weitere Wand.

Scott hatte sich, so gut es ging über die Firma informiert und war gegen seinen Willen beeindruckt gewesen, was der Ex-Seal da geschaffen hatte. Er hatte klein angefangen, nur mit zwei Mitarbeitern, und hatte in den Jahren seit der Gründung das Angebot sowie die Belegschaft stetig erweitert.

„Was zur Hölle machen Sie hier?"

Scott drehte sich um und sah einen großen, dunkelhäutigen Mann über die Treppe von den Büroräumen nach unten gehen. Er war sicher zwei Meter groß, gebaut wie ein Schrank. Sein dunkler Blick bohrte sich in Scott. Damit hätte er sicher dem Großteil der Bevölkerung den Angstschweiß aus den Poren getrieben, doch Scott blieb völlig entspannt.

„Guten Morgen Mr Kinnaman", sagte Scott lächelnd. Er hatte sich über ihn informiert. Sie waren quasi natürliche Feinde, da Scott sich dafür bezahlen ließ andere Menschen umzubringen und Mike Kinnaman als ehemaliger Personenschützer das hatte verhindern wollen. Mittlerweile brachte er das Handwerk anderen bei, was Scott regelmäßig seine Arbeit erschwerte.

„Darüber lässt sich streiten", sagte der Hüne. Er verschränkte die Arme vor der Brust und sah ihn lauernd an. „Ich wiederhole mich: Was machen Sie hier?"

Die Feindseligkeit im Blick des anderen Mannes verriet Scott, neben seiner Reaktion auf seine Erscheinung natürlich, dass Mike Kinnaman sich auch über ihn erkundigt hatte. Scott fühlte sich ein wenig geschmeichelt.

Daher erwiderte er gutgelaunt: „Natürlich an einem Kurs teilnehmen."

„Sie stehen nicht auf der Liste."

„Ich habe einen Decknamen verwendet", sagte Scott gutgelaunt. „Sonst hätten Sie und Ihre Kollegen meine Teilnahme sicher nicht akzeptiert."

„Warum wohl", sagte Mike Kinnaman, zog sein Smartphone aus der Tasche und fragte kurz darauf mit hochgezogener Augenbraue: „Solomon Lane?"

Scott grinste und zuckte mit den Schultern. „Ich bin ein großer Mission-Impossible-Fan."

„Wer nicht", brummte sein Gegenüber, jede Silbe voller Sarkasmus. Es sah ganz so aus, als überlegte Mr Kinnaman, ihn mit körperlicher Gewalt vom Gelände zu schaffen. Scotts Muskeln spannten sich an, aber er würde es nie herausfinden.

Denn die Tür hinter ihm öffnete sich, ließ neben einem Schwall kalter Luft einen großen Mann mit schwarzen Haaren und grünen Augen herein – der sofort ausgelassen fluchte, als er Scott erblickte.

„Mr Bishop, wie nett", sagte Scott. Es schien bei den Leuten, die wussten, wer er war, nur zwei mögliche Reaktionen auf sein Erscheinen zu geben: Entweder wurden sie vor Angst blass und fielen in Ohnmacht oder sie begannen zu fluchen, dass selbst der Teufel noch etwas dazulernen konnte.

Nochmals öffnete sich die Tür und zwei Frauen kamen herein. Dieses Mal war es kein Fluchen, sondern ein wütendes Knurren, das die Luft erfüllte.

„Sie!", zischte Aleydis Moore und schob sich vor ihre Schwester. Aleydis gehörte eindeutig zur Kategorie fluchen, ganz im Gegensatz zu Canys Moore. Sie war so blass wie die Wand geworden.

„Guten Morgen die Damen, eine Freude Sie zu sehen", sagte Scott. Er konnte sehen, wie die Augen der beiden Frauen Wolfsgold wurden. Bei der älteren aus Angriffslust, bei der jüngeren aus Furcht.

Aleydis' Knurren wurde nur lauter, während sie hervorpresste: „Was machen Sie hier Mr Hewlett?"

„Bitte, wir waren doch bei Scott."

„Es kommt mir nur schwer über die Lippen", sagte sie kalt, das Gold ihrer Augen begann zu flackern. Er musste eindeutig verrückt sein, wenn er dem Wolf immer wieder am Schwanz zog. Sprichwörtlich.

„Er hat sich zu einem Kurs eingeschrieben", sagte Mr Kinnaman.

„Vergessen Sie es“, kam es sofort von Mr Bishop. „Verschwinden Sie.“

„Das ist aber kein besonders geschäftstüchtiges Verhalten“, erwiderte Scott.

„Das ist mir egal.“ Rafael Bishops Blick wurde stahlhart. „Nehmen Sie Ihr Geld und gehen Sie wieder zurück in das Loch, aus dem Sie gekrochen sind.“

Zu seiner maßlosen Überraschung – wirklich, er hätte eher damit gerechnet, dass Schweine fliegen lernten – trat Canys vor und fasste den Partner ihrer Schwester am Arm. Den Blick fest auf ihn gerichtete sagte sie: „Lass ihn.“

„Wie bitte?“, entfuhr es Aleydis.

Doch die zierliche Blondine beachtete sie nicht, sondern sah weiter Scott an und fragte: „Sie wollen uns doch nicht hinterrücks umbringen, oder Scott?“

Ein Lächeln verzog seinen Mund. „Nein.“

„Und Sie sind nicht wegen ConPharm hier?“

„Nein.“

Sie nickte langsam, die Augen noch immer golden. Ihr ganzer Körper zeugte von Anspannung, war gefangen zwischen Flucht und Angriff und das faszinierte Scott. Es war offensichtlich, dass sie diejenige war, die ihn als Allerletztes in ihrer Nähe haben wollte und doch versuchte sie die anderen davon zu überzeugen ihn gewähren zu lassen.

Oh, das war so interessant!

„Sei deinen Freunden nah“, sagte sie langsam und sah zu ihrer Schwester, „aber deinen Feinden noch näher.“

Scott konnte das Lachen nicht unterdrücken, gluckste vor sich hin und schüttelte den Kopf. Er beobachtete den Kampf, den Aleydis mit sich selbst führte. Es war keine Frage, dass die beiden Männer sich nach ihrer Entscheidung richten würden. Sie war eine geborene Anführerin.

„Wenn Sie auch nur falsch atmen“, zischte Aleydis und machte einen Schritt auf ihn zu, „dann begnüge ich mich nicht mehr damit Ihnen die Nase zu brechen. Dann drehe ich Ihnen den Hals um und verfüttere Sie an die wilden Wölfe."

„Hören die denn auf Sie?", fragte Scott, nicht im Mindesten beeindruckt von der Drohung, aber sehr interessiert an der Antwort der Hybridin.

„Wollen Sie es herausfinden?" Aleydis lächelte, wobei es wohl eher ein Zähnefletschen war. „Wenn man einen Wolf ruft, dann lädt man das ganze Rudel ein."

Mit einem Puls jenseits von Gut und Böse ging Aleydis die Treppe zu den Büroräumen nach oben. Dort warf sie ihre Tasche in die Ecke und knurrte so tief, dass sie später sicher Halsschmerzen bekommen würde. Zudem prickelten ihr Kiefer und die Fingerspitzen, weil sich Reißzähne und Krallen an die Oberfläche schieben wollten.

All das war ihr im Moment jedoch herzlich egal, denn zum einen war niemand im Büro, der sich an ihrem eigenwilligen Verhalten hätte stören können, und zum anderen war ein verfluchter Auftragsmörder in der Nähe ihrer Familie.

Schon wieder!

„Ich bringe ihn um!", presste Aleydis hervor. Ihre Nase juckte von seinem durchdringenden Geruch nach Sternanis, dass sie sich am liebsten übergeben wollte. „Ich fresse ihn auf, wenn es sein muss, damit seine Leiche nie gefunden wird."

Die Tür öffnete sich und Karamell flutete in den Raum. Aleydis drehte sich um und sah Canys auf der Schwelle stehen. Ihr Blick war ebenfalls der ihrer Wölfin, doch sie schien nicht so durch den Wind zu sein wie Aleydis. Eine Tatsache, die sie sowohl bemerkenswert als auch verstörend empfand.

„Warum wolltest du, dass wir ihn nicht hochkant rausschmeißen?", fragte sie und ging auf ihre Schwester zu.

„Weil er etwas plant", sagte Canys. „Meinst du, er hat irgendwie herausgefunden, dass wir kurz davor sind Ursyn zu finden? Dass er eben gelogen hat und doch gekommen ist, um uns zusammen abzuliefern, so wie du es vermutet hattest?"

„Ich weiß es nicht."

„Ally?!"

„Ich weiß es ehrlich nicht", sagte sie und zuckte mit den Schultern. „Er ist so unberechenbar. Ich habe keine Ahnung, ob er nur hier ist, um uns zu ärgern oder ob er etwas will. Wir müssen ihn im Auge behalten."

„Ich weiß, deshalb solltet ihr ihn auch nicht wegschicken." Canys atmete tief ein und sagte: „Ich mache das."

„Was? Nein!", platzte es aus Aleydis heraus. „Das wirst du ganz sicher nicht!"

„Warum nicht? Traust du es mir nicht zu?" Etwas im Blick ihrer Schwester drückte auf Aleydis' Herz. Sie ging zu ihr hinüber und griff nach ihren Händen. Sie waren kühl.

„So habe ich das nicht gemeint."

„Es hat sich aber so angehört."

„Schätzchen, du weißt genau, wie ich das meine." Sie neigte den Kopf zur Seite. „Du hast keinen Killerinstinkt in dir und das ist etwas Wunderbares. Du kannst hervorragend mit Kindern umgehen, bist sanft und alle lieben dich."

Ein Leuchten trat in das Gold von Canys' Augen. „Weswegen Scott mich sicher nicht als Bedrohung sieht und vielleicht seine Deckung sinken lässt."

„Ich… ich will dich einfach nicht in seiner Nähe haben."

„Glaubst du ich will das aus Spaß machen?"

Aleydis schüttelte den Kopf. „Nein, natürlich nicht."

„Meine Wölfin mag vielleicht nicht so dominant sein wie deine oder wie Lycans Wolf, aber sie will auch ihre Familie beschützen." Sie sah Aleydis eindringlich an und bat: „Bitte, lass mich versuchen meine Familie zu beschützen."

„Na gut. Aber", sagte sie, als sie sah, wie ihre Schwester lächelte, „du wirst kein Risiko eingehen, klar? Sobald er auch nur eine winzige zwielichtige Geste macht will ich das wissen, damit ich ihm das Fleisch von den Knochen ziehen kann."

Canys nickte lediglich, umarmte sie fest und verließ das Büro. Aleydis hatte das Bedürfnis ihr Frühstück in den Mülleimer zu erbrechen. Ihr Magen rebellierte, ihre Wölfin lief in ihrem Kopf Amok und sie konnte ihre eigenen Gedanken über das Knurren des Raubtiers kaum noch hören.

Sie konnte der Wölfin nicht einmal einen Vorwurf machen, denn die Situation war zum Verrücktwerden. Scott Hewlett rückte ihnen auf den Pelz, so dicht wie noch nie zuvor, und Ursyn war noch immer nicht aufgetaucht.

Es war ein Alptraum, ein Desaster!

Kapitel 11

Den vergangenen Abend und den Morgen hatte Zoe wie im Autopilot hinter sich gebracht.

Sie hatte die Kinder ins Bett gebracht, war duschen gewesen und ins Bett gegangen, um genau siebeneinhalb Stunden später wieder aufzustehen, die Kinder zu wecken, ihre Lunchpakete zu packen und sie zur Schule zu bringen. Alles in einer Ruhe und Normalität, die sie nicht im Geringsten empfand.

Sie war richtiggehend froh, dass Tammy sich an diesem Tag freigenommen hatte, so dass sie mehr oder weniger alleine im Büro sitzen und arbeiten konnte. Oder zumindest versuchen zu arbeiten, denn ihr Gehirn schien immer noch nicht richtig zu funktionieren.

Ein Gedanke kreiste unaufhörlich in ihrem Kopf und verhinderte, dass sie über etwas anderes nachdenken konnte. Ein Gedanke, der so verrückt und unglaubwürdig war, dass er einfach wahr sein musste. Schließlich war ihr Bruder mit einer Frau zusammen, die gelegentlich als schwarzer Timberwolf unterwegs war und deren Geschwister sich ebenfalls in Tiere verwandeln konnten. Geschwister, von denen nur noch ein Bruder fehlte.

Einer, der sich in Columbia Falls als Tom Walker ausgegeben hatte, aber in Wahrheit Ursyn Moore war. Als Rafael ihr gemailt hatte, was sie herausgefunden hatten, da hatte Zoe es anfangs nicht glauben wollen. Sie hatte die Nachricht zweimal lesen müssen, um auch nur im Ansatz zu begreifen, was das bedeutete.

Es bedeutete, dass die Moore-Familie endlich komplett sein würde, sobald Ursyn in St. Mary auftauchte.

Es bedeutete aber auch, dass sie mit Aleydis' Bruder rumgeknutscht hatte.

Hitze schoss in Zoes Wangen und sie ließ das Gesicht in die Hände fallen. Es war ein absolutes Chaos. Sie würde ihm, geschweige denn Ally und den anderen, nie wieder unter die Augen treten können. Rafael hatte sicher schon eins und eins zusammengezählt und war dahintergekommen, dass Ursyn und der Mann, den sie geküsst hatte, ein und dieselbe Person waren.

Warum nur war es ihr nicht aufgefallen?

Ja, sie hatte nie ein Bild von ihm gesehen, aber Canys hatte ihn ihr einmal beschrieben, als sie die Kinder heimgebracht und sie sich unterhalten hatten. Im Nachhinein kam sie sich so dumm vor, dass sie die Verbindung nicht selbst gezogen hatte. Wie viele zwei Meter große, breitschultrige, schweigsame Männer Mitte zwanzig mit grünbraunen Augen und Locken gab es schon in der Gegend? Es war ja nicht so, dass sie auf Bäumen wuchsen.

Er war auch noch drei Jahre jünger als sie, was irgendwie seltsam war. Sie mochte eine emanzipierte Frau sein, aber irgendwie erschien es ihr trotzdem eigenartig, sich mit einem jüngeren Mann einzulassen.

„Himmel, nein", murmelte Zoe bei der unglücklichen Wortwahl in ihren Gedanken. Es war nur ein Kuss gewesen, mehr nicht. Sie war immerhin nicht mit ihm im Bett gelandet, auch wenn sie das vor ein paar Tagen noch bereut hatte.

Wobei dann auch wieder nicht, wenn sie seine abweisende Reaktion auf ihre Aussage berücksichtigte, dass sie Mutter war. Darüber würde sie mit ihm reden können, wenn sie es denn schaffen sollte, in seiner Gegenwart je ein anständiges Wort herauszubekommen.

„Okay, genug davon", sagte sie sich. Zoe schloss die Augen, atmete tief durch und versuchte all diese wirren Gedanken von sich zu schieben. Sie musste etwas arbeiten, ihre Aufgaben erledigen und hatte keine Zeit sich in Selbstmitleid und Scham zu ergehen.

Sie schaffte es auch tatsächlich, sich auf etwas anderes zu konzentrieren. Zumindest bis zur Mittagspause. Sie wartete ständig auf eine Nachricht von Rafael, dass Ursyn in St. Mary angekommen war. Er musste ein Verrückter sein, wenn er den Weg gelaufen war und das auch noch bei Nacht. Bären-Gene hin oder her, das war doch verdammt gefährlich!

Sie beschloss, früher Feierabend zu machen und zu Rafael in die Firma zu fahren. Sie wusste, dass Canys und Aleydis ebenfalls dort sein würden. Lycan und Felina waren Zuhause geblieben, um dort zu sein, wenn ihr Bruder eintraf. Auf Zoes Frage per Textnachricht am vergangenen Abend, wie er denn bitte das richtige Haus finden sollte, hatte ihr Bruder ihr ein Bild von einer Nase geschickt.

Sehr witzig, der Scherzbold.

Zoe packte ihre Tasche, zog sich an und ging zum Parkplatz. Die Kinder hatten einen langen Schultag, so dass sie vielleicht Zeit hatte das Haus in Ordnung zu bringen und sich vielleicht eine Stunde mit einem Buch auf das Sofa zu setzen. Möglicherweise würde sie das soweit beruhigen, dass ihr Gedankenkarussell aufhörte sich in ihrem Kopf wie wild zu drehen.

Der Schneefall der vergangenen Nacht hatte aufgehört und die Straßen waren geräumt, als sie vom Parkplatz des Rathauses fuhr. Sie war immer noch seltsam nervös. Ob Ally und die anderen sie auf den Kuss ansprechen würden?

„Schluss jetzt", wies sie sich selbst an, parkte bei Rafaels Firma und ging hinein. Helles Licht und warme Luft empfing sie, vermischt mit dem Geruch nach Talkum und Schweiß. Ein kurzer Blick und sie entdeckte Ally, die mit dem Rücken zu ihr stand und einem Kurs bei ihren Übungen zusah.

„Hey Ally“, sagte sie und ging auf ihre Schwägerin zu. Diese drehte sich um und Zoe hätte beinah die Beine in die Hand genommen, so mörderisch war der Blick der anderen Frau. Als sie Zoe erkannte verschwand die Mordlust aus ihrem Blick, doch der grimmige Gesichtsausdruck blieb.

„Hi Zoe.“

„Was ist passiert, dass du so wütend aussiehst? So kenne ich dich ja gar nicht.“

„Tut mir leid.“ Sie massierte sich die Nasenwurzel und sagte leise: „Es ist nur so, dass Scott Hewlett sich hier für einen Kurs eingeschrieben hat und ich so verrückt war ihm das durchgehen zu lassen.“

„Scott ist hier?!“, quiekte Zoe. Sofort scannte sie den ganzen Raum und tatsächlich blieb ihr Blick an einem großen Mann mit schwarzen Haaren hängen. Mit seiner dunklen Sportkleidung und dem definierten Körper darunter fiel er unter den anderen Teilnehmern kaum auf und doch stach er hervor.

Was Zoe fast noch mehr verstörte als die bloße Anwesenheit des Söldners, war, dass Canys keine zwei Meter von ihm ihre Übungen durchführte.

Was zur Hölle war hier los?

Als sie das Aleydis fragte, wurde deren Gesicht noch finsterer. „Ich habe keine Ahnung“, sagte sie. „Er hat es nicht sagen wollen und wir haben beschlossen ihn lieber in unserer Nähe zu behalten, wo wir ihn beobachten können, statt zu spät herauszufinden was er vorhat.“

„Was sagen Rafael und Mike dazu?“

„Sie hassen es genauso sehr wie ich, aber sind derselben Meinung.“

Nur zu verständlich, dachte Zoe und sah wieder zu Scott Hewlett hinüber. Er sagte etwas zu einem Teilnehmer, der daraufhin ganz große Augen bekam. Zoe wollte gar nicht wissen, was es gewesen war.

„Müssen wir uns sicher keine Sorgen machen?“, fragte sie an Ally gewandt.

„Natürlich, es geht immerhin um einen verrückten Soziopathen.“ Sie sah Zoe an und fügte mit einem ironischen Lächeln hinzu: „Aber ich denke, es geht keine akute Gefahr von ihm aus. Noch nicht zumindest.“

„Oh... na immerhin.“ In dem dringenden Bedürfnis, das Thema zu wechseln, fragte Zoe: „Gibt es schon eine Spur von Ursyn?“

„Bisher nicht“, sagte Aleydis. Sie warf einen Blick auf die Uhr an ihrem Handgelenk. „Der Fußmarsch sollte nicht mehr als einundzwanzig Stunden dauern. Wenn er, wie ich vermute, die ganze Nacht durchgelaufen ist, dann sollte er in den nächsten drei Stunden hier eintreffen. Plus minus einer Stunde vielleicht. Wir haben uns darauf geeinigt ihn suchen zu gehen, sollte er am Abend noch nicht hier sein.“

„Denkst du wirklich, dass das zu schaffen ist?“, fragte Zoe skeptisch. „Es ist immerhin nicht das beste Wetter.“

„Ich war auch skeptisch, aber Lycan, Felina und Canys sind der festen Überzeugung, dass er es schaffen wird. Ich vertraue ihrem Urteil und hoffe einfach das Beste.“

„Das machen wir doch alle“, erwiderte Zoe.

„Weißt du, ich wünsche mir nichts sehnlicher als Sicherheit für meine Familie. Ich will kein Drama, keine Gefahr und keine bösen Überraschungen mehr.“

Zoe legte eine Hand auf Allys Oberarm und lächelte. „Das kann ich verstehen, glaub mir.“

„Es wird mir nur so unglaublich schwer gemacht“, brummte sie und deutete mit einem Kopfnicken zu Scott Hewlett. Als sie rüber sah, lief Zoe wieder eine Gänsehaut den Rücken hinunter. Sie hatte keine Ahnung, wie sie ihn vor Monaten noch für einen freundlichen Nationalparkranger hatte halten können.

„Ich weiß, dass ihr es schaffen könnt", sagte Zoe. Sie leckte sich über die Lippen, nervös und unsicher, ehe sie fragte: „Hat Rafael dir gegenüber erwähnt, was ich ihm von meinem ersten Ausflug nach Columbia Falls erzählt habe?"

„Du meinst den kleinen Unfall in diesem Sägewerk?", fragte Ally und grinste.

Zoe wollte es sagen, wollte es aussprechen, doch dann knickte sie ein. Sie lachte zittrig und nickte. „Ja ja, genau das. Verrückt, nicht wahr? Zum Glück habe ich die Flecken wieder rausbekommen."

Ally schenkte ihr ein Lächeln.

Zoe rieb sich ihre feuchten Hände an der Jeans ab und sagte: „Gut, dann will ich dich nicht weiter aufhalten. Ihr gebt Bescheid, wenn ihr etwas von eurem Bruder hört?"

„Natürlich."

„Okay." Sie sah wieder zu der trainierenden Gruppe, beobachtete Scott Hewlett, und fügte hinzu: „Passt auf euch auf."

„Auf jeden Fall", antwortete Aleydis und man konnte das Knurren ihrer tierischen Hälfte in den Worten hören. Sie verabschiedeten sich und Zoe verließ das Gebäude. In ihrem Auto angekommen legte sie die Hände aufs Lenkrad und ließ die Stirn dagegen sinken.

Sie war ja so ein Feigling. Da predigte sie ihren Kindern immer, dass man ehrlich sein und nichts verschweigen sollte und dann schaffte sie es nicht ihren eigenen Rat zu befolgen. Gut, Aleydis' Bruder zu küssen war etwas anders als heimlich alle Schokokekse zu futtern, doch irgendwie fühlte es sich für Zoe ähnlich an. Als hätte sie etwas Unerlaubtes getan.

Oder war es das nachträgliche schlechte Gewissen gegenüber Chris?

Es war jetzt drei Jahre her, der Schmerz über seinen plötzlichen Verlust war noch immer da, doch er war verblasst.

Ryan war damals fünf gewesen und die Zwillinge zwei. Deswegen konnten sich Amy und Liv kaum noch an ihren Dad erinnern. Zoe blätterte regelmäßig in den Fotoalben von früher mit ihnen, damit sie ihn nicht vergaßen.

Aber vielleicht war es auch so, damit sie ihn nicht vergaß. Nicht völlig, das war unmöglich, weil er ihre große Liebe von der Highschool gewesen war und sie so schnell wie möglich eine Familie hatten gründen wollen. Doch Zoe hatte schon vor einiger Zeit bemerkt, dass ihr Kleinigkeiten nicht mehr einfielen. Wie er seinen Kaffee getrunken hatte zum Beispiel oder wie sein Aftershave gerochen hatte.

Sie fühlte sich schlecht deswegen, hatten sie doch vorgehabt zusammen alt zu werden. Eines dieser Paare zu werden, die händchenhaltend auf ihrer Veranda saßen, umgeben von ihren Kindern, Enkeln und Urenkeln. Sie hatten sich beide eine große, liebevolle Familie gewünscht, da sie beide diese als Kinder nicht gehabt hatten. Chris war als Einzelkind bei seinem Vater aufgewachsen und Zoe hatte zwar Rafael gehabt, aber dafür waren ihre Eltern nicht besonders herzlich gewesen. Waren es immer noch nicht.

Mit einem Seufzen richtete sich Zoe auf und startete den Motor. Von wegen, ihr Gedankenkarussell würde sich nach einem Besuch hier aufhören zu drehen. Wahrscheinlich würde das nur eine ganze Flasche Wein schaffen, aber die konnte sie sich um kurz vor zwei am Nachmittag nicht genehmigen. Sie hatte Aufgaben zu erledigen und wollte ihren Kindern sicher später nicht betrunken die Tür öffnen.

Nein, Alkohol hatte sie seit drei Jahren aus gutem Grund aus ihrem Leben komplett verbannt.

Mit dem festen Vorsatz, sich mit Hausarbeit und besagtem Buch abzulenken, fuhr sie nach Hause. Die ganze Fahrt über und während sie das Auto in der Einfahrt parkte, dachte sie darüber nach, was alles zu tun war. So abgelenkt bemerkte sie die dunkle Gestalt auf ihrer Veranda erst, als sie schon die ersten Stufen hinaufgestiegen war.

Wie angewurzelt blieb sie stehen, ihr Herz schlug ihr bis zum Hals. Da saß tatsächlich ein großer Mann auf der Bank, mit einem dicken Mantel und der Mütze tief ins Gesicht gezogen. Ein Rucksack stand neben ihm, er rührte sich nicht.

Zuerst hatte Zoe Panik, dass er tot sein könnte. Doch wenn sie genau hinsah, dann konnte sie erkennen, wie sich sein Brustkorb langsam hob und senkte. Er schlief also nur.

Warum zur Hölle schlief ein fremder Mann auf ihrer Veranda? Er war offenbar kein Mörder oder Einbrecher, denn die setzten sich sicher nicht so offensichtlich auf Bänke vor Haustüren. Hoffte sie zumindest.

Ihr Smartphone in der Hand, dem Finger über der Schnellwahltaste für die Polizei schwebend, ging Zoe langsam näher. Sie konnte das Gesicht des Mannes wegen seines Barts und der Mütze nur schlecht erkennen. Vorsichtig ging sie näher, noch näher…

… bis es ihr wie Schuppen von den Augen fiel.

„Ursyn?!", japste sie. Der fremde und doch bekannte Mann schlug die Augen auf.

Kapitel 12

Er hatte es geschafft.

Er hatte es tatsächlich geschafft, den Nationalpark zu durchqueren und diese Ortschaft zu erreichen, die St. Mary hieß. Erschöpft, hungrig und völlig am Ende stand Ursyn einige Minuten an dem Ortsschild und atmete tief durch. Er war hier.

Der Fußmarsch war anstrengender gewesen, als er gedacht hatte. Der Schneefall hatte dafür gesorgt, dass an mehreren Stellen heruntergebrochene Äste seinen Weg versperrt hatten. Zudem waren einige Schilder nicht lesbar gewesen, weswegen er einmal fast in die falsche Richtung abgebogen war.

Lediglich sein Bär hatte ihn davon abhalten können den falschen Weg zu nehmen. Er hatte einen viel besseren Orientierungssinn als Ursyns menschlicher Teil. Der Grizzly hatte ihm deutlich zu verstehen gegeben, wo er langgehen musste, um in die korrekte Himmelsrichtung unterwegs zu sein. Zu seinem Glück.

Sonst würde Ursyn nun sicher nicht an seinem Ziel sein. Er setzte seinen Rucksack ab, nahm sich das letzte Stück von Hazels Sandwich heraus und schlang es hinunter. Es würde helfen, dass er sich wieder konzentrieren konnte. Denn nun kam es auf seine Nase an.

In den langen, einsamen Stunden seiner Wanderung hatte Ursyn sich überlegt, dass er Zoe aufsuchen sollte. Er kannte sie und vielleicht würde sie ihm sagen können, wohin er als Nächstes gehen konnte. Außerdem war sein Bär ganz aufgeregt bei der Vorstellung, sie wiederzusehen.

So beschwingt schulterte er seinen Rucksack, ließ die Schultern kreisen und lockerte die Kontrolle um seinen Bären. Freudig kam er in den Vordergrund und atmete tief ein. Millionen Gerüche fluteten seine Sinne, verworren und ineinandergreifend wie Fäden in Stoff. Ursyn roch die Witterungen von Menschen, von Tieren, roch Holzfeuer, Abgase, Essen und Abfall.

Langsam setzte er seinen Weg fort, überschritt die Stadtgrenze und hörte dabei nicht auf die Gerüche zu sortieren und zu analysieren. Keine fünfzig Meter weiter blieb er abrupt stehen. Da, da war der Geruch nach grünem Apfel. Er war sich ganz sicher.

Mehrmals drehte er sich im Kreis, entschied sich für eine Richtung und ging weiter. Tatsächlich wurde das, was er für Zoes Witterung hielt, immer deutlicher. Je mehr er davon erhaschte, desto schneller wurden seine Schritte. Sein Herzschlag beschleunigte sich nicht nur wegen der Anstrengung, sondern auch wegen der irrationalen Vorfreude Zoe wiederzusehen.

Für einen kurzen, flüchtigen Moment dachte er, einen Hauch Passionsfrucht und Wacholder zu riechen.... Doch der Augenblick war so schnell vorbei und er so konzentriert auf Zoes Duft, dass er einfach weiterging. Ursyn war kurz vor seinem Ziel, das wusste er einfach.

Tatsächlich stand er keine fünf Minuten später vor einem weißen, zweistöckigen Haus. Der Vorgarten war verschneit, nur der Parkplatz und der schmale Weg zum Haus waren geräumt. Er konnte weiße Vorhänge in den Fenstern erkennen. Es sah so normal und heimelig aus, dass er lächeln musste.

Aufgeregt und neugierig ging er auf die Veranda zu, stand vor der Haustür und klingelte. Der Laut hallte im Hausinneren wider, ohne das sonst eine Reaktion von drinnen zu hören gewesen wäre. Ursyn klingelte nochmal und auch ein drittes Mal, doch wie auch davor tat sich nichts.

Sie ist nicht Zuhause, dachte er und fühlte einen Hauch Enttäuschung in sich aufsteigen. Er konnte sich zwar denken, dass Zoe bei der Arbeit war und doch hatte er sich gewünscht, sie anzutreffen. Sie sofort zu sehen.

Egal, ich kann warten, sagte er sich. Er ließ seinen Blick über die Veranda schweifen und entdeckte eine schmale Bank. Die Aussicht, sich einige Minuten ausruhen zu können, war derart verlockend, dass er die Entscheidung noch gar nicht getroffen, sich sein Körper aber schon in Bewegung gesetzt hatte.

Ursyn setzte sich und obwohl es nur eine gewöhnliche Bank war, ohne Polster, seufzte er vor Wohlbefinden. Er fühlte sich müde und erschöpft, aber nicht am Ende seiner Kräfte. Trotzdem war er sich sicher, dass er solch einen Marsch vor Wochen noch nicht so gut bewältigt hätte.

Den Rucksack neben sich verschränkte er die Arme vor der Brust und lehnte sich zurück. Sein Körper und seine Gedanken kamen zur Ruhe.

Ehe er es sich versah, war er eingeschlafen.

„Ursyn?!"

Mit klopfendem Herzen und dem Geschmack von Blut im Mund schreckte Ursyn aus dem Schlaf. Für einige schreckliche Sekunden dachte er, dass er wieder in der Zelle in den Laboren war, bis er sich umsah. Er saß auf einer Veranda, um ihn herum eine verschneite Landschaft…

… und Zoe Harper stand vor ihm. Gekleidet in einen dicken Mantel, mit einem roten Schal, stand sie direkt vor ihm und starrte ihn mit ihren schönen blauen Augen entgeistert an. Ihr fruchtiger Duft umschmeichelte seine Sinne und ließ seinen Bären glücklich brummen.

„Zoe", sagte er, räusperte sich und erhob sich von seiner Bank.

„Was zur Hölle machst du hier?!"

„Ich wollte…“, setzte Ursyn an, doch sie schüttelte nur den Kopf, steckte ihr Handy in die Jackentasche und holte ihren Schlüssel hervor. Sie öffnete die Haustür, packte ihn am Ärmel und schob ihn mit erstaunlich viel Kraft ins Innere. Sofort schlug ein Geruchsteppich aus grünem Apfel, Lavendel, schwarzem Tee, Veilchen, Zimt und Limette entgegen. Es war eine berauschende Mischung.

Zoe schloss hinter ihm die Tür, starrte ihn noch immer entgeistert an. Sie war so schön mit ihren geröteten Wangen und dem leicht zerzausten Pferdeschwanz.

„Was machst du hier?“

„Das ist kompliziert“, sagte er, rieb sich nervös über den Nacken. „Ich wollte dich nicht erschrecken.“

„Hast du nur ein bisschen“, erwiderte Zoe und lächelte ihn kurz an, bevor ihr Gesichtsausdruck wieder ernst wurde. „Aber Ursyn, warum bist du nicht zu Allys Haus gegangen?“

Ursyn runzelte die Stirn. „Wer ist denn… warte mal“, keuchte er und nun war es an ihm, Zoe erschrocken anzustarren. „Wie hast du mich gerade genannt?“

„Ursyn“, sagte sie mit einem kleinen Lächeln.

Panik explodierte in Ursyns Brust. Sie kannte seinen richtigen Namen! Sie… sie musste zu ConPharm gehören! Sie hatten ihn gefunden und Zoe geschickt um, ihm den Kopf zu verdrehen und ihn so einzufangen. War er etwa gerade in eine Falle getappt? Wie ein verdammter Idiot mit sehenden Augen in sein Verderben gerannt?

Aufgeputscht durch das Adrenalin, das sich schlagartig über seine Blutbahn in seinem Körper ausbreitete, wich er vor Zoe zurück und wollte nach der Türklinke greifen. Er musste hier sofort verschwinden!

„Nein, warte!“, sagte die Frau vor ihm und griff nach seinem Ärmel. „Geh nicht, ich bin auf eurer Seite! Ich kenne deine Geschwister! Canys, Lycan und Felina wohnen hier in der Stadt!“

Alle Kraft wich aus Ursyns Körper, er begann zu zittern. „Was?“

Zoe nickte schnell, trat dicht vor ihn und griff nach seinem zweiten Ärmel. „Es ist alles gut, vertrau mir.“ Sie lachte leise, ein Geräusch voller Erleichterung, ehe sie hinzufügte: „Ich weiß, das klingt alles völlig verrückt, aber es ist alles in Ordnung. Du musst nicht davonlaufen.“

Sie löste eine Hand von seinem Ärmel und holte ihr Smartphone aus der Tasche. Ursyn wollte wieder zurückweichen, aber Zoes zweite Hand hielt ihn weiter fest.

„Keine Sorge, ich rufe Lycan an“, sagte sie, noch immer mit diesem anbetungswürdigen Lächeln. „Schau, ich stelle auf Lautsprecher, du kannst mithören.“

Kaum hatte sie das gesagt, erfüllte der Klang des Freizeichens den schmalen Flur. Mit hämmernden Herzen sah Ursyn auf das erleuchtete Display, auf dem ‚Raffy‘ stand. Er wollte ihr schon sagen, dass er nicht dämlich war und sehr wohl lesen konnte, dass sie gerade eindeutig nicht seinen Bruder anrief, als am anderen Ende der Leitung jemand abnahm.

„Hey Zoe“, sagte die Stimme von Ursyns jüngerem Bruder gutgelaunt, „was gibt's?“

Zoe zwinkerte ihm zu und antwortete: „Hi Lycan. Du errätst nie, wen ich hier bei mir habe.“

„Wen denn?“

„Hallo Bruder“, sagte Ursyn mit rauer Stimme. Seine Knie waren ganz weich, Euphorie und eine so große Erleichterung durchströmten ihn, dass er glaubte, jeden Moment umzukippen. Tränen traten ihm in die Augen, als er Lycans freudigen Aufschrei hörte und kurz darauf Felinas Stimme.

„Wir kommen sofort!“, verkündete seine jüngste Schwester. „Zoe, lass ihn nicht fort!“

„Geht klar“, sagte diese und lachte. „Bis gleich.“

Sie legte auf und sah mit einem glücklichen Lächeln zu ihm auf. Ursyn hingegen schwankte immer noch zwischen Freudenschrei und Ohnmacht. Träumte er vielleicht noch? War er vielleicht nicht in St. Mary angekommen, sondern in eine Schneewehe gestürzt und halluzinierte?

Unvermittelt machte er einen Schritt auf Zoe zu und schloss sie in seine Arme. Er ermahnte sich nicht zu fest zuzudrücken, damit er ihr nicht wehtat, doch er musste sie einfach an sich ziehen. Sein Herz hämmerte in einem wilden Rhythmus gegen seine Rippen, sein Bär war hellwach.

„Du kennst meine Familie?“, fragte Ursyn leise in ihr Haar. Er spürte, wie sie sich entspannte und ihrerseits die Arme um ihn legte. Die Geste ließ den Cocktails aus Glückshormonen in seinem Blut noch höher sprudeln.

„Ja, tue ich“, murmelte Zoe. Ihre Wärme und ihr Duft beruhigten ihn und dann auch wieder nicht.

Ursyn schloss die Augen, atmete tief ein und fragte schwach: „Wie?“

„Erzähle ich dir alles, versprochen.“ Sie lehnte sich zurück und sah ihm in die Augen. „Aber dafür setzen wir uns hin. Ich spüre genau wie sehr du zitterst. Hast du Hunger?“

Ursyn nickte, schüttelte den Kopf, nickte wieder und lachte schließlich erleichtert. Zoe lächelte ihn an, führte ihn am Arm den Flur entlang und drückte ihn sanft auf ein breites Sofa. Wie ferngesteuert ließ Ursyn das mit sich geschehen, nahm die Packung Kekse, die sie ihm in die Hand drückte. Er machte keine Anstalten davon zu essen, denn sein Blick war wie festgenagelt auf Zoe gerichtet, die sich gegenüber von ihm in einen Sessel setzte.

„Geht es dir wirklich gut?“, fragte sie.

Ursyn nickte leicht.

Zoe lachte leise und schüttelte den Kopf. „Ich sehe dir an, dass du ein bisschen traumatisiert bist. Das war ich übrigens auch, als ich gestern herausgefunden habe, dass du Allys noch fehlender Bruder bist."

„Wer ist Ally?"

„Oh ja, das kannst du ja nicht wissen", sagte sie. „Du müsstest sie unter dem Namen Subjekt 0 kennen. Sie ist die älteste von euch. Diejenige, die außerhalb der Labore aufgewachsen ist."

Überrascht blinzelte Ursyn. Hatte er noch vor wenigen Sekunden gedacht, dass ihn nichts mehr überraschen konnte, so fühlte er sich nun abermals überrumpelt. Das Subjekt 0 gab es wirklich? Und es war hier? Ursyn hatte nach dem verheerenden Zwischenfall mit Felina angenommen, dass das Gerede der Wissenschaftler bezüglich Subjekt 0 eine Farce gewesen wäre. Ein weiteres Mittel, um sie zu verunsichern und zu foltern.

Da aber die Mitarbeiter von ConPharm nie herausgefunden hatten, dass er und seine Geschwister sie auch durch die Spiegelwände hatten hören können, war diese Annahme nicht stichhaltig gewesen. Während sie ihre Flucht geplant hatten, hatten sie immer wieder auch darüber geredet, dieses Subjekt 0 aufzuspüren.

Jetzt zu erfahren, dass es dieses ältere Geschwister von ihnen tatsächlich gab, war eine weitere Überraschung. Aber sie war nicht so groß wie die Erkenntnis, dass Zoe von seiner grausamen Vergangenheit wusste. Dass sie wusste, was er wirklich war und warum er so war. Warum hatte sie sich von ihm umarmen lassen? Er war ein Monster.

Seine Hände schlossen sich fester um die Packung Kekse, das Knirschen von Pappe und Plastik erfüllte den Raum. Mit reiner Willenskraft legte er das Gebäck beiseite.

„Du weißt was ich bin?", fragte Ursyn schwach.

Ein Flackern in Zoes Augen, doch nicht wegen Angst oder Abscheu. Es war… Mitgefühl. „Natürlich weiß ich, was du bist."

„Wie kannst du dann noch so ruhig hier sitzen?"

Sie neigte den Kopf zur Seite. „Warum sollte ich nicht?"

„Weil ich… weil ich ein Monster bin."

„Das bist du nicht", sagte Zoe entschieden, die Brauen über den schönen Augen unwillig zusammengezogen. „Die wahren Monster sind die Bastarde, die dich und deine Geschwister gefangen gehalten und gefoltert haben."

Ursyn konnte sie nur anstarren. Niemals im Leben hätte er damit gerechnet, dass er diese Worte hören würde. In all den Jahren war ihm und den anderen immer wieder eingetrichtert worden, dass sie abscheuliche Kreaturen waren, keine richtigen Menschen, sondern illegale Experimente, die nur einen Sinn im Leben erfüllten: Der Forschung und dem Profit von ConPharm zu dienen.

„Du weißt von den Experimenten?", wollte Ursyn wissen.

Zoe nickte. „Ally hat ein bisschen was davon erzählt. Sie hatte bis vor wenigen Monaten keine Ahnung, dass es euch gab. Das musst du mir und vor allem ihr glauben. Seither hat sie mit allen Mittel versucht euch zu finden. Erst hat sie Lycan und Canys aufgespürt, kurz darauf kam Felina hinzu." Zoe lächelte und sagte: „Sie ist sehr beschützend und liebt euch sehr."

Ursyn lag es auf der Zunge, sie zu fragen, wie diese Ally jemanden lieben konnte, ohne ihn oder sie zu kennen, aber Geräusche von draußen ließen ihn stumm bleiben. Das Quietschen von Bremsen und Schlagen von Autotüren war zu hören, kurz darauf Schritte auf der Veranda. Die Tür wurde aufgerissen und zusammen mit einem Schwall kalter Luft kamen vier Personen ins Haus.

Ursyn sprang vom Sofa und fing Felina auf, die sich an seine Brust warf. Nur Sekunden später legten sich links Lycans Arme um sie beide, rechts die von Canys. Ihre so schmerzlich vertrauten Witterungen umfingen Ursyn ebenso wie ihre Körper, schenkten einem Teil von ihm Frieden, der seit ihrer Flucht und ihrer damit verbundenen Trennung gelitten hatte.

„Ursyn“, murmelte Lina mit erstickter Stimme an seiner Brust. „Wir haben dich so vermisst.“

„Ich euch auch.“

„Geht es dir gut?“, fragte Canys, dicht gefolgt von Lycans Worten: „Wir haben uns solche Sorgen um dich gemacht.“

„Ich mir auch um euch“, erwiderte Ursyn rau. Sein Bär war so dicht an der Oberfläche, dass seine Stimme tiefer klang als sonst. Das Tier freute sich ebenso sehr, seine Geschwister wiederzusehen, wie seine menschliche Seite. Er löste seine Arme um Felina, damit er auch die beiden anderen an sich ziehen konnte. Passionsfrucht, Karamell, Wacholder und frischer Schnee, vermischt mit weiteren Witterungen nach Holunder und Minze hüllten ihn ein.

„Es gibt da noch jemanden, der dich dringend umarmen möchte“, sagte Lycan an seiner Seite. Nach und nach traten seine Geschwister von ihm zurück und Ursyn hatte Zeit sich die vierte Person anzusehen, die zusammen mit seinen Schwestern und seinem Bruder ins Zimmer gekommen war.

Es war eine junge Frau, vielleicht in seinem Alter, mit schwarzen langen Haaren und goldenen Augen. Der Farbton glich stark Canys‘ Wolfsaugen und ihre Gesichtszüge erinnerten an Felinas, dass es für Ursyn keinen Zweifel gab.

Diese Frau, von der ein Geruch nach Jasmin und Kardamom ausging, war das mysteriöse Subjekt 0.

Seine ältere Schwester.

„Hallo Ursyn“, sagte sie und kam mit einem schiefen Lächeln auf ihn zu. „Ich bin Aleydis, du kannst aber gerne auch Ally zu mir sagen.“

„Du bist meine Schwester“, sagte er rau, woraufhin sie hastig nickte. Ihrer Körpersprache war deutlich anzusehen, wie angespannt sie war. Wie sehr sie fürchtete, abgelehnt zu werden.

Ursyn wusste nicht genau warum, er kannte sie nicht und wusste noch nichts von ihr, doch sein Bär sagte ihm ganz deutlich, dass sie zu ihm gehörte. Dass sie genauso Familie war wie die drei anderen und dass sie ihn niemals hintergehen würde. Selbst ohne die Informationen, die Zoe ihm zuvor gegeben hatte.

Also breitete Ursyn einfach die Arme aus und Aleydis schlüpfte ohne zu zögern hinein. Er konnte das Zittern ihres kleineren Körpers spüren, die Kraft, die in ihr wohnte. Er roch zusätzlich zu dem Jasmin und dem Kardamom den Duft von Waldluft. All das brannte sich in sein Gedächtnis ein.

„Ich habe mich so darauf gefreut, dich endlich kennenzulernen", murmelte Aleydis an seiner Brust.

„Ich freue mich auch dich kennenzulernen."

Aleydis lehnte sich ein Stück zurück, ihre Augen noch immer Wolfsgold. „Wir hatten solche Angst, dass du es nicht geschafft hast."

„Wir haben dir doch gesagt, dass er zäh ist", sagte Felina mit einem Lächeln in der Stimme, was zu verhaltenem Gelächter um ihn herum führte.

„Sollen wir nach Hause gehen?", kam es von Canys. Daraufhin traten seine Geschwister - alle vier - von ihm zurück. Dabei bemerkte Ursyn, dass Felina hinkte, und runzelte die Stirn. „Was ist mit deinem Bein? Bist du verletzt?"

„Das erzählen wir dir alles später", sagte Lina und lächelte. „Wir wollen erst hören, was du all die Monate getrieben hast."

„Und warum du auf einmal so viel sagst", stichelte Lycan, was sie alle zum Lachen brachte, auch Ursyn. Ein Räuspern hinter ihnen, wegen dem sich alle umdrehten.

„Okay", sagte Aleydis und atmete tief durch. Sie schien genauso aufgewühlt zu sein wie er und die anderen. „Dann gehen wir mal los, oder?"

„Vielen Dank Zoe“, sagte Canys. Sie wandte sich Zoe zu und schenkte ihr ein freundliches Lächeln. Seine sonst sehr schüchterne Schwester so entspannt zu sehen, machte Ursyn unbeschreiblich glücklich. Es war außerdem ein Beweis dafür, dass seine Einschätzung von Zoe korrekt gewesen war: Dass sie ein guter Mensch war.

Einer, der sich von ihm hatte umarmen lassen, obwohl sie wusste was genau er unter seiner Oberfläche versteckte. Die Frage, die jedoch hartnäckig am Rande seines Bewusstseins lauerte, war eine ganz andere: Bereute sie nun, dass sie sich in Columbia Falls geküsst hatten?

Die Antwort war wichtig für Ursyn und seinen Bären, denn sowohl Mensch als auch Tier wollten sie wieder küssen. So verrückt und vielleicht unerfüllbar dieser Wunsch auch war.

„Ja klar, kein Problem“, sagte Zoe lächelnd. Ihr Augen suchten seinen Blick, bevor sie ihn wieder abwandte. Canys und Felina hakten sich bei Ursyn unter und führten ihn aus dem Haus. Die ganze Zeit war er sich bewusst, dass Zoe ihnen folgte. Sein Bär war zwiegespalten zwischen dem Wunsch mit seinen Geschwistern mitzugehen und hier bei ihr zu bleiben.

„Wir sehen uns“, sagte Aleydis. Sie gingen bereits zu einem dunklen Geländewagen, der in zweiter Reihe in der Auffahrt stand. Ursyn drehte sich wieder zu Zoe um, sah wie sie ihnen hinterher winkte. Da hatte er sie erst gefunden und nun ging er schon wieder. Es fühlte sich eigenartig und nicht sonderlich angenehm an.

Kapitel 13

Die Stille um Ursyn drückte wie Flüssigkeit gegen seine Haut.

Er saß im Dunkeln auf einem Bett, er war bis auf die Knochen erschöpft und doch konnte er nicht einschlafen. Seine Gedanken schwirrten wie Fliegen durch seinen Kopf. Immer neue Aspekte der vergangenen Stunden stritten um seine Aufmerksamkeit. Er konnte sich nicht entscheiden, über was er als Erstes nachdenken sollte. Es gab so viele Auswahlmöglichkeiten.

Zum Beispiel, dass die Menschen, die ihn und die anderen erschaffen hatten, nur Aleydis mitgenommen und tief im Wald aufgezogen hatten, bevor sie wegen ihrer Flucht von Söldnern aufgesucht und umgebracht worden waren. Erst durch dieses grausige Ereignis war Aleydis gezwungen gewesen in die Welt hinaus zu treten, hatte Rafael getroffen und hatte von Ursyn und den anderen erfahren.

Ursyn hatte ihr geglaubt, dass sie davor nichts von ihnen gewusst hatte. Sein Eindruck von den ersten Minuten mit ihr hatte sich bestätigt: Sie liebte sie und würde alles dafür tun, damit sie in Sicherheit waren. Sein Bär hatte die Timberwölfin bereits fest in sein Herz geschlossen.

Ursyn hatte eine Gänsehaut bekommen, als Lycan ihm erzählt hatte, dass er und Canys durch puren Zufall über Aleydis und Rafael gestolpert waren. Dass sie ohne dieses Glück wahrscheinlich gestorben wären. Besonders überrascht war Ursyn gewesen, dass Lycan sich in eine menschliche Frau verliebt hatte, die sich als Erschafferin des Sicherheitssystems herausgestellt hatte, welches sie über Jahre in den Laboren gefangen gehalten hatte.

Er hatte ihn erst einen Verrückten nennen wollen, aber im weiteren Verlauf der Geschichte hatte sich herausgestellt, dass Nimué davon nie etwas gewusst hatte und sie nun eindeutig auf ihrer Seite stand. Nicht erst seit dem hinterhältigen Attentat, das von ConPharm auf sie verübt worden war.

Felinas Geschichte hatte ihn am meisten berührt. Er wusste nun, warum sie hinkte, und war schon fast froh darüber. Die Alternative wäre gewesen, dass sie gestorben wäre. Da war die Lähmung ihrer Beine, die von einem speziellen Medikament verursacht worden war, um einiges besser. Einem Medikament, das sie ihr hatten verabreichen müssen, damit die tickende Zeitbombe in ihrem Nacken deaktiviert wurde, die die Wissenschaftler ihr nach ihrem Fluchtversuch eingesetzt hatten.

Überrascht war Ursyn darüber gewesen, dass auch Felina sich verliebt hatte. In den Tierarzt, der sie nach ihrer Verwundung durch Jäger unwissentlich in ihrer Tiergestalt gerettet hatte. Die Augen seiner sonst so rebellischen Schwester waren ganz weich geworden, als sie von Vincent erzählt hatte.

Das Knirschen von Bodendielen und der stärker werdende Geruch nach Passionsfrucht rissen Ursyn schließlich aus seinen Gedanken. Nur Sekunden später öffnete sich seine Zimmertür einen Spalt und ein bekanntes Gesicht mit reflektierenden Augen erschien.

„Hey du“, sagte Felina mit einem Lächeln, „kannst du nicht schlafen?“

„So wie du anscheinend auch nicht“, erwiderte er und klopfte neben sich auf die Matratze. Sofort trat Felina ein, stützte sich auf ihren Gehstock und kroch zu ihm auf das Bett. Ursyn hob einen Arm, damit sie sich an ihn schmiegen konnte. Ihr Körper fühlte sich gesund und wohlgenährt an, sie hatte keine Schatten unter den Augen. Auch die anderen beiden sahen aus, als wären sie bei bester Gesundheit, auch wenn Canys noch ein wenig aufholen musste.

Felina atmete tief ein, ein Schnurren entwich ihrer Kehle und brachte Ursyn zum Lächeln.

„Sind du und dein anderes du glücklich?“, fragte er.

„Ja, sehr.“ Sie legte den Kopf in den Nacken und sah ihn an. „Was ist mit dir und dir?“

„Noch sehr verwirrt, aber extrem froh euch wiederzusehen und zu wissen, dass es euch gut geht.“ Ursyn runzelte die Stirn und sagte: „Ich habe mir immer wieder Vorwürfe gemacht, während ich in Columbia Falls war, dass ich euch im Stich lasse.“

„Hör auf damit Syn“, verlangte Felina und legte eine Hand auf seine Brust. „Du warst an einem sicheren Ort, wo du dich erholen konntest. Jeder von uns hätte dasselbe getan. Wichtig ist nur, dass du dich wieder auf den Weg gemacht hast.“

Unschlüssig zuckte Ursyn mit den Schultern. Er konnte Felinas Argumentation folgen, verstand sie auch, aber trotzdem nahm der unangenehme Druck auf sein Herz deswegen nicht ab. Wäre Aleydis nicht gewesen… ja, seine Geschwister wären sicherlich längst tot. Es war früher immer seine Aufgabe, als der Älteste, gewesen, auf sie aufzupassen. Nun war Aleydis die Älteste und er fühlte sich deswegen eigenwillig nutzlos.

Wieder knarzten vor seiner Tür die Dielen, dieses Mal kam Karamellduft zu ihm herübergeweht und ein goldenes Augenpaar tauchte im Türspalt auf.

„Dachte ich es mir doch“, sagte Canys lächelnd. „Habt ihr noch Platz für mich?“

„Immer“, kam es sofort von Felina, während Ursyn schlicht den zweiten Arm hob. Sofort schlüpfte Canys darunter, legte ihrerseits einen Arm um seine Taille und seufzte zufrieden. Ihr Körper war feingliedriger als der von Felina, doch unter ihrer Haut lag eine fest Schicht Muskeln. Ursyn wusste, dass das Aleydis und Rafael zu verdanken war.

Ursyn und sein Bär mochten den großen Mann mit den schwarzen Haaren und grünen Augen. Er hatte in den vergangenen Monaten bereits gelernt, dass nicht alle Männer Monster waren. In den Laboren waren die grausamsten Experimente von ihnen verübt worden, wobei die wenigen weiblichen Wissenschaftler ihnen nur ein winziges Stück nachgestanden hatten.

„Du solltest wirklich schlafen", kam es von Canys. „Du bist seit mehr als eineinhalb Tagen wach."

Ursyn unterließ es, sie darauf hinzuweisen, dass er in den Laboren regelmäßig über mehrere Tage hinweg gewaltsam vom Schlafen abgehalten worden war. Diese Erinnerungen, hässlich und dunkel, hatten in diesem friedlichen Moment nichts verloren.

Deswegen sagte er nur: „Noch bin ich zu aufgedreht."

„Geht mir genauso", erwidert die Wölfin und Felina nickte. Canys fügte hinzu: „Ich war so aufgeregt, als ich deinen Geruch an Zoe wahrgenommen hatte. Seither fühle ich mich wie unter Strom gesetzt."

Die Erwähnung von Zoes Namen brachte auch Ursyns Herz dazu, schneller zu schlagen, wenn auch aus einem anderen Grund. Er hatte ihnen noch nicht erzählt, wie sein Geruch an die Frau gekommen war, die Rafaels jüngere Schwester war. Ursyn hätte um ein Haar gelacht, als er endlich begriffen hatte, wie nah er seiner Familie durch Zoe gekommen war.

Sie hatte es ihm gesagt, dort in dem Café, nur hatte ihm der Kontext gefehlt, um es zu begreifen. Als er sie nach den Personen gefragt hatte, mit denen sie an diesem Tag zusammen gewesen war, da hatte sie gesagt ‚meinem Bruder und dessen Familie'. Dass diese Familie gleichzeitig Ursyns Geschwister waren, darauf wäre er nicht einmal im Traum gekommen.

„Ich hätte nie erwartet, dass du dich in einer Siedlung verbergen könntest", sagte Lina neben ihm.

Bevor Ursyn darauf etwas antworten konnte, öffnete sich die Tür ein drittes Mal, doch nun schoben sich gleich zwei Gestalten ins Zimmer.

„Dachte ich es mir doch", sagte Lycan und man konnte im Halbdunkeln sein Grinsen sehen.

Aleydis trat neben ihn und fragte: „Ihr könnt nicht schlafen?"

„Nein", kam es glücklich von Canys.

Felina winkte sie mit einer Hand näher und nach ein wenig Herumrücken hatten sie alle fünf es geschafft, sich auf das Bett zu setzen. Der Rahmen ächzte, was sie alle zum Lachen brachte.

„Ist Rafael nicht traurig?", fragte Canys, woraufhin Aleydis mit dem Kopf schüttelte. „Der ist ganz zufrieden in unserem Zimmer alleine zu schlafen. Ich glaube, es wäre ihm auch unangenehm mit zwei Männern zu kuscheln."

Neues Gelächter unter ihnen, verhalten und doch völlig gelöst. Ursyns Bär schnaubte ebenfalls belustigt. Er war so entspannt wie vielleicht noch nie in seinem Leben. Mitten drin zwischen seinen Geschwistern, sogar einer Schwester mehr als erhofft, umgeben von ihren Witterungen und in der Gewissheit in Sicherheit zu sein. Keine sterilen weißen Zellen mehr, keine Spiegelwände und auch keine Überwachungskameras. Dieser Moment gehörte ganz ihnen.

„Endlich sind wir sicher", sprach er seine Gedanken aus. Die Stimmung veränderte sich im Raum, so dass sich ihm die Haare zu Berge stellten.

„Nicht so ganz", kam es da schon von Canys.

Ursyn sah zu ihr hinunter und fragte: „Was meinst du damit?"

„Wir haben dir noch nichts von dem Söldner erzählt, der mein altes Zuhause angegriffen und unsere Eltern ermordet hat“, sagte Ally.

„Was ist mit ihm?“

Lycan schnaubte: „Er heißt Scott Hewlett und ist ein verdammter Psychopath.“

„Soziopath“, korrigierte Aleydis sofort, was den Polarwolf zu einem Knurren veranlasste, ehe er fragte: „Warum betonst du das immer so? Er ist ein gewalttätiger Irrer.“

„Weil der Unterschied entscheidend ist“, sagte Aleydis. „Ein Psychopath ist schlicht nicht zu tieferen Emotionen fähig. Seine Taten sind deswegen immer kalt und berechnend. Ein Soziopath hingegen hat sich irgendwann, meist durch ein einschneidendes Erlebnis, dazu entschlossen nichts mehr zu fühlen. Das heißt er kann es noch.“

„Nur tut er es offensichtlich nicht, wenn er uns ständig so auf der Nase herumtanzt“, sagte Felina. Ihr Körper war von Kopf bis Fuß angespannt, das konnte Ursyn deutlich fühlen. Ihm ging es nicht anders.

Aleydis sah ihre jüngste Schwester an und erwiderte: „Da wäre ich mir nicht so sicher.“

„Ich verstehe kein Wort“, knurrte Ursyn. „Wer genau ist dieser Mann und was hat er sonst noch getan?“

„Er verschaffte mir eure Unterlagen, so dass ich überhaupt erst von euch erfuhr“, sagte Aleydis.

„Warum hat er das getan?“

„Weil ich ihm andernfalls die Kehle herausgerissen hätte, als er mich bedrohte.“

„Das ist aber nicht alles“, murmelte Lycan. „Er hat den Scharfschützen ermordet, der versucht hatte Nim zu töten und er hat unsere Pässe abgeändert.“

Lina fügte hinzu: „Außerdem hat er Vincent geholfen das Medikament von ConPharm zu stehlen und jetzt im Augenblick ist er auch wieder in der Stadt, weil er einen Kurs in Rafaels Firma belegt."

„Warum?!", platzte es aus Ursyn heraus. Sein Bär knurrte mittlerweile konstant in seinem Kopf, so dass er seine eigenen Gedanken kaum noch hören konnte.

„Wir haben keine Ahnung", seufzte Aleydis und zuckte mit den Schultern.

„Er ist wirklich ein Irrer." Ursyn schüttelte den Kopf und sagte: „Erst versucht er Ally umzubringen, dann auf einmal hilft er uns, weil er mit Kidnapping nicht einverstanden ist. Aber Mord ohne dabei Reue zu empfinden ist okay für ihn?"

Die schwarze Timberwölfin nickte und sagte: „Scott hat sehr verquere Moralvorstellungen."

„Wie können wir uns sicher sein, dass er ConPharm nicht von uns erzählt?", wollte Ursyn wissen. „Ihr habt gesagt, dass er Snyder kennt."

Bei der Erwähnung des Laborleiters ertönte ein bösartiges Knurren im Zimmer. Ursyn hatte Felina im Verdacht, es könnte aber auch Lycan sein. Egal wer es war, sein Bär stimmte ihr oder ihm von ganzem Herzen zu.

„Das können wir nicht", sagte Aleydis langsam.

Felina richtete sich auf, ihre Augen glommen bronzefarben. „Ich frage das nun zum hundertsten Mal: Warum bringen wir ihn nicht um?"

„Weil wir uns nicht auf eine Stufe mit ihm stellen", sagte Aleydis bestimmt. Es war offensichtlich, dass sie diese Diskussion schon mehrfach geführt hatten.

„Er ist aber eine Gefahr für uns!", ereiferte sich Lina.

„Da bin ich mir nicht so sicher."

Die Puma-Hybridin schüttelte den Kopf und sagte: „Dann bist du genauso verrückt wie er."

Aleydis zuckte mit den Schultern. „Möglich. Aber lassen wir den Mord an unseren Eltern einmal außen vor, dann deutete jede seiner Taten darauf hin, dass er auf unserer Seite ist. Ich habe so ein Gefühl, dass er noch wichtig für uns sein könnte."

„Ally hat recht", kam es leise von Canys. „Meine Wölfin ist immer noch extrem unsicher in seiner Gegenwart, aber ich glaube nicht, dass er dieselbe Grausamkeit in sich trägt wie die Wissenschaftler in den Laboren."

„Wir sind doch nun vollständig", sagte Felina rau, ein Zeichen dafür, wie dicht ihr Puma unter der Oberfläche saß, „dann können wir ihn doch einfach im Wald verscharren."

„Lina", sagte Aleydis streng und Lycan sagte: „Das machen wir sicher nicht."

„Ich will einfach nicht riskieren, dass er eines Tages auch dieses Haus hier in die Luft sprengt", sagte Felina.

Aleydis legte eine Hand auf ihren Arm. „Das wird er auch nicht."

So verwirrt und beunruhigt Ursyn wegen dieser Informationen, wegen dieses gestörten Mr Hewlett auch war, so konnte er doch die Logik hinter Aleydis' Worten erkennen. Sie hatte diese Diskussion wohl schon öfter mit den anderen geführt. Es schien kompliziert zu sein. Trotz dem dringenden Bedürfnis, alle Gefahren für sie aus dem Weg zu räumen, musste er doch auch Aleydis recht geben: Sie durften sich nicht auf ein solches Niveau hinunterlassen.

„Wir lösen das gemeinsam", sagte er und sah jeden der Reihe nach an. „Lina hat es gesagt: Wir sind jetzt endlich zusammen. Wir können alles schaffen."

„Schön gesagt, großer Bruder." Lycan zwinkerte ihm zu. Im Zwielicht des Zimmers konnte man das eisblaue Leuchten des Wolfs in seinen Augen sehen. Es war tatsächlich dieser Gedanke, der ihm selbst in den wenigen Stunden, die er nun mit seiner Familie vereint war, tiefen Frieden schenkte. Den

Heilungsprozess, der bei den Andersons angefangen hatte, konnte er hier vollenden. Das spürte Ursyn bis tief in seine zweigeteilte Seele.

„Es ist spät", bemerkte Aleydis. „Ich schätze mal, dass keiner von euch heute in seinem eigenen Bett schlafen will. Wie wäre es, wenn wir noch zwei Matratzen holen und auf dem Boden campieren?"

„Wie in guten alten Zeiten", murmelte Felina, wofür sie von Lycan einen sanften Schlag auf den Oberarm kassierte.

„Sag das nicht so."

„So hatte ich das nicht gemeint…", setzte Aleydis an, doch Canys schüttelte den Kopf und sagte: „Das wissen wir, ist schon in Ordnung. Das jetzt ist etwas völlig anderes."

„Sie hatten uns nie zusammen schlafen lassen", murmelte Ursyn. Er konnte es an zwei Händen abzählen, wie oft man ihnen nach seiner ersten Wandlung gestattet hatte, länger als nur ein paar Stunden zusammen zu sein, geschweige denn eine ganze Nacht. Lediglich wenn sie durch die Experimente so sehr verletzt und geschwächt gewesen wären, dass sie ohne ständige Betreuung gestorben wären, hatte man je einen von ihnen in die Zellen des anderen gelassen.

Zuletzt war das nach Felinas Fluchtversuch gewesen, da hatte Lycan dafür gesorgt, dass sie am Leben blieb. Ursyn hatte seinen Bruder nie fragen können, wie schlimm es tatsächlich um ihre Schwester gestanden hatte. All ihre Treffen danach hatten sich um die Planung ihrer Flucht gedreht.

Die erfolgreich war, sagte er sich nun.

„Dann ändern wir das Mal", kam es von Aleydis. Ursyn und Lycan gingen los und holten die Matratzen aus zwei weiteren Zimmern, während Canys und Felina sich um das Bettzeug kümmerten und Aleydis ging, um Rafael Bescheid zu sagen.

Seinem verbesserten Gehör hatte es Ursyn zu verdanken, dass er die Antwort des Menschen hörte – und sie brachte ihn zum Lachen. Ja, er mochte den Gefährten seiner älteren Schwester wirklich. Er konnte es kaum erwarten, Nimué und Vincent kennenzulernen. Der Gedanke, ob Canys vielleicht auch jemanden im Blick hatte, jemanden, der der Wölfin einen ebenso seligen Blick verschaffte wie ihren anderen Geschwistern, vertiefte sein Lächeln.

Unwillkürlich musste Ursyn an sich selbst denken, musste an Zoe denken.

Wie sollte er damit umgehen, dass sie wusste, wer und was er war? Wie kam sie damit zurecht? Zudem hatte sie Kinder, wo war deren Vater? Warum hatte sie ihn überhaupt geküsst?

Mit diesen Fragen legte er sich auf das Bettenlager auf dem Fußboden seines Zimmers, Linas warme Gestalt dicht neben sich und mit den Witterungen all seiner anderen Geschwister in der Nase. Müdigkeit überkam ihn, so dass er innerhalb der nächsten Minute einschlief.

Dennoch ließen ihn Zoes blaue Augen auch im Schlaf nicht los.

Kapitel 14

„Mom?“, rief Ryan. „Wem gehört der Rucksack im Flur?“

Zoe verschluckte sich an ihrem Kaffee, hustete und stellte schnell die Tasse beiseite. Amy und Liv sahen sie erschrocken an. Liv sprang auf und klopfte ihr auf den Rücken.

„Danke Süße“, japste Zoe. Sie lächelte ihrer Tochter zu und wischte sich die Tränen aus den Augen. Ein Räuspern, ihre Kehle fühlte sich wund an. Ryan kam in die Küche und sah sie mit großen Augen an.

„Keine Sorge, ich hab mich nur verschluckt.“

„Du musst langsamer trinken“, belehrte Liv sie und griff nach ihrem Kakao. Unwillkürlich musste Zoe lächeln.

„Da hast du Recht mein Schatz.“ Sie atmete tief durch und sagte an Ryan gewandt: „Der Rucksack gehört… einem Bekannten. Er hat ihn gestern hier vergessen.“

Sie wusste, dass sie den Kindern sehr bald von Ursyn erzählen musste, schließlich wohnte er nun bei Ally und den anderen, aber im Moment wusste sie noch nicht, wie sie das Thema anschneiden sollte. Bis zum Abend, so schwor sie sich, würde sie sich die passenden Worte zurechtgelegt haben.

Jetzt musste sie dafür sorgen, dass ihre Kinder in die Schule kamen und sie noch vor der Arbeit den Rucksack zurückbrachte.

„Los Ryan, iss dein Müsli, sonst kommen wir zu spät.“ Sie wandte sich zu den Zwillingen und fragte: „Wie kommt ihr mit eurem Bio-Projekt voran?“

Sofort begann Amy begeistert zu erzählen, immer wieder ergänzt durch ihre Schwester, und erlaubte Zoe, sich zu fühlen wie an jedem anderen Morgen auch. Sie war so stolz auf ihre drei, wie gut sie sich in der Schule machten und dass sie viele Freunde hatten.

Auf dem Weg zum Auto und die ganze Fahrt zur Schule erzählte Ryan von der Schneeballschlacht, die er und sein bester Freund Tyler in der Mittagspause planten. Sie ermahnte ihn darauf zu achten, dass sie niemandem wehtaten, was er mit einem breiten Grinsen und „Weiß ich Mom" quittierte.

Zoe ließ sie an der Schule raus, sah ihnen noch kurz hinterher und ihr Lächeln verblasste, als sie den Wagen wieder vom Parkplatz fuhr. Unsicherheit und ein eigenwilliges Kribbeln machten sich in ihrer Magengegend breit, während sie zum Haus von Rafael fuhr. Sie hatte keine Ahnung, wie sie sich Ursyn und den anderen gegenüber verhalten sollte.

Zoe war tatsächlich erleichtert, dass Rafaels Jeep nicht vor der Tür stand. Immerhin musste sie ihm nicht unter die Augen treten.

Halb hoffte sie, dass Ursyn auch nicht da wäre. Sie fühlte sich bei dem Gedanken daran, ihn wiederzusehen, seltsam linkisch. Immer wieder kreisten ihre Gedanken um den Kuss und die Gefühle, die er in ihr ausgelöst hatte.

Die Umarmung am vergangenen Tag hatte es nicht besser für sie gemacht. Sie war darüber fast noch mehr überrascht gewesen als von der Tatsache, dass Ursyn ausgerechnet auf ihrer Veranda gesessen hatte. Was der Grund dafür war, konnte sie sich noch immer nicht erklären. Sie hatte gedacht, dass sein Geruchssinn ihn zu seinen anderen Geschwistern führen würde.

Niemals zu ihr.

Aber was wusste sie schon darüber, wie die Sinne von Ursyn und seinen Geschwistern funktionierten? Sie hatte genug damit zu tun gehabt zu verarbeiten, dass die Partnerin ihres Bruders und deren Geschwister sich in Tiere verwandeln konnten. Wie in Science-Fiction-Filmen. Nun stellte sie fest, dass sie doch mehr Fragen hätte stellen sollen.

All das schoss ihr durch den Kopf, während sie wie paralysiert im Auto saß.

„Reiß dich zusammen", sagte sie sich selbst, zog den Schlüssel und schnappte sich den Rucksack. Mit festen Schritten ging sie zur Haustür und klingelte. Es dauerte nicht lange, da sah sie eine große Silhouette durch die Milchglasscheibe auf sie zukommen. Es hätte Lycan sein können... doch Zoe ahnte schon, wer da wirklich auf sie zukam und ihr Herz schlug ihr bis zum Hals.

Tatsächlich öffnete Ursyn die Tür, ein Lächeln in den dunklen Augen. „Hallo Zoe."

Er war frisch rasiert, wie Zoe feststellte. Eigentlich hätte er jünger aussehen müssen, so ohne den Bart, noch dazu in dem schlichten schwarzen Pullover. Doch das war nicht der Fall. Stattdessen machte es ihn genauso anziehend wie der Holzfällerlook von vor wenigen Tagen. Sein kantiges Gesicht kam ohne den Bart viel besser zur Geltung und der Stoff des Pullovers spannte sich über seiner breiten Brust und den Schultern.

Atmen Harper!, sagte sich Zoe und zwang ihre Augen zurück in Ursyns Gesicht.

„Guten Morgen", brachte sie heraus, hob den Arm und hielt ihm den Rucksack entgegen. „Ähm... das hast du gestern bei mir vergessen."

„Danke", erwiderte Ursyn. Er nahm ihr den Rucksack ab, wobei sich ihre Hände kurz berührten. Es war so kitschig, aber Zoe glaubte, einen Stromstoß ihren Arm hinaufjagen zu spüren. Warum nur konnte sie nicht aufhören, daran zu denken, wie gut sich ihr Kuss angefühlt hatte?

Sie beobachtete, wie Ursyn sein Gepäck abstellte, sich aufrichtete und sie wieder ansah. Noch immer konnte man das Lächeln in seinen Augen erkennen.

„Was für ein Zufall, dass wir uns über den Weg gelaufen sind, nicht wahr?"

„Ja, total", sagte Zoe und lachte. Im selben Moment merkte sie, wie überdreht und gekünstelt sie klang, und verzog das Gesicht. Oh Mann, das war wirklich grauenvoll gewesen.

Einen ähnlichen Gedanken schien auch Ursyn zu haben, denn er sah sie mit hochgezogener Augenbraue an. Einer wirklich sexy hochgezogenen Augenbraue, verdammt nochmal.

„Geht es dir gut?", fragte er. „Du bist ganz rot geworden."

„Alles bestens, alles bestens", sagte sie schnell und schämte sich in Grund und Boden. „Ich… ähm… wollte nur noch fragen, ob sonst alles in Ordnung ist."

„Ist es, danke." Ursyn lächelte. „Willst du reinkommen?"

„Nein", entwich es Zoe, viel zu schnell und viel zu heftig. Sie konnte seinen Geschwistern auf keinen Fall unter die Augen treten. Vor allem Ally hatte so ein verdammt gutes Gespür, dass sie nur einen Blick auf sie werfen müsste und sofort wüsste, was in ihrem Kopf vor sich ging. Außerdem würde sie ihre Hand dafür ins Feuer legen, dass Rafael ihr von dem Kuss erzählt hatte. Etwas, das Zoe versuchte zu vergessen und es einfach nicht schaffte.

Sie fühlte, wie ihre Wangen noch wärmer wurden.

Zoe leckte sich über die Lippen, trat einen Schritt zurück und sagte: „Ich… muss zur Arbeit."

„Wir sehen uns sicher bald wieder", sagte Ursyn freundlich, aber in Zoes Ohren hörte es sich wie eine verrückte Mischung aus Flirtversuch und Drohung an. Sie hatte wirklich nicht mehr alle Tassen im Schrank.

„Klar", sagte sie, nickte und ging weitere Schritte zurück. „Bis dann."

Mit diesen Worten floh sie regelrecht von der Veranda, ging zu ihrem Auto und fuhr davon. In ihren Gedanken sah sie eine Staubwolke hinter sich, welche natürlich wegen der dünnen Schneedecke nicht möglich war.

„Oh Mann“, jammerte sie, „er hält mich jetzt bestimmt für völlig bescheuert.“

Ursyn sah Zoe hinterher, wie sie davonfuhr.

Sie schien es wirklich eilig zu haben. Er wusste nicht, ob das daran lag, dass sie nicht zu spät zur Arbeit kommen wollte oder an etwas anderem. Genauer gesagt an ihm. Er hatte deutlich gesehen, wie unwohl sie sich in seiner Gegenwart gefühlt hatte.

Erst hatte er gedachte, seine Nase spiele ihm einen Streich, dass sich zu dem Duft nach grünem Apfel eine herb-ursprüngliche Note gemischt hatte. Bevor er es hatte genauer analysieren können, war der Unterton in ihrer Witterung bereits verschwunden gewesen. Stattdessen war sie ganz fahrig geworden, wie er sie bisher noch nicht erlebt hatte.

Andererseits, was wusste er schon von Zoe?

Der hässliche Gedanke, dass sie sich nun doch von ihm abgestoßen fühlte, vor der Abnormität in seinem Blut, ließ seine Stimmung unter den Gefrierpunkt sinken. Mit einem Seufzen, sowohl von seinem Bären als auch seiner menschlichen Seite, nahm er den Rucksack und schloss die Tür. Er ging zurück in die Küche, wo ihn zwei neugierige Augenpaare ansahen.

„Wollte Zoe nicht reinkommen?“, fragte Aleydis.

„Nein“, sagte Ursyn und setzte sich an den Esstisch. „Sie sagte, sie müsste gleich zur Arbeit.“

Nimué neben ihm nickte und sagte: „In solchen Momenten bin ich besonders froh, dass ich von Zuhause arbeite und mir meine Zeit selbst einteilen kann.“

Die Programmiererin mit den sanften dunkelblauen Augen und den Sommersprossen auf der Nase war ein echter Schatz und Ursyn konnte seinen Bruder sehr gut verstehen, warum er ihr verfallen war. Ihr Geruch nach Zitrus und Holunder war so stark mit Lycans Wacholder verwoben, dass sie sich gar nicht hatte vorstellen müssen, als sie vor einer halben Stunde zur Tür hereingekommen war.

Sie war schüchtern und zurückhaltend, ein wenig wie Canys, was Ursyns Bären dazu veranlasste sie beschützen zu wollen. Sie war außerdem äußerst intelligent und zusammen mit Aleydis war sie seit ihrer Ankunft dabei alle nötigen Formulare und Dokumente zu erstellen oder zu beantragen, die Ursyn für ein gewöhnliches Leben benötigte.

Der Rest der Familie - bei diesem Gedanken wollte Ursyn noch immer einfach nur lächeln - war zu Rafaels Firma gefahren. Lycan würde die Trainingsstunden von Aleydis übernehmen, während er gleichzeitig ein Auge auf Canys hatte, die ihrerseits ein Auge auf Scott Hewlett haben würde.

Rafaels Reaktion auf diese Konstellation hatte genau Ursyns Gefühle widergespiegelt: Er hatte geknurrt, ganz so als hätte auch er ein Tier unter seiner Haut, und hatte sein Missfallen darüber ausgedrückt. Aber es führte kein Weg daran vorbei, da hatten er und Ursyn Aleydis leider zustimmen müssen.

Felina hingegen hatte sich auf den Weg zurück in die Stadt gemacht, in der ihr Gefährte Vincent lebte. Ursyn empfand es noch immer als eigenartigen Scherz des Schicksals, dass er ein Tierarzt war. Genau aus diesem Grund war er auch nicht in St. Mary, denn er hatte nach Linas Aussage einen schweren Fall zur Beobachtung in seiner Praxis. Wenn alles gut ging, würde Vincent am Abend zusammen mit Felina zurückkommen.

„Dein Pass ist beantragt", verkündete Aleydis und holte ihn aus seinen Gedanken. „Sobald wir diesen haben kann ich auch endlich das letzte der Treuhandkonten umschreiben lassen."

„Treuhandkonten?", fragte er irritiert.

„Das Geld, das unsere Eltern durch ihre Forschung eingenommen haben. Es gehört uns allen, deswegen habe ich es durch fünf geteilt. Die anderen haben schon ihre Vollmacht bekommen, nur du hast noch gefehlt."

„Lycan hat mir einen Kontoauszug gezeigt, obwohl ich ihn nicht habe sehen wollen", sagte Nim, ihre Wangen wurden erst rot und dann ganz blass. „Ich habe noch nie so viele Nullen auf einmal gesehen."

„Du fühlst dich deswegen unwohl?", riet Ursyn, woraufhin Nim mit den Schultern zuckte.

„Ich weiß nicht, vielleicht. Oder auch nicht. Keine Ahnung! Ich war noch nie mit einem reichen Mann zusammen."

Aleydis lachte: „Er ist auch kein anderer als vorher."

„Das weiß ich doch, trotzdem war es ein kleiner Schock." Sie seufzte tief und fügte hinzu: „Es war schwerer für mich zu verarbeiten als die Tatsache, dass er gelegentlich den Mond anheult."

Ursyn lachte, während Aleydis schnaubte: „Also bitte, sowas machen wir nicht. Das sind Ammenmärchen. Wölfe heulen, um fremde Rudel zu warnen. Dabei stimmt jedes Tier eine andere Tonlage an, damit die Gruppe sich möglichst groß anhört und das andere Rudel abgeschreckt wird und es nicht zu einer Auseinandersetzung kommt."

„Ich liebe es, dass du solche Sachen erklären kannst", sagte Nim mit einem breiten Lächeln, was Ursyns Schwester dazu veranlasste ihr zuzuzwinkern.

Nachdenklich neigte Ursyns den Kopf zur Seite und verschränkte die Arme vor der Brust. „Ich habe Lycan oder Canys noch nie heulen gehört."

„Nicht?", fragte Aleydis interessiert. „Es geht auch in menschlicher Form. Ich würde es dir demonstrieren, aber Rafael befürchtet immer, dass es die Nachbarn aufschreckt."

Leises Gelächter von Nim und auch Ursyn musste grinsen, ehe er sagte: „Schon okay. Ich kann warten."

„Hat Lycan dir schon erzählt, dass ich ihn in seiner Wolfsform gesehen und ihn für einen Hund gehalten habe?", fragte Nim grinsend. Als er lachend den Kopf schüttelte und sie bat ihr die Geschichte zu erzählen, fühlte er sich jung und unbeschwert wie… wie vielleicht noch nie in seinem Leben. Es war ein schönes Gefühl.

„Ich bin ehrlich beeindruckt, wie gut es dir geht", sagte Aleydis unvermittelt. Auf seine Nachfrage hin fügte sie hinzu: „Alle anderen hatten große Probleme sich anzupassen und sich zu entspannen. Lycan hat sich noch am besten geschlagen, Canys war die erste Zeit völlig neben der Spur und Lina… nun, du kennst sie besser als ich. Sie hat alles und jeden um sich herum angefaucht."

Ursyn nickte, Ally hatte es ziemlich gut beschrieben. Er wollte aber auch ehrlich mit ihr sein, deswegen sagte er: „Die Alpträume und Flashbacks sind immer noch da, überfallen mich hinterhältig genau dann, wenn ich es am wenigsten erwarte."

Nim neben ihm gab ein kleines Geräusch von sich, beinah ein Wimmern, was seine Aufmerksamkeit zu ihr lenkte. Sie streckte die Hand aus und legte sie vorsichtig auf seinen Unterarm. Ursyns Bär schnaufte in seinem Kopf wohlig, weil Nim zu Lycan und damit zur Familie gehörte. Ihre Berührung war sicher, ebenso wie es die der Andersons gewesen war.

Insoweit musste er Ally doch zustimmen: Es ging seiner Psyche vergleichsweise gut, was aber bei seiner Ausgangslage keine Kunst war.

„Ich habe immer noch Dreck auf der Seele", murmelte Ursyn und sah wieder zu Ally. „Aber meine Zeit in Columbia Falls und bei den Andersons hat geholfen, einen Großteil davon loszuwerden."

„Und den Rest bekommen wir auch noch weg", sagte sie mit einem kleinen Lächeln, einen goldenen Ring um die Pupillen. „Ich bin froh, dass sie für dich da waren. Ich würde sie gerne einmal näher kennenlernen."

„Ich hatte ihnen versprochen, dass ich sie mit euch zusammen besuchen komme."

„Darauf freue ich mich schon", sagte Aleydis. „Du wirst aber auch sehen, dass hier in St. Mary sehr viele nette Menschen leben. Allen voran Mike und Beth."

„Ich sollte dich vor Beth warnen", unkte Nim und seufzte tief. „Sie ist meine Tante und ein herzensguter Mensch, aber leider auch sehr übergriffig. Sie wird dich mit unangemessenen Fragen löchern, für die ich mich jetzt schon entschuldige."

„Beth ist klasse", sagte Ally grinsend.

„War ja klar, dass du sie verteidigst. Ihr seid beide so dominant."

Damit begann ein unterhaltsames Geplänkel zwischen den beiden Frauen, dem Ursyn amüsiert zuhörte, während er seinen Proteinshake trank. Ally hatte ihn ihm aufgezwungen, wie schon am vorigen Abend, obwohl er ihr mehrfach beteuert hatte, dass er wohlgenährt war. Felina hatte ihm, nach Aleydis' wiederholter Weigerung, es sein zu lassen, geraten, dass er das Zeug einfach trinken sollte.

Da es lecker schmeckte und sein Bär die cremig-nussige Textur mochte, hatte Ursyn kein Problem damit. Er ahnte, dass seine ältere Schwester den Shake und auch das andere Essen, das sie ihm ständig in die Hand drückte, als weiteren Aspekt ihrer Fürsorge benutzte.

„Wie gut kennst du Zoe?", fragte Ursyn seine Schwester unvermittelt.

Sie sah ihn mit überraschtem Blick an. „Warum fragst du?"

„Sie scheint nett zu sein."

„Ist sie." Aleydis kniff die Augen zusammen, als würde sie angestrengt nachdenken. „Aber das ist nicht der eigentliche Grund warum du fragst, oder?"

Ursyn zuckte mit den Schultern, konnte den Grund dafür nicht genau benennen. Also sagte er das erste, was ihm einfiel: „Mein Bär ist fasziniert von ihr."

Daraufhin grinste Aleydis und selbst ein Blinder hätte den Wolf in ihren Augen gesehen, obwohl sie nicht die Farbe gewechselt hatten.

„Sag mir, kleiner Bruder", setzte Ally an und zog ihre Mundwinkel sogar noch höher, „was geht in dir vor, wenn du ihren Geruch witterst? Lässt dir dein Bär keine Ruhe und du hast das Gefühl, dass du ihrem Duft unbedingt folgen musst?"

Ursyn starrte seine Schwester entgeistert an. Sie hatte perfekt in Worte gefasst, was ihm auf der Seele brannte. Er fühlte all das und noch mehr. Er konnte nicht mehr als nicken.

„Oh", kam es von Nim, ihre Augen leuchteten auf und sie sah mit einem Lächeln zu ihm.

„Was?", fragte er, ein unbestimmtes Gefühl in der Magengegend. „Was schaut ihr beide mich so an?"

„Nur so", sagte Aleydis hastig. Sie beugte sich ein Stück weiter über den Tisch. „Was genau ist da eigentlich in Columbia Falls passiert? Wie ist dein Geruch an Zoe gekommen?"

Ursyn lächelte schief. „Ich hatte mich schon gewundert, warum keiner von euch gefragt hat."

„Und?", kam es von Nim. Sie hatte einen neugierigen Glanz in den Augen.

Ursyn räusperte sich, nicht ganz sicher, wo er anfangen sollte zu erzählen. Schließlich begann er bei dem Debakel mit dem Schmieröl, wie Zoe ihn da schon durcheinandergebracht hatte und dann ihr Zusammentreffen abends in der Bar.

„Der Zufall kann ein echtes Miststück sein", brummte Ally. Sie rieb sich über die Stirn und sagte: „Wäre die Sache mit dem Öl nicht gewesen, dann hättest du an diesem Tag schon Lycan und die anderen an Zoe gewittert. So aber waren ihre Gerüche erst durch das Öl verdeckt gewesen und anschließend, weil sie geduscht und neue Kleidung angezogen hatte."

„Der Gedanke kam mir auch schon", sagte Ursyn. Für einen Moment haderte er mit sich, wusste nicht, ob er von dem leidenschaftlichen Kuss erzählen sollte oder nicht. Er war nicht schüchtern oder fürchtete deswegen von Aleydis abgelehnt zu werden, aber trotzdem sträubte sich etwas in ihm dieses Detail preiszugeben. Es war eine seiner kostbarsten Erinnerungen.

Also entschied er sich es zu einem schlichten Abschiedskuss auf die Wange abzuwandeln, was dennoch die beiden Frauen lächeln und leise seufzen ließ. Sein Bär brummte bei der Erinnerung, wollte ihn dazu drängen Zoe zu suchen und es zu wiederholen.

Ursyn ignorierte das störrische Tier, erzählte von dem zweiten Aufeinandertreffen und wie er bei dieser Gelegenheit Canys, Lycan und Felina an Zoe gerochen hatte.

„Ich war so aufgeregt und verwirrt", sagte er, durchlebte die Empfindungen ein zweites Mal. „Dabei habe ich glaube ich etwas gesagt, das sie verärgert oder verletzt hat."

„Was denn?", wollte Nim wissen.

Ursyn zuckte mit den Schultern. „Ich weiß es nicht. Bevor ich sie fragen konnte, war sie schon weg und gestern war ich noch mehr durch den Wind, um daran zu denken sie zu fragen."

„Das wäre wohl jeder gewesen", murmelte Nim neben ihm und nippte an ihrem Kaffee.

„Ich… hatte mich gefragt, ob sie vielleicht jetzt, da sie weiß wer und was ich bin, sich deswegen abgestoßen fühlt", sagte er, im Hinterkopf noch Zoes Reaktion bei ihrem vorigen Besuch. Sie war so zappelig gewesen, dass er sich kaum eine andere Erklärung vorstellen konnte.

„Unsinn“, sagte Ally mit Nachdruck. „Zoe hat kein Problem mit unserem Genom. Sie liebt und vertraut uns. Wäre das nicht so, dann würde sie sicher nicht regelmäßig die Kinder herbringen.“

„Kinder?“, fragte er, woraufhin seine Schwester nickte. „Ryan ist acht und die beiden Zwillinge Amy und Liv sind sechs Jahre alt. Du wirst sie sicher bald kennenlernen. Sie wissen allerdings nichts von unseren Besonderheiten und das soll vorerst auch so bleiben.“

Ursyn nickte, mit den Gedanken meilenweit weg.

Dass Zoe Kinder hatte, war ihm völlig entfallen. Aber natürlich hatte sie ihm das gesagt, in dem Café in Columbia Falls.

Aber ja, auch gestern hatte er im Augenwinkel mehrere Paar kleiner Schuhe in Zoes Flur gesehen, ebenso wie Spielzeug in der Ecke des Wohnzimmers. Er war nur zu beschäftigt mit anderen Dingen gewesen - zum Beispiel, dass sie seinen richtigen Namen genannt hatte - als dass er in der Lage gewesen wäre, diese Informationen zu verarbeiten und korrekt zu interpretierten.

Zoe hatte Kinder.

Da die Zeugung in einem Reagenzglas mithilfe von tierischer DNA ganz entschieden die Ausnahme bei der Reproduktion war, musste Zoe im Umkehrschluss einen Partner haben. Einen Vater für die Kinder.

Das war ein sehr plausibler Grund, warum sie sich so eigenartig verhielt. Ursyns Bär knurrte unzufrieden, eifersüchtig auf einen Mann, den er noch nie gesehen hatte. Seine menschliche Hälfte hingegen schwankte zwischen Scham und Verlust.

Gewöhnliche Menschen, das hatte er bei den Andersons gelernt, führten exklusive Partnerschaften und es galt als gesellschaftlich geächtet, wenn man hinter dem Rücken des Partners andere Liebschaften hatte. Was im Umkehrschluss bedeutete, dass Ursyn sich mit dem Kuss und seinem Interesse an Zoe in eine bestehende Partnerschaft einmischte.

„Ist sie", setzte er an und leckte sich über die Lippen, „ist sie verheiratet?"

„War", kam es von Aleydis. Ein betrübter Ausdruck legte sich über ihre Augen. „Sie ist Witwe, ihr Mann starb vor ein paar Jahren bei einem Autounfall."

„Oh", murmelte Ursyn. Diese Information machte es nicht unbedingt besser. Sein moralischer Kompass war trotz der Hölle der Labore soweit intakt geblieben, dass man sich nicht über die Nachricht eines Todesfalls freute. Bittere Galle stieg ihm bei diesem Gedanken auf und er schluckte trocken.

„Ich habe eine Idee", verkündete Aleydis und durchbrach damit die angespannte Stille.

„Was für eine?", erkundigte sich Nim.

„Es gibt da etwas, dem kann Zoe nicht widerstehen", sagte die Wölfin mit einem kleinen Lächeln. „Ich denke, es wäre eine nette Überraschung für sie, quasi als kleines Dankeschön. Was meinst du Syn?"

Er lächelte, es fühlte sich ganz natürlich an, dass Aleydis seinen Spitznamen verwendete. So wie alle seine Geschwister.

„Okay", murmelte er, zu mehr war er nicht in der Lage. Er verdaute immer noch die Informationen, die er eben bekommen hatte. Sie veränderten eigentlich nichts, aber dann doch wieder alles.

Aber ja, egal was das alles zu bedeuten hatte, für seine Gefühle oder für das, was zwischen ihnen geschehen war, er wollte Zoe auf jeden Fall eine Freude machen.

Kapitel 15

Einem kleinen Herzinfarkt nahe rappelte sich Scott auf und kämpfte gegen den Schwindel.

Sobald er sicher war, dass er nicht umkippen würde, ging er zu seiner Tasche, griff nach der Wasserflasche und trank sie in einem Zug leer. Er musste schon sagen, dieser Mike Kinnaman war ein Sadist. Wahrscheinlich war das der Grund, warum er so einen guten Ruf als Trainer genoss. Scott tat viel, um sich fit zu halten, das sicherte ihm sein Überleben, aber selbst er würde spätestens am Abend jeden Muskel in seinem Körper spüren.

Sein einziger Trost war, dass es den anderen noch viel schlechter ging als ihm. Einer der Teilnehmer hatte sich sogar übergeben und mindestens zwei weitere waren kurz davor gewesen in Tränen auszubrechen.

Nur eine Teilnehmerin, die eigentlich keine war, schlug sich überraschend gut. Sie wog sicher nicht mehr als hundertzehn Pfund und doch war sie zäher als Schuhleder. Das hatte Scott ehrlich überrascht und das kam nicht mehr oft vor. Sie hatte sogar noch die Kraft gehabt, den halben Parcours zu schaffen, der Scotts Meinung nach direkt aus der Hölle stammen musste.

Nicht alles von Canys Moores beachtlichem Durchhaltevermögen konnte von ihren ganz speziellen Erbanlagen stammen, da war sich Scott sicher. Er würde Aleydis bei ihrem nächsten Plausch fragen müssen, welches Wunder sie da an der verängstigten kleinen Wölfin gewirkt hatte.

Jetzt allerdings wollte er nur zwei Dinge: Eine heiße Dusche und ein riesiges Sandwich. Er war froh, dass er sich für die Theoriestunde am Nachmittag lediglich auf einem Stuhl aufrecht halten musste. Warum nur hatte er diesen Kurs für eine gute Idee gehalten?

Obwohl er ein ärmelloses Shirt und kurze Hosen trug und draußen noch immer Schnee lag, war ihm unerträglich warm. Scott griff nach seinem Handtuch, wischte sich den Schweiß vom Gesicht und dem Nacken, und entdeckte dabei, dass er eine neue Nachricht auf seinem Smartphone hatte.

Vierter Reisepass geordert.

Na, wenn das seine Lebensgeister nicht wieder aufweckte!

Mit einem Grinsen warf er Handtuch und Handy zurück in die Tasche und sah sich nach der kleinen Wölfin um. Sie stand nur wenige Meter von ihm entfernt und sprach mit einem der anderen Teilnehmer: Samuel Morgan. Es war ein großer Mann mit breiten Schultern, Stiernacken und weitfortgeschrittenen Geheimratsecken für sein junges Alter.

Er hatte einen Arm an der Wand neben Canys abgestützt, seine Körperhaltung war voller Selbstvertrauen. Ungerechtfertigt, zumindest nach Scotts Meinung. Dieser Mann taugte so viel zum Personenschützer wie Scott, was jedoch nicht daran lag, dass seine Berufung eher auf der anderen Seite des Pistolenlaufs zu finden war. Er war ein Schläger, mit der Intelligenz eines Haferkekses. Ihm würde Scott nicht einmal einen Kaktus anvertrauen, geschweige denn einen Mandanten. Sollte Mike Kinnaman etwas auf sich halten, dann würde er ihm hoffentlich bald nahelegen, den Kurs zu verlassen.

Ehe Scott recht wusste, was er tat, ging er auf den Fleischberg ohne Hirn zu und tippte ihm auf die Schulter. Mr Morgan drehte sich um, einen düsteren Ausdruck in seinem Gesicht. Vielleicht war es aber auch seine gewöhnliche Mimik, das ließ sich bei solchen Schlägertypen nur schwer sagen.

„Wissen Sie Samuel", sagte Scott und verschränkte die Arme vor der Brust, „ich habe da ein Problem."

„Ist das so?", fragte er und erdreistete sich zu grinsen. Wirklich, so ein dummer Mann.

„Ja und ich hatte gehofft, dass Sie mir dabei behilflich sein können."

„Um was geht's?"

Scott lächelte und trat noch einen Schritt näher an ihn heran. Es machte ihm nichts aus, dass er zu Mr Morgan aufsehen musste. Jeder wusste doch, dass es nicht auf die Größe ankam.

Scott seufzte und sagte: „Es gibt mehr als vierzehn Arten, Ihnen die Nase zu brechen, und ich kann mich einfach nicht für eine entscheiden. Soll es der klassische Faustschlag sein oder doch lieber eine von den Langhantelstangen da drüben? Ersteres würde die persönliche Note unterstreichen, wobei die zweite viel mehr Schaden anrichtet."

„Was?", fragte Samuel und wurde blass. Ah, selbst eine Küchenschabe wie er hatte also einen Überlebenssinn.

„Sie haben mich schon verstanden", sagte Scott leise und gab seine menschliche Maske auf. „Es ist wirklich nicht leicht für mich."

Die Augen des Mannes wurden riesig, drohten gar aus seinem Kopf zu fallen. Scott konnte sehen, wie sein Adamsapfel hüpfte, direkt neben seiner hektisch pochenden Halsschlagader. Dieses erbärmliche Geschöpf verbarg sich also hinter der ach so harten Schale. Scott hätte es wissen müssen. Nur ein Idiot, der versuchte seine eigenen Unzulänglichkeiten hinter brutalem Gebaren zu verbergen.

Wie erbärmlich.

Scotts Lächeln kehrte zurück und er beugte sich weiter zu Samuel. „Ich glaube, ich entscheide mich für die Hantelstange."

„Scott." Zarte Hände legten sich auf seinen Oberarm. „Hören Sie auf damit."

„Warum denn? Wo es doch gerade so interessant ist, Samuel beim Schwitzen zuzusehen. Ich frage mich, ob ich ihn auch noch dazu bringen könnte die Kontrolle über seine Blase zu verlieren."

Ein Ruck an seinem Arm, überraschend kräftig, und er gab den Blickkontakt mit dem zitternden Versager auf. Stattdessen sah er zu der zarten Frau neben sich, die ihn mit goldfarbenem Blick ansah. Furcht stand darin, so wie immer, wenn er sie ansah, doch nun war da noch etwas anders: Er konnte zum ersten Mal das Raubtier sehen, das in ihrem Blut steckte.

„Sieh einer an", murmelte er und wandte sich ihr ganz zu. Nur am Rand bemerkte er, wie Samuel die Beine in die Hand nahm und davonlief. Seine erste kluge Entscheidung, seit Scott das Missvergnügen gehabt hatte ihn kennenzulernen.

Scott lächelte und fragte: „Wo kommt denn diese Courage auf einmal her?"

„Ich lasse sicher nicht zu, dass Sie hier einfach so andere Kursteilnehmer bedrohen."

„Es war doch nur ein nettes Gespräch", erwiderte Scott, was Canys ein Schnauben entlockte. Sie ließ die Hände sinken.

„Es ist keineswegs ‚nett', wenn man jemandem androht, ihm etwas zu brechen."

„Ich habe ihn vorgewarnt, das könnten Sie mir doch wenigstens zu Gute halten. Ganz davon zu schweigen, dass ich es nicht einmal in die Tat umgesetzt habe." Er neigte den Kopf und beugte sich ein Stück zu der Frau ihm gegenüber hinunter. „Sie wollen mir doch sicher nicht vorhalten, dass ich Ihr Gespräch mit Samuel unterbrochen habe? Wo Sie sich doch so wohl gefühlt hatten, mit all seinem übertriebenen Selbstbewusstsein und seiner völligen Unkenntnis des Wortes ‚Nein'."

Erschrocken wich Canys zurück, starrte ihn entgeistert an. „Ich brauche keine Hilfe von Ihnen."

„Ganz offensichtlich schon", erwiderte Scott gelassen. Er richtete sich auf und fügte hinzu: „Keine Sorge, ich schicke

Ihnen beizeiten eine Rechnung. Ich bin schließlich nicht die Heilsarmee."

„Ist es das was Sie wollen? Dass wir in Ihrer Schuld stehen und Sie das eines Tages einfordern können?"

Scott lächelte lediglich, sah zu, wie ihr zarter Hals arbeitete, als sie schluckte. Ihre ganze Haltung strahlte weiter Furcht und Vorsicht aus und dennoch waren ihre Augen wieder grün geworden. Scott hatte nicht lange gebraucht, um herauszufinden, dass die Moore-Geschwister die Kontrolle über ihre Tiere verloren und diese sich in ihnen erhoben, wenn sie starkem Stress oder Schmerzen ausgesetzt waren.

Das hatte er auch begriffen, ohne die Aufzeichnungen gelesen zu haben, die er Aleydis gegeben hatte. Seine Augen huschten zu einer sternförmigen Narbe an Canys' rechter Schulter. Sie stammte von einem offenen Bruch. Ihr Schlüsselbein hatte sich durch die Haut gebohrt, nachdem einer der Pfleger sie kopfüber an den Handgelenken aufgehangen und sie sich gewehrt hatte.

Nicht einmal ihm war so viel angetan worden wie dieser Frau. Er fragte sich, welchen Teil ihrer Seele sie in der Zelle zurückgelassen hatte. Welches Monster sich hinter ihrer furchtsamen Fassade versteckte. Denn beschädigte Personen, das wusste er nur zu gut, waren gefährlich. Sie wussten, wie man dafür sorgte, dass sich die Hölle wie ein Zuhause anfühlte.

„Ich hätte da eine Frage an Sie", sagte Scott und sah wieder in Canys' Gesicht. „Wie geht es Ihrem ältesten Bruder? Hat er sich schon gut hier eingelebt?"

Wie von ihm erwartet wich sie zurück, ihre Hände ballten sich zu Fäusten. „Von was sprechen Sie da?"

„Das wissen Sie sehr genau." Wieder lächelte er. „Richten Sie Ihren Geschwistern doch bitte nette Grüße von mir aus."

Mit diesen Worten nickte er ihr zu, drehte sich um und ging zu den Umkleidekabinen.

Er musste telefonieren.

Kapitel 16

Ursyn musste feststellen, dass St. Mary sich nicht großartig von Columbia Falls unterschied.

Es waren beides Kleinstädte, mit relativ wenigen Einwohnern und viel Natur in der Umgebung. Ursyn war froh darum, denn damit konnten er und sein Bär klarkommen. Auf seiner Wanderung und auf der Flucht vor den Jägern von ConPharm, war er auch an größeren Städten vorbeigekommen. Der Gestank, die Beengtheit zwischen den Gebäuden und das völlige Fehlen von Grün hatten ihm den Pelz zu Berge stehen lassen.

Hier ebenso wie in Columbia Falls hatte er das Gefühl, als könne er innerhalb von wenigen Minuten im Wald verschwinden. Es war ein Gefühl der Freiheit, von dem er immer noch nicht genug bekam.

Ursyn sah zu seiner Schwester, die neben ihm saß und das Auto lenkte. Sie wollten einige Besorgungen machen und er begleitete sie. Mann und Bär mochten Aleydis gerne, sehr gerne sogar. Es war fast so, dass sie wie ein Puzzlestück war, von dem er bisher nicht gewusst hatte, das es fehlte. Seit der ersten Minute stellte er ihre Loyalität nicht in Frage, vertraute ihr blind.

Daher fragte er, ohne zu zögern: „Wie oft lässt du den Wolf heraus?“

„Einmal im Monat, manchmal öfter“, sagte sie und warf ihm einen kurzen Seitenblick zu, besagte Wölfin in ihren Augen. „Da unser Haus nicht weit vom Wald entfernt ist, ist das Risiko gesehen zu werden recht gering. Jetzt allerdings, mit dem ganzen Schnee, fällt mein dunkles Fell leider sehr auf.“

„Eindeutig Lycans Vorteil“, sagte er, was Aleydis zum Lachen brachte.

„Ja, eindeutig." Sie lenkte den Wagen auf einen Parkplatz, stellte den Motor ab und wandte sich ihm zu. „Hast du oft das Bedürfnis den Bären herauszulassen?"

„Es kommt phasenweise. Nach unserer Flucht habe ich über einen langen Zeitraum den Pelz nicht abgelegt, nachdem ich mich im Labor nur noch sehr selten gewandelt hatte." Ursyn zuckte mit den Schultern und sagte: „Momentan bin ich ganz zufrieden ein Mensch zu bleiben."

„Das Gefühl kenne ich. Ich habe früher die Wolfsform bevorzugt. Erst seit ich in die richtige Welt hinausgegangen bin, bleibe ich lieber auf zwei statt auf vier Beinen." Sie lächelte und fügte hinzu: „So kann man sich einfach besser verständigen und fällt nicht auf."

„Da hast du recht."

Aleydis zog den Schlüssel, die Augen wieder menschlichhellbraun, und sie stiegen aus.

Schon im ersten Geschäft, einem Bekleidungsladen, schaute die Verkäuferin ihn neugierig an. Sie war sicher über fünfzig, hatte eine rundliche Gestalt und roch derart penetrant nach Parfüm, dass Ursyns Augen anfingen zu tränen.

„Aleydis Herzchen, wer ist denn der hübsche junge Mann, den Sie mir da mitgebracht haben?"

„Mein Bruder Syn." Ally drehte sich mit einem Grinsen zu ihm um und sagte: „Syn, das ist Mrs Nelson."

„Oh, noch ein Bruder!", sagte die ältere Dame und lächelte freundlich. „Wie viele gibt es denn noch?"

„Ich bin der letzte", antwortete Ursyn.

„Sagen Sie doch sowas nicht, Sie schmucker Kerl." Mrs Nelson lachte und zwinkerte ihm zu. „Was kann ich für Sie tun?"

„Warme Kleidung", antwortete Ursyn, worauf Mrs Nelson ihn mit großen Augen anstarrte.

„Hatten Sie etwa auch Probleme mit der Fluggesellschaft?“, fragte sie und schüttelte den Kopf. „Auf nichts ist heute mehr Verlass. Schlimm ist das, schlimm!“

„Er hat nur unterschätzt wie kalt es bei uns wird.“

„Das stimmt allerdings.“ Wie um ihre Worte zu verdeutlichen, zog Mrs Nelson ihre Strickjacke enger um ihren Busen. Ein irritierender Anblick, weswegen Ursyn seine Aufmerksamkeit auf die Auslage der Pullover konzentrierte.

Er überließ es Aleydis, sich weiter mit der Frau zu unterhalten, suchte sich einige Kleidungsstücke aus und legte sie auf den Tresen. Den Rest, so hatte Ally ihm versichert, würden sie im Internet bestellen. Fürs erste würde die Grundausstattung aus diesem Geschäft reichen. Da Ursyn sehr genügsam war, schließlich hatte er früher nie etwas besessen, war das für ihn in Ordnung.

Wenig später verabschiedeten sie sich von Mrs Nelson und ihrem starken Parfüm, gingen noch in den Lebensmittelladen und besorgten das spezielle Dankeschön für Zoe, von dem Aleydis ihm erzählt hatte. So bepackt, gingen sie zurück zum Auto, um nach Hause zu fahren.

Nach Hause, dachte Ursyn und lächelte vor sich hin. Ein so unscheinbarer Begriff und dennoch etwas unermesslich Kostbares für jemanden, der in seinem ganzen Leben noch nie eines besessen hatte.

Sie hatten bereits alles im Kofferraum verstaut, als der Wind drehte und Ursyn einen Hauch Apfel wahrnahm. Sofort drehte er sich um, in Erwartung Zoe zu sehen, stand stattdessen jedoch einem Jungen mit dunkelbraunen Augen und ebensolchen Locken gegenüber. Er sah ihn neugierig an, ein halbes Lächeln im Gesicht.

„Ryan“, sagte Ally neben ihm und ging auf das Kind zu. „Was machst du denn hier? Müsstest du nicht in der Schule sein?“

„Der Unterricht ist ausgefallen", sagte er, sein Blick huschte von Aleydis sofort wieder zu Ursyn. Trotz des intensiven Blickkontakts fühlte sich Ursyns Bär nicht bedroht, sondern schnüffelte neugierig in die Richtung des Kindes. Einem von Zoes Kindern.

Schon fragte Ally: „Weiß deine Mom Bescheid?"

Ryan schüttelte mit dem Kopf.

„Na schön", sagte seine Schwester, „hast du Lust mit uns nach Hause zu gehen? Dann können wir deiner Mom sagen, dass sie dich bei uns abholen soll."

Sogleich breitete sich ein Grinsen auf dem Gesicht des Jungen aus und er nickte. Ryan trat neben Ursyn, legte seinen Rucksack in den Kofferraum und sah wieder zu ihm auf. Aus der Nähe konnte Ursyn die eigentliche Witterung des Kindes wahrnehmen, welche aus schwarzem Tee und Lakritze bestand.

„Hi", sagte er und lächelte bezaubernd.

Ursyn räusperte sich und erwiderte: „Hallo Ryan, wir kennen uns noch nicht. Ich bin Ursyn, ein Bruder von Aleydis."

Ryan nickte. „Mom hatte schon gesagt, dass du jetzt auch da bist."

„Hat sie das?", murmelte er. Was sie wohl noch erzählt hatte?

Ein Räuspern und Ursyn bemerkte, dass Ally bereits im Wagen saß. „Wollt ihr zwei nicht einsteigen?"

Eilig schloss er die Heckklappe, hielt Ryan die Tür zu den Rückbänken auf und setzte sich auf den Beifahrersitz. Aleydis warf ihm ein Grinsen zu und zwinkerte. Sie hatte sofort durchschaut, warum er so neben sich stand.

Statt etwas zu sagen, startete sie den Motor und fuhr los.

„Hast du einen Spitznamen?", fragte Ryan gutgelaunt von hinten. „Nys, Ally und Lina haben einen." Die Stimme des Jungen wurde nachdenklich, als er hinzufügte: „Nur Lycan nicht."

„Ich glaube, das macht ihm nichts aus", sagte Ally, während sie einen kurzen Blick in den Rückspiegel warf.

Ursyn lächelte, wenn auch schief. Er wusste, warum Lycan das nicht wollte. Einer der gewalttätigsten Pfleger hatte ihn Lyc genannt, worauf sein Bruder noch immer allergisch reagierte.

Um diese hässlichen Erinnerungen nicht in diesen Moment eindringen zu lassen, drehte sich Ursyn halb um und sagte an Ryan gewandt: „Meine Geschwister nennen mich Syn."

„Das hört sich so cool an!", sagte der Junge begeistert, ein breites Grinsen im Gesicht. „Wie das Wort für Sünde."

„Damit hat es aber nichts zu tun", sagte Aleydis mit einem Lachen.

Sie unterhielten sich locker während der Fahrt zurück nach Hause, wo sie die Einkäufe gemeinsam in die Küche trugen. Ursyn bemerkte, dass Ryan unter der dicken Winterjacke ein hageres Kerlchen war und fühlte sich unangenehm an seine eigene Kindheit erinnert.

Da er niemals auf den Gedanken kommen würde, dass Zoe ihrem Kind absichtlich zu wenig Essen oder experimentelle, teilweise giftige Medikamente verabreichte, musste der Junge wohl gerade einen Wachstumsschub machen.

„Wollt ihr euch nicht ins Wohnzimmer setzen, während ich aufräume?", fragte Aleydis und drehte sich zu ihnen um. Ihr Blick wanderte von Ursyn zu dem Knirps neben ihm. „Wie wäre es, wenn du Syn das Bilderbuch mit den Tieren zeigst, das dir so gefällt?"

„Hast du Lust?", fragte der Junge sofort, griff schon nach seiner Hand und zog ihn den Flur hinunter. Ursyn warf einen unsicheren Blick zu Aleydis, die ihm vergnügt zuzwinkerte.

Ursyn schwankte zwischen Freude und einem Hauch Furcht. Nicht nur, weil er das letzte Mal mit Kindern so nah zusammen gewesen war, als seine Geschwister und er selbst noch so jung gewesen waren. In Columbia Falls war er den Kindern eher aus dem Weg gegangen, so wie allen anderen Bewohnern auch. Nur mit den Andersons und den Männern aus der Fabrik hatte er sich näher beschäftigt.

Aber seine jetzige Vorsicht kam auch daher, dass der Junge Zoes Kind war. Eines der Kinder, die sie mit einem Mann hatte, der nicht mehr lebte. Dennoch konnte er Ryan unmöglich etwas abschlagen, was sein Gesicht derart zum Leuchten brachte.

Ryan dirigierte ihn zu einem der Sofas, eilte an das Bücherregal und kam mit einem großen Bildband zurück. Er setzte sich dicht neben ihn, so dass seine Witterung nach schwarzem Tee, Lakritz und dem Hauch grüner Apfel sich um Ursyn schlang.

„Das Buch hat Ally mir geschenkt“, erklärte Ryan und schlug es auf. „Sie war oft mit uns Spurenlesen im Wald, aber jetzt geht das wegen dem Schnee nicht mehr. Schau, da sieht man die Abdrücke der einzelnen Tiere.“

Begeistert erzählte der Junge und blätterte dabei durch das Buch. Ursyn zwang sich zu entspannen. Er lehnte sich zurück, legte einen Arm auf die Lehne hinter Ryan und beugte sich ein Stück vor, damit er besser die Abbildungen sehen konnte. Tatsächlich waren neben großflächigen Fotografien und den Erklärungstexten immer auch schematische Abbildungen der Pfoten- oder Hufabdrücke zu sehen.

„Hast du auch schonmal eines der Tiere gesehen?“, fragte Ursyn.

Sofort nickte Ryan, blätterte schnell zurück und sagte: „Ja klar. Eichhörnchen, Waschbären und letzten Frühling sogar einen Hirsch.“

„Und was ist mit Bären oder Wölfen?“

„Die nicht.“ Er sah zu Ursyn auf, biss sich auf die Unterlippe und grinste. „Aber wir haben schon Spuren gesehen. Vor allem von Wölfen.“

Ursyn, der sich denken konnte, dass diese Spuren nicht nur von wilden Wölfen stammten, verkniff sich ein Grinsen. Stattdessen fragte er: „Hast du keine Angst vor ihnen?“

„Ne“, sagte Ryan. „Ally sagt, dass sie lieber unter sich sind.“

Er blätterte weiter durch das Buch, bis er bei der Seite über Timberwölfe angekommen war. Auf der Abbildung war ein braungefärbtes Tier zu sehen. Es erinnerte Ursyn stark an Canys‘ Fellzeichnung. Er fragte sich, wie Aleydis‘ Fell aussehen würde. Anhand ihrer Haarfarbe schätzte er, dass es schwarz mit grauer Unterwolle war.

Es war völlig nebensächlich und Ursyn wusste auch, dass der Junge nicht ahnte, was Ursyn wirklich war, und dennoch hörte er sich fragen: „Was hältst du von Grizzlys?“

Ryan sah zu ihm auf, ein Funkeln in den dunklen Augen „Die sind cool und so riesig!“

„Was glaubst du Ryan?“, kam es vom Flur her. Aleydis stand dort, die Arme vor der Brust verschränkt und ein Lächeln im Gesicht. „Wer würde in einem Kampf gewinnen? Ein Grizzly oder ein Wolf?“

„Eindeutig ein Grizzly“, sagte Ryan voller Überzeugung.

Nun konnte Ursyn nicht anders, als zu lachen. Lycan hatte ihm bereits die Geschichte erzählt, wie Aleydis einen Grizzly überwältigt hatte. Ursyn schätzte, dass seinem Bruder immer noch die Niederlage nachhing, die er gegen ihn vor Jahren hatte einstecken müssen.

Damals allerdings war es nur ein freundliches Kräftemessen gewesen, nicht wie bei ihrer Schwester ein Kampf um Leben und Tod. Ally hatte sich damals zwischen den wütenden Bären und Rafael geworfen - ohne zu wissen, wer Rafael eigentlich war. Ihre Wölfin hatte dennoch nicht zulassen können, dass der wütende Bär diesem Mann etwas tat.

Wie von selbst wanderten Ursyns Gedanken zu Zoe. Er hatte zwar nicht etwas so Dramatisches getan, wie ein wildes

Tier für sie zu töten, und doch hatte er einem Mann das Handgelenk gebrochen, weil dieser es gewagt hatte sie zu bedrohen.

Die Frage, ob er bereit war, für sie zu bluten und sein Leben zu riskieren, erzeugte ein eigenartiges Kribbeln in seinen Eingeweiden. Mann und Bär würden keine Sekunde zögern, das wusste Ursyn. Er war schon so oft verletzt worden, hatte dutzende Liter Blut verloren und so viele Narben, die davon erzählten. Damals war es sinnlos gewesen, aber nun die Vorstellung, dass er verletzt wurde, weil er jemanden beschützte, ließ seinen Bären zustimmend brummen.

Er hatte viel zu oft Lycan, Canys und Felina nicht beschützen können.

Und Aleydis auch nicht.

Ursyn sah zu seiner Schwester. „Komm, setz dich zu uns."

Ohne zu zögern kam sie zu ihnen, setzte sich auf Ryans andere Seite und wuschelte ihm durch die dunklen Locken. Sie erinnerten Ursyn an seine eigenen, wenn er sich das Haar nicht regelmäßig kurzschnitt.

„Ich habe deiner Mom geschrieben", sagte Ally zu dem Kind, ehe sie Ursyn ansah. „Sie kommt nachher vorbei und holt dich ab."

Die Worte ließen Adrenalin in Ursyns Kreislauf explodieren. Angestachelt dadurch und bei der Vorstellung, Zoe wiederzusehen, brummte sein Bär, trat von einer Vordertatze auf die andere. Sie konnten es beide kaum erwarten.

Als es schließlich zwei Stunden später an der Tür klingelte, zuckte er zusammen und der Bär in seinem Kopf schnaubte. Sie saßen zu dritt am Küchentisch, wo Ally und er je an einem Laptop saßen und Ryan seine Hausaufgaben machte.

Sofort sprang Ursyn auf und wollte zur Haustüre gehen. Ally hielt ihn am Oberarm zurück und wisperte: „Syn, deine Augen."

„Verdammt", murmelte er, bevor er kurz nickte. Den Weg den Flur hinunter atmete er tief durch, drängte den Bären zurück und hoffte, dass das genügte, um die schwarzbraune Färbung seiner Iris verschwinden zu lassen.

Je näher er der Türe kam, desto deutlicher konnte er Zoes fruchtigen Duft riechen, was es nur noch schwerer machte, den Bär unter Kontrolle zu halten. Vielleicht öffnete er deswegen die Tür mit mehr Schwung als nötig, so dass sie beinah gegen die Wand schlug.

„Hallo Zoe."

Große blaue Augen sahen ihn überrascht an. „Oh, hi Ursyn."

Sie lächelte und er trat einen Schritt zur Seite, damit sie reinkommen konnte. Dabei streifte ihre Schulter seine Brust und er musste ein glückliches Seufzen unterdrücken. War es erbärmlich, dass er schon wegen eines so kleinen Kontakts solch ein Wohlgefühl empfand?

„Danke nochmal, dass ihr Ryan aufgesammelt habt."

Sie schälte sich aus ihrer Jacke und Ursyn nahm sie ihr ab, um sie an der Garderobe aufzuhängen. Als er wieder zu ihr sah, ließ er den Blick über ihre kleinere Gestalt wandern. Sie trug Stiefel, Jeans und einen schwarzen Pullover, in den silberne Fäden eingearbeitet waren. Selbst im geringen Licht des Flurs schimmerten sie und versuchten seine Aufmerksamkeit zu fesseln.

Ursyn räusperte sich und murmelte. „Kein Problem. Er ist ein tolles Kind."

„Ja, ist er", sagte Zoe und lächelte, bevor sie sich abwandte und in Richtung Küche ging. Ursyn blieb ihr dicht auf den Fersen.

Ihm brannten eine Million Fragen auf der Zunge, die er Zoe stellen wollte. Die meisten drehten sich um ihre Kinder und ihren verstorbenen Mann, aber auch darum, ob sie die

Anziehungskraft zwischen ihnen ebenfalls spürte oder nur er von ihr betroffen war.

Was auf seiner Liste jedoch ganz oben stand, war die Frage, mit was er sie bei ihrem Gespräch in Columbia Falls verärgert hatte, als sie noch nicht gewusst hatte, wer er wirklich war.

Dazu müsste Ursyn aber mit Zoe alleine sein und das funktionierte nicht, wenn sie sich wie jetzt mit Ryan und Ally unterhielt. Zu seinem Glück schien seine Schwester das Dilemma zu begreifen, denn sie räusperte sich und sagte an den Jungen gewandt: „Sag mal Ryan, Rafael hat gesagt, dass du gut im Suchen bist. Rafael meinte, er hat irgendwo im Keller noch einen Schlitten."

„Echt? Wow!", sagte der Junge, sprang auf und griff nach Aleydis' Hand. Diese lachte, drehte sich halb zu ihnen um und sagte: „Ursyn wollte sich noch mit dir unterhalten."

Und schon waren sie weg, was Ursyn alleine mit Zoe in der Küche zurückließ.

„Ähm... was meinte Ally denn damit?", fragte Zoe neben ihm.

Er atmete tief durch, gab sich einen Ruck und sagte: „Es geht um unser Gespräch in dem Café. Ich... ich hatte das Gefühl, dass ich etwas gesagt oder getan habe, dass dich verärgert hat. Dafür möchte ich mich entschuldigen."

Er ging zur Vorratskammer, holte die kleine Schachtel aus der Konditorei und reichte sie an Zoe. Diese lachte, als sie das Logo darauf erkannte.

„Lass mich raten", sagte sie und lächelte zu ihm auf, „Ally hat dir von meiner Schwäche für Mr Spencers Schokoladenkuchen erzählt."

„Vielleicht", sagte er und erwiderte ihr Lächeln, froh darüber, dass sie sich über das Präsent freute. Sie stellte es zur Seite und sah ihn an. „Vielen Dank."

Da Ursyn aber wusste, dass Taten manchmal nicht ausreichten, um etwas wieder gut zu machen, trat er näher an sie heran und fragte: „Mit was habe ich dich verärgert?"

Zoe sah zu ihm auf. Sie reichte ihm gerade bis zum Brustbein und es juckte ihm in den Fingern, die Arme, um sie zu schließen. Ihr Duft machte seinen Bären ganz trunken.

„Deine Reaktion auf die Aussage, dass ich Kinder habe", sagte Zoe, die Augen ohne Glanz. Sie zuckte mit den Schultern und fuhr fort: „Dir ist regelrecht das Gesicht entglitten und… ich weiß auch nicht… das hat mich verletzt."

Sie wandte den Blick ab, während Ursyn dastand wie vom Donner gerührt. Das dachte sie?

Bevor er es verhindern konnte, beugte er sich hinunter und ließ die Lippen sacht über Zoes Wange streifen. So dicht an ihrer Haut brummt sein Bär zufrieden, denn hier war ihr Duft nach grünen Äpfeln besonders intensiv, verwoben mit femininer Weichheit und einem Hauch Seife.

Bevor er sich vergessen konnte, mehr tun konnte als diesen gehauchten Kuss, richtete er sich auf. Große Augen, das Dunkelblau völlig von den Pupillen verdrängt, starrten ihn an.

„Es tut mir leid, dass du das dachtest", sagte er rau. „Denn es ist ganz anders gewesen."

Er sah, wie sie schluckte, ehe sie fragte: „Wie denn?"

„Ich hatte mich gefreut, dich wiederzusehen und wollte mit dir reden", sagte Ursyn mit schiefem Lächeln. „Als ich bei dir ankam habe ich dann plötzlich meine Geschwister an dir gerochen. Ich war völlig durch den Wind, weil ich nie damit gerechnet hätte. Seit Monaten hatte ich sie nicht mehr gewittert, das hat mich aus der Bahn geworfen."

„Hast du deswegen gefragt, mit wem ich zusammen war?"

Ursyn nickte und fuhr fort: „Als du dann von Kindern, einem Bruder und Familie erzählt hattest, da war ich so enttäuscht. Ich habe deine Worte gar nicht richtig verstanden, habe nur gehört, dass du nichts von Canys und den anderen gesagt hast und war wie vor den Kopf gestoßen."

Er griff nach ihrer Hand, konnte es nicht ertragen, so dicht bei ihr zu sein und sie nicht zu berühren. „Als du dann so überstürzt gegangen bist, offensichtlich verärgert, war ich nicht in der Lage, die Verbindung zu ziehen. Ich bin mir immer noch unsicher, was die gesellschaftlichen Regeln angeht und dachte daher, ich hätte etwas Unpassendes gesagt."

„Gar nicht", sagte Zoe und lächelte, dass es für Ursyn wie ein Schlag in den Magen war. „Dich stört es also nicht, dass ich drei Kinder habe?"

„Nein", sagte er sofort und mit Nachdruck. „Und wenn die anderen beiden Ryan auch nur ähneln, dann hast du großartige Kinder. Es ist ein netter, kluger Junge."

Zoes Augen leuchteten auf, ehe sie leise lachte. Sie senkte den Kopf und sah auf Ursyns Hände, die noch immer die ihren hielten. Sie waren so feingliedrig und zart im Gegensatz zu seinen. Sein Bär forderte ihn dazu auf sie nie wieder loszulassen. Der Gedanke gefiel auch seiner menschlichen Seite.

„Du bist mir nicht mehr böse?"

Zoe schüttelte den Kopf, lachte nochmals. Sie atmete ein, als wollte sie etwas sagen, aber bevor sie den Mund öffnete, stürmte Ryan den Flur entlang und verkündete: „Mom, wir haben Onkel Raffys alten Schlitten gefunden!"

Sofort trat Zoe von ihm zurück, unterbrach den Hautkontakt. Sie beugte sich zu ihrem Sohn und wuschelte durch seine Haare, die voller Staub und Spinnweben waren.

„Gut gemacht."

„Darf ich ihn mal ausprobieren?"

„Klar, aber nicht heute. Wir müssen nach Hause, deine Schwestern kommen bald und du hast sicher Hunger."

Schnell nickte Ryan, sah zu Ursyn auf und grinste. „Kannst du Schlittenfahren?"

„Ich habe es noch nie ausprobiert."

„Echt?“, fragte der Junge, die Augen kugelrund. „Nicht mal als Kind?“

Ursyn schüttelte den Kopf. Sein Blick huschte erst zu Zoe, dann zu Aleydis, ehe er antwortete: „Da wo ich aufgewachsen bin gab es keinen Schnee.“

„Aber wir haben welchen“, verkündete Ryan stolz. „Du kannst mitkommen, wenn wir mit den anderen gehen.“

„Den anderen?“, fragte Ursyn, woraufhin seine Schwester antwortete: „Ryan und die Zwillinge haben schon Lycan, Canys und Felina dazu überredet mit ihnen zu gehen.“

Ursyn lächelte und sah wieder zu Ryan. „Dann kann ich ja nicht Nein sagen.“

Freudig hüpfte das Kind auf und ab, ging zu seiner Mutter und griff nach ihrer Hand. „Du musst auch mitkommen.“

Zoes Augen huschten zu Ursyn, ein undefinierbarer Ausdruck darin, der ihm jedoch das Herz schneller schlagen ließ. Er erwischte sich dabei, dass er unbedingt wollte, dass Zoe zustimmte.

Langsam breitete sich ein Lächeln auf ihrem schönen Gesicht aus, das ihre Augen zum Funkeln brachte und Ursyns Bären in Hochstimmung versetzte.

„Okay, ich komme auch mit.“

Es mochte bloße Einbildung sein oder Wunschdenken, aber Ursyn hatte das Gefühl, als würde Zoe viel mehr mit dieser Zustimmung ausdrücken, als man nur aus ihren Worten heraushören konnte.

Kapitel 17

Sich einzugestehen, dass sie extrem frustriert war, frustrierte Roxanne zusätzlich.

Es war beinah so ein beschissenes Gefühl, wie von einer Sackgasse zur nächsten zu taumeln. Zu ihrer eigenen miesen Laune musste sie auch noch die ihres Teams ertragen, das ähnlich unzufrieden über ihre ständigen Misserfolge war.

Roxy war schon so verzweifelt, dass sie jedes Kaff diesseits und jenseits der Grenze zwischen Kanada und den USA abklapperte, in der Hoffnung irgendeinen Hinweis auf verrückte Geschichten zu erhaschen, die sich mit genmanipulierten Monstern befassten.

Zu ihrem Leidwesen hatte sie keine neuen Spuren entdeckt, abgesehen von ein paar wirklich verrückten Big-Foot-Stories. Entweder hatte die Einsamkeit, der selbstgebrannte Schnaps oder die Inzucht einige der Menschen hier wahnsinnig werden lassen. Bei einigen tippte Roxanne auf alle drei Faktoren.

Ob Scott doch recht gehabt hatte, dass sie sich längst nach Südamerika oder in ein komplett anderes Land abgesetzt hatten? Möglich wäre es allemal, doch Roxanne sträubte sich gegen diese Idee. Sie hatte die Persönlichkeitsprofile dieser gezüchteten Subjekte studiert. Mindestens drei von ihnen würden sich hier in die weitläufigen Wälder zurückziehen, da war Roxanne sich sicher.

Ich habe ja noch einige Meilen vor mir, dachte sie sich und stieg aus ihrem Pick-Up. Um sich ein Bild davon zu machen, was in einer Kleinstadt gerade vor sich ging und um die neusten Gerüchte und Lästereien aufzuschnappen, gab es nach Roxannes Erfahrung drei mögliche Anlaufstellen: Der Lebensmittelladen, das Postamt und der Pub. Gelegentlich auch die Kirchengemeinde, das kam allerdings auf den Bundesstaat an. Da in Montana auch unter den Menschen ein eher raues Klima herrschte und Roxannes Laune danach verlangte, begann sie im Pub.

Auf dem Weg dorthin grübelte Roxanne weiter.

Vielleicht musste sich der schmierige Dr. Snyder bald mit der Tatsache abfinden, dass seine kostbaren Labormonster mittlerweile verreckt waren. Es gab mindestens einhundert Arten in den rauen Wäldern zu sterben, die nichts mit Jägern oder anderen Wildtieren zu tun hatten.

Die Wahrscheinlichkeit, dass diese Experimente, die ihr ganzes Leben in einem Labor verbracht hatten, es wirklich in der rauen Wirklichkeit schafften, hielt Roxanne für sehr gering. Glauben würde der verstockte Wissenschaftler das wahrscheinlich aber erst, wenn Roxanne ihm die vermodernden Leichen der Subjekte brachte.

Halb wünschte sie sich, dass sie abgelehnt hätte. Sie hätte misstrauisch werden sollen, als sie gehört hatte, dass Scott den Auftrag ausgeschlagen hatte. Leider hatte der Wissenschaftler sie mit einer geradezu unanständigen Summe gelockt, der sie nicht hatte widerstehen können.

Es würde ihr künftig eine Lehre sein.

Schwankend zwischen Frustration und Ehrgeiz betrat Roxanne die Bar im Ortszentrum. Sie war eingerichtet wie so viele Lokale derselben Art in dieser Gegend: Schwere Holzmöbel, ein zerschrammter Tresen, getäfelte Wände mit unzähligen Jagdtrophäen daran.

Roxanne bestellte sich ein Bier und setzte sich an einen Tisch, der relativ zentral lag, damit sie alles hören konnte. Ihr Glück war, dass der Pub nicht zu voll, aber auch nicht zu leer war. Die perfekte Voraussetzung also.

Eine Gruppe Männer unterhielt sich über Sportler und deren Liga, zwei weitere debattierten über die Entscheidung eines Senators, die sie für hirnverbrannt hielten, und das letzte

Grüppchen ließ sich über die Arbeit aus. Irgendeine Fabrik hier in der Nähe.

Die Tür wurde aufgestoßen und zwei weitere Männer betraten das Lokal. Sie waren Anfang bis Mitte dreißig, einer hatte einen leicht schmuddeligen Verband an einer Hand. Roxanne sah ihnen deutlich an, dass sie nicht die hellsten Kerzen am Kronleuchter waren.

„Hey Darrell“, rief einer der Männer, die sich über die Arbeit unterhalten hatten. An seinem Gesichtsausdruck konnte man schon sehen, dass er einen der beiden Neuankömmlinge ans Bein pissen wollte. Tatsächlich sagte er gleich darauf: „Was hast du heute wieder für eine Geschichte für uns?“

„Vielleicht hat Bigfoot seinen Müll durchwühlt“, scherzte ein zweiter. Er hatte blonde Haare und gerötete Wangen.

„Ich weiß, was ich gesehen habe Billy“, knurrte der mit dem Verband. Der nahm das Bier vom Barkeeper, setzte es an und trank es zur Hälfte leer. Als er es absetzte, warf er dem Mann mit den geröteten Wangen einen finsteren Blick zu. „Du bist nicht dabei gewesen.“

„Du hast nur wieder zu tief ins Glas geschaut“, erwiderte ein Mann mit einem unordentlichen Vollbart. Sein Alter war schwer zu schätzen. Roxanne tippte darauf, dass er nicht älter als dreißig sein konnte.

Darrell, der Mann mit dem Verband, plusterte sich auf. „Das habe ich nicht!“

„Was wolltest du überhaupt bei den Andersons?“, fragte der, der Billy hieß. „Wolltest du dir das andere Handgelenk auch noch brechen lassen?“

Die Männer begannen zu lachen und zu feixen, dass selbst Roxanne ihr Grinsen hinter ihrer Bierflasche verbergen musste. Zu viel Testosteron auf einem Haufen stellte die merkwürdigsten Dinge an. Es verwandelte selbst halbwegs intelligente Männer in Gorillas, die sich mit den Fäusten auf die Brust schlugen.

Der mit der Verletzung setzte einen finsteren Blick auf und wollte von seinem Barhocker aufstehen, da hielt ihn sein Kumpel zurück. Ah, er hatte wohl ein wenig mehr Verstand.

„Komm schon Darrell“, sagte er beschwörend, „lass es gut sein.“

Dieser Darrell schüttelte die Hand des anderen ab, ging zu der Gruppe Männer und baute sich vor ihnen auf.

„Ich frage euch nur eins“, knurrte er, „wo steckt Tom denn jetzt?“

„Er hat die Stadt verlassen“, sagte Billy und zuckte mit den Schultern. „Das ist nichts verdächtiges.“

„Finde ich schon. Ich wette, dass er seinen Mutanten-Bären-Arsch zurück in die Wildnis geschafft hat, wo ihn hoffentlich ein Jäger erschießt.“

Roxanne verschluckte sich beinah an ihrem Bier.

Was hatte dieser Armleuchter da gerade gesagt?!

Bevor sie großartig darüber nachdenken konnte, hatte sie sich von ihrem Tisch erhoben und war zu den Männern an die Bar gegangen. Sie packte den Mann namens Darrell an der Schulter und drehte ihn zu sich herum.

„Was haben Sie da gerade über einen Mutanten-Bären gesagt?“

Gemurmel um sie herum, bis einer der Männer sich räusperte und sagte: „Hören Sie Lady, der Mann ist nicht ganz richtig im Kopf.“

„Genau, er hat im Suff die falschen Schlüsse gezogen.“

„Als würde so etwas wirklich existieren“, murmelte ein weiterer und schüttelte den Kopf.

Oh, wenn ihr wüsstet, dachte Roxanne und grinste innerlich. Nach außen hin behielt sie ihre ernste Miene bei. Sie würde einen Besen fressen, wenn sie nicht ganz kurz davor war, den langersehnten Durchbruch zu erzielen.

„Ich will wissen, was genau Sie gesehen haben“, forderte sie.

„Schätzchen“, sagte dieser Darrell und grinste dreckig, „Sie können von mir haben, was Sie wollen, aber das wird Sie etwas kosten.“ Mit diesen Worten ließ er den Blick in einer widerwärtig-intimen Weise über ihren Körper gleiten.

Was für ein Arschloch, dachte Roxanne und wünschte sich, dass sie ihm das schmierige Grinsen aus dem Gesicht schneiden könnte. Es lag nicht an den fehlenden Fertigkeiten ihrerseits, sondern eher an dem Tumult und den Problemen, die nach der Tat auf sie warten würden.

Aber das würde Aufmerksamkeit der Behörden auf sich ziehen und die versuchte Roxanne so gut es ging zu meiden. Sie würde es in diesem Fall aber darauf ankommen lassen. Ihr Geduldsfaden war hauchdünn und ihre Finger sehnten sich nach dem Griff ihres Messers.

Statt den Schaft der Waffe in ihrem Stiefel zu ergreifen, packte Roxanne die bandagierte Hand des Perversen und drückte kräftig zu. Sofort öffnete sich sein Mund zu einem stummen Schrei, während er ganz blass wurde.

„Ich sage das nur einmal“, sagte Roxanne und lächelte. „Sie erzählen mir sofort und mit dem nötigen Respekt, was ich wissen will, ansonsten zermalme ich Ihr Handgelenk, bis kein Arzt es mehr zusammenflicken kann.“

Darrell nickte hektisch und Roxanne ließ ihn los. Die Worte blubberten nur so aus ihm heraus: Er hatte einen gewissen Tom Walker vor einigen Tagen nachts dabei beobachtet, wie er als Mann in einen Schuppen gegangen und ihn als Bär wieder verlassen hatte.

An dem falschen Namen störte sich Roxanne nicht - sie wäre eher überrascht gewesen, wenn das Subjekt 1 seinen richtigen Namen benutzt hätte. Er wäre aufgefallen wie ein bunter Hund.

„Und da sind Sie sich ganz sicher?“, fragte sie den Mann. Er nickte hektisch und sie glaubte ihm. Er hatte zu viel Angst vor ihr, als dass er es wagen würde zu lügen.

Roxanne ließ sich die Adresse geben, bezahlte ihr Bier und ging zurück zu ihrem Wagen. Keine zehn Minuten später hatte sie das zweistöckige Gebäude erreicht, das sich hinter einer Holzfabrik verbarg.

Froh, dass sie sich so ungefährlich geben konnte, wie sie tödlich war, setzte Roxanne ein Lächeln auf und klingelte an der Haustür. Wenig später wurde ihr von einem älteren Mann mit braunen Augen, schütterem Haar und deutlichem Bauchansatz geöffnet.

„Wie kann ich Ihnen helfen Miss?", fragte er und lächelte.

„Hi, mein Name ist Anna Jones", sagte Roxanne lächelnd und benutzte einen ihrer vielen Decknamen, „ich hätte da eine Frage an Sie."

„Nur raus damit."

„Wissen Sie, wo ich Tom Walker finden kann?"

Kapitel 18

Aleydis trat vom Fenster in ihrem Schlafzimmer zurück und seufzte.

„Was ist das nur mit meinen Geschwistern, dass sie sich ständig nachts aus dem Haus schleichen?“

„Wer ist es dieses Mal?“, fragte Rafael. Er saß auf der Bettkante und massierte den Oberschenkel seines verletzten Knies. Wieder seufzte Aleydis, ging zu ihm und kniete sich vor ihn hin, um die Aufgabe zu übernehmen. Nicht, weil er es nicht korrekt machte - sie hatte ihn wochenlang getriezt, damit er die richtigen Handgriffe kannte - sondern weil sie es gerne tat. Es gab immer noch Tage, da konnte sie ihr Glück nicht fassen, ihn gefunden zu haben.

Ihre Wölfin brummte zufrieden und glücklich in ihrem Kopf, während Aleydis über die vernarbte Haut strich. Es hätte so ein schöner Abend sein können, wäre da nicht Scott Hewlett, der sich in der Stadt herumtrieb und wieder eines ihrer Geschwister, das in die Nacht verschwunden war.

Da sie gegen den Söldner nichts ausrichten konnte, zur Hölle nochmal, konzentrierte sie sich auf das andere Problem.

„Ursyn“, antwortete sie und sah kurz zu Rafael auf. „Erst Lycan, dann Lina und jetzt er. Ich bin kurz davor Canys ein Glöckchen ans Bein zu binden, denn sie ist sicher die nächste.“

Rafael lachte und sagte: „Weißt du, ich habe das auch ein- oder zweimal gemacht.

„Wann? Warum?“, fragte Ally interessiert, woraufhin Rafael ihr amüsiert von einem Mädchen aus seiner Highschool-Zeit erzählte, dem er nachts Steine ans Fenster geworfen hatte.

„Wie heißt sie?", forderte Aleydis zu wissen. Ihrer Wölfin passte es gar nicht in den Kram, was ihr Gefährte da eben erzählt hatte.

Der Schuft hatte nichts Besseres zu tun, als zu lachen, sich zu ihr zu beugen und sie zu küssen. Wenig später hatte er es geschafft, sie auf seinen Schoß zu manövrieren. Seine Hand lag warm in ihrem Nacken, die andere auf ihrer Hüfte.

„Du musst nicht eifersüchtig sein", sagte Rafael sanft. „Es ist eine Ewigkeit her und jetzt gehört mein Herz ganz dir."

Aleydis grummelte vor sich hin, während sie mit den Händen über Rafaels Schultern strich. Sie war noch immer unzufrieden darüber, dass Rafael von einer Schwärmerei für eine andere Frau gesprochen hatte. Selbst wenn diese schon Jahre zurücklag.

Ihre Wölfin grinste und veranlasste sie zu sagen: „Du lachst nicht mehr, wenn ich dir erzähle, dass Syn auf dem Weg zu Zoe ist."

„Das dachte ich mir schon."

„Ehrlich?", entwich es ihr überrascht.

Er nickte, ein freches Grinsen auf den Lippen. „Zoe hat mir erzählt, dass sie mit jemandem in Columbia Falls rumgeknutscht hat. Ich fresse einen Bären, wenn das nicht dein Bruder war."

Aleydis schlug sich eine Hand auf den Mund, um nicht laut zu lachen. „Wirklich?", fragte sie gedämpft.

„Ja."

„Stört dich das nicht?"

„Warum sollte es?"

„Nun, sie ist deine Schwester", sagte Aleydis.

Rafael grinste und antwortete: „Und er ist dein Bruder. Willst du mir also sagen, dass er nicht gut genug für Zoe ist? Oder sie nicht gut genug für ihn?"

„Natürlich nicht", erwiderte sie. Das Lächeln stahl sich zurück auf ihr Gesicht, während sie Rafael von der Anziehung erzählte, die Syn für Zoe empfand.

„Zoe hat es verdient glücklich zu sein", sagte Rafael. Ein dunkler Ausdruck hatte sich über sein Gesicht gelegt. „Ich denke, dass ein sturer und fürsorglicher Bär genau das sein könnte, was sie braucht. Vor allem, wenn er dafür sorgt, dass sie sich so irrational und glücklich benimmt, wie an dem Abend, als sie mir von dem Kuss erzählt hat."

„Das denke ich auch." Sie neigte den Kopf zur Seite und sagte in gespielt ernstem Ton: „Glaub nur nicht, dass mir das grauenhafte Wortspiel vorhin nicht aufgefallen ist."

Immer, wenn Zoe alle Aufgaben erledigt und Probleme gelöst hatte, stürzten ihre Gedanken über ihr zusammen wie eine Flutwelle. Es war, als würden sie immer auf einen ruhigen Moment warten, um sie einfach zu überrollen und sie unter sich zu begraben.

So fühlte sie sich zumindest, nachdem sie die Kinder ins Bett gebracht, die Waschmaschine befüllt und die Küche aufgeräumt hatte. Es war kurz nach acht Uhr, sie saß alleine am Küchentisch und stocherte lustlos in dem Stück Schokoladenkuchen vor sich.

Das war ihr wahrlich noch nicht oft passiert. Sie verdächtigte Mr Spencer, dass er irgendwelche rauschartigen Substanzen in seinen Schokoladenkuchen mischte, denn für gewöhnlich fühlte sich Zoe schon nach dem ersten Bissen wie berauscht. Als würde man Zufriedenheit mit einer Gabel genießen können.

Der Kuchen schmeckte heute genauso wie sonst auch, aber er schaffte es nicht, Zoe dieses Gefühl von Sorglosigkeit zu geben. Stattdessen kreisten ihre Gedanken wie wütende Bienen in ihrem Kopf. Sie drehten sich nicht um die Arbeit, die

Hypothek oder eines ihrer Kinder, das Probleme in der Schule hatte. Diese Sorgen kannte sie nur zu gut.

Nein, zum ersten Mal seit sehr langer Zeit, drehten sich ihre Gedanken um einen Mann. Einen ganz bestimmten. Dabei war er rein genetisch gesehen nicht einmal ein ganzer Mann.

„Zoe", tadelte sie sich und verzog das Gesicht. Das war gemein gewesen. Es wäre so, als würde sie Ally oder Lina absprechen eine richtige Frau zu sein. Völlig absurd und dazu noch unfair.

Sie seufzte und legte die Gabel zur Seite. Zoe musste sich wohl oder übel eingestehen, dass es einzig und allein an Ursyn selbst lag, dass er ihr nicht aus dem Kopf ging. Sie konnte noch immer das Kribbeln ihrer Haut spüren, wo er sie berührt hatte.

Ganz zu schweigen von seinen Worten, die ihr Innerstes in Wackelpudding verwandelt hatten. Zoe war kurz davor gewesen aus Erleichterung und Rührung in Tränen auszubrechen. Ursyn hatte die perfekten Worte gefunden, um die bösartigen Gedanken aus ihrer Erinnerung zu tilgen.

Andererseits, jetzt wo dieses Missverständnis aus der Welt war, tat sich ein neues Problem vor ihr auf. Wie zur Hölle sollte sie ihm je wieder unter die Augen treten, ohne sich wie ein verliebter Teenager zu benehmen? Sie war eine erwachsene Frau, hatte die Verantwortung für drei Kinder – sie konnte nicht einfach kichernd und errötend dastehen, jedes Mal wenn sie ihn sah.

Zoe war sich sicher, dass sich das nicht gehörte.

Immerhin war er Aleydis' Bruder, also quasi Familie. Natürlich schoss ihr genau in diesem Moment die Erinnerung an den Kuss durch den Kopf. Sie fühlte, wie ihre Wangen rot wurden, und ihr Magen anfing zu prickeln.

Ein Klopfen an der Hintertür riss sie aus ihren Träumereien, verpassten ihrem Herzschlag einen gehörigen Tritt.

Mit gerunzelter Stirn stand sie auf. Wer würde denn noch so spät vorbeikommen, ohne vorher anzurufen?

Einen halben Meter von der Tür entfernt blieb Zoe stehen. Sollte sie nicht lieber den Baseballschläger von der Garderobe holen, den Rafael ihr für genau solche Zwecke gegeben hatte?

Noch bevor sie sich entscheiden konnte, hörte sie eine tiefe, vertraute Stimme von der anderen Seite der Tür sagen: „Zoe, bist du noch wach?"

„Ursyn?", fragte sie irritiert, ging die letzten Schritte und öffnete die Tür. Tatsächlich stand er auf der Schwelle, groß und dunkel und hinreißend. Zoe schluckte und fragte: „Ist was passiert?"

Er schüttelte den Kopf, das Gesicht zu einem halben Lächeln verzogen. Einem, dass Zoes Körpertemperatur weiter in die Höhe schnellen ließ. Weil sie ihn nicht in der Kälte stehen lassen wollte, trat sie zurück und ließ ihn in ihre Küche.

„Was machst du hier?", fragte Zoe neugierig, während sie ihm dabei zusah, wie er die Jacke öffnete und über einen der Küchenstühle hing.

„Ich war spazieren und habe noch Licht bei dir gesehen."

„Ach", murmelte sie und konnte nichts gegen das alberne Lächeln tun, das ihre Mundwinkel hob. „Möchtest du einen Kaffee? Ein Stück Kuchen?"

Ursyn nickte und sie machte sich an die Arbeit, damit ihre Hände beschäftigt waren, und sie aufhörte ihn anzustarren. Er trug einen dunklen Pullover, die Ärmel hatte er hochgeschoben, was seine sehnigen Unterarme betonte. Zoe erinnerte sich noch sehr genau, dass sie unter dem Stoff den Körper eines griechischen Gottes gespürt hatte.

Hitze und Verlegenheit stiegen in ihrer Brust auf. Solche Gedanken fielen ganz sicher unter die Zensur, sollte sie sie jemals laut aussprechen.

Weil die Stille zwischen ihnen an ihren Nerven zerrte, zumal Zoe spüren konnte, wie er sie beobachtete, fragte sie: „Wie bist du eigentlich nach Columbia Falls gekommen?"

„Mit dem Fluss."

Sie drehte sich um und sah ihn skeptisch an. „Mit dem Fluss? Im Ernst?"

Ursyn nickte, seine Augen blickten ernst, auch wenn er leicht lächelte. Zoe wusste nur zu gut, dass die Vergangenheit von Allys Geschwister ein extrem heikles Thema war. Daher fragte sie ganz behutsam: „Würdest du mir davon erzählen? Natürlich nur, wenn du möchtest. Ich bin ein bisschen neugierig."

Dieses Mal erreichte Ursyns Lächeln auch seine Augen. Sie trug die Kaffeetassen und das zweite Stück Schokoladenkuchen an den Tisch, setzte sich und wartete gespannt auf den Anfang seiner Geschichte.

„Die meiste Zeit, nachdem wir es geschafft hatten zu fliehen, habe ich als Bär verbracht", fing er an und sprach damit ihr gegenüber zum ersten Mal aus, wie besonders er war. Zoe empfand es als wichtigen Moment, denn es zu wissen und es aus Ursyns Mund zu hören, waren zwei verschiedene Dinge.

Da sie schwieg, fuhr er fort, von den Jägern von ConPharm zu erzählen, die ihn oft genug fast erwischt hätten. Zoe fieberte mit, obwohl sie natürlich wusste, dass er hatte entkommen können. Schließlich saß er ihr gegenüber.

Ursyn erzählte, wie er in den Fluss gefallen und Stunden später, nur wenige Meilen von Columbia Falls, wieder ans Ufer gegangen war.

„Wie kommt es, dass du keine Unterkühlung hattest?"

„Der Grizzly hält sehr viel aus", sagte Ursyn. „Und das Wasser war zwar kalt, aber noch nicht so eisig wie jetzt."

„Wie bist du schließlich bei den Andersons gelandet?"

„Nachdem ich meine Verfolger abgehängt hatte, beschloss ich die Strategie zu ändern. Ich wollte mich unter den Menschen verstecken. Dafür brauchte ihr aber Kleidung, die ich den Andersons stahl. So hat mich Rufus gefunden und statt mich zu erschießen, haben Hazel und er mich aufgenommen."

„Das war nett von ihnen", sagte Zoe mit einem Lächeln.

„Ja", bestätigte Ursyn. „Und es war bitter nötig, denn ich war stark abgemagert."

„Ehrlich?", fragte sie und ließ ihre Augen über seine kräftigen Arme, die breiten Schultern und die Brust wandern. „Das sieht man dir jetzt aber nicht mehr an."

Als sie seinen Blick erwiderte, hatte Ursyn nur einen Mundwinkel zu einem Lächeln erhoben. Ganz so, als hätte er ihre Musterung genau verfolgt. Zoe lief ein heißer Schauer den Rücken hinunter und sie presste unwillkürlich die Oberschenkel zusammen. Hatte Ally ihr nicht einmal erzählt, dass man Erregung riechen konnte?

Wie peinlich!

„Hazels gute Küche und die Arbeit in der Fabrik haben geholfen", sagte Ursyn langsam. „Sie haben mich gerettet, ohne es zu wissen, in vielerlei Hinsicht."

„Wussten sie Bescheid?", fragte sie und Ursyn begriff sofort, auf was sie hinauswollte.

Er schüttelte den Kopf. „Nein. Damals hatte ich gedacht, dass alle Menschen, die wissen was ich wirklich bin, mich entweder sofort erschießen oder noch schlimmer, wieder an ConPharm ausliefern würden."

Zoes Herz zog sich zusammen und sie sagte sofort: „Ich und alle anderen hier würden so etwas niemals tun."

„Das weiß ich jetzt", sagte er mit einem warmen Lächeln, das Zoe bis in ihre Zehenspitzen fühlte. Er hatte für einen Mann einen schönen Mund.

Allerdings mit einem Stück Schokolade daran.

Zoe räusperte sich und sagte: „Du... ähm... du hast da noch etwas Schokoglasur."

„Hier?", fragte Ursyn und erwischte natürlich den falschen Mundwinkel.

„Nein, hier." Ehe es sich Zoe versah, hatte sie die Hand gehoben und wollte den Krümel wegwischen, hielt aber kurz vor seiner Wange inne. Was machte sie hier? Sie konnte nicht einfach die Lippen eines Mannes berühren, den sie im Grunde kaum kannte.

Dumm nur, dass ihr Gehirn ihr sofort die Erinnerung vorspielte, dass sie noch ganz andere Dinge mit diesem Mann und dessen Lippen getan hatte, als mit der Fingerkuppe darüber zu streichen.

Bevor sie ihre Hand zurückziehen konnte, hatte Ursyn seine Finger um ihr Handgelenk gelegt und hielt sie fest. Nicht grob, sondern sanft und deswegen umso fesselnder. Er strich mit dem Daumen über die Innenseite ihres Handgelenks, direkt über ihren hämmernden Puls.

Ohne den Blickkontakt abzubrechen, legte Ursyn ihre Hand an seine Wange. Sie konnte die harten Stoppeln fühlen, die ein Kribbeln ihren Arm hochjagten. Wie in Zeitlupe kamen sich ihre Gesichter immer näher. Mit jedem Millimeter schoss Zoes Körpertemperatur um ein Grad nach oben, bis sie glaubte zu verglühen, als sich ihre Lippen endlich berührten.

Der Kuss war sogar noch besser als der in ihrer Erinnerung.

Sie schmeckte Kaffee, Schokolade und Mann – eine absolut berauschende Mischung, die ihr sofort zu Kopf stieg. Zoe seufzte leise, ließ ihre Hand in seinen Nacken gleiten und zog ihn noch ein Stück näher zu sich. Dabei veränderten sie immer wieder den Winkel ihrer Münder, bis sie die perfekte Position gefunden hatten.

Ein Stöhnen löste sich aus Zoes Kehle und Ursyn nutzte den Moment, um seine Zunge zwischen ihre Lippen gleiten zu lassen. Es war wie ein Stromschlag, zu viel und doch nicht genug. Sein tiefes Brummen ergoss sich in ihren Mund und ihre Brustwarzen zogen sich zusammen. Das war der erotischste Laut, den sie jemals gehört hatte.

Ehe sie es sich versah, saß sie auf seinem Schoß, hatte die Hände auf seinen breiten Schultern. Schweratmend lehnte sie an Ursyn und sah in sein Gesicht, welches nur Zentimeter von ihrem entfernt war. Ganz zu schweigen von anderen Dingen, die sich hart und heiß sehr viel näher an ihrem Körper befanden.

„Es tut mir leid", murmelte er, die Stimme rauer und tiefer als sonst.

„Was tut dir leid?"

„Dass ich dich einfach gepackt habe." Wie um seine Worte zu verdeutlichen, schlossen sich seine Hände fester um ihre Hüften. „Aber ich… ich kann einfach nicht anders."

„Aha", sagte Zoe mit trockener Kehle.

„Sag, dass ich dich sofort loslassen soll und ich mach es."

„Lass mich nicht los", forderte sie, beugte sich hinunter und dieses Mal war sie es, die ihn küsste.

Sie genoss das raue Reiben seiner Bartstoppeln, wie fest sich sein Körper im Gegensatz zu ihrem anfühlte. Je länger der Kuss andauerte, je heißer ihr Blut durch ihre Adern rauschte, desto mehr verlor sich Zoe im Moment.

Es war Jahre, gefühlt ein ganzes Leben her, seit sie sich so gefühlt hatte: Jung, verwegen, begehrenswert. Sie hatte ihre eigenen Bedürfnisse verleugnet und diese brachen sich nun machtvoll Bahn. Der Gedanke, dass sie Ursyn in diesem Moment alles gestatten würde, drängt sich in ihr fiebriges Hirn.

„Warte", keuchte Zoe, bog ihren Kopf zurück und schnappte nach Luft.

Ursyn ließ von ihrem Mund ab, doch stattdessen schloss er die Lippen um ihren Hals und entlockte ihr ein Stöhnen. Der Grund, weswegen sie ihn hatte aufhalten wollen, rückte wieder in den Hintergrund. Ohne es beabsichtig zu haben, begann Zoe ihre Hüften kreisen zu lassen, in einem uralten und sicher angeborenen Rhythmus.

Dem Mann unter ihr schien das ausnehmend gut zu gefallen. Seine Hände griffen fester in ihre Taille und sein Atem, der gegen ihren feuchten Hals strömte, beschleunigte sich. Sie fühlte seine Zähne an ihrer Schulter.

„Zoe“, knurrte er.

Ein heftiges Zittern ging durch Ursyns großen Körper, sie hörte ihn unterdrückt fluchen. Er hatte doch nicht etwa... oder doch? Hatte sie es gerade ernsthaft geschafft, ihm einen Orgasmus zu verschaffen? Nur weil sie auf seinem Schoß saß und sie rumknutschten?

Der rote Nebel aus Leidenschaft und Verlangen lichtete sich in Zoes Kopf. Ihr fiel wieder ein, dass Ursyn sein ganzes Leben isoliert und völlig abgeschottet verbracht hatte, dass es gut möglich war, dass er vor ihr noch keine Frau geküsst hatte. Dass hier die Rollen - erfahrener Mann und unerfahrene Frau - vertauscht waren. Der Gedanke war eigenartig... und sie konnte nicht anders und fing leise an zu lachen. Sie lehnte ihre Stirn an seine Schulter und gluckste vor sich hin.

„So etwas bringt dich also zum Lachen?“, hörte sie ihn fragen. Er klang nicht verärgert, sondern neugierig. Seine Hände strichen sanft über ihren Rücken, beruhigend.

„Ich lache nicht deswegen.“

„Warum dann?“

„Ich... ich habe noch nie...“ Sie brach ab und zuckte mit den Schultern. Zoe konnte nicht fassen, dass sie dieses Gespräch gerade führten.

„Was?“, fragte Ursyn lächelnd. Er hatte ein so einnehmendes Lächeln, dass sich ihr Blut sofort wieder in Honig verwandelte.

Zoe räusperte sich und sagte leise: „Ich war noch nie der Grund dafür, dass ein Mann so die Kontrolle verloren hat.“

„Nicht?“, fragte Ursyn und klang dabei ehrlich überrascht.

„Nein.“

„Warum nicht?“

Zoe neigte den Kopf zur Seite und fragte skeptisch: „Ist die Frage ernst gemeint?“

Sein Gesichtsausdruck wurde ernst. „Natürlich.“

„Ähm… also… ich weiß nicht. Ich habe mich bisher nie für eine dieser übermäßig attraktiven und begehrenswerten Frauen gehalten.“

„Du solltest dringend deine Augen untersuchen lassen“, sagte Ursyn und legte eine Hand in ihren Nacken. Seine rauen Fingerkuppen verschafften ihr eine Gänsehaut, von seinem intensiven Blick ganz zu schweigen. „Denn du bist die begehrenswerteste Frau, der ich je begegnet bin. Wenn ich in deiner Nähe bin, kann ich nicht klar denken.“

„Ursyn“, murmelte sie. Ihr Herz schlug ihr bis zum Hals und sie fühlte Tränen in ihren Augen brennen. Solche Worte hatte schon seit sehr, sehr langer Zeit niemand mehr zu ihr gesagt. Vielleicht hatte sie sie sogar noch nie gehört.

Zoe haderte mit sich.

Jetzt, da sie wieder zwei klare Gedanken hintereinander fassen konnte, ohne von ihren Hormonen aus der Bahn geworfen zu werden, klopften die altbekannten Schuldgefühle wieder an. Sie war eine verantwortungsbewusste Mutter, deren drei Kinder im Obergeschoss schliefen. Sie konnte nicht einfach in der Küche mit einem jüngeren Mann herumknutschen und sich überlegen, ihn mit in ihr Schlafzimmer zu nehmen.

Noch dazu genau diesen jungen Mann, der erst seit wenigen Monaten in Freiheit war, nachdem man ihn über zwanzig Jahre isoliert und gefoltert hatte. Ursyn mochte sich hervorragend schlagen und die meiste Zeit den Eindruck eines normalen Mannes machen, doch das war er nicht.

So sehr Zoe es auch genoss, mit ihm zusammen zu sein, so genau wusste sie auch, dass er etwas anderes brauchte. Eine junge Partnerin, die mit ihm all die Dinge auf der Welt entdeckte, die er verpasst hatte. Sicher keine alleinerziehende Mutter mit einem festen Job, die zufrieden war, in einer Kleinstadt mitten im Nirgendwo zu wohnen.

„Es ist schon spät", sagte sie leise. Zoe hatte eine Entscheidung getroffen. Eine, die sicher besser für sie beide war.

„Ja", murmelte Ursyn. Sein grün-brauner Blick musterte sie aufmerksam, während sie von seinem Schoß rutschte. Zoe versuchte die deutliche Ausbuchtung, die sich noch in seinem Schritt zeigte, zu ignorieren.

„Ich sollte nach Hause gehen."

Zoe nickte, nicht sicher, was sie noch sagen sollte. Der Abstand zwischen ihnen, dass sie seine Nähe und Wärme nicht mehr spürte, fühlte sich wie ein Verlust an. Es war völlig verrückt.

Ursyn richtete sich auf, stellte sich dicht vor sie. Mit der Rückseite seiner Finger strich er über ihre Wange, ließ eine Gänsehaut auf ihrem Körper entstehen.

„Danke für den Kuchen", sagte er – und meinte doch so viel mehr, das wusste Zoe genau.

Sie zwang sich, ihn anzusehen und zu lächeln. „Ich habe zu danken."

„Du kommst doch zum Schlittenfahren?", fragte er hoffnungsvoll.

Am liebsten hätte Zoe Nein gesagt. Sie sollte diese Frage verneinen, aber sie war auch Realistin: Ryan und die Zwillinge würden es ihr nicht durchgehen lassen, wenn sie sich drückte.

Also sagte sie: „Ja, natürlich."

Ursyn lächelte sie an, beugte sich hinunter, um sie auf die Wange zu küssen, und verließ das Haus. Ließ Zoe allein zurück, mit nichts weiter als schmutzigem Geschirr, geschwollenen Lippen und der bittersüßen Erinnerung an etwas, das sich nicht mehr wiederholen durfte.

Am liebsten wäre Zoe in Tränen ausgebrochen.

Kapitel 19

Canys zupfte an dem Etikett ihrer Wasserflasche und sah zu den anderen Kursteilnehmern hinüber.

Mike hatte sie in zwei Gruppen aufgeteilt und diese Gruppen wiederum in Paare, die er durch eine Reihe von Übungen führte. Dabei sah die erste Gruppe den anderen zu und analysierte die Bewegungsabläufe, später würden die Rollen getauscht werden.

Ganz entgegen Mikes Anweisung hing Canys' Blick nur auf einem Teilnehmer, nicht gerecht verteilt auf allen anderen. Es war ein Mann, gute eins achtzig groß, mit schwarzen Haaren und dunklen Augen. Er trug wie alle anderen auch Sportkleidung, die ihm am Körper klebte. Jede seiner Bewegungen, jeder Blick und jedes Wort von ihm strahlten Selbstvertrauen und Gefahr aus.

In dem Kaleidoskop aus Gerüchen blitzte immer wieder der Sternanisduft durch, der untrennbar zu diesem Mann gehörte. Diesem undurchsichtigen, verwirrenden und so unfassbar gefährlichen Mann namens Scott Hewlett.

Ihre Wölfin ließ ihr keine Ruhe, stupste sie immer wieder an und forderte sie auf, diesen Mann genau im Auge zu behalten. Canys' menschliche Seite war indes zwiegespalten. Auch sie war der Meinung, dass Scott Hewlett irgendetwas vorhatte und das man ihm nicht den Rücken zukehren sollte, andererseits wusste sie, dass ihre Aufmerksamkeit ihm gegenüber auch seine Aufmerksamkeit für sie weiter befeuern würde.

Und das war etwas, das sie nicht wollte.

Ein Wunsch, der Canys nicht erfüllt wurde. Sie hatte keine Ahnung, warum er eingeschritten war, als sie sich mit Samuel unterhalten hatte. Der Teilnehmer aus Boston mit dem

Geruch nach Myrte war ihr seit dem ersten Tag unsympathisch gewesen. Eine Empfindung, die leider nicht auf Gegenseitigkeit beruhte, denn er hatte immer wieder versucht, sie in ein Gespräch zu verwickeln.

Canys hätte leicht Lycan, Rafael oder Mike bitten können ihr beizustehen, doch sie hatte es alleine schaffen wollen. Ihre Wölfin hatte zwischen Panik und Aggression geschwankt, wenn er ihr wieder zu nahegekommen war. Immerhin war Samuel Morgan mehr als eineinhalb Köpfe größer als sie und wog mindestens das doppelte. Noch vor Monaten wäre sie einfach davongelaufen, nur wenn sie ihn am Horizont gesehen hätte.

Sie war stolz auf sich, dass sie ihre Panikreaktionen bereits so weit unter Kontrolle hatte. Dennoch war ihr sein Interesse höchst unangenehm gewesen, weswegen sie seine Avancen abgelehnt hatte.

Ärgerlich nur, dass Samuel Morgen das entweder nicht bemerkt oder schlicht ignoriert hatte.

Ganz so, wie Scott Hewlett bei seiner verstörenden Rettungsaktion gesagt hatte. Warum nur hatte er das gemacht? Und vor allem: Warum hatte die Vorstellung, dass Scott diesem penetranten Mann die Nase brach, ihre Wölfin amüsiert schnauben lassen?

Canys verabscheute Gewalt. Ihr ganzes Leben war davon bestimmt worden. Anfangs war sie von der Vorstellung verstört gewesen, dass Rafael und Mike eine Firma hatten, die Selbstverteidigungskurse anbot. Sie hatte immer gedacht, dass man sich in der freien Welt nicht verteidigen musste. Dass es dort niemanden gab, der wegen Geld, Macht oder einfach nur zum Spaß andere verletzte.

Im Nachhinein wusste sie natürlich, dass diese Vorstellung dumm und sehr naiv gewesen war. Aber wie hätte sie es besser wissen sollen? Nichts und niemand hatte sie und ihre Geschwister auf das echte Leben außerhalb der Labore vorbereitet, sie waren völlig isoliert gewesen.

Jetzt weiß ich mehr, sagte sie sich und genoss das Selbstvertrauen, das dieser Gedanke ihr schenkte. Ein Selbstvertrauen, das jedoch massiv von der Anwesenheit eines gewissenlosen Söldners belastet wurde, der sich keine fünf Meter von ihr entfernt aufhielt.

Warum nur war er wirklich hier?

Er hatte ihr keine Antwort darauf gegeben, ebenso wenig auf die Frage, ob er seine vielen Hilfestellungen nur deswegen leistete, damit sie in seiner Schuld standen. Der Gedanke, dass er sie nun, da sie vollzählig waren, gesammelt an ConPharm ausliefern wollte, ließ ihr die Galle hochkommen.

Mike klatschte in die Hände und riss sie damit aus ihren Gedanken. Er verordnete ihnen allen eine Pause. Sofort lösten sich die Trainingspaare und Gruppen auf, einige gingen zu der kleinen Bar, während andere sich erschöpft auf den Bodenmatten niederließen. Gespräche entspannen sich zwischen ihnen, die Stimmung war gelöst.

Canys ging zu ihrer Tasche, holte einen Energieriegel heraus und begann ihn zu essen. Ally steckte ihr jeden Tag mindestens fünf dieser Riegel zu, die besonders nahrhaft waren. Canys mochte den süß-nussigen Geschmack und seufzte innerlich.

Eine Welle aus Sternanis schwappte über ihre Geruchsnerven… und Canys' Nackenhaare stellten sich auf. Die Wölfin in ihrem Kopf knurrte bösartig, während sie sich umdrehte und genau den Mann auf sich zukommen sah, den sie am allerwenigsten in ihrer Nähe haben wollte.

Eine Wasserflasche in der Hand, das dunkle Haar unordentlich, stand Scott Hewlett dicht vor ihr und sah sie an.

„Sie konnten ja kaum die Augen von mir lassen“, murmelte er und lächelte. Es erreichte seine Augen, was sehr selten vorkam und deswegen Canys‘ Puls noch weiter in die Höhe trieb. „Muss ich mir Sorgen machen?“

„Ich warte darauf, dass Sie etwas Gesetzeswidriges tun.“

Ein Lachen, tief und leise. Es schabte wie Sandpapier über ihre Nerven. „Oh Canys, nur Amateure lassen sich dabei beobachten, wissen Sie das nicht?“

„Ich traue Ihnen alles zu.“

„Das trifft mich aber“, sagte Scott und legte sich eine Hand auf die Brust, als hätte sie ihn tatsächlich geschlagen. Seine Fingerknöchel waren mit kleinen Narben übersäht. „Dabei zeige ich mich doch schon seit Monaten von meiner besten Seite.“

Eine Gänsehaut lief Canys den Rücken hinunter. Seiner besten Seite? Er hatte ein Haus in die Luft gesprengt, dabei zwei Menschen getötet. Außerdem hatte er einen Mann erstochen und verschwinden lassen und das waren nur die Dinge, die sie sicher wusste. Was um Himmels Willen war dann seine schlechte Seite?

„Woher wissen Sie von meinem älteren Bruder?“

„Ein Vögelchen hat es mir gezwitschert.“

„Warum? Woher kommt dieses Interesse an meiner Familie?“

„Soll das eine Fangfrage sein?“, fragte er und kam einen Schritt auf sie zu. Canys zwang sich still stehen zu bleiben, statt vor ihm zurückzuweichen. Sie schüttelte den Kopf und Scott lächelte, dieses Mal wieder kalt und berechnend.

„Wer wäre nicht an Ihnen und Ihren Geschwistern interessiert? Solch außergewöhnlichen… Personen begegnet man schließlich nicht jeden Tag.“

„Wollen Sie uns an ConPharm ausliefern?“, fragte Canys mit klopfendem Herzen. Ihre Wölfin zerrte mittlerweile so heftig an der Kette, wollte fliehen oder den Mann vor sich angreifen, dass es Canys körperliche Schmerzen bereitete. Doch sie musste es wissen.

Scott neigte den Kopf zur Seite, sein dunkler Blick war unmöglich zu deuten. „Was würden Sie tun, wenn es so wäre?"

„Meine Geschwister und ich hatten uns etwas geschworen", sagte sie. „Wir würden niemals lebend in diese Labore zurückkehren. Ich würde mich also lieber von Ihnen erschießen lassen oder mir bei der Flucht das Genick brechen, als dort jemals wieder einen Fuß hineinzusetzen."

„Ist das so, kleine Wölfin?", fragte Scott, die Stimme vermeintlich sanft. Canys brachte lediglich ein Nicken zustande. Sie war an ihrer Belastungsgrenze angelangt. Sie hatte Angst um sich, Angst um ihre Familie und Angst um ihre Freunde. Diese Ungewissheit machte sie langsam aber sicher mürbe und sie wünschte sich fast, dass Scott einfach zugeben würde, dass er noch immer für ConPharm arbeitete und seine Weigerung, Kidnapping zu betreiben, nur eine Farce gewesen war. Eine Finte, um sie alle in Sicherheit zu wiegen.

Denn wenn es so wäre, dann wussten sie, was sie zu tun hatten: Scott ausschalten oder so weit fortgehen, dass niemand sie jemals wiederfinden konnte. Beide Handlungen waren extrem, doch sie würden ihnen ein freies Leben garantierten.

Der aktuelle Schwebezustand hingegen war schlimmer als die meisten Foltermethoden, die sich die Wissenschaftler für Canys und die anderen ausgedacht hatten.

„Werden Sie uns ausliefern?"

„Ich habe ernst gemeint, was ich Ihrer Schwester gesagt habe", erwiderte Scott. „Ich tue viele schlimme Dinge, wie Sie wissen, aber Freiheitsberaubung und Kidnapping gehören ganz sicher nicht dazu."

„Warum nicht?" Canys' Wölfin spielte ihr einen Gedanken zu und sie riss die Augen auf. „Sie sind selbst einmal in Gefangenschaft gewesen, ist es nicht so?"

Ein Flackern in den dunklen Augen des Mannes ihr gegenüber, ehe sich seine Miene völlig verschloss.

„Die Fragestunde ist beendet", sagte Scott, drehte sich um und ging davon.

Canys sah ihm hinterher, unsicher was sie da eben gehört und was das zu bedeuten hatte. Ihr Instinkt sagte ihr, dass das eine sehr wichtige Information gewesen war. Bisher war Scott Hewlett stets kontrolliert gewesen, hatte die Situationen beherrscht. Jetzt allerdings hatte es zum ersten Mal einen Riss in seiner gelassen-freundlichen Fassade gegeben, die er trug wie eine Rüstung.

Eine Welle aus Wacholder, frischem Schnee und Zitrus kündigte die Ankunft ihres Bruders an. Sie drehte sich zu ihm um und sah in seine dunkelgrauen Augen.

„Was hast du jetzt schon wieder mit ihm zu bereden gehabt?", fragte Lycan ungehalten.

Er verschränkte die Arme vor der Brust, die hellen Brauen zusammengezogen. Er hätte schon knurren müssen wie der Wolf in seiner Seele, wenn er ihr noch deutlicher hätte zu verstehen geben wollen, dass er aufgebracht war. Genauso hatte er auch auf ihre Unterhaltung am Vortag mit Scott reagiert.

Noch immer durcheinander und aufgewühlt von eben, verschränkte auch Canys ihre Arme. „Wir haben ihn hierbehalten, um herauszufinden was er plant, oder nicht? Da muss man sich zwangsläufig mit ihm unterhalten."

„Aber nicht du."

Überrascht blinzelte Canys. „Warum nicht ich?"

„Weil du… du… er ist gefährlich", wich Lycan aus. Canys' Wölfin stellte das Nackenfell.

„Ich weiß, dass er gefährlich ist", sagte sie langsam. „Aber reden wir doch nochmal darüber, dass du mich für zu schwach hältst, um mit ihm fertig zu werden."

„Er ist ein verrückter, mordender Psychopath!", brauste Lycan auf.

„Soziopath."

Ihr Bruder gab ein Knurren von sich und fuhr sich durch die weißblonden Haare. „Jetzt fang du bitte nicht auch noch damit an."

„Ihr könnt mich nicht ewig in Watte packen", wechselte Canys das Thema. Sie griff nach Lycans Hand und wartete, bis er sie ansah, ehe sie fortfuhr: „Ich kann euch das nicht immer durchgehen lassen. Dir nicht, Ally nicht und Ursyn auch nicht. Nur Lina traut mir zu, dass ich für mich selbst einstehen kann. Ich weiß ihr tut das, weil ihr mich liebt und beschützen wollt, aber früher oder später wird es mich erdrücken."

Die Augen ihres Bruders wurden langsam von dunklem Grau zu kaltem Eisblau. Sein Polarwolf saß ganz dicht unter der Oberfläche. Das Tier wollte Canys auch nur beschützen, das wusste sie. Sie ließ ihm und ihren anderen Geschwistern auch gerne ihren Willen, weil ihr Naturell anpassungsfähiger und sanfter war, aber hierbei durfte sie sich nicht unterbuttern lassen.

Nicht einmal, wenn es aus Liebe geschah.

„Hier kann mir nichts passieren", sagte sie ihm, strich mit dem Daumen über seine Fingerknöchel. „Scott wird mich hier sicher nicht attackieren. Er redet nur mit mir."

„Aber das macht dir Angst."

„Ich wäre dumm, wenn nicht", sagte sie mit einem schiefen Lächeln. „Aber ich will auch etwas dazu beitragen, dass unsere Familie sicher sein kann. Wenn ich dafür mit Scott reden muss, dann bekomme ich das hin. Ganz sicher."

Mehrere Herzschläge sah Lycan sie einfach nur an, in seinem Gesicht deutlich der Kampf zwischen Vernunft und Beschützerinstinkt. Als er schließlich tief einatmete, wurden seine Augen wieder menschlich und er sagte: „Wenn er dich nur einmal anfasst, hole ich Lina und wir verscharren ihn doch noch im Wald."

Canys lachte, leise und zittrig, nicht wegen des grausamen Vorschlags ihres Bruders, sondern weil es seine Art war zu sagen, dass er ihr in der Sache vertraute.

Die Frage war nur: Vertraute sie sich selbst in dieser Sache auch?

Kapitel 20

Ein Klopfen an seiner Tür holte Glenn Snyder aus seiner Konzentration.

Statt auf die enggeschriebenen Zeilen auf dem Bildschirm schaute er zu einer Frau Anfang sechzig, die auf seiner Schwelle stand. Wie alle anderen Mitarbeiter in diesem Teil des Gebäudes trug sie einen langen weißen Kittel über dunkelblauer OP-Kleidung. Ihr aschblondes Haar war wie sonst auch zum Zopf gebunden, tief auf ihrer Nase saß eine rahmenlose Brille.

Dr. Charlotte Thatcher hielt sich nicht mit Begrüßungen auf, sondern verkündete: „Ich habe die neuen Berichte erhalten."

„Sind sie vielversprechend?", fragte Glenn und winkte die Expertin für Gen- und Reproduktionsforschung zu sich an den Tisch.

Charlotte hätte charakterlich seine Zwillingsschwester sein können, was wohl auch der Grund war, warum sie einerseits perfekt zusammenarbeiten und sich andererseits heftige Wortgefechte liefern konnten. Glenn hätte sie vielleicht schon gefeuert und ersetzt, wenn sie nicht brillante Arbeit leisten würde. Der letzte Geniestreich war ihr kurz nach der bedauerlichen Flucht ihrer Subjekte gelungen.

„Auf den ersten Blick, ja", sagte sie und legte eine Mappe auf seinen Tisch. Sofort griff Glenn danach und schlug sie auf. Er überflog die enggetippten Zeilen, während er fragte: „Verschiebt sich unser Zeitplan?"

„Nein, noch ist alles so wie wir berechnet haben."

„Kann sich das noch ändern?"

„Das kann ich nicht sagen."

Als er aufsah, erwiderten Charlottes wässrig-blaue Augen seinen Blick trotzig. „Es ist noch immer Biologie Glenn, keine deiner Laborapparaturen. Es würde mich unseriös erscheinen lassen, wenn ich dir auf deine Frage eine konkrete Antwort gebe."

Glenn entwich ein unwilliges Brummen. Er wusste, dass sie recht hatte und das ärgerte ihn fast so sehr wie die Tatsache, dass es keine hundertprozentige Gewissheit gab. Dennoch beruhigte sich sein Gemüt, denn der Bericht zeichnete ein überaus positives Bild. In diesem Licht betrachtet konnte er Charlottes Einwand getrost gelten lassen.

Dennoch sagte er: „Wir dürfen uns hierbei keinen Fehler erlauben. Es gibt keine Möglichkeit einen zweiten Versuch zu starten."

„Das weiß ich."

Glenn nickte zufrieden und sie begannen die Einzelheiten des Berichts durchzugehen, die nächsten Schritte zu planen. Es würde nur noch ein paar Wochen bis zum Ende dieses Projekts dauern. Sie mussten Vorbereitungen treffen, neue Testreihen aufsetzen und sich sehr genau überlegen, welche der neuen Substanzen und Verfahren aus den Entwicklungslaboren sie einsetzen konnten, ohne ihre Arbeit zu gefährden.

Glenn dachte an die E-Mail, welche er vor einigen Stunden erhalten hatte. Er hatte lange darüber nachgedacht, ob er den Inhalt mit den Leitern der einzelnen Laborteams teilen sollte, hatte sich dann jedoch dagegen entschieden. Es würde nur Unruhe in die Belegschaft bringen, die sich erst vor wenigen Wochen beruhigt hatte.

Sollte Ms Jones erfolgreich sein, würde sich die Lage nicht nur merklich entspannen, sondern dann würde Glenn mit ihrem kleinen Zusatzprojekt auch endlich wieder den Vorstand zufriedenstellen. Etwas, was ihm seit der vermaledeiten Nacht im vergangenen Juli nicht mehr gelungen war.

„Sind die Ärzte dort im Umkreis informiert worden?"

„Ja", bestätigte Charlotte, blätterte in der Mappe weiter nach hinten und zeigte ihm eine Liste der entsprechenden Praxen. „Jede einzelne wurde informiert und genau instruiert. Ebenso die beiden Krankenhäuser in der unmittelbaren Nähe. Sollte das Subjekt sich ungeplant nicht an die Vereinbarung halten, dann werden wir dennoch sofort benachrichtigt."

„Wie lange dauert es, bis ein Team von uns Vorort ist?"

Charlotte gab ein genervtes Schnauben von sich und blätterte weiter um. „Fünfundvierzig Minuten, wie ich dir schon dutzende Male gesagt habe."

„Es war keine Kritik an deiner Arbeit", sagte Glenn und meinte es auch so. Charlotte Thatcher war brillant auf ihrem Gebiet, äußerst verschwiegen und moralisch flexibel. Sie war ein Glücksgriff für die Firma. Vor allem, weil sie seit der ersten Stunde des Highborn-Projekts dabei gewesen war. Sie war es gewesen, die die ersten Embryonen der Moores entdeckt hatte und die mit ihrer jüngsten Arbeit die Rettung des ganzen Projekts sein könnte.

„Ja ja", murmelte Charlotte. „Da ich davon ausgehe, dass der Zeitplan eingehalten wird und wir keine Überraschungen erleben, wird das Team nicht zum Einsatz kommen müssen."

„Ich will künftig täglich über den Stand informiert werden", verlangte Glenn. „Und sollte sich eine Änderung ergeben, egal ob positiv oder negativ, will ich sofort benachrichtigt werden."

„Aber natürlich", seufzte Charlotte und zog ihr Smartphone heraus. Er konnte sehen, dass sie ihrem Assistenten eine entsprechende Anweisung weiterleitete.

Ein Räuspern und sie drehten sich zur Tür.

Wieder stand dort eine Frau, doch diese hier sah Glenn nur selten. Es hatte mehrere Gründe – einer war, dass sie für gewöhnlich in New York weilte. Der andere, dass Glenn versuchte ihr, so gut es ging, aus dem Weg zu gehen.

„Mr Snyder“, sagte sie mit einem gespielten Lächeln. Es erreichte ihre grünen Augen nicht. Sie war groß und von eher grobknochiger Statur, was seiner Meinung nach nur ihren unangenehmen Charakter unterstrich.

„Doktor Snyder, wenn es Ihnen nichts ausmacht, Ms Fisher“, erwiderte Glenn kalt.

Kathrin Fisher winkte ab, als würde sie eine lästige Fliege verscheuchen. „Wie auch immer.“ Ihre Augen huschten zu Dr. Thatcher. „Wenn Sie uns entschuldigen würden?“

„Natürlich.“ Charlotte warf einen letzten Blick auf Glenn, nahm ihre Unterlagen und verließ den Raum. Erst als die Tür ins Schloss gefallen war, rührte sich einer von ihnen wieder.

„Warum sind Sie hier?“, fragte Glenn. Er hatte weder Zeit noch Nerven sich mit Höflichkeiten aufzuhalten. Sie waren an diese Frau ohnehin verschwendet. Sie hatte nicht umsonst den Ruf eines Bluthundes. In den vergangenen Monaten hatte der Vorstand sie in regelmäßigen Abständen geschickt, um Glenn damit Druck zu machen.

Als würde er ihn nicht schon deutlich genug spüren.

Kathrin Fisher schob die Hände in die Taschen ihrer unförmigen Anzughose. Es war eine lässige Pose, voller Berechnung.

„Wissen Sie, meine Besuche hier sind mir genauso unangenehm wie Ihnen.“

„Das glaube ich Ihnen sogar“, erwiderte Glenn und unterdrückte das Bedürfnis, sarkastisch zu lachen. „Warum machen wir es uns also beide nicht einfacher und Sie sagen, was Sie von mir wollen?“

Ms Fisher hob eine Augenbraue und sagte kühl: „Die Modifizierungen der Sicherheitszellen ist abgeschlossen.“

„Eine unnötige Maßnahme“, sagte Glenn. „Die Sicherheitslücke ist von unserem Dienstleister korrigiert worden, wie ich Ihnen und dem Vorstand schon vor Monaten berichtet hatte.“

„Der Vorstand hatte weitere Bedenken, wie Sie wissen“, konterte Kathrin Fisher.

Darauf erwiderte Glenn nichts, andernfalls hätte er sich nur um Kopf und Kragen geredet. Wenn die hohen Herren sich besser fühlten, jetzt da die Subjekte dauerhaft mit schweren Riemen und Ketten fixiert werden konnten, dann würde Glenn das akzeptieren.

„In Ordnung.“ Er atmete tief ein. „Sonst noch etwas?“

„Nein“, erwiderte Kathrin Fisher und lächelte. „Wir sehen uns, Mr Snyder.“

In der Hölle, dachte Glenn und sah der Hexe hinterher, als sie sein Büro verließ. Vielleicht sollte er Scott um einen privaten Gefallen bitten. Er würde sogar dafür zahlen, wenn er nur nie wieder Ms Fishers Stimme hören oder ihr Gesicht sehen müsste.

Er machte sich eine entsprechende Notiz, damit er das Thema bei seinem späteren Telefonat mit Scott nicht vergaß. Er musste seinen Freund und gelegentlichen Geschäftspartner über die neusten Berichte von Dr. Thatcher informieren. Scott und sein Team mussten sich in Bälde in Position bringen. Glenn traute seinem Team hier, doch der Raum für Fehler war bei dieser Angelegenheit nicht existent.

Ohne die Originalunterlagen der Moores, ohne die ursprünglichen Subjekte, waren die beiden Föten seine letzte Chance das Highborn-Projekt fortführen zu können. Andernfalls konnte er sich genauso gut einen Strick nehmen und sich erhängen.

Etwas, was Glenn unter allen Umständen vermeiden wollte.

Kapitel 21

„Junger Mann, ich habe diese Diskussion mit unseren Geschwistern schon unzählige Male geführt. Zwing mich nicht, das Theater mit dir zu wiederholen."

Ursyn konnte nicht anders, er musste grinsen. Es war einfach ein zu schöner Anblick, wie seine ältere Schwester vor ihm stand und die Hände in die Hüften gestemmt hatte. Ihr hellbrauner Blick strotzte nur so vor Dominanz und ihre Körpersprache ließ erkennen, dass sie es verdammt ernst meinte.

Weil seine tierische und seine menschliche Seite zu glücklich an diesem Morgen waren, setzte sich Ursyn wie gefordert hin und griff nach der Müslischale. Aleydis seufzte zufrieden, stellte ihm ein Glas mit einer cremig-weißen Flüssigkeit hin und ließ sich schließlich gegenüber von ihm auf einen Stuhl sinken.

„Kluge Entscheidung", murmelte Canys neben ihm und zwinkerte ihm zu. Sie selbst hatte ihr Müsli schon zur Hälfte geleert.

Es war Samstagmorgen und der ganze Moore-Clan hatte sich zum Frühstück eingefunden. Die Küche war vollbesetzt, es roch nicht nur nach Frühstück und Kaffee, sondern auch nach den Witterungen aller Anwesenden. Ursyns Bär schwankte zwischen Euphorie und leichter Überforderung.

Er hatte sich noch immer nicht an den Gedanken gewöhnt, dass das alles Wirklichkeit war. In Momenten, in denen die Düsternis seiner Vergangenheit über ihm hereinbrach, fürchtete er noch immer einen besonders schönen Traum zu erleben. Dass er daraus erwachen könnte, festgekettet an einen Metalltisch, während ihm die Wissenschaftler in aller Seelenruhe die Haut vom Rücken schabten.

Wie zur Erinnerung begannen die Narben zu prickeln und er schloss die Hand fester um den Löffel. Der scharfe Schmerz, der durch die Kanten des Bestecks erzeugt wurde, holte ihn in die Gegenwart zurück. Nein, das hier war kein Traum. Seine Geschwister und er hatten nicht nur die Flucht überlebt, sondern waren auch wieder zusammen.

Noch besser: Sie hatten ihre verlorene Schwester gefunden und konnten endlich, endlich damit beginnen, ein echtes Leben zu leben. Eines ohne Drogen, Skalpelle und Schreie.

Ursyn atmete tief durch und als Canys sich an ihn lehnte, legte er einen Arm auf ihrer Stuhllehne ab. Ihr warmer Duft nach Karamell beruhigte seinen Grizzly weiter. Sie waren alle in Sicherheit, ihnen ging es gut. Was die Frage aufwarf, was er nun mit seinem Leben anstellen wollte.

In eine seltene Gesprächspause hinein sagte Ursyn: „Ich will einer Arbeit nachgehen."

Alle am Tisch sahen ihn neugierig an.

„Was für einer?", kam es von Felina. Sie saß ihm gegenüber, neben ihrem Gefährten Vincent. Ursyn mochte den Tierarzt, nicht nur weil in seiner Nähe das Gesicht seiner jüngsten Schwester regelrecht von innen leuchtete. Sie hatten sich ein wenig unterhalten, wobei Ursyn den guten Charakter des anderen Mannes erkannt hatte. Unnötig zu sagen, dass Ursyn ihm ewig dafür dankbar sein würde, dass er Lina gerettet hatte. Sowohl als Puma als auch als Frau.

„Ich weiß es nicht", sagte Ursyn und zuckte mit den Schultern. „In Columbia Falls hat es mir Spaß gemacht, mich mit Holz zu beschäftigen."

„Eine solche Fabrik gibt es hier in der Nähe nicht", kam es von Rafael, woraufhin Canys besorgt fragte: „Du willst doch nicht schon wieder fort?"

„Nein." Ursyn schüttelte entschieden den Kopf. Er wollte auf jeden Fall hier in St. Mary bleiben. Nicht nur, weil hier seine Familie lebte, sondern auch wegen Zoe. Allein der Gedanke daran sie am Nachmittag wiederzusehen, wenn sie sich zum Schlittenfahren mit den Kindern trafen, ließ seinen Puls in die Höhe schnellen.

„Es gibt noch mehr Berufe, die sich ebenfalls mit Holz und dessen Verarbeitung beschäftigen", sagte Aleydis. „Wenn du willst können wir nachher zur Stadtverwaltung gehen und schauen, welche Firmen es im Umkreis gibt, die in Frage kommen."

„Das könntet ihr auch im Internet herausfinden", kam es von Nim.

Ally zwinkerte ihr zu und sagte: „Könnten wir, aber dann würden wir nicht rausgehen und uns bewegen."

„Das ist doch der Sinn dahinter", murmelte die Programmiererin mit einem schüchternen Lächeln. Gelächter und gutgemeinter Spott wurden am Tisch laut, der Lycan kurze Zeit später dazu verleitete, drohend zu knurren.

Ursyn grinste vor sich hin. Es war schön zu sehen, wie glücklich sein Bruder und Nim miteinander waren und wie beschützend er ihr gegenüber auftrat. Sie hatten ihre eigene Dynamik, ebenso wie Ally und Rafael, Lina und Vincent.

Unweigerlich wanderten seine Gedanken wieder zu Zoe. Ob sie auch so mit ihm scherzen würde?

Der Wunsch, das herauszufinden, es zu erleben, ließ seinen Magen heiß prickeln. Sein Bär brummte zustimmend, wollte ihn dazu drängen es sofort herauszufinden. Sein Instinkt hingegen mahnte ihn zur Geduld.

Es war nicht nur die körperliche Anziehung, die ganz eindeutig zwischen ihnen bestand. Zumindest Ursyn unterhielt sich gerne mit ihr, mochte es, wie sie die Welt sah und wie ihre Augen leuchteten, wenn sie etwas begeisterte oder wie ihr Lachen klang.

Er wollte alles über sie herausfinden, wissen was sie glücklich und was sie nachdenklich machte. Es stimmte ihn noch immer in gewisser Weise demütig, dass sie in seiner Nähe sein wollte, obwohl sie die schmutzigen Seiten seiner Vergangenheit kennen musste. Vielleicht nicht im Detail, aber doch genug, um zu wissen, dass er dunkle Schatten mit sich trug.

Dass sie ihn und auch seine Geschwister nicht nur in die Nähe ihrer Kinder ließ, sondern sie ihnen auch noch anvertraute, bewies, wie sehr sie ihnen vertraute. Wie vorbehaltlos sie sie akzeptierte. Dieses Wissen wärmte einen Teil in Ursyn, der über Jahrzehnte eiskalt gewesen war.

Seine eigenen Erzeuger hatte er nie kennengelernt und er verspürte auch kein Bedauern darüber, dass es durch ihren Tod nun nicht mehr möglich war. Er hatte sich mit Lycan unterhalten und teilte die ambivalente Einstellung seines Bruders. Diese beiden Menschen mochten geniale Wissenschaftler gewesen sein, deren dringender Wunsch nach eigenem Nachwuchs sie zu unglaublichen Forschungsleistungen beflügelt hatte, doch sie waren keine guten Eltern gewesen.

Andernfalls hätten sie sicher nicht die vier Embryonen einfach in den Laboren zurückgelassen, in dem Wissen, dass sie entsorgt werden würden. Sein Bruder hatte ihm von Aleydis' Kindheit und Jugend erzählt. Sie war nicht gefoltert worden wie die anderen, doch herzlich und liebevoll war auch ihr Leben nicht gewesen. Es war isoliert abgelaufen, einsam.

Dass Eltern auch anders sein konnten, das hatte Ursyn erst bei den Andersons bemerkt. Rufus und Hazel hatten regelmäßig mit ihrer Tochter und deren kleiner Familie telefoniert. Ihre Stimmen hatten immer fröhlich und voller Zuneigung geklungen.

Auch die anderen Familien, die er in Columbia Falls beobachtet hatte, waren liebevoll miteinander umgegangen.

Aus all diesen Gründen wusste Ursyn, dass Zoe eine hervorragende Mutter war, die ihre Kinder liebte und beschützte. Auch sein Grizzly war ganz vernarrt in Ryan und konnte es kaum erwarten, die beiden Zwillinge kennenzulernen. Er hatte so das Gefühl, dass auch sie ihn in ihren Bann ziehen würden.

Jemand berührte ihn an der Schulter und Ursyn zuckte zusammen.

Grünbraune Augen sahen ihn an.

„Hey, wo warst du denn?“, fragte Felina. Sie stand neben ihm, eine Hand umfasste den Stock, den sie noch als Unterstützung brauchte.

„In Gedanken“, murmelte Ursyn und sah sich um. Offenbar hatten alle um ihn herum das Frühstück bereits beendet. Als er wieder zu seiner Schwester sah, stand ein wissender Ausdruck in ihren Augen.

„Es wird weniger werden“, sagte sie leise, während ihre Hand seine Schulter leicht drückte.

Ursyn legte seine Finger über ihre, rieb mit dem Daumen über die zarte Haut. „Ich weiß.“

Er stand auf und nahm die Puma-Hybridin kurz in den Arm. Anschließend half er, die Küche wieder in Ordnung zu bringen, und ging sich anziehen. Er und Aleydis würden zusammen zur Stadtverwaltung gehen, während der Rest sich anderen Aufgaben widmete.

Dreißig Minuten später betraten Ursyn und Aleydis das kleine Bürgermeisteramt.

Ursyn atmete unwillkürlich tiefer ein. Ein Kaleidoskop aus Gerüchen schlug ihm entgegen: Kaffee, Druckerschwärze, Linoleum, Holz, Tabak, junges Grün und die Witterungen unzähliger Menschen. Er glaubte sogar, einen Hauch grüner Apfel zu erhaschen, was seinen Bären ganz munter machte.

Doch statt einer jungen Frau mit schönen blauen Augen saß jemand anders hinter dem Tresen. Es war eine ältere Frau, mit rotbraunem Haar und einer Brille. Sie verströmte den Geruch von Papier und Kamille. Ursyn und seine

Schwester hatten sie nicht ganz erreicht, als sie aufsah und ihre Brille höher auf die Nase schob.

„Guten Morgen“, grüßte sie mit einem freundlichen Lächeln. „Wie kann ich Ihnen helfen?“

„Hi“, sagte Ally freundlich. „Wir wollten fragen, ob Sie uns Auskunft darüber geben können, ob es in St. Mary und der näheren Umgebung Firmen gibt, die mit Holz arbeiten.“

„Warum denn das?“

„Ich suche nach einer Anstellung“, schaltete sich Ursyn ein.

„Tut mir leid meine Lieber, aber da kenne ich mich leider nicht sonderlich gut aus. Ich bin eigentlich Stadtplanerin und bin nur die Wochenendvertretung.“ Sie lächelte entschuldigend und fügte hinzu: „Ich kann Ihnen nur unsere aktuelle Liste mit Stellengesuchen in der Stadt geben. Vielleicht ist da etwas für Sie dabei.“

„Das wäre wunderbar, danke“, erwiderte Ally. Die Frau nickte und verschwand im Hinterzimmer. Ursyn sah sich in dem kleinen Empfangsraum um. Es waren einige Plakate an den Wänden befestigt, die die Landschaft, um St. Mary zeigten und Touristen einluden hier ihren Urlaub in der Natur zu machen.

Schließlich fiel sein Blick auf ein kleines Holzschild, das auf dem Tresen stand. Darauf war der Name der Mitarbeiterin vermerkt: Tamara Dobbs.

Ursyns Bär schubste ihn an. Sie kannten diese Frau. Ihr Name und ihr Geruch schufen die Verbindung in seinem Kopf: Es war eine derjenigen, die mit Zoe zusammen in Columbia Falls gewesen waren. Eine, die ihn noch als vermeintlichen Tom Walker kannte.

Verdammt, dachte er und hätte sich am liebsten sofort aus dem Staub gemacht. Die Wölfin an seiner Seite bemerkte seine Unruhe und sah ihn mit zusammengezogenen Augenbrauen an.

„Was ist?"

„Ich kenne sie", wisperte Ursyn. Weiter kam er jedoch nicht, denn Ms Dobbs kam schon wieder zurück und reichte ihnen einen Bogen Papier.

„Hier bitte schön", sagte sie lächelnd, ehe sie die Stirn runzelte und Ursyn genau musterte. „Ich kenne Sie doch."

„Mein Bruder Syn", antwortete Aleydis schnell. „Er ist vor wenigen Tagen erst in die Stadt gezogen."

„Hm", murmelte sie und schob ihre Brille höher. „Ich hätte schwören können, dass ich Sie schon einmal gesehen habe."

Ursyn zuckte möglichst nonchalant mit den Schultern. „Das höre ich oft."

„Wirklich? Dabei haben Sie überhaupt kein Allerweltsgesicht."

„Vielen Dank für Ihre Hilfe", sagte Ursyn schnell, sie verabschiedeten sich und verließen das Gebäude. Draußen atmete Ursyn tief durch, genoss das Stechen der kalten Luft in seinen Lungen und versuchte, seinen unzufriedenen Bären zu beruhigen.

Er fühlte eine Hand, die sich in seine Ellenbeuge schob. Als er hinuntersah, blickte ihm Ally mit einem nachdenklichen Ausdruck im Gesicht entgegen. „Woher kanntest du sie denn?"

„Sie war mit Zoe und noch einigen anderen in Columbia Falls", murmelte Ursyn. „Dort habe ich mich mit ihr unterhalten."

„Ah, verstehe." Sie lächelte schief und fügte hinzu: „Hoffen wir, dass sie das schnell vergisst und nicht anfängt seltsame Fragen zu stellen."

Ursyn brummte zustimmend und sie machten sich auf den Weg nach Hause. Sie hatten das Auto stehen lassen, da es in der Nacht wieder geschneit hatte und sie zu Fuß sicherer unterwegs waren. Zudem war St. Mary, wie er schon festgestellt hatte, nicht sonderlich groß.

Wenige Biegungen vor ihrem Ziel fragte Ursyn gedankenversunken: „Was meinte sie denn damit, dass ich kein Allerweltsgesicht habe? Sieht man mir… ich weiß nicht, den Bären an?“

Ein leises Lachen von Ally an seiner Seite. „Nein, ganz sicher nicht.“

„Was hat sie dann sagen wollen?“ Er sah zu seiner Schwester, die ihm ein breites Grinsen schenkte.

„Ich schätze mal, dass sie dir damit sagen wollte, dass du attraktiv bist.“

Überrascht hob Ursyn eine Augenbraue. „Bin ich?“

„Da ich deine Schwester bin, ist meine Meinung wenig objektiv“, sagte sie und zwinkerte ihm zu. „Wenn man von der wissenschaftlichen Definition von Schönheit ausgeht, dann ist es eine Frage von Symmetrie, Proportionen und einigen Schlüsselmerkmalen. Unter diesen Punkten fällst du eindeutig unter das Prädikat attraktiv.“

„Oh“, murmelte Ursyn.

Es war Jahre her, dass sich Ursyn auf etwas gefreut hatte. Wirklich und wahrhaftig etwas entgegengefiebert. Vielleicht war es ihm auch noch nie im Leben widerfahren. Selbst wenn die Wissenschaftler ihn und seine Geschwister zusammengelassen hatten, so war seine Freude darüber doch auch immer von dem Wissen überschattet worden, dass sie beobachtet wurden. Dass die gemeinsame Zeit begrenzt war und nur ein kleiner Sonnenstrahl in der Düsternis der Labore.

Jetzt allerdings prickelte jede von Ursyns Zellen vor Aufregung, sein Bär schnaufte in seinem Kopf und trat von einer Vordertatze auf die andere. Seine Hände waren kaum ruhig genug, dass er seine Jacke schließen konnte.

Sie alle machten sich fertig und es war ein einziges Chaos in dem schmalen Flur ihres Zuhauses. Selbst Nim hatte sich überreden lassen, was sicher an den charmanten Worten von

Ursyns Bruder lag. Canys unterhielt sich mit ihr, während Rafael einen Rucksack mit Proviant schulterte.

Irritiert bemerkte Ursyn, dass etwas aus dem Reißverschluss lugte, das wie der Ärmel eines Pullovers aussah.

„Was ist denn das?", fragte er und zupfte daran.

Rafael lachte und sagte: „Seit ich Lycan nackt in meinem Auto sitzen hatte, gehe ich nie ohne einen Extrasatz Kleidung aus dem Haus."

„Ich war auch dabei, ebenfalls nackt", sagte Ally neben ihm, das Grinsen ihrer Wölfin im Gesicht.

„Ja", sagte Rafael und zog Aleydis dicht neben sich, „aber bei dir macht es mir viel weniger aus, wenn du nichts anhast."

„Willst du sagen, dass es an meinem Körper irgendetwas auszusetzen gibt?", fragte Lycan empört, jedoch mit einem genauso breiten Grinsen wie Aleydis. Sofort brandete Gelächter durch den Flur, gefolgt von liebevollem Spott.

Nach mehreren Minuten waren sie endlich soweit und verließen das Haus. Lina hatte zugestimmt, dass er sie tragen durfte. Ihre Beine würden die Wanderung zu dem Hügel noch nicht überstehen und es gab keine Möglichkeit mit dem Auto dorthin zu fahren.

Früher noch hätte sich seine jüngste Schwester vielleicht geziert, wäre ungehalten über die Hilfe gewesen. Sie war schon immer so stolz, so unabhängig gewesen. An diesem Tag jedoch lachte sie ausgeglichen und hängte sich bereitwillig an seine Schultern. Ursyns Bär schnaufte glücklich, als sich ihre Arme um seinen Hals legten und er ihr Gewicht spürte.

„Wo ist heute dein Gefährte?"

„Er hat Wochenenddienst. Du musst uns unbedingt besuchen kommen", sagte Lina mit einem Lächeln in der Stimme. „Vincents Praxis liegt in einem alten Fabrikgebäude, in dem auch unsere Wohnung ist. Es gibt eine große Dachterrasse und direkt dahinter erstreckt sich der Wald." Sie drückte seine Schulter kurz und fuhr fort: „Evelyn wird begeistert sein dich kennenzulernen. Sie ist die Assistentin in der Praxis und lebt mit ihrer Frau Diana und ihrer Tochter Grace ebenfalls in Browning."

„Wie hältst du das aus?", fragte Ursyn nachdenklich.

„Was?"

„Diese Praxis. Ich weiß, wie so etwas aussieht. Ich war mit Floyd, dem Hund der Andersons, auch einmal beim Tierarzt." Er atmete tief durch, eine Gänsehaut überlief ihn, als er daran zurückdachte. „Erinnert dich dort nicht alles an die Labore?"

„Anfangs war es so", sagte sie und ihre Stimme wurde rauer. Ein deutliches Zeichen, dass der Puma sich in ihr erhob. „Als ich das erste Mal dort aufgewacht bin, noch ganz benebelt und unter Schmerzen, dachte ich, ich wäre wieder zurück. Überall roch es nach diesem widerwärtigen Desinfektionsmittel, das sie auch in den Laboren benutzt haben."

„Wie hast du es geschafft das zu verdrängen?"

„Indem ich begriffen habe, dass Vincent, Evelyn und Olivia, die neue Ärztin, dort den Tieren nicht wehtun. Sie versuchen ihnen zu helfen, sie zu heilen. Die Tiere verstehen nicht immer, was mit ihnen passiert und haben oft Angst, aber ich weiß, dass es ihnen später besser geht." Lina lachte verhalten und fügte hinzu: „Außerdem hat Vincent sofort das Desinfektionsmittel getauscht, als er erfahren hat, was der Geruch mit mir anstellt."

„Ich mag ihn", sagte Ursyn spontan. Er meinte es ernst. Vincent war ein guter Mann, ebenso wie Rafael und auch Nim war eine zauberhafte Frau. Seine Geschwister hatten ein gutes Auge bei der Wahl ihrer Partner gehabt.

Mit einem glücklichen Seufzen schmiegte sich Lina an ihn, er konnte das sanfte Schnurren ihres Pumas an seinem Ohr hören. Der Laut brachte ihn zum Lächeln. Den restlichen

Weg unterhielten sie sich über Nichtigkeiten, die dennoch für jeden von ihnen von Bedeutung waren. Sprechen zu können, ohne von Mikrophonen belauscht zu werden, war noch immer ein Segen für Ursyn.

An seinem ersten Abend in St. Mary, als sie sich auf dem Matratzenlager in seinem Zimmer ausgestreckt hatten, da hatte Lycan ihn scherzhaft gefragt, warum er auf einmal so viel sprach. Er war sein ganzes Leben extrem schweigsam gewesen, das wusste Ursyn. Auch in Columbia Falls hatte er nicht viel gesagt.

In der Dunkelheit hatte er seinen Geschwistern anvertrauen können, dass er aus Furcht die meiste Zeit geschwiegen hatte. In den Laboren, weil man im wahrsten Sinne des Wortes alles, was er gesagt hatte, gegen ihn oder die anderen verwendet hatte. In Columbia Falls, weil er nicht gewusst hatte, wie viel er preisgeben konnte, ohne sich zu verraten. Ihn hatte die Sorge geplagt, dass die Menschen um ihn herum merken könnten, dass er nicht wie sie war. Das er auf so eklatante Art anders war.

Ursyn machte sich nichts vor, er würde nie ein großer Redner werden, aber es war eine weitere Befreiung für ihn, sich nun ohne Scheu mitteilen zu können. Er wollte mit seinen Geschwistern, mit deren Partnern und Freunden reden.

Er wollte sich mit Zoe unterhalten.

Als hätte das Universum seine Gedanken erraten, drehte der Wind und er nahm Zoes Witterung wahr. Der grüne Apfel strich verführerisch über seine Haut, ließ ihn tief einatmen und unwillkürlich schneller vorwärtsgehen. Scheinbar hatten auch seine Geschwister den Geruch bemerkt, denn sie drehten sich fast synchron in die Richtung, aus der er kam.

Nach einer Gruppe kahler Bäume sah man schließlich die bunten Jacken der Kinder aufblitzen, ebenso Zoes dezenteren Mantel. Dick eingepackt, einen hellblauen Schal um die

Schultern und eine weiße Mütze auf dem Kopf, lächelte sie und hob den Arm zum Gruß.

Die drei Kinder hatten sie ebenfalls entdeckt und stürmten auf sie zu. Ryan kam als erstes bei ihnen an, dicht gefolgt von zwei Mädchen, die sich bis auf die Farbe ihrer Jacken glichen wie ein Ei dem anderen. Beide hatten sie blonde Haare, die unter ihren Mützen hervorlugten, und blaue Augen.

Letztere waren neugierig auf Ursyn gerichtet. Neben Ryans schwarzem Tee und Zoes grünem Apfel roch er Veilchen, Limette und Zimt. Süße Düfte, genauso wie die beiden Zwillinge. Sein Bär schnupperte, wollte die beiden am liebsten an seinen massigen Körper drücken.

„Bist du Onkel Syn?", fragte das Mädchen mit der mintgrünen Jacke.

„Ja." Er beugte sich ein wenig tiefer, damit Lina von seinem Rücken rutschen konnte. Dabei behielt er das Kind im Auge und fragte freundlich: „Und wer bist du?"

„Liv", sagte sie grinsend. Von ihr ging der Veilchen- und Zimt-Duft aus.

Ursyn sah zu ihrer Schwester und sagte: „Dann musst du Amy sein."

„Richtig!", freute sie sich und klatschte in ihre behandschuhten Hände.

Mittlerweile war Zoe bei ihnen angekommen. Sie lächelte einen nach dem anderen an, die ebenfalls überschwänglich von den Kindern begrüßt wurden. Als ihr Blick zu ihm wanderte, schlug sie die Augen nieder. Unschlüssig, was er tun sollte – wäre es in Ordnung, wenn er sie küsste, so wie jede Faser seines Körpers es wollte? – begnügte er sich mit einem einfachen Hallo.

„Können wir endlich fahren?", fragte Ryan und hüpfte dabei auf und ab. Gelächter und Zustimmung erklang in ihrer Gruppe.

Die nächste Stunde wiederholte sich das immer selbe Szenario, wenn auch mit leichten Variationen: Sie zogen die Schlitten hinter sich her den Hügel hinauf, setzten sich darauf und rutschten ihn in rasantem Tempo wieder hinunter. Immer wieder wechselten sich die Paarungen auf den Schlitten ab, jedes der Kinder wollte mit jedem der Erwachsenen einmal fahren.

Dabei wurde Felina immer abwechselnd von Lycan, Rafael oder Ursyn auf einem der Schlitten nach oben gezogen. Es war wundervoll, zu sehen, wie viel Spaß seine Schwestern und sein Bruder hatten. Oft genug sah er Eisblau, Gold oder Bronze in ihren Augen und wusste, dass auch ihre Tiere ihren Spaß hatten. Obwohl er keinen Spiegel hatte, wusste er, dass auch das Schwarzbraun seines Bären in seinen Augen aufblitzte. Da die Erwachsenen wussten, was es damit auf sich hatte, und die Kinder es in ihrer Freude nicht bemerkten, machte Ursyn sich keine Gedanken darüber.

Eine Abfahrt später fand er sich mit Amy vor sich auf dem Schlitten am Ende des Hügels wieder. Kichernd stieg das Mädchen von ihrem Gefährt. Für Ursyn war der Abstieg etwas mühseliger, denn er hatte sich aufgrund seiner Körpergröße regelrecht auf dem Schlitten zusammenfalten müssen.

Amy drehte sich zu ihm um, ein Lächeln in den blauen Augen. Sie hatten fast denselben Farbton wie Zoes.

„Ich mag dich“, verkündete sie feierlich.

Ursyn ging auf ein Knie, damit er mit Amy auf Augenhöhe war. Er strich mit dem Rücken seines Zeigefingers über ihre zarte Wange und lächelte.

„Ich mag dich auch.“ Er sah zu den anderen hinüber. Ryan erzählte Rafael etwas und Liv formte mit Nim und Lina zusammen Schneebälle, während sich Zoe mit Ally, Lycan und Canys unterhielt. „Ich mag auch deine Schwester und deinen Bruder.“

„Und meine Mom?“, fragte Amy sofort. „Findest du sie hübsch?“

War er mitten in einem Verhör gelandet? Wenn ja, dann war Amy die anbetungswürdigste Fragestellerin, der er je begegnet war. Sein Bär schnaufte belustigt.

„Ja, ich finde sie hübsch.“

Scheinbar mit seiner Antwort zufrieden nickte Amy, bevor sie grinste und sich an seinen Hals warf. Er schloss seine Arme um sie, hob sie hoch und ging mit ihr und dem Schlitten im Schlepptau zurück zu den anderen. Sie waren fast bei ihnen angekommen, als sich das Mädchen halb in seinem Arm drehte und rief: „Mom, Syn findet dich hübsch!“

Schwankend zwischen Belustigung und Verlegenheit, lachte Ursyn leise vor sich hin. Auch die anderen lachten, während Zoe sie mit großen Augen ansah.

„Wie kommt sie denn darauf?“, fragte Rafael und Ursyn antwortete: „Sie hat mich danach gefragt.“

Sein Blick ruhte weiter auf Zoe. Ihr Wangen waren rot und sie sah ihre Tochter mit einem verlorenen Ausdruck in den Augen an.

„Amy, du kannst doch so etwas nicht einfach fragen.“

„Warum nicht? Ally hat gesagt, wenn man etwas wissen möchte, darf man höflich nachfragen.“ Sie drehte sich zu Ursyn und fragte: „Ich war höflich, oder?“

„Natürlich Kleines“, sagte er und gab ihr einen Kuss auf die Wange. So nah an der zarten Haut gesellte sich zu Veilchen und Limette noch ein warm-pudriger Duft, der sein Innerstes ganz weich werden ließ. Er erinnerte sich daran, dass seine Geschwister auch so einen Duft an sich gehabt hatten, als sie selbst noch Kinder gewesen waren und sie hatten zusammen sein können. Vor seiner ersten Wandlung, vor dem Beginn des jahrzehntewährenden Alptraums.

Erinnerungen, dunkel und hässlich, wollten sich in sein Bewusstsein drücken. Ursyn ließ es nicht zu. Er erlebte einen wunderschönen Tag mit seiner Familie und mit Freunden. In der weißen, reinen Landschaft um sie herum, hatte die Hässlichkeit der Vergangenheit nichts zu suchen.

Sein Blick glitt wieder zu Zoe. Sie lächelte schief, ihre Wangen noch immer in einem zauberhaften Rotton. Ursyn spürte, dass sie noch etwas sagen wollte, doch unerwartet explodierte Schnee an ihrer Schulter und sie zuckte zusammen.

Grinsend stand Rafael einige Meter entfernt, einen Schneeball in der Hand. Sekunden später flogen die weißen Kugeln nur so durch die Luft, Gelächter und Schreie erfüllten das Gelände, während jeder versuchte, sich zu ducken und gleichzeitig die anderen abzuwerfen.

Ursyn wusste schon jetzt, dass dies eine seiner liebsten Erinnerungen werden würde.

Kapitel 22

Frustriert klappte Scott seinen Laptop zu.

„Das ist doch Scheiße“, murmelte er und rieb sich mit den Händen über sein Gesicht. Er fühlte sich ratlos. Es war eine dämliche Idee gewesen, hierher zu kommen. Was hatte er sich eigentlich davon versprochen?

Bereits als die Frage durch sein Hirn geisterte, wusste Scott die Antwort: Seine verdammte Neugier hatte ihn dazu getrieben. Das und der Wunsch nach Zerstreuung, der ihn ständig von einem Ort zum nächsten trieb. Der Grund, weswegen er in mehr Motelzimmern geschlafen hatte, als er zählen konnte.

Jetzt wollte – nein, musste er weiter und konnte sich doch nicht für ein Ziel entscheiden. Sein speziell gesichertes und höchst dubioses Postfach war randvoll mit Aufträgen, er hätte nur die Augen schließen und irgendeinen auswählen müssen, und schon hätte er nicht nur eine neue Aufgabe gehabt, sondern auch ein fettes Plus auf seinen ausländischen Bankkonten. Er hatte noch ein paar Tage Zeit, bevor er Glenns Anliegen nachkommen musste.

Das Dumme war nur, dass Scott sich nicht einmal zehn Minuten durch die Anfragen geklickt hatte und seine Laune, statt zu steigen, noch weiter in den Keller gerutscht war. Es war zum Verrücktwerden.

Hatte er eine Midlifecrisis? So hieß es doch, wenn Männer ihren Antrieb verloren und sich nach neuen Dingen sehnten. Nach Abenteuern. Vielleicht sollte er sich eine Harley kaufen und eine fünfzehn Jahre jüngere Frau heiraten. Nur glaubte Scott, dass diese Vorgehensweise ihm nicht helfen würde. Das mochte bei Bankangestellten mit zwei Kindern und einer Hypothek vielleicht das Mittel der Wahl sein, doch auf ihn traf nichts davon zu.

Er verdiente seinen Lebensunterhalt mit dem Tod, mehr Nervenkitzel gab es nicht.

Er betrog, vertuschte und verschleierte Geheimnisse und Fehler mit einer Leichtigkeit, die anderen schlaflose Nächte bereiteten. Er war ein hervorragender Lügner, nur sich selbst konnte er nichts vorspielen.

Scott konnte noch so sehr versuchen, den Grund zu ignorieren, weswegen er sich seit Tagen so unausgeglichen fühlte, aber deswegen würde er nicht verschwinden. Es lag an der Frage, die die kleine Wölfin ihm gestellt hatte. Nein, die Tatsache, die sie ausgesprochen hatte und die ihn um ein Haar gedanklich an einen Ort gezogen hätte, den er niemals wieder betreten wollte.

Die Moore-Geschwister ahnten nicht einmal, wie gut Scott sie verstehen konnte. Wie viel des Grauens, das sie erlebt hatten, auch in den Abgründen seiner Gedanken lauerte. Der einzige Unterschied war, dass seine Folterknechte keine milliardenschweren Patente entwickelt hatten, während sie ihn gequält hatten. Bei Scotts Wärtern war es rein um den Spaß und die Genugtuung gegangen, einen ‚von denen' erwischt zu haben und diesen stellvertretend bluten und schreien zu lassen.

„Genug", sagte er und stand auf. Sein Herz schlug heftig gegen seine Rippen, er schmeckte Blut auf der Zunge. Diese kleine, dürre Wölfin würde es garantiert nicht schaffen ihn zu brechen oder gar zu vertreiben. Er würde bleiben, allein um Aleydis und ihre Geschwister weiter zum Schwitzen zu bringen.

Er hatte noch ein paar Tage, bis er zurück zu Glenns Auftrag musste, der im Moment ruhte.

Scott schnappte sich seine Jacke und verließ sein Zimmer. Herumzusitzen und die Wand anzustarren hatte noch nie etwas besser gemacht. Viel lieber wollte er sich unter Leute mischen. Nicht, damit er sich nicht alleine fühlte – alleine zu sein war sicher, es war friedlich – sondern um seine Mitmenschen zu studieren. Scott machte sich oft genug einen Spaß daraus sich zu überlegen, wie er die Leute um sich herum umbringen konnte.

Nur zum amüsanten Zeitvertreib natürlich, schließlich würde ihn niemand dafür bezahlen, dass er eine Kassiererin oder einen Taxifahrer ausschaltete und die Leiche verschwinden ließ. Sein Stundensatz war für derlei Aufträge definitiv zu hoch.

Aber es vertrieb ihm die Zeit und so stampfte er durch das dunkle, winterliche St. Mary, beobachtete die Menschen um sich herum wie ein Raubtier.

Ob die Moore-Geschwister auch manchmal so dachten? Ob die kleine Wölfin so dachte? Scott schnaubte. Nein, ganz sicher nicht. Diese Frau hatte so viel Killerinstinkt in sich wie ein Schmetterling, ganz egal, was ihr genetisches Profil sagte. Es war ihm ein echtes Rätsel, wie sie es geschafft hatte zu überleben.

Unzufrieden verzog Scott das Gesicht. Er wollte nicht mehr an sie denken, denn das brachte ihn unweigerlich zu der letzten Frage, die sie ihm entgegengeschleudert hatte. Eine Frage, die ihn in den letzten Tagen nicht losgelassen hatte.

Kurzentschlossen betrat er eine Bar, die auf der anderen Straßenseite lag. Der schale Geruch von Bier und Erdnüssen schlug ihm entgegen. Die Beleuchtung war gedämpft, viele Tische waren frei, da nur wenige Menschen sich am Tresen aufhielten. In der Ecke spielten zwei Männer Dart.

Es war trostlos, ungastlich und absolut perfekt.

Scott bestellte sich ein Bier beim Barkeeper und setzte sich in eine der hintersten Ecken.

Ob die anderen Gäste wussten, dass eine Bar wie diese ein sehr gefährlicher Ort sein konnte? Abgesehen von den ganzen Flaschen und Gläsern, die man leicht zerschlagen und zu scharfen Stich- und Schnittwaffen umfunktionieren konnte, waren Dartpfeile und Billard-Queues sogar noch besser geeignet. Scott hatte schon mit mehr als einem dieser Gegenstände andere verletzt. An den ein oder anderen Einsatz eines Barhockers konnte er sich ebenfalls erinnern.

Von all diesen Gedanken in seinem Kopf wussten die anderen Gäste nichts, ansonsten würden sie sicher die Beine in die Hand nehmen. Ob es schön war so ein normales, langweiliges und vorhersehbares Leben zu leben?

Die Tür öffnete sich und neben einem Schwall eiskalter Luft, betrat eine dick eingepackte Gestalt den Pub. Es war eine Frau. Sie sah sich um und Scott wusste nicht ob er lachen oder fluchen sollte. Ihre Augen, von denen er wusste, dass sie so schwarz waren wie ihre Haare, blickten suchend durch den Raum. Ein Prickeln überlief seine Kopfhaut, als sie ihn ansah. Ihr Grinsen offenbarte weiße Zähne. Sie kam auf ihn zu, der Gang selbstbewusst.

Roxanne Jones war in der Stadt, verdammter Mist.

„Na sieh mal einer an", sagte sie und quetschte sich neben ihn auf die Bank. Nur widerwillig rutschte Scott zur Seite. Er wusste, dass es keinen Sinn hatte, Roxanne zu sagen, sie solle sich auf einen der Stühle ihm gegenübersetzen. Sie würde ihm nur den Finger zeigen und dennoch bei ihm bleiben.

Aus dem einfachen Grund, weswegen auch Scott es ablehnte, auf den Stühlen zu sitzen: Dort würde er dem ganzen Schankraum, inklusive den Gästen und der Tür, den Rücken zuwenden. Er würde wie seine Kollegin lieber dicht gedrängt neben jemand anderen hocken, als sich dieser Schwäche auszusetzen.

Als sie jedoch nach seinem Bier greifen wollte, ging es ihm zu weit.

„Denk nicht einmal daran", sagte er und zog es aus der Reichweite ihrer Hand. „Bist du schon so blank, dass du dir kein eigenes Bier leisten kannst?"

Roxanne lachte, gab dem Kellner ein Zeichen, und sah wieder zu ihm.

„Bin ich nicht“, sagte sie gut gelaunt, „ich wollte nur sehen, wie tolerant du heute bist.“

„Selbst an meinen besten Tagen würde ich mit niemandem mein Bier teilen.“

Roxanne neigte den Kopf zur Seite. „Wie machst du das dann mit deinen Liebschaften, wenn du Angst vor fremdem Speichel hast?“

„Bist du mir ernsthaft hinterher gereist, weil du mich über mein Liebesleben ausquetschen willst?“, fragte Scott mit hochgezogener Augenbraue.

„Ach was“, winkte Roxanne ab. „Als ob mich deine kranken Vorlieben interessieren würden. Ich bin geschäftlich hier und sehr überrascht, dich auch in diesem Nest anzutreffen.“

„Ist das so?“, fragte Scott und stieß mit der Söldnerin an, als diese ihr Bier serviert bekam.

„Ist so“, bestätigte sie. „Ich verfolge die erste heiße Spur seit Monaten. Sie hat mich direkt hierhergeführt.“

„Was für eine Spur?“

Roxanne lachte, was die Aufmerksamkeit der Männer an der Dartscheibe erregte. „Das verrate ich dir sicher nicht. Du würdest es noch wagen, mir meinen Abschluss zu versauen und die Monster selbst in Calgary abliefern.“

„Niemals“, murmelte er und lächelte.

„Komm schon Scott, wir kommen doch die meiste Zeit gut miteinander aus“, sagte Roxanne. Alle Belustigung war aus ihren Augen verschwunden.

„Wenn du damit meinst, dass wir nicht versuchen uns jedes Mal abzuknallen, wenn wir uns sehen – dann ja, wir kommen gut miteinander aus.“

Die Frau an seiner Seite verdrehte die Augen, ehe sie forderte: „Dann sag mir, was du hier tust, wenn du nicht versuchst mir in meine Arbeit rein zu funken.“

Scott nahm sich einen Moment Zeit, um zu antworten. Er trank einen Schluck Bier, ließ den Blick durch die Bar schweifen. In den wenigen Herzschlägen bemerkte er genau, wie sich Roxy immer mehr anspannte.

„Wusstest du, dass es hier eine Bodyguard-Schule gibt, die zu den besten auf diesem Kontinent zählt?"

„Willst du die Seiten wechseln?", fragte seine Kollegin und klang dabei ehrlich schockiert.

Scott lachte, schüttelte den Kopf und sagte: „Himmel, nein. Das wäre mir viel zu langweilig. Aber weißt du, es ist gut sich über die Tricks des verfeindeten Lagers auf dem Laufenden zu halten, wenn du verstehst, was ich meine."

„Du bist ernsthaft hier, um bei dieser Firma einen Kurs zu belegen, damit sie dir beibringen, wie du die Arbeit ihrer Kunden sabotierst?"

Mit einem Grinsen zuckte Scott mit den Schultern, was Roxanne zu einem leisen Lachen verleitete. „Du bist echt ein Bastard."

„Danke für das Kompliment", sagte er und prostete ihr zu. Roxanne schüttelte den Kopf und trank ebenfalls von ihrem Bier.

„Nachdem ich dir meins gezeigt habe", setzte Scott an, „wie wäre es, wenn du mir deins zeigst?"

Die Söldnerin musterte ihn lange und ließ dabei nicht ahnen, was sie dachte. Scott zwang, sich ruhig zu warten. Diese Fähigkeit hatte er über die Jahre perfektioniert, denn vieles in seinem Beruf drehte sich darum, den passenden Moment abzuwarten. Was nicht hieß, dass es ihm gefiel.

Aber wie so oft zahlte sich seine Geduld auch jetzt aus.

Roxanne seufzte, begann zu erzählen und Scott hörte ihr sehr aufmerksam zu.

Kapitel 23

„Vielen Dank nochmal für das Essen", sagte Zoe und umarmte Ally. „Ich habe so ein schlechtes Gewissen, weil meine Kinder sich ständig bei euch durchfuttern."

Die jüngere Frau lachte und schüttelte den Kopf, ihre hellbraunen Augen funkelten. „Ach was, das machen wir gerne. Essen ist eine Form von Brutpflege."

„Das sieht meine Mom auch so", murmelte Nim neben ihnen. Sie und Lycan standen ebenfalls im Flur, um ihre Jacken anzuziehen. Draußen war es schon längst dunkel geworden. Der Abend war ebenso wie der Nachmittag im Flug vergangen. Nach den Schlittenfahrten und der Schneeballschlacht waren sie alle hierhergekommen, um sich erst bei Kakao und Kaffee aufzuwärmen und anschließend zusammen zu Abend zu essen.

„Willst du sicher nicht, dass ich beim Aufräumen helfe?", fragte Zoe, noch immer ein leicht schlechtes Gewissen.

„Nein", erwiderte Rafael hinter ihr entschieden und Ally fügte hinzu: „Ursyn kann dich und die drei Schlafmützen mit dem Jeep nach Hause bringen, während wir das Chaos beseitigen."

Als hätte er seinen Namen gehört, trat er aus dem Durchgang zum Wohnzimmer. Seine große Gestalt füllte den Türrahmen fast aus. Den ganzen Tag über hatte Zoe versucht, ihn zu ignorieren, und war grandios gescheitert. Nicht nur, weil er kaum zu übersehen war, sondern weil jede Zelle ihres Körpers auf ihn zu reagieren schien: Den Klang seiner Stimme, seines Lachens, der Duft seines dezenten Aftershaves.

Zoe war froh gewesen, dass sie so eine große Gruppe waren, da sie sich selbst nicht über den Weg traute. Sie hatte eine

Entscheidung getroffen, aber die geriet ständig ins Wanken, wenn Ursyn sie ansah oder sich mit ihm unterhielt.

Zoe räusperte sich und fragte: „Kannst du denn überhaupt… ähm…"

„Du meinst Autofahren?", fragte er und lächelte. „Ja, kann ich. Inklusive offizieller Lizenz."

„Tut mir leid, ich wollte dich nicht beleidigen." Hitze stieg in ihre Wangen und sie hätte sich am liebsten die Hände vors Gesicht geschlagen. Bravo, ganz toll gemacht.

„Hast du nicht", sagte Ursyn. „Sollen wir die Kinder holen?"

So wie er das sagte… es ließ einen Knoten in Zoes Brust entstehen. Sie brachte nur ein Nicken zustande, schnappte sich die Jacken und Schuhe der Kids und folgte Ursyn ins Wohnzimmer. Canys blinzelte ihnen schläfrig zu und half ihnen gähnend, Ryan und die Zwillinge anzuziehen. Die drei waren so platt, dass sie das kaum bemerkten.

Ursyn hob Amy hoch und sagte zu Zoe: „Geh du zum Wagen, ich bringe sie."

„Okay", murmelte sie, verließ das Zimmer und holte sich von Rafael die Autoschlüssel. Sie hatte gerade die Türen der Rücksitze geöffnet, da kam Ursyn bereits mit den Mädchen im Arm aus dem Haus. Als Zoe sah, wie Amy und Liv sich an ihn schmiegten und einfach weiter dösten, versetzte es ihrem Herz einen Tritt. Es musste einen genetischen Grund haben, dass Frauenherzen automatisch höherschlugen, wenn sie einen großen Mann sahen, der so vorsichtig und behutsam mit Kindern umging.

Zoe ging es auf jeden Fall so, auch als Ursyn kurz darauf auch noch Ryan brachte. Sie hatte den ganzen Tag versucht, nicht darauf zu achten, wie die Kinder sich ihm gegenüber verhielten, war aber kläglich gescheitert. Sie sagte sich, dass sie nur danach geschaut hatte, dass die drei nicht unterkühlten.

In Wahrheit, das musste sie sich nun eingestehen, hatte sie sehen wollen, wie ihre Zwerge mit Ursyn zurechtkamen. Was sie gesehen hatte, war die Bestätigung ihres ersten Eindrucks gewesen, als sie Ryan vor wenigen Tagen bei ihrem Bruder abgeholt hatte. Ebenso wie Ryan waren die Mädchen sofort von Ursyn bezaubert gewesen, was auf Gegenseitigkeit beruhte. Ihre Kinder vergötterten ihn, so wie eigentlich alle Mitglieder der Moore-Geschwister.

Zoe sagte sich, dass das gut so war – schließlich gehörte Ursyn jetzt zur Familie. Er war sowas wie ihr Schwager. Es hatte nichts damit zu tun, dass sie sich nicht mehr sicher war, dass es die richtige Entscheidung gewesen war, sich von ihm zurückzuziehen.

Sie schob diese lächerlichen Gedanken beiseite, schnallte die Kinder an und stieg auf den Beifahrersitz. Ursyn hatte bereits hinter dem Lenkrad Platz genommen und startete den Motor. Schweigend rollten sie aus der Einfahrt und bogen auf die Hauptstraße ein.

Mit jedem Meter, den sie vorwärtsfuhren, wurde Zoe nervöser. Warum nur fühlte es sich so vertraulich an, dass er sie nach Hause fuhr? Sie hatten sich bereits heftig geküsst und doch kam ihr das hier viel intimer vor. Lag es daran, dass die Kinder dabei waren? Dass Zoe nicht aufhören konnte daran zu denken, wie sehr sie Ursyn mochten?

Lag es an der kleinen, verräterischen Stimme in ihrem Kopf, dass es wie bei einer richtigen Familie war? Vater, Mutter und Kinder?

„Stimmt etwas nicht?“, fragte Ursyn und seine leisen Worte ließen Zoe zusammenzucken. Ihr Herz schlug ihr bis zum Hals und einen Moment fragte sie sich, ob er ihre Gedanken erraten hatte.

Sie beeilte sich, den Kopf zu schütteln, und sagte ebenso leise: „Nein, alles okay. Es war nur ein anstrengender Tag.“

„Ein schöner Tag", erwiderte er und sie murmelte ihre Zustimmung. Ja, trotz ihrer widersprüchlichen Gefühle war es ein schöner Tag gewesen. Sie liebte es, Teil einer großen Familie zu sein, und sie glaubte, dass es dem Mann neben ihr auch so erging.

Viel zu schnell und doch nicht schnell genug bog Ursyn auf die Auffahrt von Zoes Haus ein und sie stiegen aus. Dieses Mal war Ryan wach und schlurfte an ihrer Hand zum Haus, während Ursyn wieder die Zwillinge trug. Ohne ein Wort streifte Ursyn seine Schuhe im Flur ab, ging die Treppe hinauf und fand sofort das richtige Zimmer der Mädchen.

Zoe hätte sich gewundert, wenn sie nicht schon genügend Erfahrung mit Ally und den anderen gehabt hätte. Wahrscheinlich hatte die Witterung der Mädchen ihn zu ihrem Zimmer geführt.

„Muss ich nicht Zähne putzen?", murmelte Ryan schläfrig, als sie am Bad vorbei direkt zu seinem Kinderzimmer gingen.

„Heute ausnahmsweise nicht", sagte Zoe und half ihm seine Kleidung loszuwerden und in den Schlafanzug zu schlüpfen. „Dafür morgen dann besonders gründlich, ja?"

Er nickte, die Augen geschlossen. Er schlief schon, als sein Kopf das Kissen noch nicht berührt hatte. Zoe gab ihm einen Kuss auf die Stirn und ging hinüber zu den Zwillingen. Dort bot sich ihr ein ähnliches Bild, nur dass Ursyn ihnen nur die Schuhe und Jacken abgenommen hatte. Die beiden wirkten so winzig neben ihm.

Sie räusperte sich leise und fragte: „Würdest du auch in Ryans Zimmer die Sachen holen und nach unten bringen?"

Ein Nicken von ihm. Als er an ihr vorbei ging, schenkte er ihr ein kleines Lächeln, das ihre Körpertemperatur in die Höhe schnellen ließ. Darum bemüht, sich nicht lächerlich zu machen, widmete sich Zoe der Aufgabe Amy und Liv ebenfalls ins Bett zu stecken.

Anschließend ging sie ins Erdgeschoss, wo sie Ursyn im Wohnzimmer vorfand. Er stand am Kamin und betrachtete die Bilder, die darauf aufgereiht waren. Er drehte sich zu ihr um und lächelte sie an, so dass ihr Magen anfing zu prickeln.

„Danke, dass du geholfen hast“, murmelte Zoe, unsicher wie sie mit der Situation umgehen sollte. Sie wollte einerseits zu ihm gehen und sich von ihm umarmen lassen, andererseits fürchtete sie sich davor. Sie hatte sich entschieden, oder nicht? Sie war nicht die richtige für ihn und er nicht der richtige für sie.

Trotzdem rührte sie sich nicht vom Fleck, als er mit langsamen Schritten zu ihr ging. Noch hielt sie ihn auf, als er eine Hand an ihre Wange legte. Stattdessen entließ sie zitternd den angehaltenen Atem und schloss die Augen.

„Gern geschehen“, sagte Ursyn leise. „Du hast ganz wunderbare Kinder.“

Das Prickeln breitete sich von ihrem Magen in ihren ganzen Körper aus, drohte sie noch schwächer zu machen. Als Zoe die Lider wieder hob, erkannte sie, dass Ursyn sich zu ihr hinunter gebeugt hatte. Sein Blick war auf ihren Mund gerichtet, sie konnte bereits seinen warmen Atem auf ihren Lippen spüren.

„Was tust du?“, fragte sie rau, während Hitze durch ihre Adern schoss.

„Ich würde dich gerne küssen“, sagte er und in seiner tiefen Stimme war ein Lächeln zu hören.

Plötzlich stieg Wut in ihr hoch. „Warum? Ist das ein netter Zeitvertreib für dich?“

„Zoe“, sagte er eindringlich, die dunklen Brauen über den Augen zusammengezogen. „Ich möchte dich küssen und mit dir zusammen sein, weil es sich absolut richtig anfühlt. Spürst du es nicht auch?“

„Woher willst du wissen, dass das hier etwas Ernstes ist?!“, fragte Zoe hitzig, statt ihm zu antworten. „Hattest du überhaupt schonmal eine Freundin oder eine Beziehung? Ich will dir nicht zu nahetreten, aber ich glaube nicht!"

Er sah sie unbewegt an und fragte: „Und was hat das mit uns zu tun?"

„Ich weiß es nicht", gab sie zu und schüttelte den Kopf. „Alles denke ich. Wie kannst du sicher sein, dass es nicht nur ein Strohfeuer ist?"

„Ich weiß es einfach, reicht dir das nicht?" Er trat dicht zu ihr, so dass sie den Kopf in den Nacken legen musste, um ihn weiter anzusehen. Seine Augen waren dunkel und voller Emotionen. „Ich muss ständig an dich denken, ich freue mich über jede Minute, die ich in deiner Gegenwart verbringen darf und wenn ich dich berühre, dann ergibt alles in meinem Leben plötzlich einen Sinn. Ist das nicht genug Erklärung für dich?"

„Nein", brachte sie rau hervor. Ihr Brustkorb zog sich zusammen und sie hatte das Gefühl, nicht mehr atmen zu können.

„Warum nicht?"

„Weil… weil ich…"

Ursyn griff nach ihren Händen. „Was Zoe? Sag es mir."

„Weil ich Angst habe, dass du plötzlich verschwinden könntest!", zischte sie und Tränen traten in ihre Augen. Sie riss sich von ihm los und trat mehrere Schritte zurück. „Du könntest einfach verschwinden und dann bin ich wieder ganz alleine. Das ertrage ich nicht!"

„Ich glaube, hier geht es nicht um dich und mich", sagte Ursyn langsam, „sondern um dich und deinen verstorbenen Mann."

Zoe zuckte vor ihm zurück, als hätte er sie geschlagen. Was lächerlich war, denn so verwirrt und durcheinander sie im Moment auch war, eines wusste sie mit absoluter Sicherheit: Niemals würde Ursyn die Hand gegen sie oder jemand anderen erheben.

Dennoch fühlte sie den Schmerz in ihrem Inneren, den seine Worte ausgelöst hatten. Zoe wollte seine Vermutung verneinen, aber sie konnte es nicht. Ging es vielleicht wirklich um Chris? Ständig hatte sie sich eingeredet, dass dem nicht so war.

Eine leise Stimme in ihre flüsterte ihr zu, dass das bei einem oder zwei Küssen noch funktionierte. Aber das, nachdem Ursyn fragte, war etwas ganz anderes. Es war eine langfristige Beziehung und das änderte die Situation für Zoe gewaltig.

„Denk darüber nach", sagte Ursyn leise. Zoe blinzelte ihn langsam an, während er das sagte. Sein Gesicht war verschlossen und sie hätte nicht sagen können, was er dachte. Ohne ein weiteres Wort ging er an ihr vorbei, öffnete und schloss die Haustür und war verschwunden. Sekunden später hörte sie den Motor des Jeeps, der sich langsam entfernte.

Die Stille, die in ihrem Haus herrschte, drückte wie schweres Wasser auf ihren Körper. Mit dem Gefühl, etwas Wunderbares verloren zu haben, ließ sich Zoe auf das Sofa sinken. Blicklos starrte sie vor sich hin, unfähig ihre Gedanken zu sortieren. Schließlich schleppte sie sich in ihr Schlafzimmer, ließ sich auf ihr Bett fallen und schlief ein.

Kapitel 24

Den ganzen Heimweg über knurrte Ursyns Bär ihn an, dass er sofort umkehren sollte. Er forderte, dass Ursyn zurück zu Zoe ging und sie davon überzeugte, dass sie zu ihm gehörte.

In solchen Situationen wünschte sich Ursyn, dass er mit seinem inneren Tier mit Worten kommunizieren konnte. Das funktionierte nicht, wie er schon als Kind hatte feststellen müssen. Seine erste Wandlung, als sich zum ersten Mal der Grizzly in seiner Seele erhoben hatte, würde er niemals vergessen.

In einem Moment war noch alles gut gewesen - er hatte mit einer der Erzieherinnen gespielt und gelacht - als plötzlich sein kleiner Kinderkörper von unvorstellbaren Schmerzen gepeinigt worden war. Sein Kopf hatte sich angefühlt, als würde er explodieren. Ein mächtiges Brüllen war in seine Gedanken gedrungen, hatte ihn blind und taub für alles um sich herum gemacht.

Eine Ewigkeit später hatte er die Augen wieder geöffnet... und war ein anderer gewesen. Ein Grizzly-Junges, das verängstigt und noch immer von Schmerzen geplagt auf der Spieldecke gesessen hatte. Neue Sinneseindrücke waren auf ihn eingestürmt: Gerüche und Geräusche, die die Sinne des Tieres viel besser hatten aufnehmen können als die des kleinen Jungen.

Er hatte noch immer das Kreischen der Betreuerinnen im Ohr, das Schrillen des Alarms und die aufgeregten Rufe der Wissenschaftler. Etwas hatte ihn an der Schulter getroffen, er war eingeschlafen und als er wieder erwacht war, hatte man ihn in einem kahlen Raum mit einer Metallschlinge und dicken Ketten an die Wand gefesselt.

Seit diesem Erwachen war nichts mehr in seinem Leben und dem seiner Geschwister wie zuvor gewesen.

Anfangs, verängstigt und voller Schmerzen von den ständigen Experimenten und Gewebeentnahmen der Wissenschaftler, hatte der menschliche Teil von Ursyns Seele dem Bären die Schuld gegeben.

Er war fünf Jahre alt gewesen, was hätte er auch anderes denken sollen? Sein kindlicher Verstand hatte beide Ereignisse – das Erwachen des Tiers und den Start der Folter – miteinander verknüpft. Infolge dessen war es zu einer Art schizophrenen Ausprägung gekommen, wie ihm später ein Wissenschaftler attestiert hatte.

Für Ursyn hatte das bedeutet, dass er einen Teil seines neuen Selbst abgelehnt hatte. Verstärkt dadurch, dass sein menschlicher Verstand mit dem tierischen, der in ihm koexistierte, nicht hatte kommunizieren können. Erst mit der Zeit hatte er gelernt, dass das Tier anders dachte. In Bildern und Emotionen statt in Worten.

Auch der Bär in ihm hatte lernen müssen, wie er sich dem Menschen mitteilen konnte, so dass dieser es verstand. Mittlerweile hatten beide von Ursyns Hälften Frieden miteinander geschlossen. Die meiste Zeit jedenfalls.

Im Moment eher nicht, denn der Bär stieß ihn innerlich immer wieder an, zeigte ihm ein Bild von Zoe und schickte gleichzeitig ein Gefühl von Beschützerwille und Besitzgier.

„Sie will uns aber nicht bei sich haben", knurrte Ursyn, während er dem Bären ein Kopfschütteln schickte. Dem Tier war es herzlich egal, es schnaubte und knurrte ihn böse an.

Das wird eine lange Nacht, dachte Ursyn und bog auf die Auffahrt zum Haus ein. Er stellte den Motor ab und blieb einige Momente sitzen. Er wusste, dass seine Geschwister ihm sofort ansehen würden, dass etwas nicht stimmte. Sie würden versuchen, ihn zum Reden zu bringen und dann darüber beraten, wie das Problem zu lösen war.

Nur fürchtete Ursyn, dass sie rein gar nichts ausrichten konnten. Ebenso wenig wie er. Früher hatte er es sich sehnlichst gewünscht, dass er nicht länger alleine war. Jetzt bemerkte er, dass er gelegentlich die Einsamkeit brauchte.

Für einen Moment überlegte er, ob er sich wandeln und in den Wald gehen sollte, doch verwarf den Gedanken sofort wieder. Wenn der Bär am Steuer saß, würde er nur zurück zu Zoes Haus laufen. Es blieb Ursyn also nichts anderes übrig, als auszusteigen und sich seiner Familie zu stellen.

Mit einem Seufzen zog er den Schlüssel ab, stieg aus und lief zum Haus hinüber. Er wäre gleich hineingegangen, wenn ihn nicht ein Hauch Passionsfrucht und Minze erreicht hätten. Irritiert folgte er der Duftspur, um das Haus herum, in den verschneiten Garten.

Überrascht stellte er fest, dass Felina und Vincent dort auf einer Bank saßen, dick eingewickelt in mehrere Decken. Sie hatten die Köpfe in den Nacken gelegt und sahen nach oben.

„Was macht ihr hier draußen?“, fragte Ursyn.

„Die Sterne anschauen“, erwiderte Felina und deutete in den Himmel. Ursyn folgte ihrem Blick, betrachtete die funkelnden Punkte auf dem samtschwarzen Firmament. Die ersten Wochen in Freiheit hatte er das allnächtliche Spektakel in sich aufgesogen, hatte sogar einige Sternschnuppen beobachtet.

An diesem Abend konnte er die Schönheit jedoch nicht genießen.

„Aus einem bestimmten Grund oder einfach nur so?“, zwang er sich zu fragen. Ein hässliches Gefühl, das er als Eifersucht identifizierte, ließ seinen Magen zu einem harten Klumpen werden. Ursyn war eifersüchtig auf Felina und Vincent, dass sie sich hatten. Am liebsten hätte er sich auf der Stelle übergeben, weil es sich so entsetzlich falsch anfühlte.

„Wir geben den Konstellationen neue Namen“, antwortete Vincent mit einem Lächeln.

Ursyns Kehle wurde eng, als er sah, mit was für einem glücklichen Gesichtsausdruck seine Schwester den Tierarzt daraufhin ansah. Man musste kein Genie sein, um zu erkennen, dass das Thema eine besondere Bedeutung zwischen ihnen hatte. Ursyn, der die Puma-Hybridin seit deren Geburt kannte, konnte sich schon denken was. Felina war von ihnen allen schon immer diejenige gewesen, die den größten Freiheitsdrang gehabt hatte.

Den Sternen Namen zu geben hörte sich genau nach ihrem Geschmack an.

Nicht in der Lage etwas zu erwidern, da noch Neid und Zuneigung in seiner Brust kämpften, nickte Ursyn nur und ging zur Hintertür. Durch diese gelangte er direkt in die Küche, die verwaist war. Dennoch wurde er willkommen geheißen von Wärme, dem Geruch nach Familie und Heim. Eigentlich hätte das sein Inneres beruhigen sollen, doch es half nicht.

Mit einem Seufzen ging er den Flur entlang, entledigte sich seiner Stiefeln und der Jacke, und ging ins Wohnzimmer. Dort wartete der Rest der Familie auf ihn. Lächelnde Gesichter sahen Ursyn an, sein Bär brummte.

„Hey Bruder, wie lief es mit Zoe?", fragte Aleydis, woraufhin Rafael das Gesicht verzog. Mit einem schiefen Lächeln sagte er an Ursyn gewandt: „Ich liebe meine Schwester und habe überhaupt nichts dagegen, dass ihr zwei euch näherkommt, aber bitte verschone mich mit Details. Das Kopfkino halte ich nicht aus."

Gelächter flutete durch den Raum, gefolgt von gutgemeintem Spott gegenüber Rafael. Selbst Ursyn brachte ein ehrliches Lächeln zustande. Er war insgeheim froh, dass er die Frage seiner älteren Schwester nicht beantworten musste. Er wollte sie und die anderen nicht anlügen, aber die Wahrheit hatte er auch nicht sagen wollen. Insofern stellte Rafaels Bitte eine hervorragende Möglichkeit dar, das Thema zu wechseln.

Er ließ sich auf einen der freien Sessel nieder und fragte: „Was macht ihr Schönes, während Lina und Vin draußen langsam erfrieren?"

„So schnell geht das mit dem Kältetod nicht", kam es von Aleydis. Sie lächelte, in ihren Augen tanzte die Wölfin, während um sie herum leises Aufstöhnen zu hören war.

„Spuck es schon aus", forderte Lycan lächelnd.

„Schon ab einer Kerntemperatur von fünfunddreißig Grad kommt es zu Beeinträchtigungen von Körperfunktionen. Bei einer schweren Hypothermie, bei der die Körpertemperatur unter achtundzwanzig Grad sinkt, kommt es zu Organversagen und damit zum Tod."

„Ich geh nie wieder ohne Jacke nach draußen", murmelte Nim. Canys neben ihr nickte schnell.

Ally zwinkerte ihr zu und sagte: „Zumindest, wenn du längere Spaziergänge bei niedrigen Temperaturen planst."

„Vielleicht könnten wir Scott einfach im Wald an einen Baum binden", brummte Rafael und verschränkte die Arme vor der Brust. „Nur in Unterwäsche, dann würde sich unser Problem mit ihm von alleine lösen."

„Er ist noch immer in der Stadt?", fragte Ursyn. So sehr er auch allein sein wollte, um seine Wunden zu lecken, dieses Thema war wichtig. Es betraf die Sicherheit seiner Familie. Der Anflug eines schlechten Gewissens überkam ihn, dass er sich nicht mehr darum gekümmert hatte. Das würde er nun ändern.

Ursyn selbst hatte darauf vertraut, dass Aleydis und die anderen diesen verrückten Mann im Auge behielten. Nun drängte jedoch alles in Ursyn ihn dazu, sich selbst ein Bild von der Lage zu machen. Denn dieser Mann war ein Mörder und hatte schon einmal für ConPharm gearbeitet. Seine andauernde Anwesenheit hier war gefährlich für sie.

„Er ist noch nicht abgehauen“, knurrte Lycan. Eisblau schimmerte in seinen Augen, während er Nim näher zu sich zog.

„Je länger er hier ist, desto gefährlicher ist das für uns“, sagte Canys leise und sprach damit genau das aus, was Ursyn noch vor wenigen Augenblicken gedacht hatte. Säuerliche Furcht verfärbte das ansonsten warme Karamell ihrer Witterung.

„Sollen wir Felina und Vincent hereinholen?“, fragte Lycan. „Schließlich betrifft sie dieses Thema auch.“

Zustimmung wurde gemurmelt, Ally erhob sich und wenige Minuten später kam sie mit den beiden zurück. Die Stimmung im Wohnzimmer war angespannt, mehr als ein tiefes Knurren war zu hören, während sie über den verrückten Söldner sprachen. Dabei drehte sich das Gespräch schnell um Mr Hewletts Teilnahme an dem Bodyguard-Kurs.

„Ich habe mit Mike gesprochen“, sagte Rafael und strich sich durchs Haar. „Er ist auch der Meinung, dass Scott einer der besten Teilnehmer des Kurses ist.“

Knurren und Fluchen erfüllten den Raum.

Canys, die sich zwischenzeitlich zu Ursyn auf die Armlehne seines Sessels gesetzt hatte, nickte langsam und sagte: „Ich glaube, er ist auch einmal gefangen genommen worden.“

„Hat er das zu dir gesagt?“, fragte Rafael und beugte sich ein Stück nach vorn, jeder Muskel in ihm angespannt.

„Nicht direkt. Es war so ein Gefühl von mir und als ich es direkt angesprochen habe, ist er abweisend geworden und gegangen.“

„Du hast einen wunden Punkt von ihm getroffen“, mutmaßte Ursyn.

Seine jüngere Schwester wandte den Kopf zu ihm und nickte.

„Das würde einiges erklären“, kam es von Aleydis. Sie trommelte mit den Fingern auf der Sofalehne, den Blick ziellos vor sich ins Leere gerichtet. „Ein Trauma kann ein Grund für seine soziopathische Störung sein, wenngleich ich auch denke, dass er diese Tendenzen schon seit der Kindheit hatte. Zudem wäre die Erfahrung, selbst eine schmerzvolle Gefangenschaft durchlebt zu haben, eine Erklärung dafür, dass in Scotts Augen Mord vertretbar ist, aber Kidnapping nicht.“

„So logisch sich das auch anhört“, sagte Lina, „ich halte ihn immer noch für einen kranken Spinner.“

Nim räusperte sich, ihre blauen Augen waren ganz dunkel, als sie sagte: „Dennoch ist er momentan auf unserer Seite.“

„Nur wie lange noch?“, fragte Ursyn. Ihm gefiel es ganz und gar nicht, genauso wie allen anderen im Raum, dass so viel von ihrer Freiheit und ihrem Leben, von diesem unberechenbaren Mann abhing.

„Wir müssen uns dringend mit Henry treffen“, sagte Aleydis.

„Wer ist das?“, fragte Vincent, woraufhin Ally ihnen erklärte, dass es sich dabei um einen Freund von Mikes Cousin Kent handelte.

Rafael fügte hinzu: „Er kennt Scott noch aus der Zeit, bevor er Auftragsmörder wurde. Bevor er einen Knacks abbekommen hat.“

„Wohl eher den Verstand verloren hat“, brummte Felina.

Aleydis schüttelte den Kopf und sagte: „Er ist sehr intelligent, sonst hätte er nicht so lange in diesem Gewerbe überleben können.“

„Ally hat Recht“, murmelte Canys. „Seine Defizite liegen eher im emotionalen und gesellschaftlichen Bereich.“

„Schöne Umschreibung dafür, dass er ein Arschloch ist“, schimpfte Lycan. Obwohl es nicht amüsant war, musste Ursyn doch lächeln. Er und seine Geschwister mochten von ihrem genetischen Profil her große Übereinstimmungen aufweisen, doch in ihren Charaktereigenschaften konnten sie so unterschiedlich sein wie ihre Tiere.

Lycan und Felina waren eindeutig hitziger, wobei auch Aleydis eine gute Portion Temperament in sich hatte. Doch im Gegensatz zu den beiden anderen zog sie auch immer die sachlichen Fakten hinzu. In dieser Eigenschaft glich sie Canys, die schon immer vorsichtiger und überlegter gehandelt hatte.

Das zurückhaltende Wesen teilte sich Ursyn mit der braunen Timberwölfin, konnte aber auch Linas Puma mit seiner Unabhängigkeit und dem Freiheitswunsch verstehen.

So verquer, schmerzhaft und bedrohlich alles im Moment war, so sonnten sich Ursyn und sein Grizzly doch in dem Wissen, endlich ein Heim und eine Familie gefunden zu haben.

„Was machen wir jetzt?“, fragte Nim. „Diesen Henry kontaktieren und sehen, ob er uns mehr über Scott erzählen kann?“

„Ja“, sagte Aleydis, ein goldenes Glimmen in den Augen. „Ich will nicht noch einmal erleben, dass Scott uns überrascht.“

„Das kann ich nachvollziehen“, murmelte Vincent. Er hatte einen angespannten Zug um den Mund und Ursyn wusste, dass er an sein eigenes Aufeinandertreffen mit dem Söldner dachte – wohl gemerkt, nachdem er für Felina in ConPharms Labore eingebrochen war.

Ursyns Bär knurrte bösartig bei dem Gedanken an dieses Gebäude. Hätte er nicht gesehen, wie sehr der Tierarzt Lina liebte, allein dafür hätte Ursyn ihn für den Rest seines Lebens in sein Herz geschlossen. Nur seine Geschwister, mit der Ausnahme von Ally, wussten, was für ein Grauen wirklich hinter den Mauern dort in Calgary lauerte. Dass es dort Menschen gab, die vor Folter, Verstümmelung und Tod nicht zurückschreckten.

Rafaels Seufzen riss sie alle aus ihren Gedanken. Er stand auf und ließ eine Schulter kreisen, während er sagte: „Dann rufe ich gleich Mike an, damit er mir die Kontaktdaten von Henry gibt.“

Zustimmung erklang und die Atmosphäre im Raum wurde leichter.

Ursyn verabschiedete sich, um sich zu duschen und umzuziehen. Er war noch verschwitzt vom Schlittenfahren und hatte seither keine Gelegenheit gehabt, das zu ändern. Wahrscheinlich, weil Ally ihn mit Zoe nach Hause geschickt hatte und dort alles so furchtbar schiefgelaufen war.

Unwillkürlich verzog Ursyn das Gesicht, nachdem der die Tür des zweiten Badezimmers hinter sich geschlossen hatte. Er zog sich aus, stellte sich unter die Dusche und versuchte seine Gedanken abzulenken. Versuchte sich damit zu beschäftigen, dass er einen Job finden und arbeiten wollte.

Dumm nur, dass das nicht funktionierte. Als er sich fünf Minuten später abtrocknete und die Zähne putzte, waren seine Gedanken noch immer meilenweit fort.

Ursyn betrachtete sich im Spiegel, sah die Narben überall auf seiner Haut. An die meisten konnte er sich nicht einmal mehr genau erinnern, woher sie stammten. Zum Beispiel die eine, die sich quer über seinen rechten Brustmuskel zog.

Anfangs, als er endlich in Freiheit gewesen war, hatte er die Narben loswerden wollen. Sie waren ein Zeichen seiner Gefangenschaft gewesen. Doch während seiner Zeit in Columbia Falls hatte Ursyn erkannt, dass es ganz anders war. Seine Narben erzählten eine Geschichte. Sie erinnerten ihn an die Menschen, die versucht hatten ihn zu brechen, aber gescheitert waren.

Was würde Zoe zu diesen sichtbaren Zeichen seines früheren Lebens voller Gewalt sagen? Hätte sie sich abgewandt? Oder hätte sie sie auch als Zeichen seines Überlebens gewertet? Das ätzende Gefühl, dass er es wohl nie erfahren würde, ließ sein Innerstes schmerzen. Ursyn konnte nicht mit einem Toten konkurrieren. Er wollte es nicht.

Sein Bär jedoch war anderer Meinung, knurrte ihn noch immer an, dass er Zoe alleingelassen hatte, statt um sie zu kämpfen. Für das Tier war es eine Schlacht, die es zu schlagen galt. Der Mann in Ursyn hatte jedoch schmerzhaft lernen müssen, dass man Menschen mit Worten nicht überzeugen konnte.

Andernfalls hätten seine Geschwister und er die Wissenschaftler und Pfleger von ConPharm schon längst davon überzeugt, dass sie mit ihren grausamen Experimenten aufhören sollten. Natürlich war es hier eine völlig andere Situation, aber dennoch würde Ursyn Zoe nicht überzeugen können, ihm eine Chance zu geben.

Er würde sie nicht überreden können ihn zu lieben, so wie er sie liebte.

Kapitel 25

Die kleine Bibliothek von St. Mary war erfüllt von Stimmen und Kindergelächter.

Jeden zweiten Sonntag wurden Geschichten vorgelesen, Theater mit Handpuppen aufgeführt oder Buchtauschbörsen veranstaltet, um Kinder und Jugendliche zum Lesen zu animieren. Vor allem bei schlechtem Wetter und in den Wintermonaten waren diese Veranstaltungen sehr beliebt, wie die große Anzahl an

Besuchern bewies.

Zoe hielt sich im hinteren Bereich auf, einen Pappbecher mit Kaffee in der Hand. Es war schon ihr vierter und sicher nicht ihr Letzter. Sie hatte zwar geschlafen, aber sie fühlte sich eher, als hätte sie in der Nacht einen Marathon hinter sich gebracht. Mit Extragewichten an den Beinen.

Innerlich wünschte sich Zoe, dass sie sich einfach nur Zuhause auf dem Sofa einrollen konnte. Doch sie hatte Ryan, Amy und Liv den Tag nicht verderben wollen. Also betrieb sie höfliche Konversation mit den anderen Eltern und versuchte, sich nichts anmerken zu lassen. Zum Glück waren die Kinder beschäftigt, so dass sie nicht auch noch ihnen etwas vorspielen musste.

In dem ganzen Tumult entdeckte sie eine Frau mit karamellfarbener Haut und einem schwarzen Kurzhaarschnitt, die auf sie zukam. Ein breites Lächeln verzog ihr Gesicht, ihre haselnussfarbenen Augen funkelten.

„Hey Zoe“, sagte sie und zog sie in eine herzliche Umarmung.

„Hallo Beth“, erwiderte Zoe. „Was machst du denn hier?“

Die Frau Mitte dreißig, die mit Rafaels Partner Mike verheiratet war, löste sich von ihr und seufzte: „Ich habe mich von meiner Schwester dazu überreden zu lassen, zu helfen. Sie meinte, dass ich sicher gut geeignet wäre, den Kindern und Teenies Bücher zu empfehlen."

„Weil du Lektorin bist?"

„Ja, aber Viv hat da einen Denkfehler gemacht." Beth schüttelte den Kopf und fügte hinzu: „Nur, weil ich einen Job in der Bücherbranche habe, heißt das nicht, dass ich für alle Genres Expertin bin. Ich lektoriere hauptsächlich Thriller und Krimis, gelegentlich auch ein paar Liebesromane. Ich hatte noch nie ein Kinder- oder Jugendbuch auf dem Tisch."

„Das heißt, du empfiehlst den Kids Steven King oder Susan Mallery?", fragte Zoe und brachte sogar ein ehrliches Lächeln zustande.

Beth lachte, was die Fältchen in ihren Augen zur Geltung brachte. Zoe hatte noch nie verstanden, warum manche Frauen und Männer sich die wegspritzen wollten. Jedem, der über dreißig war und keine Lachfalten hatte, sollte man per se nicht über den Weg trauen.

„Himmel, nein. Ich habe mich natürlich ein wenig in die Materie eingelesen und außerdem das Sortiment der Bibliothek studiert." Sie zwinkerte ihr zu. „Es landen garantiert jugendfreundliche Bücher in den Körben der Kinder."

„Das beruhigt mich", sagte Zoe. Ihr Lächeln verblasste und sie nippte an ihrem Kaffee. Ihr Blick suchte automatisch nach ihren Kindern. Liv saß mit einem großen Bildband in einem der Sitzsäcke, während Amy mit einer Freundin mit Handpuppen spielte und Ryan ebenfalls mit einem Freund in einem Buch blätterte.

„Ich bin ja so gespannt darauf, Allys Bruder kennenzulernen", sagte Beth und riss Zoe aus ihren Gedanken. Sie sah zu der anderen Frau, die ein Funkeln in den grün-braunen Augen hatte. „Hast du ihn schon getroffen?"

Zoe nickte, der plötzliche Kloß in ihrem Hals machte es ihr unmöglich Worte zu bilden. Ja, verdammt, sie hatte ihn schon getroffen. Oder er eher sie und seither war in ihrem Leben nichts mehr so, wie es vorher war.

Beth legte eine Hand auf ihren Unterarm, die Brauen über den Augen zusammengezogen. Natürlich hatte sie gemerkt, dass etwas nicht stimmte.

„Hey", murmelte sie, „was ist los?"

Als hätte man ein Loch in einen Staudamm gerissen, begann Zoe zu reden. Sie redete und redete und konnte nicht aufhören, bis sie Beth alles erzählt hatte. Diese hörte ihr geduldig zu, unterbrach sie nicht und Zoe war ihr unendlich dankbar dafür. Sie hatte nicht gewusst, wie dringend sie mit jemandem reden musste. Als sie schließlich geendet hatte, fühlte sie sich gleichzeitig erleichtert und noch aufgewühlter als zuvor.

Zoe war nur froh, dass sie in all der Zeit von niemandem unterbrochen worden waren und die Ecke, in der sie standen, relativ ruhig war. Sie sah Beth an und wartete auf eine Reaktion. Hatte sie zu viel gesagt? Sie kannten sich gut, aber sie waren nicht die engsten Freundinnen.

„Oh Mann", murmelte Beth und rieb sich über die Stirn, ganz so als hätte sie Kopfschmerzen. Dann sah sie Zoe intensiv an und forderte: „Du wirst mir jetzt sehr genau zuhören, verstanden? Ich sage dir jetzt etwas, das ich selbst schmerzlich habe lernen müssen."

„O-okay", stammelte Zoe. Sie mochte Beth sehr, aber manchmal war sie ihr ein wenig unheimlich. Zum Glück beruhte die Zuneigung auf Gegenseitigkeit, denn mit Beth sollte man sich lieber nicht anlegen.

Die andere Frau griff nach ihren Händen, ihr Blick noch immer eindringlich. „Du musst verflucht nochmal damit aufhören, dir darüber Gedanken zu machen, was andere von dir denken. Niemand auf der Welt hat das Recht, dir etwas madig zu reden, das dich glücklich macht. Ich sehe doch ganz genau, was hier abläuft."

„Bitte?“

Beth grinste breit und sagte in verschwörerischem Ton: „Du hast dich in ihn verliebt.“

„Habe ich nicht!“, japste Zoe und wollte zurückweichen, doch Beth ließ ihre Hände nicht los. Ihr Gesichtsausdruck wurde wieder ernst.

„Doch, hast du und es beruht auf Gegenseitigkeit. Da er ein ganz wunderbarer Mann zu sein scheint und deine Kinder ihn vergöttern, kann es nur einen Grund geben, warum du dich im Moment so dämlich anstellst.“

„Hey“, murmelte Zoe. „Wenn du mir unterstellen willst, dass ich wegen seiner Vergangenheit-“

„Ach was, mach dich nicht lächerlich“, konterte Beth. „Du machst dir Gedanken wegen der Meinung anderer, fremder Leute. Dass sie dich für ein Flittchen halten, weil du nach dem Tod deines Ehemannes wieder eine Beziehung eingehst und das auch noch mit einem jüngeren Mann. Und du hast gleichzeitig ein riesiges, schlechtes Gewissen deswegen.“

Ein Kloß bildete sich in Zoes Hals und sie wich vor Beth zurück. Ihr Herzschlag wummerte in ihren Ohren, ihre Augen begannen zu brennen.

„Woher weißt du das?“, fragte sie rau, ihre Stimme kaum mehr als ein Krächzen.

Sie hatte diese Gedanken gehabt. So viele davon, dass sie ihr wie Steine im Magen lagen und ihr Übelkeit bereiteten. Sie liebte Chris, noch immer. Sie liebte ihn so heiß und innig-lich, dass sie jedes Mal weinen musste, wenn sie mit den Kindern alte Fotoalben ansah. Sie zwang sich dazu, denn sie wollte auf keinen Fall, dass die drei ihren Dad vergaßen. Chris hatte sie so sehr geliebt, war ein wundervoller Vater gewesen.

Als er starb, hatte es Zoe das Herz gebrochen, sie hatte sich mit eisernem Willen selbst am Leben gehalten, um für ihre Kinder da zu sein. Ein Teil von Chris lebte in ihnen weiter, das hatte ihr Kraft gegeben. Gleichzeitig hatte sie gewusst, dass es niemanden wie Chris mehr für sie geben würde.

Damit hatte sie auch recht, denn ihre Gefühle für Ursyn waren anders. Konnte es wirklich sein, dass man zweimal die große Liebe traf? Gab es solch ein Wunder tatsächlich? Durfte sie darauf hoffen?

Würde Chris es wollen?

Eine Träne rann ihre Wange hinunter und Beth wischte sie sanft fort. Auch in ihren Augen schimmerte es verräterisch. „Es ist nichts Schlimmes daran“, sagte sie sanft. „Du darfst glücklich sein. Lass dir das von niemandem nehmen, auch nicht von dir selbst.“

„Ich habe Angst“, gestand Zoe leise.

„Natürlich hast du Angst, das ist ganz natürlich.“ Beth lächelte und fügte hinzu: „Aber hast du denn kein Happy End verdient? Und Ursyn nicht auch? Ihr habt beide Schicksalsschläge hinnehmen müssen, jeder auf seine Art, da wäre es doch jetzt an der Zeit, unerträglich glücklich zu sein, meinst du nicht?“

„Ich weiß es nicht“, wisperte Zoe. Tränen brannten in ihren Augen, die sie mit aller Kraft zurückhielt. Sie mochten abseits des Trubels stehen, doch um sie herum waren immer noch dutzende Eltern und Kinder. Sie konnte hier nicht einfach in Tränen ausbrechen.

„Sei mutig und spring“, forderte Beth sanft. „Bei allem, was du mir erzählt hast, wird Ursyn dich auffangen und nie wieder loslassen.“

Bei dem Gedanken musste Zoe unweigerlich lachen. Es war ein leiser, wackliger Laut, der jedoch aus der Tiefe ihrer Seele kam. Beth hatte recht. Es war egal, dass sie Ursyn erst seit ein paar Tagen kannte. Sie hatte vom ersten Augenblick an diese Verbindung gespürt, die mit jedem Blick, jedem Gespräch, jeder noch so kleinen Berührung stärker geworden war.

Ursyn war nicht Chris, würde ihn niemals ersetzen können. Chris war anders gewesen, immer mit einem Lachen in den Augen. Ursyn hingegen war ruhiger, ernster. Aber auch Zoe war nicht mehr die Frau, die sie noch vor drei Jahren gewesen war. Sie hatte sich verändert.

Ursyn war nicht Chris, aber er war er selbst und genau das war es, was Zoe sich heute wünschte.

„Okay", sagte Zoe, tat einen zitternden Atemzug und nickte. Beth lächelte, nahm sie fest in den Arm und drückte sie an sich. Es war ein befreiendes Gefühl und Zoe erwiderte die herzliche Geste. Als sie sich voneinander lösten, wünschte Beth ihr viel Glück, bevor sie wieder in der Menge verschwand.

Genau rechtzeitig wie es schien, denn Zoes Freundin Heather war gerade auf dem Weg zu ihr.

„Hey, alles in Ordnung?", fragte sie und musterte sie. „Es sah so aus, als hätten du und Beth euch über ein sehr ernstes Thema unterhalten."

„Haben wir, aber es ist alles okay, wirklich", sagte Zoe. Ihr Innerstes fühlte sich noch wund und zittrig an, doch es ging ihr besser. Genau solch ein Gespräch hatte sie gebraucht und sie war Beth sehr dankbar, dass sie es mit ihr geführt hatte.

Zoe atmete tief durch und fragte: „Was gibt's?"

„Tyler und Ryan wollen noch zu uns zum Spielen kommen", sagte Heather. „Wäre das in Ordnung für dich?"

„Natürlich, kein Problem", sagte Zoe und brachte ein kleines Lächeln zustande. „Die Mädchen sind auch noch mit Freundinnen verabredet."

„Du Glückliche", lachte ihre Freundin. „Dann hast du den Nachmittag ja für dich."

Ein Prickeln lief durch Zoes Körper, ihr Mund wurde trocken. „Sieht ganz so aus."

Sie plauderten noch einige Minuten, dann wurde Heather zu einer anderen Gruppe gerufen und verabschiedete sich.

Die Bibliothek hatte bereits begonnen, sich zu leeren, und da ihr Sohn und die Zwillinge anderweitig betreut wurden, hatte Zoe Zeit etwas Wichtiges zu erledigen.

Denn sie hatte einen Entschluss gefasst.

Beth hatte recht, sie durfte sich nicht von ihren Ängsten und der Vergangenheit davon abhalten, jetzt glücklich zu sein. Diese Entscheidung brachte neues Leben in ihren Körper. Sie suchte ihre Kinder, verabschiedete sich von ihnen und sprach nochmals mit den Eltern von deren Freunden, dass sie die Mädchen und Ryan am Abend abholen würde.

Sobald das erledigt war, schnappte sie sich ihren Mantel und verließ die Bibliothek. Sie waren zu Fuß gekommen, so dass sie direkt den Weg zum Haus ihres Bruders einschlug. Es waren nur wenige andere Menschen unterwegs.

Mit jedem Schritt klopfte ihr Herz höher. Zoe konnte nur hoffen, dass Ursyn ihre Entschuldigung annehmen würde. Dass er ihr eine neue Chance geben würde herauszufinden, ob das zwischen ihnen etwas Echtes war. Denn sie wollte ein Happy End haben, für Ursyn und für sich selbst.

Zoe bog in die Einfahrt zum Haus ihres Bruders ein, der Schnee dämpfte ihre Schritte, die sonst auf dem Kies geknirscht hätten. Das Gebäude kam in Sicht, sie stieg die Stufen zur Veranda hoch und wollte klingeln, als die Tür bereits von innen aufgerissen wurde.

Ein überraschter Laut entschlüpfte Zoes Kehle, als sie sich Ursyn gegenübersah. Für einen kurzen Moment glaubte sie, verschiedene Emotionen über sein markantes Gesicht huschen zu sehen – Überraschung, Freude, Kummer – doch so schnell sie auch aufgetaucht waren, so schnell waren sie wieder verschwunden.

„Zoe“, sagte er und trat zu ihr hinaus auf die Veranda. Er trug Jeans und einen dunkelgrünen Pullover, die Ärmel über die Ellenbogen nach oben gekrempelt. „Ist etwas passiert?“

„Hallo." Sie leckte sich über die Lippen, wappnete sich und sagte: „Ich muss mit dir reden. Bitte."

Einige Herzschläge sagte Ursyn nichts, sah sie nur mit seinen dunklen Augen an. Zoe zwang sich, stillzustehen und nicht nervös von einem Fuß auf den anderen zu treten, so wie sie es eigentlich tun wollte. Schließlich drehte Ursyn sich zum Haus und als er sie wieder ansah, sagte er: „Nicht hier. Meine Geschwister haben ein zu gutes Gehör."

Mit einem Gefühl von Erleichterung nickte Zoe. „Okay, dann vielleicht bei mir Zuhause?"

Er nickte, ging nach drinnen und kam mit seiner Jacke zurück. Ohne ein Wort zu sprechen machten sie sich auf den Weg. Die Stille zwischen ihnen war aufgeladen, zwickte auf Zoes Haut. Sie hätte gerne nach seiner Hand gegriffen, doch das traute sie sich nicht. Erst musste sie mit ihm reden, sich entschuldigen und herausfinden, ob sie bereits alles verbockt hatte. Da sie das nicht auf offener Straße tun wollte, musste sie das Schweigen ertragen.

Der Weg von Rafaels Haus zu sich war ihr noch nie so lang erschienen. Als sie endlich in ihre Straße und schließlich auf die Einfahrt einbogen, war Zoe ein völliges Nervenbündel. Ihre Hände zitterten, während sie aufschloss und eintrat.

„Wo sind die Kinder?", fragte Ursyn hinter ihr. Es waren die ersten Worte, die er sprach, seit sie aufgebrochen waren. Seine tiefe Stimme und die Bedeutung seiner Worte erzeugten bei Zoe eine wohlige Gänsehaut.

„Bei Freunden." Sie schlüpften beide aus den Jacken und den Schuhen und gingen ins Wohnzimmer. „Wir können uns ungestört unterhalten."

Ursyn, der dicht hinter ihr stand, zog die Brauen zusammen. „Die drei stören mich nicht."

„Ich weiß", erwiderte Zoe lächelnd. Sie widerstand dem Drang, an ihn heranzutreten und die Arme um seine Taille zu legen, führte ihn stattdessen ins Wohnzimmer und bedeutete ihm sich zu setzen.

Sie selbst ließ sich am anderen Ende des Sofas nieder. Obwohl sie einen Meter von Ursyn entfernt saß, meinte sie trotzdem die Wärme seiner Haut auf sich zu spüren, seinen Geruch in der Nase zu haben. Das zusammen mit seinem intensiven Blick machten es ihr nicht einfacher das zu sagen, was gesagt werden musste.

Dennoch schwor sich Zoe, dass sie es hinter sich bringen würde.

Tief atmete sie ein und sagte: „Ich muss ein wenig ausholen, daher sei bitte geduldig mit mir."

„Okay."

Zoe nickte, wappnete sich innerlich für das, was nun kam und wusste doch, dass sie nicht bereit dafür war. Dennoch schuldete sie es dem Mann bei sich. Schuldete ihm die ganze Geschichte, egal wie schmerzhaft es werden würde.

„Chris und ich lernten uns auf der Highschool kennen. Er war zwei Jahre älter als ich und wir wussten sofort, dass wir zusammengehören. Als er mir mit zwanzig einen Antrag gemacht hat, habe ich sofort Ja gesagt. Kurz darauf kam Ryan zur Welt, zwei Jahre später die Zwillinge. Wir waren unerträglich glücklich." Zoe lächelte wehmütig bei den Erinnerungen, die bei ihren Worten durch ihren Kopf geisterten. Doch sie konnte nicht bei ihnen verweilen, musste weitersprechen.

„Vor etwas mehr als drei Jahren dann erhielt ich eines Abends einen Anruf." Ihr Magen revoltierte, wie immer, wenn sie an diesen Tag im Mai dachte. „Es war ein Officer aus dem Nachbarort. Er fragte mich, ob ich die Frau von Christopher Harper wäre und als ich das betätigte, sprach er mir sein Beileid aus. Es hätte einen Unfall mit zwei Fahrzeugen gegeben. Einer der beiden Fahrer war betrunken gewesen, wäre in den Gegenverkehr gerast und hatte dabei sich und den Fahrer des zweiten Wagens getötet."

„Zoe", murmelte Ursyn und streckte die Hand nach ihr aus, doch sie schüttelte den Kopf. Zoe presste die Lippen aufeinander, versuchte sich zu sammeln. Über all das zu reden, war doch schwerer, als sie gedacht hatte, aber sie würde es hinter sich bringen. Es war zu wichtig, sie musste es tun.

„Anfangs habe ich es gar nicht begriffen, war zu geschockt. Ich hatte mich gerade erst davon erholt, dass Rafael nur mit knapper Not den Helikopterabsturz überlebt hatte. Und dann das… Ich musste nicht nur damit klarkommen, dass ich den Mann verloren hatte, den ich über alles geliebt habe. Ich war auch plötzlich alleine verantwortlich für drei kleine Kinder, musste eine Hypothek abbezahlen und zusehen, wie ich uns alle weiterhin versorgen konnte." Sie lachte kalt und fügte hinzu: „Sterben ist ein verdammter bürokratischer Alptraum und ohne Rafaels Unterstützung hätte ich es nicht geschafft."

Stille senkte sich über den Raum, nur das entfernte Ticken der Küchenuhr war zu hören. Draußen schien die Sonne und es war fast so, als würde das Wetter versuchen sie zu verhöhnen.

Zoe zwang sich, von ihren ineinander verschränkten Händen zu Ursyn zu blicken. Seine Miene war schwer zu lesen, er sah sie nachdenklich an.

„Warum erzählst du mir das?"

„Weil ich will, dass du das alles über mich weißt", erwiderte Zoe. „Ich will, dass du verstehen kannst, warum ich mich gestern so verhalten habe. Es… es war nicht leicht für mich und ich habe erst seit einem Jahr wieder das Gefühl, das mein Leben in geordneten Bahnen verläuft. Ich weiß, dass das verglichen mit dir und deinen Geschwistern lächerlich ist, aber-"

„Ist es nicht", unterbrach Ursyn sie, seine Stimme sanft. „Es ist kein Wettbewerb, wer die schlimmere Hölle durchlebt hat."

„Natürlich nicht", sagte sie, kämpfte das irre Gefühl nieder, lachen zu müssen. „Ich… ich will, dass du weißt, dass mein Verhalten nichts mit dir persönlich zu tun hat."

„Okay."

„Du hast gesagt, ich solle darüber nachdenken. Das habe ich. Der einzige Grund, warum ich die Nerven verloren habe, ist der, dass ich dasselbe gespürt habe wie du. Als wir beide uns das erste Mal geküsst haben, hatte auch ich das Gefühl, dass nach all den Jahren plötzlich in meinem Leben wieder alles einen Sinn ergibt. Ich weiß, dass es kein Strohfeuer ist, dafür gehen meine Gefühle zu tief. Aber ich habe noch immer Angst, dass ich auch dich verlieren könnte. Denn das würde ich schlicht nicht überleben, nicht ein zweites Mal."

„Ich gehe nirgendwo hin", sagte Ursyn eindringlich. „Nichts und niemand wird mich je wieder von hier wegbringen, das schwöre ich dir."

„Ich weiß", sagte sie und nickte abgehackt. Ihre Kehle fühlte sich wie zugeschnürt an. Weil sie es nicht länger ertrug, überwand Zoe die Distanz zwischen ihnen und fand sich kurz darauf auf Ursyns Schoß wieder, die Knie links und rechts von ihm auf das Polster gestützt. Ihre Hände lagen auf seinen Schultern, die sich stark und verlässlich anfühlten.

Ursyn umfasste seinerseits ihre Taille, seine Augen waren dunkelbraun. Jegliches Grün war verschwunden und Zoe vermutete, dass sie gerade der Grizzly aus einem menschlichen Gesicht ansah. Was eigentlich beängstigend hätte sein sollen, brachte ihr Herz dazu, nicht mehr so hektisch in ihrer Brust zu schlagen.

„Ich werde dich nicht verlassen", sagte der Mann unter ihr und jagte ihren Puls damit gleich wieder in die Höhe. „Ich bleibe bei dir und deinen Kindern, solange ihr mich hier haben wollt. Du bist in mein Leben getreten, als hättest du schon immer dazugehört. Als wäre mein Herz ein Haus, das nur für dich und deine Kinder gebaut worden ist." Er neigte den Kopf zur Seite und fragte: „Willst du das?"

„Ja", sagte Zoe rau. Sie beugte sich hinunter und küsste ihn, gefangen und verzaubert von seinen Worten und den Gefühlen, die sie in ihr auslösten. Ursyn hatte damit die letzten Reste aus Zweifel und Angst beseitigt, die noch in ihr gelauert hatten.

Natürlich konnte das Leben ihnen immer wieder einen Strich durch die Rechnung machen, aber Zoe war bereit dieses Risiko einzugehen. Sie wollte für sich, für Ursyn und für ihre Familie die Chance auf echtes Glück nicht ausschlagen, nur weil sie sich fürchtete.

Kapitel 26

Schwindlig vor Glück und Erleichterung schloss Ursyn die Augen und verlor sich in dem Kuss.

Seit Zoe bei ihnen geklingelt hatte, hatten in ihm Aufruhr und Chaos geherrscht. Bär und Mann waren im Widerspruch miteinander gestanden, aufgerieben zwischen Hoffnung und Furcht. Ursyn hatte Angst davor gehabt es als gutes Zeichen zu sehen, dass Zoe zu ihm gekommen war.

Dann wieder in ihrem Haus zu sein, wo nicht nur ihr Duft, sondern auch die süßen Witterungen der Kinder in der Luft hingen, war wie Folter gewesen. Verschlimmert nur dadurch, dass sie von der Liebe und dem Glück mit ihrem verstorbenen Mann erzählt hatte.

Ursyn hatte sich grauenhaft gefühlt, weil er eifersüchtig auf einen Toten war. Erbärmlich und doch hatte er nichts dagegen tun können, dass in seinem Kopf ein wütendes Knurren fast alle anderen Gedanken übertönt hatte.

Jetzt jedoch, wo Zoe auf seinem Schoß saß, er ihren warmen Körper spüren und sie küssen konnte, war all das Missempfinden von zuvor weit in den Hintergrund gerückt. Sie hatte gesagt, dass sie diese Verbindung zwischen ihnen auch gefühlt hatte und das war alles, was Ursyn im Moment wissen musste.

Er ließ die Hände tiefer auf ihre Hüften gleiten, schob sie unter den weichen Pullover, um dort auf ihre noch zartere Haut zu treffen. Ein tiefes Knurren löste sich aus seiner Kehle und er fühlte, wie ein Zittern durch Zoes Körper ging. Schlanke Finger fuhren in sein Haar, während sich ihre Zunge an seiner rieb.

Ihr Atem beschleunigte sich, sie rieb sich an ihm und brachte sein Blut damit zum Kochen. Wie schon vor einigen

Tagen drückte sich seine Erektion fast schmerzhaft gegen die Knöpfe seiner Jeans. Dieses Mal jedoch würde Ursyn jedes Quäntchen Selbstbeherrschung aufbieten, damit er sich nicht ein zweites Mal in seinen Shorts verströmte.

Dieses Mal wollte er dabei die Frau mit den wunderschönen Augen und dem betörenden Duft nach grünen Äpfeln bei sich haben. Vorzugsweise nackt.

Der Gedanke drang in sein fiebriges Hirn und er löste sich von Zoes Mund. Schweratmend sah er sie an, seine Daumen strichen unter ihrem Shirt über die Unterseiten ihrer Brüste. Die raue Haut seiner Fingerkuppen schabte über das Material ihrer Unterwäsche. Das Geräusch vermischte sich mit ihren harschen Atemzügen.

„Ich will dich küssen", sagte Ursyn, seine Worte klangen in seinen eigenen Ohren tiefer und rauer. „Überall."

Eine neuerliche Welle von heißer Erregung vermischte sich mit Zoes Duft, ihre Wangen röteten sich und ihre Pupillen verschlangen alles Blau in ihren Augen.

„O-okay", flüsterte sie.

Er löste sich von ihr und sah ihr tief in die Augen. Er mochte noch nie mit einer Frau intim gewesen sein, aber er war nicht dämlich. Seine Herzfrequenz erhöhte sich und er wollte nichts lieber, als mit Zoe ins nächstbeste Bett zu fallen, aber er musste sich sicher sein. Sie musste sich sicher sein.

„Willst du das auch?"

„Ja", antwortete sie, ohne zu zögern. Mehr musste er nicht wissen.

Ursyn legte die Hände auf ihren Po und stand auf. Mit einem überraschten Keuchen schloss Zoe ihre Beine fester um seine Hüften, verschränkte die Knöchel hinter seinem Rücken und legte die Arme fest um seinen Hals. Dadurch drückte sich ihr Körper fester gegen ihn, was sein Blut zum Kochen brachte.

„Was machst du?", fragte Zoe überrascht. „Lass mich runter, ich bin zu schwer."

„Bist du nicht", antwortete er. Sie waren bereits an der Treppe angekommen und auf dem Weg ins Obergeschoss. Er wandte sich den Flur nach links. Bei jedem Schritt rieb sich Zoes Körper an ihm. Er hatte Mühe, sie nicht gegen die nächste Wand zu drücken, wie sein Instinkt es von ihm verlangte. Noch nie in seinem Leben war er so erregt gewesen, so kurz davor die Kontrolle zu verlieren.

„Woher weißt du, wo du hin musst?", hörte er ihre leise Stimme an seinem Hals.

„Ich bin einfach der Nase nach." Ursyn griff nach der Türklinke und sie betraten einen hellen Raum, mit weißen Möbeln und einem mit hellblauen Laken bezogenen Bett.

„Mein Bärchen", sagte sie amüsiert, woraufhin Ursyn tief brummte. Ein Lachen löste sich aus Zoes Kehle, sie schloss die Arme fester um ihm und küsste seinen Hals. Langsam ließ er sie an sich heruntergleiten, genoss ihre Kurven an seinem härteren Körper. Als er ihr wieder ins Gesicht sah, war die Belustigung aus ihren Augen verschwunden. Stattdessen lag ein hungriger Ausdruck darin, ihr warmer Atem strömte über ihre Lippen.

Langsam und ohne den Blickkontakt abreißen zu lassen, griff Ursyn nach dem Saum ihres Pullovers und zog ihn ihr über den Kopf. Das Shirt darunter folgte gleich danach, während Zoe sich ihrerseits an seinem Oberteil zu schaffen machte.

Ihre Hände strichen über seine Brust und setzten sein Blut in Brand. Der Bär in Ursyn veranlasste ihn dazu, tief in der Kehle zu brummen, als er den dunkelblauen BH sah, der einen wunderschönen Kontrast zu Zoes heller Haut bildete. Mit Daumen und Zeigefinger rieb er über einen der Träger, während er ihn langsam von ihrer Schulter streifte.

Seine Gedanken drehten sich nur noch darum, ihre Brüste zu sehen, deren Brustwarzen sich gegen die Schale des BH's drückten, als Zoe nach seinem Handgelenk griff. Ein Blick in ihr Gesicht verriet ihm, dass etwas nicht stimmte.

„Doch nicht?", fragte er. Er würde sofort die Hände von ihr nehmen, auch wenn es ihn sicher umbringen würde.

„Doch", sagte Zoe und biss sich auf die Unterlippe. „Aber ich… ich habe Narben auf dem Bauch", stammelte sie. „Von den Schwangerschaften."

Sie wandte den Blick ab, doch Ursyn hatte die Scham in ihren Augen gesehen. Seine Brust zog sich bei dem Anblick zusammen.

„Ich habe auch Narben", sagte er und drehte sich um. Es dauerte einige Sekunden, doch dann hörte er, wie sie scharf einatmete, dicht gefolgt von der zarten Berührung ihrer Hände auf seinem Rücken.

„Syn", murmelte Zoe. Ein Schauer lief durch seinen Körper, erschaffen aus den tiefen Emotionen in ihrer Stimme und ihren streichelnden Händen. Er konnte genau fühlen, wie ihre Fingerspitzen über die wulstigen Erhebungen strichen.

Es war eigenartig und erschütternd, dass Zoe ihn dort streichelte, wo man ihm unvorstellbare Schmerzen zugefügt hatte. Die Erkenntnis, dass sie sich nicht vor ihm fürchtete, dass sie ihn und seine Vergangenheit akzeptieren konnte, erschütterte ihn in bis in seinen tiefsten Kern hinein.

Zoe wusste ganz genau, wer er war, was er war und wie er sein bisheriges Leben verbracht hatte. Sie hatte ihn zwar noch nicht als Bären gesehen, dennoch war ihr bewusst, dass er kein ganzer Mensch war. Und doch hörte er das Mitgefühl aus ihrer Stimme, spürte es in ihren Berührungen. Ihre Akzeptanz seiner Andersartigkeit vermochte Wunden in ihm zu heilen, von deren Existenz er bisher nichts bemerkt hatte.

Erschüttert von dieser Erkenntnis drehte sich Ursyn wieder um, umfasste ihr Gesicht und sagte dicht über ihrem

Mund: „Meine Narben sind durch etwas Grausames entstanden, sie erinnern mich Tag und Nacht an die Schmerzen." Er küsste Zoe, ging vor ihr auf die Knie und legte die Hände auf ihre Hüften. Die Haut war warm und zart unter seinen Händen, er konnte es kaum erwarten, sie stundenlang zu streicheln und zu sehen, wie sie überall errötete.

„Deine Narben sind wunderschön und weißt du warum?" Er sah zu Zoe auf, sah, wie sie leicht den Kopf schüttelte. Er lächelte und sagte: „Weil du sie wegen deiner Kinder hast. Es sind Zeichen von Liebe, nicht von Schmerz oder Gewalt."

Ursyn beugte sich nach vorn und küsste die Rundung ihres Bauches, wo man im Tageslicht helle, dünne Streifen sehen konnte. Die Haut war hier genauso zart wie am Rest von Zoes Körper, die Narben nur innerlich. Er leckte darüber und seufzte, genoss den süßen Geschmack ihrer Haut.

Zoe wimmerte leise, vergrub die Hände in seinem Haar und zog ihn näher zu sich. Mehr Ermutigung brauchte er nicht, um die Knöpfe ihrer Jeans zu öffnen und den rauen Stoff über ihre Hüften zu ziehen. Der Duft ihrer Erregung verstärkte sich und ließ seine Muskeln zittern.

Sanft drängte er sie zum Bett, half ihr dabei, auch noch den Rest der Kleidung loszuwerden. Da das Licht der Nachmittagssonne schräg ins Zimmer fiel, wurde Zoes Körper regelrecht vergoldet. Der Anblick brannte sich für immer in sein Gedächtnis ein.

„Du bist wunderschön", brachte Ursyn rau hervor. Zoes weiches Lachen legte sich wie zarte Bänder um ihm. Ihr Blick wanderte über seinen Körper, sie biss sich auf die Unterlippe und er hörte ein Summen von ihr, das eindeutig ihre Erregung widerspiegelte.

Ihre Worte waren kaum mehr als ein Flüstern, als sie sagte: „Das Kompliment kann ich nur zurückgeben."

Berauscht und getrieben von einem Hunger, der nichts mit Nahrung zu tun hatte, öffnete Ursyn die Knöpfe seiner Jeans, zog sie über seinen pulsierenden Schaft. Er hörte deutlich den harschen Atemzug von Zoe, als er schließlich seinerseits nackt vor ihr stand. Ihre Mimik spiegelte Verlangen wider und innerhalb von Sekunden war er zu ihr auf die Matratze gestiegen.

Zoe streckte die Hände nach ihm aus und zog ihn zu einem Kuss zu sich. Dabei berührte seine Brust ihren Busen, was ihm ein tiefes Stöhnen entlockte. Gierig und voller Wissensdurst, wie dort ihre Haut schmecken würde, unterbrach Ursyn den Kuss und ließ seine Lippen, seine Zunge an ihrem Hals hinab zu ihrem Dekolleté wandern.

„Oh mein Gott", keuchte Zoe und hob ihren Brustkorb seinen Liebkosungen entgegen. Gleichzeitig vergrub sie ihre Hände in seinem Haar. Ihre Fingernägel kratzten über seine Kopfhaut, was ein heißes Prickeln durch seinen Körper schickte. Seine Erektion pochte im selben Takt wie sein hektischer Herzschlag, der Druck war gleichzeitig erregend und quälend.

Abwechselnd küsste Ursyn ihre Brüste, leckte über die harten Spitzen und biss vorsichtig in das zarte Fleisch. Seine Zähne und die Bartstoppeln röteten ihre Haut, doch es schien ihr nichts auszumachen. Stattdessen wurde Zoes Atem immer schneller, das Aroma ihrer heißen Erregung ließ Ursyn trunken werden.

Er stützte sich wieder nach oben, sah in ihr Gesicht und ergötzte sich an dem Schleier aus Lust, der ihre Augen verhangen hatte.

Zoe leckte sich über die Lippen und fragte: „Hast du das schonmal gemacht?"

„Nein." Er grinste und sagte: „Du wirst mir sagen müssen, wenn ich etwas falsch mache."

Zoe lachte leise und weich, legte ihre Arme um seine Schultern und zog ihn näher zu sich. „Da besteht glaube ich kein Grund dazu."

Mit einem Kuss verschloss sie seinen Mund. Sein Denken setzte aus, der Instinkt übernahm, und Ursyn hätte sich darüber gewundert, vielleicht sogar gelacht, wenn er auch nur zu einem klaren Gedanken fähig gewesen wäre.

Seine animalische Hälfte flüsterte ihm zu, was er machen musste. Er schob sich zwischen Zoes Knie, spreizte ihre Beine und knurrte tief in der Kehle, als ihr feuchter Schoß über seine Erektion strich. Das Gefühl fuhr wie ein Blitz durch seinen Körper, ließ die Muskeln in seinem Rücken zittern.

Mit einer Hand griff er in ihren Nacken, die andere ließ er über ihre Seite hinunter zu ihrer Hüfte wandern. Unruhig bewegte Zoe ihr Becken gegen ihn, verteilte immer mehr von ihrer Feuchtigkeit auf ihm. Mittlerweile war Ursyns Hand auf ihrem Steißbein zum Liegen gekommen. Er konnte sie so noch dichter an sich drücken – das Gefühl war unglaublich.

„Du folterst mich", flüsterte Zoe an seinem Mund. Ihr Atem ging genauso schnell wie seiner, ihre Pupillen unter den halbgesenkten Lidern waren geweitet. Erregung lag in der Luft, schimmerte auf ihrer feuchten Haut und zerrte weiter an seiner Selbstbeherrschung.

„Ich will dir nicht wehtun."

Sie lachte leise, der Laut schabte über seine empfindliche Haut. „Das wirst du nicht." Zoe hob ihre Hüften, änderte den Winkel und die Spitze seines Schafts glitt zwischen ihre Falten. Sie presste die Hände auf seinen unteren Rücken und dieses Mal war sie es, die ihn dirigierte.

Ursyn biss die Zähne fest zusammen, sein Atem ging hektisch und er ließ Zoes Blick keine Sekunde los, während er sich tiefer und tiefer in ihren heißen, feuchten Körper schob. Nie in seinem Leben hatte er etwas Vergleichbares gespürt. Es war eine Mischung aus Genuss und Folter, die das Blut in seinen Ohren rauschen ließ.

Instinkte übernahmen und nachdem Zoe ihren Kopf mit einem Stöhnen in den Nacken hatte fallen lassen, das eindeutig ihren Genuss zum Ausdruck gebracht hatte, begann Ursyn sich zu bewegen. In einem langsamen, intensiven Rhythmus zog er sich zurück und stieß wieder vor. Mit jeder Wiederholung wurde er sicherer, gieriger.

Ursyn beugte sich zu Zoe hinunter, bedeckte ihre geöffneten Lippen mit seinen und küsste sie. Ihr Atem mischte sich mit seinem. Zoes Fingernägel krallten sich in seinen Rücken, würden sicher Male hinterlassen, aber diese wollte er dort haben. Sie sollte ihn kennzeichnen, er wollte ganz ihr gehören. So wie sie ihm gehörte, das wusste Ursyn bis in den Kern seiner zweigeteilten Seele.

Immer heißer rauschte das Blut durch seine Adern, das Denken fiel ihm schwer. All die Anspannung in seinem Körper explodierte überraschend und viel zu heftig. Ursyn unterbrach den Kuss, fluchte und barg sein Gesicht an Zoes Schulter. Er hörte seinen eigenen, hektischen Atem ebenso wie ihren, während sein Körper ihn betrog und er sich in ihr verströmte.

Minuten, Stunden oder vielleicht nur einige Augenblicke, versuchte er zu Atem zu kommen, noch immer verbunden mit der Frau unter sich, bevor Ursyn sich auf seine Unterarme abstütze. Das schöne, lächelnde Gesicht von Zoe sah ihm entgegen. Sie strich mit den Händen über seine Arme zu seinen Schultern hinauf.

Sie öffnete den Mund, um etwas zu sagen, aber Ursyn kam ihr zuvor.

„Du hattest keinen Höhepunkt", sagte er rau. Dies mochte seine erste sexuelle Begegnung mit einer Frau gewesen sein, aber er war nicht völlig unerfahren. Er wusste, dass es Männern sehr viel leichter fiel einen Orgasmus zu haben.

Zoe sah ihn mit großen Augen an, das Lächeln auf ihren Lippen war verrutscht. „Es… es war trotzdem schön."

„Ich will es schöner für dich machen", sagte Ursyn. „Zeig mir, was ich machen soll."

„W-was?", japste Zoe und starrte ihn an. Er konnte nicht anders, als zu lächeln. Langsam glitt er aus ihr, was sie beide scharf einatmen ließ. Ursyn blieb jedoch über ihr auf die Unterarme gestützt, den Blick weiter auf ihr schönes Gesicht gerichtet.

„Es ist eine Frage der Stimulierung von bestimmten Nerven in einem optimalen Rhythmus", erklärte er. „Da du deinen Körper viel besser kennst als ich, musst du mir sagen, wo ich dich stimulieren muss, um dich zum Höhepunkt zu bringen."

Zoe blinzelte mehrmals, lachte erstickt und ihre Wangen röteten sich. „Du hörst dich an wie Ally."

„Hattet ihr ein ähnliches Gespräch?", fragte er grinsend.

„Nein", antwortete Zoe und lachte abermals. Die Anspannung wich aus ihrem Körper. „Aber sie benutzt auch solche Worte."

„Ist das nicht gut?"

„Doch", antwortete sie und biss sich auf die Unterlippe, was eine interessante Wirkung auf Ursyns Körpermitte hatte. „Ich denke, es ist besser die Dinge direkt anzusprechen."

„Das denke ich auch." Ursyn lächelte, beugte sich zu ihr hinunter und flüsterte dicht über ihrem Ohr: „Komm schon Zoe. Sag mir, was ich tun soll, bitte."

Er hob den Kopf, sah den Kampf, den Zoe mit sich selbst führte. Geduldig wartete er, denn er hatte das Gefühl sein ganzes Leben auf diese Frau gewartet zu haben und nun, da er sie endlich ganz nah bei sich hatte, kannte er keine Eile. Zudem bemerkte er, dass ihre Gedanken sie erregten und das ließ auch sein Feuer wieder heißer lodern.

„Ach, scheiß drauf", sagte Zoe schließlich und Ursyn konnte ein triumphierendes Grinsen nicht unterdrücken. Mit hochroten Wangen, leise gemurmelten Worten, dass selbst er Mühe hatte, sie zu verstehen, sagte sie ihm, was er tun sollte.

In den folgenden vierzig Minuten prägte sich Ursyn jedes Seufzen, jedes Zittern und jedes Stöhnen von Zoe genau ein. Er verlor sich in einem Strudel aus zarter Haut, heißer Erregung und dem berauschenden Gefühl, das er es war, der diese wundervolle Frau immer wieder und wieder zum Orgasmus brachte.

Dass er es war, der sie dazu brachte, um Gnade zu betteln, und er es war, der auch noch den letzten Tropfen Leidenschaft aus ihrem zarten, herrlichen Körper wrang.

Dass er sie als die Seine kennzeichnete.

Kapitel 27

„Mom!"

Der alarmierte Ruf ihres Sohnes riss Zoe aus ihren Gedanken. Entsetzt stellte sie fest, dass sie viel zu viel Milch in die Müslischale geschüttet hatte, so dass diese bereits überlief.

„Shit", zischte sie, stellte die Milchpackung ab und griff nach einem Küchentuch.

„Nicht fluchen", kam es sofort von Liv und auch Amy warf ihr einen tadelnden Blick zu.

„Tut mir leid", murmelte Zoe, wischte die Milch auf und steckte den geschuldeten Dollar in das Strafschwein auf der Küchenanrichte. Wenn sie so weitermachten, dann würde sich darin bald ein kleines Vermögen ansammeln.

Andererseits war Zoe schon froh, dass sie lediglich Milch verschüttete und fluchte. Ihre Gedanken waren an diesem Morgen derart durcheinander, dass es an ein Wunder grenzte, dass sie es überhaupt geschafft hatte sich ordentlich anzuziehen. Ihre Wangen begannen zu glühen und sie warf ihren Kindern einen prüfenden Blick zu. Die drei verschlangen wie sonst auch ihr Frühstück.

Am vergangenen Abend, nachdem sie den wahrscheinlich heißesten Nachmittag ihres Lebens verbracht hatte, und nach einer wirklich denkwürdigen gemeinsamen Dusche, hatten Ursyn und Zoe zusammen die Kinder bei deren Freunden abgeholt. Die drei hatten sich sehr darüber gefreut, Ursyn zu sehen, was auf Gegenseitigkeit beruht hatte.

Bevor sie jedoch bei Heather aus dem Auto gestiegen waren, um Ryan aufzusammeln, hatte Zoe eine Hand auf Ursyns Arm gelegt. Bis zu diesem Augenblick war ihr noch nicht in den Sinn gekommen, dass sie den Kids würde erklären müssen, was da zwischen Ursyn und ihr war.

„Ich… ich will es den Kindern später sagen", hatte sie gemurmelt, unsicher wie er reagieren würde. „Ich habe ehrlich keine Ahnung, wie ich das anstellen soll. Aber ich will, dass du weißt, dass ich das mit uns nicht verheimlichen will."

Mit einem Lächeln hatte er sich zu ihr hinüber gebeugt und ihr einen Kuss gegeben, der sie bis in die Haarspitzen gewärmt hatte.

„Das weiß ich", hatte Ursyn gesagt und damit war das Thema beendet gewesen. Einfach so… und Zoe war ihrem Bären noch mehr verfallen.

Nachdem sie alle drei Kids eingesammelt hatten, hatten sie noch zusammen zu Abend gegessen. Es war ungewohnt und doch so wunderschön gewesen, dass Zoe kurz davor gewesen war, in Tränen auszubrechen. Als Ursyn sich schließlich verabschiedet hatte, nicht ohne ihr zuvor einen Kuss zu geben, hatte sie mit Ryan und den Mädchen über ihre Beziehung mit Ursyn gesprochen.

„Bist du verliebt Mom?", hatte Amy gefragt und dabei so süß gegrinst, dass sich der Knoten in Zoes Brust aufgelöst hatte. Liv hatte gekichert und Ryan hatte zwar die Augen verdreht, jedoch gleichzeitig gelächelt.

„Vielleicht", hatte Zoe gesagt und ihrer Tochter zugezwinkert.

„Ich mag Syn", hatte Liv verkündet und die anderen beiden hatten genickt.

„Das freut mich", hatte Zoe erleichtert gesagt, war dann aber wieder ernst geworden. „Ich weiß, dass es schnell gegangen ist. Ihr sollt wissen, dass Ursyn nicht euren Vater ersetzen soll."

„Susys Mom hat auch einen neuen Freund", hatte Amy gesagt und damit auf ihre Freundin angespielt, deren Mutter vor einem Jahr verlassen worden war. „Er ist nett und Susy sagt, dass ihre Mom nun viel mehr lacht. Du sollst auch mehr lachen."

Nach dieser Aussage hatte Zoe den Kampf gegen die Tränen aufgegeben, hatte ihre Kinder umarmt und geküsst – auch wenn Ryan sich ein wenig gewehrt hatte – und alle drei ins Bett gesteckt. Auch Zoe war ins Bett gegangen. Sie hatte damit gerechnet, noch stundenlang wach zu liegen, hatte auf die Selbstvorwürfe gewartet und das schlechte Gewissen, doch beides hatte sich nicht eingestellt. Stattdessen hatte Glück in ihrem Blut geprickelt wie Champagnerflaschen.

„Zieht Syn jetzt zu uns?", fragte Ryan und riss Zoe damit abermals aus ihren Gedanken.

„Das weiß ich noch nicht", erwiderte sie. Allein bei der Vorstellung, ihn jeden Tag zu sehen und jede Nacht neben ihm zu liegen, kribbelte es in ihrem Magen und ihr Herz schlug schneller. Als wäre sie wieder sechzehn und nicht achtundzwanzig.

Um Himmels Willen, sie würde an diesem Tag nichts auf die Reihe bekommen, wenn sie ständig gedanklich abdriftete. Vielleicht sollte sie besser mit den Kindern zur Schule laufen, sonst würde sie das Auto noch in den Graben setzen. Sie warf einen Blick auf die Uhr.

„Kommt, wir müssen los", sagte Zoe und begann die leeren Schüsseln einzusammeln. „Heute gehen wir zu Fuß."

„Können wir den Schlitten mitnehmen?", fragte Ryan begeistert.

Zoe wuschelte ihm durch die Haare. „Ein anders Mal vielleicht."

Ihr Sohn seufzte schwer, als hätte er die Last der Welt zu schultern, was Zoe zum Grinsen brachte. In den folgenden fünfzehn Minuten herrschte kontrolliertes Chaos. Die Kinder zogen sich an und packten ihre Schulsachen, während Zoe die Küche in Ordnung brachte.

Fertig angezogen, die Kids mit ihren Rucksäcken und Zoe mit ihrer Handtasche, verließen sie das Haus. Mit Liv an ihrer rechten und Amy an ihrer linken Hand, Ryan ihnen voraus, machten sie sich auf den Weg. Der Himmel war wolkenverhangen, es lag der Geruch von Neuschnee in der Luft, obwohl noch keine Flocken zur Erde rieselten.

„Nys braucht auch einen Freund", kam es unerwartet von Liv. Zoe sah zu ihrer Tochter, die mit großen blauen Augen zu ihr aufblickte. Sie war die etwas – mit der Betonung auf ‚etwas' – ruhigere der Mädchen und für ihr Alter bereits sehr einfühlsam. Sie bemerkte oft Dinge, die anderen nicht gleich auffielen.

Zoe war immer wieder erstaunt darüber, wie unterschiedlich die Zwillinge waren. Sie hatte sich anfangs Sorgen gemacht, dass sie selbst als Mutter die beiden nicht auseinanderhalten könnte. Aber schon als sie Säuglinge gewesen waren, hatte Zoe und auch Chris keine Probleme gehabt, sie zu unterscheiden.

Fremden hingegen, die die beiden noch nicht kannten, fiel das meist schwer. Nur Ally und ihre Geschwister hatten noch nie Probleme damit gehabt. Für sie, so hatte Ally ihr ganz am Anfang erzählt, rochen die Mädchen unterschiedlich. Zoe hatte nie nachgefragt was die beiden, Ryan oder sie selbst für einen Geruch an sich hatten.

Ein albernes Kichern stieg in ihr auf, dass sie das Ursyn später fragen könnte. Sie hatten vereinbart, dass er sie heute Nachmittag besuchen kommen würde.

Bevor sie wieder den Faden verlor, fragte Zoe: „Ja? Warum denn?"

„Damit sie jemand zum Küssen hat", erwiderte Liv grinsend.

Zoe presste die Lippen zusammen, um nicht zu lachen. Als sie sich zutraute, nicht die Beherrschung zu verlieren, fragte sie amüsiert: „Was weißt du denn über das Küssen?"

Die Mädchen begannen zu kichern und schließlich laut zu lachen, als Zoe ihnen beiden einen Schmatzer auf die Wangen drückte.

„Sie findet bestimmt jemanden", sagte Zoe, worauf sie ein Nicken von Amy und Liv erntete.

Während die Mädchen begannen sich über ein Kunstprojekt zu unterhalten, an dem sie heute weiterarbeiten durften, dachte Zoe an das Gespräch mit Canys, welches sie in der vergangenen Woche geführt hatte. Gefühlt lag es eine Ewigkeit zurück.

Irgendwo, da war sich Zoe sicher, gab es einen netten, einfühlsamen Mann für Ursyns jüngere Schwester. Einer, der wusste, wie er mit der sensiblen Frau umgehen musste.

Kinderlachen und das entfernte Bellen eines Hundes erfüllten die Luft, als sie um die letzte Ecke bogen und die Schule in Sicht kam. Zoe verabschiedete sich von den Kindern und wartete, bis sie das Gebäude betreten hatten. Sie unterhielt sich noch kurz mit dem Vater von einem von Ryans Klassenkameraden, ehe sie sich auf den Weg zum Rathaus machte.

Nach wenigen Metern begann es zu schneien. Sie würde sich beeilen müssen, da sie keine Mütze dabei hatte. Die Hände tief in den Taschen ihres Mantels, bog sie in eine Seitenstraße ein, um eine Abkürzung zu nehmen. Die Geräusche vom Schulhof wurden leiser.

Wieder bellte ein Hund, dieses Mal direkt hinter ihr. Doch Zoe drehte sich nicht um, lief einfach weiter.

Es war ein folgenschwerer Fehler.

Kapitel 28

Eigentlich war alles wie die Tage zuvor auch.

Eigentlich.

Denn obwohl die Stimmung am Frühstückstisch nicht unangenehm war, war sie dennoch voller Anspannung. Ursyns Nackenhaare waren aufgestellt und sein Bär war unruhig, weil er die eigenartige Atmosphäre unter ihnen nicht verstand.

Seufzend ließ Ursyn seine Kaffeetasse sinken und verlangte: „Jetzt sprecht es endlich aus."

Alle sahen ihn mit großen Augen an, versuchten unschuldige Gesichter zu ziehen, aber das funktionierte nicht. Lina war es schließlich neben ihm, die leise lachte. Sie lehnte sich an seine Schulter und sagte: „Ally hat uns verboten dich zu löchern, wie dein Treffen gestern mit Zoe verlief."

„Hätte es dir gefallen, wenn ich dich wegen deines nächtlichen Ausflugs mit Vincent gelöchert hätte?", konterte die ältere Wölfin, eine Augenbraue hochgezogen. „Oder euch darauf anzusprechen, was im Wohnzimmer vorgefallen ist?"

Felina grinste nur, während Vincent sich an seinem Kaffee verschluckte. Ursyn grinste vor sich hin, sowie die anderen, und Lycan klopfte Linas Gefährten auf den Rücken.

„Woher weißt du das?", fragte der Tierarzt mit rotem Gesicht.

Ally zuckte mit den Schultern. „Guter Geruchssinn."

„Oh Himmel", murmelte Vincent, massierte sich die Nasenwurzel und fühlte sich sichtlich unwohl. Ursyns Bär schnaubte belustigt. Scham war etwas, das man ihm und seinen Geschwistern ausgemerzt hatte. Der Bereich von WC und Dusche war in ihren Zellen mit einer Glaswand abgetrennt gewesen, jeder Winkel war von Kameras beobachtet worden, da war Privatsphäre ausgeschlossen gewesen.

Nein, dachte Ursyn und zog seine Gedanken fort von der dunklen Vergangenheit. Denn genau das war der Schrecken der Labore: Vergangen. Jetzt besaß er ein Zuhause, das er nach Belieben betreten und verlassen konnte, und war umgeben von seiner Familie und Menschen, die ihn als vollwertig und gleichberechtigt ansahen. Nicht als Ding, mit dem man machen konnte, was man wollte.

„Und?“, bohrte Canys, ein süßes Lächeln auf dem Gesicht. „Wie war es nun?“

Bei der Frage, bei den Erinnerungen an den vergangenen Tag, stieg Wärme in Ursyn auf und ein Lächeln machte sich auf seinem Gesicht breit. Der Grizzly in ihm brummte zufrieden, wollte ihn schon wieder drängen, zu Zoe zurückzugehen. Ihr Duft nach grünem Apfel, das Gefühl ihrer Haut an seiner und der Klang ihrer Stimme hatten ihn restlos in ihren Bann gezogen.

„Gut.“ Sein Lächeln wurde breiter. „Sie hat zugestimmt, meine Partnerin zu sein.“

Lina stieß ihn mit der Schulter an und forderte: „Und sonst? Werd jetzt bloß nicht so mundfaul wie früher. Das kann ja wohl nicht alles gewesen sein.“

„Sei mir nicht böse, aber die Details will ich glaube ich nicht hören“, murmelte Rafael, das schiefe Lächeln halb hinter seiner Kaffeetasse verborgen.

Ally neben ihm grinste breit und fragte: „Willst du Syn nicht androhen, dass du ihn entmannst und in einem Ameisenhaufen vergräbst?“

„Du meinst so, wie Ian das mit mir machen wollte?“ Der Mensch verdrehte die Augen, verhaltenes Lachen war am Tisch zu hören.

„Vielleicht", erwiderte Aleydis. In ihren Augen leuchtete es goldgelb, ihre Wölfin amüsierte sich offensichtlich königlich.

Auch in Rafaels grünem Blick funkelte der Schalk, ehe er sagte: „Zoe ist alt genug, das selbst zu tun."

Gelächter erfüllte den Raum und auch Ursyn grinste vor sich hin. Dennoch war es ihm wichtig, dem Gefährten seiner Schwester zu versichern, dass er nichts tun würde, was Zoe oder ihren Kindern schaden würde.

„Das weiß ich", sagte Rafael. Dieses Zugeständnis bedeutete Ursyn viel, denn er wusste, wie man als älterer Bruder für seine Geschwister empfand. Aus einem Impuls heraus und weil er es endlich konnte, legte er einen Arm um Felina. Sie lächelte ihn an und lehnte ihren Kopf an seine Schulter.

Vincent räusperte sich und fragte: „Habt ihr für mich auch solche Pläne geschmiedet?"

„Nein", kam es von Lycan. Er grinste und fügte hinzu: „Lina kann das selbst und wir hätten uns im Anschluss nur einfallen lassen müssen, wo wir deine geschundene Leiche verscharren."

Wieder wurde die Küche von Lachen erfüllt.

„Das ist so verrückt", murmelte Nim, in jedem Wort schwang Zuneigung mit. Weitere Kabbeleien und liebevolle Scherze wurden ausgetauscht, während sie weiter frühstückten.

Zwanzig Minuten später räumten sie den Tisch ab und begannen sich zu zerstreuen: Felina und Vincent fuhren zurück nach Browning, Nim hatte Arbeit bei sich zuhause zu erledigen, während Ally, Lycan, Rafael und Canys zu Rafaels Firma fahren würden.

Auch Ursyn hatte Pläne für den Vormittag. Solche, die seinen Puls vor Vorfreude nach oben trieben und seinen Bären munter machten. Den Pass in der Tasche, der ihn offiziell als

Syn Moore auswies, machte er sich auf den Weg zum Rathaus.

Er hatte, nachdem er sich mit Ally dort erkundigt hatte, tatsächlich eine vielversprechende Stelle bei der Nationalparkverwaltung entdeckt. Die Antwort auf seine E-Mail war am Morgen eingetroffen. Man hatte ihn gleich zu einem Gespräch gebeten, was laut der Aussage von Rafael und Nim ein sehr gutes Zeichen war. So ungewohnt die Situation für Ursyn war, freute er sich dennoch auf diese neue Erfahrung.

Außerdem gefiel seinem Bären die Vorstellung, Zoe zu überraschen. Er hatte ihr nichts von der Bewerbung erzählt und freute sich darauf ihre Reaktion zu sehen, wenn er ihr sagte, dass sie vielleicht bald so etwas wie Kollegen sein würden. Es fühlte sich für ihn absolut richtig an, diesen Schritt zu gehen, als würde er sich damit mehr in dieser Stadt und seinem neuen, freien Leben verwurzeln.

Einem Leben, das er mit ihr und ihren Kindern teilen wollte. Er konnte sich nicht erinnern, jemals bei einer Sache so sicher gewesen zu sein, dass er das richtige tat. Wenn er an sich, Zoe, Ryan, Amy und Liv dachte, dann wurde in ihm alles ruhig. Mann und Bär in perfekter Harmonie. Dieses Gefühl wollte er für den Rest seines Lebens behalten.

Und er wollte Zoe und die Kinder ebenfalls nicht mehr missen wollen. Bis er sie getroffen hatte, hatte er sich nie Gedanken darüber gemacht, eine Familie zu haben, die über seine drei Geschwister hinausreichte. Wenn er es sich erlaubt hatte zu träumen, dann hatte Ursyn sich vorgestellt, einfach nur frei zu sein. Nicht mehr eingesperrt sein, nicht mehr gefoltert werden, nicht mehr behandelt werden, als wäre er nur ein nützlicher Gegenstand.

Niemals wäre er auf die Idee gekommen, dass er einmal ein solches Leben würde führen können, wie er es sich jetzt aufbaute. Seine Geschwister waren ebenfalls frei, sie hatten sogar noch eine Schwester dazugewonnen. Keiner von ihnen kämpfte mit dem Tod, stattdessen blühten sie auf.

Besonders für Canys freute sich Ursyn, denn ihr sanftes Gemüt war kurz davor gewesen unter den sadistischen Wissenschaftlern von ConPharm zermalmt zu werden. Jetzt sah er sie lachen, scherzen und sich ein eigenes Leben aufbauen. Mann und Bär könnten nicht zufriedener sein.

Nur wenn sie beide an Zoe dachten, leuchtete das Glück in ihm noch heller. Er hätte nie vermutet, dass es zwischen ihnen so sein könnte. Nicht einmal in seinen wildesten Tagträumen. Andererseits hatte er auch nicht damit gerechnet, dass er eine Frau wie Zoe kennenlernen würde, die nicht nur wusste, wer und was er war, sondern der sowohl Mann als auch Bär völlig verfallen waren.

Ein Hauch von nassem Fell und Bitterorange streifte seine Nase, als er kurz vor seinem Ziel war, und brachte ihn zum Niesen. Sein Bär brummte unwillig. Der Geruch erinnerte ihn an etwas, an das er nicht mehr denken wollte. Wochen der Flucht, immer mit den Jägern von ConPharm auf den Fersen. Ursyn hasste diese Flashbacks, in die er immer wieder geworfen wurde, wenn er etwas aus dieser Zeit roch. Es war schon besser geworden, aber manchmal, so wie jetzt, erwischte es ihn kalt.

Es ist alles gut, sagte sich Ursyn und beruhigte damit auch seinen Bären. Das Tier brummte weiter unzufrieden, als Ursyn die Straße überquerte und das Rathaus betrat. Das Tier zweifelte gelegentlich noch daran, dass sie zwischen so vielen Menschen leben würden. Es würde noch ein wenig Zeit benötigen, um die letzte Scheu loszuwerden.

Gedanklich wandte sich Ursyn von dem Grizzly in ihm ab und der jungen Frau hinter dem Tresen zu.

„Guten Morgen“, sagte er. „Mein Name ist Syn Moore und ich bin hier wegen-“

„Ach, Sie sind der junge Mann auf Jobsuche“, unterbrach ihn die Frau. Sie hatte rotbraunes Haar, zu einem Knoten im Nacken geschlungen, und Sommersprossen auf den Wangen. Ihre braunen Augen sahen ihn interessiert an. Sie lächelte.

Ursyn hatte sie noch nie zuvor gesehen. Auch ihr dezenter Geruch nach Basilikum weckte bei ihm keine Erinnerungen. Auch ihr Name – Brenda Yates – sagte ihm nichts.

„Sie kennen mich?“, fragte er daher langsam.

„Das wäre zu viel gesagt“, erwiderte sie und lächelte breiter. „Tammy hat mir von Ihnen erzählt.“

Tamara Dobbs, die Kollegin von Zoe. Was um alles in der Welt hatte sie über ihn gesagt? Ein Anflug von Panik ließ die Haut in seinem Nacken prickeln, was Ursyn versuchte zu ignorieren. Nur weil in der Vergangenheit das Gerede über ihn oder seine Geschwister zu Folter geführt hatte, war das hier nicht genauso. In Columbia Falls hatte es ebenfalls Klatsch gegeben, an dem sich Hazel mal mehr oder weniger beteiligt hatte.

Ursyn räusperte sich, zog seinen Pass hervor und die Stellenanzeige. „Nun, wie Sie schon gesagt haben, bin ich auf Jobsuche. Ich habe eine Nachricht erhalten, dass ich mich hier zu einem Gespräch treffen soll.“

„Klar“, sagte Ms Yates, griff nach seinen Unterlagen und sah sie sich durch. Ursyn versuchte währenddessen, nicht von einem Fuß auf den anderen zu treten. Oder zu tief einzuatmen, um festzustellen, ob Zoe hier irgendwo in der Nähe war. Er wusste, dass sie um diese Zeit bereits arbeitete. Dennoch konnte er aufgrund der vielen Gerüche – Kaffee, trockenes Papier, Linoleum, Möbelpolitur, Zimt, Nelken, Salz und noch so viel mehr – ihre Witterung nicht herausfiltern.

„Danke Mr Moore“, sagte Ms Yates. Sie lächelte und gab ihm seine Unterlagen zurück. „Mr Lancaster ist schon im Haus, Sie könnten also gleich zu ihm und wir sparen uns weiteren Papierkram.“ Sie lachte weich und fügte mit gedämpfter Stimme hinzu: „Von dem haben wir hier nämlich schon genug.“

Der Bär in seinen Gedanken schnaubte belustigt und Ursyn ließ ein Lächeln seinen Mund verziehen. Es verschwand jedoch sofort wieder, als Brenda Yates zum Telefon griff und Ursyn keine zwei Minuten später ein kleines Büro betrat, in dem ein schwächerer Charakter sicher Platzangst bekommen hätte: Überall an den Wänden waren hohe Aktenschränke aufgestellt, ein großer Schreibtisch dominierte den halben Raum, so dass für den Besucherstuhl nur noch ein winziger Rest Platz übrigblieb.

Hinter dem Monstrum von einem Tisch erhob sich ein Mann mit Glatze und reichte ihm die Hand. Er stellte sich als Walter Lancaster vor, der Leiter der hiesigen Nationalparkverwaltung. Er war Ende fünfzig, mit untersetzter Statur, von mittlerer Größe und wie Ursyn in der darauffolgenden halben Stunde feststellte, von wortkargem Wesen.

Ursyns Bär mochte ihn auf Anhieb, was sehr ungewöhnlich war.

Dreiunddreißig Minuten, nach dem Ursyn das Büro von Mr Lancaster betreten hatte, verließ er es auch wieder – in seiner Hand ein unterschriebenes Dokument, welches ihm die Anstellung als Nationalparkranger auf Probe bescheinigte. Nach dieser Probe wäre Mr Lancaster, wie er ihm mit einem brummigen Lachen versichert hatte, froh, einen tüchtigen jungen Mann wie ihn einstellen zu können.

Für einen verrückten Moment hatte Ursyn ihn berichtigen wollen, dass er nicht nur ein junger Mann war, doch er hatte es gelassen. Ally wäre deswegen nicht glücklich gewesen, ganz zu schweigen davon, was es für seine gesamte Familie bedeutet hätte, hätte Mr Lancaster seine Aussage für voll genommen.

Glücklich und zufrieden, einen weiteren Schritt in Richtung eines normalen Lebens getan zu haben, wandte sich Ursyn nicht zum Ausgang, sondern folgte den Flur entlang tiefer ins Gebäude hinein. Mittlerweile hatte sich seine Nase an die vielen Gerüche gewöhnt, so dass er die Gelegenheit gehabt hatte, Zoes einzigartige Witterung herauszufiltern.

Wie an einer unsichtbaren Schnur aus grünem Apfel entlang ging Ursyn durch das Gebäude und betrat schließlich ein Büro mit zwei Schreibtischen. Einer war verwaist, an dem anderen saß Tamara Dobbs. Statt aufzusehen, starrte sie weiter in ihren Bildschirm, hämmerte auf die Tastatur ein und brummte: „Wenn du mich noch einmal wegen der neuen Pläne nervst, dann schwöre ich dir Stan, dass ich dir etwas in den Kaffee mische."

Ursyn räusperte sich, was Ms Dobbs dazu veranlasste, den Kopf zu ihm zu drehen. Ein überraschter Laut kam über ihre Lippen, sie schob die Brille höher auf ihre Nase und lächelte ihn an.

„Oh, Sie sind es!" Sie drehte sich auf ihrem Stuhl zu ihm und schlug die Beine übereinander. „Tut mir leid, ich dachte Sie wären mein Vorgesetzter. Was kann ich für Sie tun? Sind Sie fündig geworden?"

„Bin ich", sagte er lächelnd. „Ist… ist Zoe hier?"

Ganz so, als könnte sie jeden Moment auftauchen, blickte Tamara Dobbs zu dem verwaisten Schreibtisch. Eine Falte bildete sich zwischen ihren Augenbrauen.

„Nein, noch nicht. Was sehr ungewöhnlich ist, denn eigentlich ist sie immer pünktlich." Sie wandte sich ihm zu. „Wir haben schon spekuliert, ob sie vielleicht krank ist oder eines ihrer Kinder."

Eine Hand aus Eis drückte Ursyns Herz zusammen. Zoe krank? Oder eines der Kinder? Am vergangenen Abend hatten sie noch alle so munter gewirkt. Kerngesund. Warum hatte Zoe ihn nicht angerufen, dass es ihnen schlecht ging? Vertraute sie ihm doch nicht?

Ursyn versuchte, die überkochenden Gedanken zurückzudrängen, und fragte: „Sie haben nicht mit ihr gesprochen?"

„Noch nicht." Tamara Dobbs zuckte mit den Schultern, neigte den Kopf zur Seite und fragte: „Woher kennen Sie Zoe eigentlich?"

„Ich..." Aber weiter kam Ursyn nicht. Sein Bär knurrte und brummte in seinem Kopf, schlug mit der Tatze und drängte ihn dazu, sich an etwas zu erinnern. Der Duft von Bitterorange kam Ursyn wieder in den Sinn... und ihm stellten sich alle Haare zu Berge.

Nein, das durfte nicht sein!

Ohne sich zu verabschieden, drehte Ursyn sich um, stürmte aus dem Raum und verließ das Rathaus. Draußen verfiel er trotz der schlechten Straßenverhältnisse in einen schnellen Laufschritt. Die kalte Luft brannte in seinen Lungen, aber das bemerkte er gar nicht. Ohne Umwege rannte er zu Rafaels Firma.

Bei jedem seiner Schritte brüllte sein Bär ihn an, schneller zu machen. Zweimal wäre er um ein Haar ausgerutscht, nur mit Mühe hatte er sich wieder gefangen. Sein Herz schlug wie ein Presslufthammer, er schmeckte Blut und Galle, aber Ursyn rannte immer weiter.

Nach einer gefühlten Ewigkeit erreichte er endlich die Halle und riss die Tür auf. Der Geruch von Schweiß, Talkum, Gummi und eine Flut von diversen Witterungen schwappten über Ursyn hinweg. Innerlich schüttelte er sich, ließ den Blick durch den großen Raum schweifen. Sofort entdeckte er Aleydis und Lycan, die zusammen an der Bar unterhalb der Büros standen.

Ursyn war bereits bis auf zwei Meter an sie herangetreten, als seine ältere Schwester den Kopf hob und ihn ansah.

„Syn“, sagte sie mit einem Lächeln. „Was machst du denn hier?“

„Ich glaube, wir stecken in Schwierigkeiten.“ Seine Stimme klang selbst in seinen Ohren rauer als sonst, der Bär saß dicht unter der Oberfläche.

Sofort wurde Allys Mimik ernst, auch Lycan sah ihn besorgt an und fragte: „Was ist passiert?“

Ehe Ursyn anfangen konnte zu erzählen, tauchte Canys neben ihm auf. Sie sah verschwitzt aus, um ihre Pupillen schimmerte es golden.

„Was ist passiert?“

Ursyn atmete tief ein und setzte sie alle schnell ins Bild. Schon nach den ersten Worten schnappte Canys erschrocken nach Luft, während sich die Mienen von Ally und Lycan verfinsterten.

Die schwarze Timberwölfin griff hinter den Tresen, zog ihr Handy hervor und hielt es sich ans Ohr. Angespannt und mit noch immer einem Puls im dreistelligen Bereich, wartete Ursyn. Als Aleydis nach knapp einer Minute auflegte, hätte er sich am liebsten übergeben.

„Sie geht nicht ran, nicht wahr?“, fragte er.

Aleydis verschränkte die Arme vor der Brust und sagte: „Noch sollten wir den Teufel nicht an die Wand malen. Vielleicht ist sie wirklich krank oder nur einkaufen.“

„So viel Glück haben wir nicht“, knurrte Lycan.

„Ich weiß was ich gerochen habe“, sagte Ursyn eindringlich. „Bevor ich im Rathaus war und wusste, dass Zoe nicht zur Arbeit gekommen ist, habe ich es noch als Hirngespinst abgetan. Jetzt bin ich mir hundertprozentig sicher, dass meine Verfolger hier sind!“

Ursyn fuhr sich mit beiden Händen durch die Haare, sah sich in der Halle um… und knurrte tief in der Kehle.

„Was macht er noch hier?", fragte er und deutete auf Scott Hewlett, der am anderen Ende der Halle an der Wand lehnte und sie beobachtete.

Sein Bär, der sonst so ausgeglichen war, wollte Blut sehen und dieser Söldner schien ihm ein guter Anfang zu sein. Er hatte ebenfalls für ConPharm gearbeitet, er war der Mörder ihrer Erzeuger. Scheiß egal, was er seither für sie getan hatte. Dieser Mann war eine Bedrohung.

„Nicht", sagte Canys und legte ihm eine Hand auf die Brust. Ursyn hatte nicht bemerkt, dass er im Begriff gewesen war zu dem Auftragskiller zu gehen, der sie nach wie vor mit unverkennbarem Interesse beobachtete.

Ally brummte: „Der Kurs, den er gebucht hat, dauert zwei Wochen."

„Wir sollten ihn loswerden", verlangte Ursyn, was bei Lycan auf fruchtbaren Boden traf. Zu seiner maßlosen Überraschung war es Canys, die sagte: „Besser Scott ist hier, als dass er wieder irgendwo aus dem Nichts auftaucht."

„Es gefällt mir nicht, aber Canys hat recht", kam es von Ally. Sie atmete tief durch und sagte: „Das ist aber jetzt nicht unser dringendstes Problem, stimmts?"

„Nein", sagte Ursyn. Zwischen seiner Sorge um Zoe und der Wut über die Anwesenheit von Scott Hewlett, war Ursyn froh darüber, dass Lina in Browning in Sicherheit war. Hoffte er zumindest.

„Was machen wir jetzt?", fragte Lycan. Seine eisblauen Augen blickten hart in die Runde, blieben auf Ally liegen.

Der Kiefer ihrer ältesten Schwester mahlte und ihre Worte klangen sehr nach einem Knurren, als sie sagte: „Wir gehen auf die Jagd."

„Denkst du, es ist wirklich ConPharm?", fragte Canys, die Augen Wolfsgold und ihr Geruch von säuerlicher Angst durchzogen.

Ursyns Bär brüllte in seinem Kopf, wollte hinaus und jeden zermalmen, der es wagte, jemanden zu bedrohen oder gar zu verletzten, den er liebte. In den Laboren hatte es ihn beinah umgebracht, dass er nichts hatte tun können, um seine Geschwister zu beschützen. Jetzt war das anders. Jetzt konnte er etwas tun und würde nicht eher ruhen, bis der unbekannte Angreifer ausgeschaltet war.

„Ich weiß es nicht", sagte Ally auf die Frage der jüngeren Wölfin. „Aber wir sollten mit allem rechnen."

„Was geht denn hier vor?", fragte Rafael hinter ihnen.

„Zoe ist nicht bei der Arbeit und geht nicht an ihr Handy", sagte Ursyn. „Ich habe in der Stadt die Witterung von Con-Pharms Jägern aufgenommen."

Härte trat in Rafaels grüne Augen. „Wart ihr schon bei ihr Zuhause?"

„Noch nicht", sagte Ally. „Aber da werden wir jetzt anfangen."

Mehr Worte waren zwischen ihnen nicht nötig. Seine Geschwister zogen sich Straßenkleidung an und fünf Minuten später saßen sie alle in Rafaels Jeep. Jeden Meter, den sie zu Zoes Haus zurücklegten, wünschte sich Ursyn inbrünstig, dass sie Zoe verschnupft und schlafend in ihrem Bett vorfinden würden.

Egal wie unrealistisch das auch sein mochte.

Kapitel 29

Zoe wusste, dass sie nicht träumte, denn zum einen hatte sie keine solch blühende Fantasie und zum anderen tat ihr alles weh. Jeder ihrer Muskeln schrie vor Schmerz auf, als sie versuchte, den Kopf zu heben. Ihr Mund fühlte sich an wie mit Sand gefüllt.

Es dauerte einige Sekunden, ehe ihre Sicht sich scharf stellte und sie erkennen konnte, wo sie sich befand: Es war ein kleiner, fensterloser Raum. Der Boden war mit weißem PVC ausgelegt, die Wände in einem schmuddeligen Hellblau gestrichen. Sie saß gefesselt auf einem Stuhl und war nicht allein.

In der anderen Ecke des Zimmers lehnte eine Frau an der Wand, die Zoe noch nie in ihrem Leben gesehen hatte: Dunkelhäutig, groß und schlank, mit hohen Wangenknochen und einem dunklen Blick, der Zoe regelrecht durchbohrte. Ihr Alter war schwer zu schätzen, sie konnte jedoch nicht bedeutend älter sein als Zoe selbst.

Ein hässlicher Verdacht keimte in ihr auf und ließ ihr Herz rasen.

„Wer sind Sie? Was wollen Sie von mir?", fragte Zoe. Ihre Kehle war rau und trocken, ihre Worte klangen nicht so scharf, wie sie es beabsichtigt hatte. Stattdessen hatte sie das Gefühl, die Silben an Geröll vorbeizwängen zu müssen. Es schmerzte, genauso wie ihr gesamter Körper.

Die dunkelhäutige Frau seufze leise, an ihrer Mimik war keine Gefühlsregung abzulesen. „Sie werden es mir nicht glauben, aber es tut mir ehrlich leid."

Sie kam zu ihr herüber und hielt ihr eine Wasserflasche mit einem Strohhalm an den Mund. Zoe presste die Lippen aufeinander, was die Fremde lächeln ließ.

„Es ist nur Wasser, keine Sorge. Sie sollten etwas trinken. Leider verursacht das Medikament, mit dem ich Sie außer Gefecht gesetzt habe, einen fürchterlichen Durst."

Zu Zoes Leidwesen hatte die Frau recht. Vorsichtig nahm sie den Strohhalm in den Mund und begann zu trinken. Das kühle Wasser linderte das Brennen in ihrem Hals, doch der Kloß in ihrem Magen blieb.

„Was wollen Sie von mir?", wiederholte Zoe.

Ein kleines Lächeln auf dem Gesicht der Frau. „Von Ihnen direkt nichts."

„Was habe ich Ihnen getan?"

„Oh, ich habe nichts gegen Sie", antwortete die Frau mit einem Lächeln. Sie sah so normal, so ungefährlich aus. Eine Tatsache, die Zoe ein noch unwohleres Gefühl gab, als sie ohnehin schon hatte.

Dennoch versuchte sie, weiter ruhig zu bleiben. Egal wie lange sie schon hier war, mittlerweile würde sie jemand vermissen. Sie war nicht zur Arbeit gekommen, vielleicht war auch schon die Schule aus und die Kinder allein daheim. Ryan und die Mädchen waren schlau, sie hatten sicher bereits Rafael verständigt. Demnach wussten auch Ursyn und seine Geschwister Bescheid, dass etwas mit Zoe nicht stimmte.

„Warum halten Sie mich dann hier fest?", fragte sie, um Zeit zu schinden. Zoe konnte sich denken, warum sie gefesselt in einem Raum saß, der aussah wie eine heruntergekommene Abstellkammer. Diese Frau war von ConPharm beauftragt worden die Moore-Geschwister zu suchen – und sie war kurz davor sie zu finden. Angst, dieses Mal um Ursyn und seine Geschwister, drohte Zoes Kehle zuzuschnüren.

„Wissen Sie, Ms Harper", sagte die Frau und neigte den Kopf zur Seite, „Sie sollten sich Ihre Freunde wirklich besser aussuchen. Der erste Eindruck kann täuschen. Solch ein Fehler kann schnell gefährlich für Sie und Ihre süßen Kinder werden."

„Drohen Sie mir?“

„Himmel nein, ich warne Sie. Von mir geht nicht die eigentliche Gefahr aus, das kann ich Ihnen versichern.“

Zoe hätte am liebsten verächtlich geschnaubt. Stattdessen sagte sie: „Sie haben mich betäubt und entführt.“

„Zugegeben, das wirft kein gutes Licht auf mich. Aber ich schwöre Ihnen, dass ich Sie sofort wieder freilasse und nie wieder belästige, wenn ich habe was ich brauche. Sie waren, wie man so schön sagt, zur falschen Zeit am falschen Ort.“

Mehr musste Zoe nicht hören. Wer auch immer diese Frau war, sie wollte Ursyn und die anderen zurück in die Labore schleppen. Wut regte sich in ihrem Inneren, vermischte sich mit ihrer Furcht zu einem gefährlichen Cocktail.

„Was genau wollen Sie dann?“, fragte Zoe weiter.

Die Frau lächelte und sagte: „Wenn ich Ihnen das sage, dann müsste ich Sie töten.“

So klischeehaft das auch klang, Zoe glaubte ihr aufs Wort. Mit diesem billigen Satz erstarb der neu in ihr erwachte Kampfgeist. Sie wollte nicht sterben.

Roxanne sah, wie das Feuer in den Augen der jüngeren Frau erlosch.

Sie hatte nicht gelogen, als sie gesagt hatte, dass es ihr leidtat, was sie mit Zoe Harper hatte anstellen müssen. Dennoch war es ein notwendiges Übel und sie versuchte ihr von jetzt an so wenig Unannehmlichkeiten wie möglich zu bereiten.

Es hatte nicht lange gedauert, bis Roxanne die flüchtigen Subjekte entdeckt hatte. Wie eine typische amerikanische Großfamilie lebten sie unter einem Dach. Es war zum Schreien komisch und Roxanne hätte sich sicher köstlich darüber amüsieren können, wenn es sie nicht vor massive Probleme gestellt hätte.

Fünf Individuen – sie hatte kaum ihren Augen trauen können, als sie gesehen hatte, dass noch ein ihr bisher unbekanntes weibliches Subjekt existierte – waren selbst mit einem großen Team unmöglich gleichzeitig zu überwältigen. Zusätzlich kompliziert wurde es durch die drei Menschen, die regelmäßig in dem Haus ein und aus gingen.

Ja, sie hätte Betäubungsgas nutzen und damit das komplette Haus ausschalten können, doch das bedurfte einer ausgeklügelten Vorbereitung und sie hatte keine Chance diese schnell und unbemerkt durchzuführen. Wie Roxanne noch leidlich wusste, hatten die Subjekte einen hervorragenden Geruchssinn. Ein Verdacht und sie würden das Weite suchen.

Hätte Roxanne die Erlaubnis gehabt, alle zu erschießen und in Leichensäcken zurück nach Kanada zu schleifen, dann wäre sie schon längst fertig und fürstlich bezahlt worden. Dr. Snyder hatte jedoch ausdrücklich und mehrfach betont, dass er seine Versuchstierchen lebend brauchte. Ob sie verletzt waren, war ihm egal, aber sie mussten noch selbstständig atmen können.

Was die Sache für Roxanne massiv verkomplizierte. Es war somit doch kein Glücksfall, dass die Monster alle auf einem Haufen saßen.

Sobald sie begriffen hatte, dass ein direkter oder indirekter Angriff zum Scheitern verurteilt war, hatte sich Roxanne daran gemacht, Druckpunkte zu finden. Die drei Menschen, die das Haus bewohnten, waren schnell als Kandidaten herausgefallen: Rafael Bishop war als ehemaliger Seal dementsprechend kampferprobt und würde nur Ärger machen. Nimué Clarkson war niemals alleine anzutreffen gewesen, genauso wenig wie der Tierarzt Vincent Osborn.

Dann war Roxanne auf Zoe Harper mit ihren Kindern gestoßen.

Die drei Kleinen waren tabu, in dieser Hinsicht hatte sie etwas mit Scott gemeinsam: Er hatte etwas gegen Freiheitsberaubung, sie zog bei Kindern eine klare Grenze. Jeder von ihnen hatte sein eigenes Päckchen zu tragen, was das Leben und den Job nicht immer einfacher machten.

Aber die verwitwete Schwester des Seals war ein perfektes Ziel gewesen.

Es war einfach gewesen, sie abzupassen, zu betäuben und in Roxannes Unterschlupf zu verfrachten. Nun ging es nur noch um die heikle Aufgabe, alle fünf Subjekte zu ergreifen, ohne dass noch etwas schiefging. Ungünstig war, dass das jüngste Subjekt die Stadt verlassen hatte.

Aber Roxanne war sich sicher, dass hatten ihr ihre Beobachtungen gezeigt, dass es zurückkehren würde. Denn alle von diesen missratenen Laborexperimenten waren Zoe Harper sehr zugetan. Wenn ihr Leben bedroht war, dann würden sie kommen.

Ihr Team befand sich abrufbereit einige Meilen entfernt. Sie hatte nicht riskieren wollen, die Subjekte zu verschrecken und sich erneut auf die Suche nach ihnen machen zu müssen. Jetzt jedoch, mit ihrer Geisel in der Hand, würde das nicht mehr passieren.

Roxanne stellte die Wasserflasche beiseite, zog ihr Handy heraus und schrieb ihrem Sekundanten eine entsprechende Nachricht. Sollten die Subjekte vorher hier auftauchen – Roxanne machte sich keine Illusionen, dass sie nicht schon mit ihren besonderen Spürnasen nach Zoe Harper suchten – hatte sie genug des speziellen Narkosemittels, mit dem sie bereits die Frau vor ihr außer Gefecht gesetzt hatte. Snyder hatte ihr geraten, es bei den Subjekten höher zu dosieren, und genau das hatte Roxanne auch vor.

Sobald sie sich ihr freiwillig ausgeliefert hatten.

„So“, sagte Roxanne und steckte ihr Handy zurück in die Hosentasche. Dafür holt sie eine kleine Spielerei aus ihrer

Materialtasche. Mit einem Lächeln ging sie auf Ms Harper zu und sagte: „Wollen wir mal sehen, ob das auch passt."

Kapitel 30

Schon auf der Veranda wusste Ursyn, dass niemand Zuhause war.

Die Spuren waren kalt, nur noch ein schwacher Hauch von den Witterungen von Zoe und den drei Kindern war wahrzunehmen. Dennoch betraten sie alle das Haus, suchten in jedem Raum, selbst im Keller, nur um zum selben Ergebnis zu kommen.

„Zoe hat ihre Tasche mitgenommen, auch die Rucksäcke der Kids sind fort", sagte Rafael. Er wirkte äußerlich gefasst, aber Ursyn ließ sich davon nicht täuschen. Der ehemalige Soldat war nur besonders gut darin, seine Sorgen zu verbergen.

„Hier weist nichts auf einen Einbruch oder einen Kampf hin", kam es von Ally. Ihr wolfsgoldener Blick schweifte durchs Wohnzimmer. „Das heißt, Zoe wurde auf dem Weg zur Schule oder zur Arbeit aufgegriffen."

„Das Auto steht noch in der Einfahrt", sagte Canys. „Was, wenn sie direkt vor dem Haus aufgegriffen wurde? Mit den Kindern?"

„Unwahrscheinlich." Ally schüttelte den Kopf. „Der Schnee auf dem Rasen ist noch unberührt und der Weg zu schmal. Es wäre sicher zu einem Handgemenge gekommen und davon gibt es keine Spuren draußen."

Ursyn fügte hinzu: „Außerdem fehlt der Geruch nach Bitterorange."

Sein Bär knurrte zustimmend.

„Und jetzt?", fragte Lycan. Wie bei ihm hatten auch seine Augen die Farbe des Tiers angenommen.

Aleydis wandte sich Canys zu und sagte: „Du gehst zur Schule und siehst nach, ob die Kinder dort sind und bleibst dann bei ihnen, damit ConPharm sie nicht auch noch als Druckmittel in die Finger bekommt."

„Und ihr?"

„Wir machen uns daran, die Spur der Männer in Schwarz zu verfolgen."

„Vergiss es", schnaubte Canys und überraschte damit alle im Raum. Sie verschränkte die Arme vor der Brust, wirkte nicht länger besorgt, sondern ungehalten. „Du willst mich nur aus der Schussbahn halten, mich in Watte packen. Ich bin nicht so schwach wie du denkst! Lass mich helfen!"

Die Stille, die sich auf ihre hitzigen Worte einstellte, dröhnte in Ursyns Ohren. Selbst sein Grizzly, der seit seiner Erkenntnis im Rathaus beständig geknurrt und an den Ketten gezerrt hatte, war still.

„Nys...", setzte Lycan an, aber sie schüttelte nur energisch den Kopf.

„Nein. Wir hatten diese Diskussion schon, erinnerst du dich?"

Sein Bruder öffnete den Mund, um etwas zu erwidern, doch Aleydis hielt ihn auf. Sie legte Lycan eine Hand auf die Schulter und schüttelte den Kopf.

„Sie hat recht." Ally wandte sich an Canys und sagte: „Es tut mir leid."

„Was machen wir dann?", fragte Ursyn. Die Ungeduld kam mit Macht zurück, zerriss ihn zusammen mit der Sorge innerlich.

„Ich gehe zur Schule", kam es von Rafael. „Das ist auch unauffälliger, da ich die Kids schon öfter dort besucht und abgeholt habe."

„Ich kann mich wandeln", bot sich Canys an. Sie sah zu Ursyn und sagte: „Wenn wir dahin gehen, wo du vorher den Geruch der Männer in Schwarz aufgeschnappt hast, dann kann ich gezielter danach suchen."

„Wirst du nicht auffallen?"

„Nein.“ Sie schüttelt den Kopf. „Ich bin sehr schlank für einen Wolf, die Leute werden mich für einen großen Hund halten.“

Ally nickte. „Das stimmt. Mit Lycan hat das auch schon geklappt.“

„Worauf warten wir dann noch?“, wollte Ursyn wissen.

„Auf nichts“, erwiderte Rafael. Er ging zu Ally, legte ihr eine Hand auf die Wange und verlangte: „Seid vorsichtig.“

„Ich verspreche es.“

Mit einem letzten Nicken in die Runde verließ Rafael das Haus. Parallel hatte Canys damit begonnen sich auszuziehen. Sein Bär war ungehalten, weil er selbst nicht rauskonnte, um nach ihrer Gefährtin zu suchen. Da Ursyn daran nichts ändern konnte und er den Wandlungsprozess seiner Geschwister schon einige Male beobachtet hatte, wandte er sich den beiden anderen Wölfen im Raum zu.

„Wenn es ConPharm ist“, setzte er an, „dann sind wir aufgeflogen.“

„Wahrscheinlich“, sagte Aleydis, ihre Stimme tief und rau.

„Müssen wir von hier verschwinden?“

„Ich weiß es nicht“, beantwortete sie die Frage des Polarwolfs. „Es besteht die Hoffnung, dass diese Leute genauso operieren wie Scott Hewletts Team: Unabhängig von ConPharm. Das könnte bedeuten, dass sie die Information über unseren Aufenthaltsort nicht weitergegeben haben.“

„Und wie wollen wir das verhindern?“, fragte Ursyn. „Selbst wenn das so sein sollte und ConPharm noch nichts davon weiß, wo wir sind, was machen wir mit diesen Söldnern?“

„Wir haben schon einmal zwei ausgeschaltet“, sagte Lycan, Härte in den hellen Augen.

„Das kann aber keine Standardlösung sein“, widersprach Aleydis. „Wir dürfen uns nicht auf ihr Niveau herunterlassen.“

„Und wie willst du es stattdessen lösen? Sie freundlich bitten?“

„Ich will unsere Freiheit nicht mit Blut erkaufen!“, knurrte Aleydis.

„Hört auf zu streiten“, ging Ursyn dazwischen, bevor sein jüngerer Bruder den Mund öffnen konnte. Zweifellos, um die Diskussion eskalieren zu lassen.

Ursyn atmete tief durch und sagte: „Uns wird schon eine Lösung einfallen. Wichtig ist erstmal, dass wir Zoe finden.“

Der Geruch von Karamell erreichte ihn, gleichzeitig rieb sich ein großer, warmer Körper an seinem Bein. Wolfsgoldene Augen aus einem vertrauten Gesicht, obwohl es nichts mehr mit Canys' menschlichem Antlitz gemein hatte.

Wie von selbst legte er seine Hand auf ihren Nacken, strich durch das dichte Fell mit der hell- und dunkelbraunen Färbung.

Als er wieder aufsah, sagte er: „Gehen wir los.“

Nicken von zwei Menschen und einem Wolf. Ohne weitere Worte verließen sie das Haus und verfielen in einen Laufschritt. Ursyn und Canys an der Spitze, Aleydis und Lycan ihnen dicht auf den Fersen. Es dauerte nur wenige Minuten, ehe sie das Areal erreicht hatten, in dem Ursyn nur wenige Stunden zuvor den Bitterorangen-Geruch aufgeschnappt hatte.

Zu ihrem Glück waren wenig Menschen unterwegs, so dass es niemandem auffiel, dass Ursyn mit tiefen Atemzügen immer wieder die Straße hoch und runter ging. Der Bär war so dicht unter seiner menschlichen Haut, wie es möglich war, ohne dass sich die Wandlung einleitete.

Abrupt hielt er mitten in der Bewegung inne, atmete die eiskalte Luft ein… und winkte seine Geschwister zu sich. Canys kam als erste zu ihm, schnüffelte tief am Boden. Kurz darauf gab sie ein leises Brummen von sich.

„Hast du es?“, fragte Ursyn. Seine eigene Nase stach und kitzelte von dem Geruch. Sie sah zu ihm auf und nickte entschieden.

„Ich wittere auch Zoe“, sagte Lycan neben ihm.

Ursyn nickte und Aleydis sagte: „Ich auch. Wir sollten keine Zeit mehr verlieren.“

Dem konnte Ursyn vorbehaltlos zustimmen. Alle wandten sie sich gleichzeitig in die Richtung, in die die Spur aus Bitterorange und grünem Apfel verschwand. Schweigend folgten sie Canys, die mit der Nase tief am Boden voranging. Schnell bog sie von der breiten Straße in eine Seitengasse ab.

In einem Hinterhof hielt sie an, kreiste einmal um den Platz und jaulte kurz auf. Ursyn tat es ihr gleich und erkannte sofort, was seine Schwester störte.

„Hier reißt die Spur ab“, sagte er zu den anderen beiden.

„Wahrscheinlich sind sie in ein Auto gestiegen“, mutmaßte Aleydis. Sie verschränkte die Arme vor der Brust. „Weit werden sie aber nicht fortgefahren sein, sonst hätte es keinen Sinn mehr Zoe als Druckmittel zu benutzen.“

Allein bei dem Gedanken drehte sich Ursyns Magen um, doch seine Schwester hatte recht. Es war Fluch und Segen für sie zugleich.

Lycan strich sich durch die Haare, ließ den Blick zur Ausfahrt des Hinterhofs schweifen. „Was machen wir jetzt?“

„Gerüche verschwinden ja nicht komplett“, sagte Ursyn. „Irgendwo müssen sie ja wieder ausgestiegen sein.“

„Du hast recht“, kam es von Aleydis. Sie atmete tief durch, sah zu Canys hinunter. „Kannst du noch weitermachen?“

Ein Schnauben und Nicken von ihrer Schwester, ganz so als wäre sie von Aleydis‘ Frage beleidigt. Ursyn wusste, dass die schwarze Timberwölfin nicht aus Bosheit gefragt hatte oder weil sie Canys die Aufgabe nicht zutraute. Er war noch in menschlicher Gestalt und trotzdem strengte es ihn an, die ganze Zeit seine Nase zu benutzen.

Ursyn strich der Wölfin über den Nacken. „Gut, dann beeilen wir uns."

Es dauerte zehn Minuten, bis Canys die Spur wiedergefunden hatte.

In der Zwischenzeit hatte Rafael angerufen und gesagt, dass die Kinder wohlbehalten in der Schule und im Unterricht saßen. Die Erleichterung unter ihnen war spürbar gewesen, wenn auch nur von kurzer Dauer. Rafael würde bei der Schule bleiben und sicherstellen, dass den drei Kleinen auch weiterhin nichts passierte.

Zu wissen, dass Ryan, Liv und Amy in Sicherheit waren, ließ einen Teil der Anspannung von Ursyn abfallen. Leider hielt die Erleichterung nicht lange, denn Zoe war noch immer in Gefahr. Zusätzlich erhöhte sich der Druck in ihm, da sie auf ein verlassenes Diner am Stadtrand zusteuerten. Mittlerweile konnte auch er wieder die herbe Note aus Bitterorange riechen, vermischt mit allerlei Chemikalien, dem Geruch nach Waffenfett und zart darunter Zoes eigene Witterung.

„Sie muss dort drin sein", sprach Lycan aus, was sie alle dachten.

Canys gab ein Winseln von sich, drückte sich näher an die Beine ihres Wolfsbruders. Ursyn bekam es nur am Rand mit. Seine Augen waren völlig auf das heruntergekommene Gebäude fixiert. Von außen deutete nichts darauf hin, dass sich dort drin jemand aufhielt. Die Jalousien waren vor den Fenstern heruntergelassen, die Wände mit Graffiti beschmiert und die Eingangstür war verrammelt.

Dennoch hing nicht nur der Geruch nach Bitterorange, sondern ganz deutlich auch der nach grünem Apfel in der Luft.

Wie ferngesteuert wollte Ursyn einen Schritt nach vorn machen. Jemand packte ihn am Arm, fest, und hielt ihn zurück.

„Ich weiß, wie du dich fühlst“, sagte Aleydis eindringlich. Ihr goldener Blick bohrte sich in seinen und obwohl sie ihm gerade bis zum Brustbein ging, konnte er deutlich ihre Dominanz spüren, die wie heiße Wellen gegen seine Sinne schwappte.

„Wie denn?“, fragte er rau.

„Du willst am liebsten die Tür eintreten und jedem die Kehle rausreißen, der es gewagt hat, Hand an Zoe zu legen.“

Ein tiefes Brummen entwich Ursyns Kehle, die Zustimmung seines Bären.

„Aber das wäre gefährlich“, sagte seine Schwester. „Es ist unvernünftig und kann dich umbringen. Ich weiß es ist schwer, aber wir müssen bei dieser Sache überlegt vorgehen, nicht impulsiv.“

Ein Teil von ihm, der, der vor Sorge um Zoe beinah verrückt wurde, wollte sich Aleydis entreißen und genau das tun, vor dem sie ihn gewarnt hatte. Es war der durch und durch animalische Teil in ihm. Der, der sich an die Folterungen, die Schmerzen, die Häme, die Erniedrigungen, die Einsamkeit erinnerte. Dort drin war eine Frau, seine Frau. Sie hatte Angst, war vielleicht verletzt.

Und es war allein seine Schuld.

Gegen dieses zermalmende Gefühl kam der menschliche, logische Teil in ihm kaum an. Dennoch behielt er die Oberhand, half Ursyn dabei ein Mann zu bleiben, statt in den Pelz zu schlüpfen.

„Ich weiß“, zwang sich Ursyn zu sagen. Die Worte wollten kaum durch seine Kehle kommen. Der innere Konflikt zwischen rationalem Denken und Instinkt zerriss ihn fast.

Lycan trat dicht neben sie, überdeckte mit seinem Geruch nach Wacholder, frischem Schnee und Zitrus für einige Sekunden die Witterung der Männer in Schwarz.

„Wie wollen wir es anstellen?“

„So, wie man als Rudel jagt", sagte Ally, ein wildes Grinsen zog ihre Mundwinkel nach oben. „Wir kreisen die Beute ein und setzen auf den Überraschungsmoment."

Canys schnaubte zustimmend, tänzelte hin und her.

„In Ordnung", brummte Ursyn. Mehr Worte waren nicht nötig, sie arbeiteten so nahtlos zusammen, als hätten sie das schon immer gemacht. Wäre die Situation eine andere gewesen, Ursyn hätte es genießen können. Sich darüber freuen, dass sie wie eine echte Familie, eine Einheit funktionierten.

Statt dieses positiven Gefühls wurde er noch immer von Wut und Sorge erdrückt. Zusammen mit Lycan umrundete er das Gebäude von Osten, ihre Schwestern nahmen die Route von Westen. Am Hinterausgang trafen sie sich wieder. Ally schüttelte den Kopf, ebenso wie Lycan und er. Nichts hatten sie gefunden, keine neuen Witterungen aufgenommen.

Ihre Blicke wandten sich zur schmalen Hintertür. Hier war, anders als beim Vordereingang, deutlich zu sehen, dass sich jemand an den Barrikaden zu schaffen gemacht hatte. Bretter lagen auf dem Boden, das Holz am Schloss war frisch gesplittert und kleine Reste von Schnee lagen auf der Türschwelle. Ganz so, als wäre es am Profil eines Schuhs hängen geblieben und beim Eintreten abgefallen.

Der Geruch nach Bitterorange und Apfel war hier auch stärker.

Aleydis sah sie der Reihe nach an, ging vor und klopfte an der Tür.

Kapitel 31

Es kam Ursyn unsinnig und verrückt vor, dass sie anklopften.

Andererseits befand sich in dem verfallenen Gebäude eine ungewisse Anzahl an Menschen, die nicht nur bewaffnet waren, sondern auch keinerlei Skrupel kannten. Sie würden Zoe nicht mehr helfen können, wenn einer von ihnen niedergeschossen wurde. Oder sie alle.

Ursyn ballte die Hände zu Fäusten. Seine Muskeln zitterten vor Anspannung, während sein Körper mit Adrenalin regelrecht überschwemmt wurde. Sein Bär war kurz davor, sich von der Kette loszureißen.

Nach einer gefühlten Ewigkeit hörten sie Schritte von drinnen, das Klicken eines Schlosses. Der Lauf einer Waffe schob sich durch die Tür, dicht gefolgt von dem Gesicht einer Frau. Ursyn hatte sie noch nie zuvor gesehen: Sie hatte dunkle Haut, das schwarze Haar zu einem Zopf gebunden und in ihren Augen lag ein harter Ausdruck. Sie trug schwarze Kleidung, eine eigenwillige Mischung aus zivil und militärisch. Sie roch unverkennbar nach Bitterorange.

Wer hätte gedacht, dass die Männer in Schwarz auch Frauen in Schwarz sein konnten?

Wäre die Lage nicht so heikel gewesen, er hätte sicher über den schlechten Humor des Schicksals lachen können.

Der Blick der Frau huschte über sie, blieb nur geringfügig länger an der knurrenden Canys hängen, ehe sie sich wieder auf ihre menschlichen Gegenüber richtete.

„Das ging schneller als ich gedacht habe“, sagte sie. Sie öffnete die Tür weiter, ein Teil von Zoes Witterung schwappte nach draußen. Der Grizzly in Ursyns Seele brüllte auf, wollte sofort zu ihr, um sicherzustellen, dass sie unverletzt war.

„Lassen Sie meine Schwägerin frei", verlangte Aleydis mit kalter Stimme.

„Alles zu seiner Zeit." Die Frau lächelte kühl. „Sie wissen genau, was ich dafür verlange. Ich muss Ihnen sicher nicht sagen, was mit Ms Harper passiert, wenn Sie alle sich nicht fügen."

Ursyn knurrte: „Sie sind alleine."

„Nicht mehr lange. Für die Zwischenzeit habe ich eine Manschette mit einem Nervengift am Hals von Ms Harper angebracht." Sie zog ein kleines Gerät aus der Tasche, das kaum größer als ein Textmarker war. Ihr Daumen lag fest auf einer roten Kappe am Ende des Dings. „Das nennt man einen Todmannschalter. Sollte ich meinen Finger von dem Knopf nehmen, wird eine Injektionsnadel das Gift direkt in Ms Harpers Blutbahn spritzen und sie innerhalb von dreißig Sekunden töten. Also bitte, machen Sie mir keinen Ärger."

„Wie hatten Sie sich das vorgestellt?", fragte Lycan. „Wir ergeben uns einfach und gestatten Ihnen, uns zurück nach Kanada zu schleifen?"

„So sieht es der Plan vor." Die Frau in Schwarz ließ die Pistole sinken, auch wenn sie sie nicht zurück ins Halfter steckte. Sie hatte schließlich nun eine weit gefährlichere Waffe in der Hand. Eine, die das Leben von ihnen allen binnen Sekunden auslöschen könnte. Dass diese Frau gewillt war, dabei selbst ins Gras zu beißen, bezweifelte Ursyn nicht für eine Sekunde.

„Sie wissen, was die mit uns dort anstellen werden?", fragte Ursyn kalt. Hässliche Erinnerungen versuchten, sich in seine Gedanken zu pressen. Er hatte Mühe, sie zurückzuhalten, nicht von ihnen zermalmt zu werden.

Die Söldnerin zuckte mit den Schultern und sagte: „Ich kann es mir denken."

„Und Sie haben keine Gewissensbisse?", wollte Ally wissen. „Sehen Sie uns an, wir sind intelligente Menschen mit

Gefühlen wie Sie auch. Es ist unethisch, uns in Käfige zu sperren wie Ratten."

„Es ist auch unethisch, zu morden und Geiseln zu nehmen", sagte die dunkelhäutige Frau, „und doch lässt sich damit so gutes Geld verdienen. Sie brauchen nicht versuchen, mir ein schlechtes Gewissen einzureden, das funktioniert nicht."

„Dann bringen Sie uns lieber um", forderte Lycan.

„Tut mir leid, das ist nicht Teil des Deals."

Aleydis verlagerte das Gewicht von einem Bein auf das andere. „Sie wollen mit uns verhandeln?"

„Es bleibt Ihnen nichts anderes übrig, nicht wahr?"

„Wo ist Zoe?", kam es von Lycan. Sein Bruder stand dicht neben ihm, so dass Ursyn das Zittern seiner Muskeln spüren konnte. Oder war er es, der zitterte?

„Im ehemaligen Gastraum." Die Söldnerin lächelte leicht und schwenkte das kleine Gerät in ihrer Hand. „Machen Sie keine Dummheiten."

Mit diesen Worten trat sie einen Schritt zurück, und noch einen, bis das dämmrige Innere sie komplett verschluckt hatte. Sofort überquerten Ally, Lycan, Canys und Ursyn die Schwelle. Niemand von ihnen zögerte, hatte Angst vor versteckten Fallen, wenn sie die Aussicht hatten, endlich Zoe zu finden.

Tatsächlich bedurfte es nur weniger Sekunden, ehe sich Ursyns Augen an die veränderten Lichtverhältnisse angepasst hatten und er sah, wo genau sie sich befanden: Unrat lag auf dem Boden und türmte sich in den Ecken, zertrümmerte Möbel waren an einer Wand aufgeschichtet worden. Es roch modrig, nach Abfällen und ganz entfernt nach Exkrementen.

All das bemerkte Ursyn nur am Rand, denn seine gesamte Aufmerksamkeit richtete sich auf die Frau, die mitten im

Raum auf einem Stuhl saß. Ihre Arme waren hinter ihrem Rücken, sie sah mitgenommen und verängstigt aus.

Sein Herz brach mit einem schmerzhaften Knacken.

„Zoe", sagte Ursyn, die zwei Silben schoben sich rau durch seine Kehle. Sofort huschten Zoes Augen zu ihm, Erleichterung und Angst zogen sich gleichermaßen über ihre Züge. Sie schien unverletzt. Ursyns Blick heftete sich sofort auf den schwarzen Ring, der um ihren Hals lag und sein Bär knurrte wütend.

„Es tut mir leid", sagte Zoe leise, woraufhin er sofort den Kopf schüttelte. Er wäre schon längst zu ihr gegangen, hätte sie losgebunden und fest in den Arm genommen, festgestellt ob sie wirklich unverletzt war, wenn die Frau in Schwarz nicht noch immer mit der Waffe auf sie gezielt hätte. Nicht zu vergessen der Todmannschalter, den sie nach wie vor in der Hand hielt.

„Dich trifft keine Schuld", sagte er und scheiterte kläglich an dem Versuch zu lächeln. „Du bist wegen mir in diese Lage geraten. Mir tut es leid."

„Wie rührend", sagte die Auftragskillerin angewidert. „Sie sehen also, Ms Harper ist noch bei bester Gesundheit. Kommen wir nun zum Geschäftlichen."

Canys, die hinter Aleydis' Beinen stand, duckte sich und knurrte bösartig. Ally legte eine Hand auf ihr gesträubtes Nackenfell, um sie daran zu hindern, auf ihre Gegnerin loszustürmen. In Tiergestalt konnte es gelegentlich schwer sein logisch zu denken, da das Tier die Oberhand hatte. Komplexe Denkleistungen, vor allem mit abstrakten Verstrickungen, waren dann nicht immer klar zu fassen.

Ursyn wusste das alles und doch konnte er seine jüngere Schwester nur zu gut verstehen, dass sie vorpreschen und die Hand der Frau mitsamt dem Auslöser abbeißen wollte. Der Gedanke hatte einen gewissen Reiz, selbst wenn er völlig verrückt und noch gefährlicher war.

Die Frau sah sich um, als würde sie etwas suchen, und ihre Brauen zogen sich über den schwarzen Augen zusammen. „Wo ist die dritte Frau?"

„Nicht hier", knurrte Lycan.

Die Söldnerin fluchte und Ursyn begann zaghaft Hoffnung zu schöpfen. Doch nur so lange, bis die Frau ihnen gegenüber mit den Schultern zuckte und sagte: „Nun gut, um sie kümmern wir uns später."

„Sie werden die Finger von Felina lassen!", rief Lycan und machte Anstalten auf die Söldnerin zuzugehen, doch die hielt nur den kleinen Auslöser in die Höhe. Sofort erfüllte das Knurren des Polarwolfs den Raum. Er blieb jedoch stehen.

Schweiß lief Ursyn den Rücken hinunter, sein Magen rebellierte. Noch immer konnte er kaum den Blick von Zoe abwenden, die blass und mit großen Augen auf den Stuhl gefesselt war. Es war alles seine Schuld gewesen. Diese Frau in Schwarz war ihm gefolgt. Wäre er nicht hierher gekommen, hätte er sich nicht mit Zoe eingelassen, dann wäre das alles nicht passiert.

Die Schuld fraß sich wie Säure in seine Eingeweide. Zudem marterte es ihn, dass seine Geschwister und er frei gewesen waren, nur um dann doch wieder in den Laboren von ConPharm zu landen. Das Schicksal war sadistisch, dass es sie Freiheit, Lachen und Liebe hatte kosten lassen, nur um es ihnen nun wieder zu entreißen.

„Wie hatten Sie es sich denn vorgestellt?", fragte Aleydis mit einer Nonchalance, die Ursyn beinah überzeugt hätte. Beinah, denn er kannte seine ältere Schwester mittlerweile so gut, dass er die Anspannung in ihren Schultern und den rauen Tonfall ihrer Stimme genau einordnen konnte. Sie suchte fieberhaft nach einem Ausweg, genau wie er und seine anderen beiden Geschwister.

Nur wollte ihm keiner einfallen, der nicht das Leben von allen im Raum gefährdete, die er liebte. Wäre dieser verdammte Giftkragen und die Waffe nicht gewesen, er hätte schon längst die Kehle dieser Mörderin zerfetzt.

„Sie verabreichen sich eine große Dosis Betäubungsmittel“, sagte die Frau. „Sobald mein Team eingetroffen ist und wir sie alle verladen haben, lasse ich Ms Harper umgehend frei.“

„Warum sollten wir Ihnen vertrauen?“, wollte Ally wissen, was die Söldnerin dazu veranlasste mit den Schultern zu zucken.

„Weil Ihnen keine andere Wahl bleibt, sollte Ihnen das Leben dieser Frau lieb sein.“

„Tut das nicht“, sagte Zoe, die Stimme leise und doch fest. „Haut ab, ich bin das nicht wert.“

„Du bist alles wert“, widersprach Ursyn sofort. Nur mit Mühe wandte er den Blick von der Frau ab, für die sowohl Mann als auch Bär bereit waren alles zu tun, selbst zurück in die Hölle zu gehen. Stattdessen sah er die Frau in Schwarz an, die ihn genau dorthin bringen würde.

„Wo ist das Betäubungsmittel?“

„Syn, nein!“, zischte Lycan, aber Ursyn schüttelte nur den Kopf. „Sie hat recht, wir haben keine Wahl.“

„Snyder hatte mir nicht gesagt, wie melodramatisch ihr Genexperimente sein könnt“, sagte die Dunkelhäutige und lächelte, so dass es Ursyn die Galle hochtrieb. Wieder hörte man es aus mehreren Kehlen knurren. Allein den Namen des Laborleiters zu hören, ließ die Narben auf Ursyns Körper schmerzen.

Die Frau mit dem Geruch nach Bitterorange deutete auf eine Tasche, die ihm bisher nicht aufgefallen war. „Dort drin sind fünf große Spritzen. Bitte seid so freundlich und setzt sie euch selbst.“

Alle Muskeln in Ursyns Körper drohten zu verkrampfen. Sein Bär stemmte sich so machtvoll gegen seine Fesseln auf, dass seine Haut kribbelte und er glaubte, jeden Moment den Pelz darauf spüren zu können. Er haderte mit sich, haderte mit der Grausamkeit der Situation.

Er wollte gerade einen Schritt auf die Tasche zu machen, als er draußen vor dem Diner Schritte hörte.

„Das ist meine Mannschaft", sagte die Söldnerin. „Ich bitte euch nochmal, in unser aller Interesse, macht keine Scherereien."

Die Tür wurde geöffnet und Ursyn war hin- und hergerissen zwischen dem Verlangen, Zoe nicht aus den Augen zu lassen, der Frau nicht den Rücken zu zukehren und zu sehen, welcher neue Gegner eben das Gebäude betreten hatte.

Der innere Konflikt zerrte noch mehr an seinen ohnehin schon strapazierten Nerven. Ein kalter Luftzug traf seinen Nacken, brachte den Geruch nach Gummimatten und Sternanis mit sich.

„Was machst du hier?!", zischte die Frau. Ihre Stimme klang gleichzeitig überrascht und aggressiv, was Ursyn dazu veranlasste, sich doch umzudrehen.

Im hellerleuchteten Türrahmen stand ein Mann in Stiefeln, Jeans und einer schwarzen Jacke. Ursyns Augen brauchten einen Moment, ehe er die Identität des Neuankömmlings identifizieren konnte. Mehrstimmiges Knurren erfüllte den Raum, als seine Geschwister den Mann erkannten.

Aber… das konnte doch nicht sein?!

Kapitel 32

„Was für eine verfahrene Situation."

Grinsend betrat Scott das heruntergekommene Diner. Er war schon in schlimmeren Spelunken gewesen, die noch geöffnet hatten. Dennoch waren dort nicht halb so interessante Gäste gewesen, wie in diesem ehemaligen Lokal.

Er war froh, dass er seinem Instinkt vertraut hatte und den Hybrid-Geschwistern gefolgt war. Natürlich hatten auch die Gesprächsfetzen, die er ihnen von den Lippen abgelesen hatte, etwas mit seiner Entscheidung zu tun gehabt, ihnen nachzugehen.

Andernfalls würde er sich jetzt nicht von sechs Augenpaaren anstarrten lassen können. Teils hatten sie einen überraschten, teils einen verständnislosen Blick und auch einige mit deutlicher Mordlust darin stehen. Eines war gar dabei, das nichts Menschliches mehr an sich hatte. Interessiert musterte Scott den vermeintlichen Hund, der sich dicht an Aleydis Moores Beine gedrückt hatte. Selbst ohne das Ausschlussprinzip, um welches der Hybrid-Geschwister es sich handelte, hätte Scott Canys Moore erkannt.

Das überraschte ihn.

Andererseits kannte er die goldenen Augen und auch das Fell hatte eine ähnliche Färbung wie das Haar der jungen Frau. Außerdem sprach Intelligenz aus ihrem Blick, die man niemals bei einem gewöhnlichen Tier finden würde.

Allerdings waren weder Canys Moore, noch ihre Schwester oder die beiden Brüder im Moment die Gefahr, die Scott im Auge behalten sollte. Es war eher die offensichtlich angepisste Söldnerin, die den Lauf ihrer Waffe direkt auf seine

Stirn gerichtet hatte. Besonders widerwärtig war, dass sie einen Todmannschalter in der Hand hielt. Wie er diese Dinger hasste.

„Verdammte Scheiße Scott, du bist so ein Arschloch", knurrte Roxanne. „Ich wusste, dass du dich einmischen würdest. Aber eines kann ich dir sagen: Ich werde dich ohne zu zögern erschießen, wenn du mir meine Prämie wegschnappen willst."

„Will ich nicht", erwiderte Scott gelassen. Ganz so, als würde die tödliche Frau nicht kurz davor stehen, ihn einfach abzuknallen. Diese Situation hatte er schon so oft erlebt, mit wechselnden Menschen am anderen Ende des Waffenlaufs, dass es für ihn schon Alltag war. Dennoch verspürte er keinen Todeswunsch, weswegen er versuchte, möglichst harmlos auszusehen.

Natürlich kaufte Roxy ihm das keine Sekunde ab. Unzufrieden fragte sie: „Was treibst du dann hier?"

„Ich will den alten Gefallen einfordern, den du mir noch schuldest."

„Was?!" Der Lauf ihrer Waffe senkte sich um einige Zentimeter, zielte nur noch auf sein Herz. Wenn er denn eines gehabt hätte.

„Du hast mich schon verstanden", erwiderte Scott. „Du lieferst die Hybride nicht an ConPharm aus und niemand erfährt, dass sie je auch nur hier in der Nähe waren."

Roxannes dunkle Augen starrten ihn an. Ihre Hand mit der Beretta war völlig ruhig, ein weiteres Zeichen dafür, dass sie viel Übung darin hatte, mit Waffen umzugehen. Die Spannung im Raum war unerträglich, zerrte selbst an Scotts Nerven.

„Sind wir dann quitt?", fragte Roxanne schließlich, die Brauen über den Augen zusammengezogen.

Scott nahm sich Zeit, darüber nachzudenken. Es war seine letzte Chance, diesen Trumpf noch zu behalten. Seit zehn Jahren trug er ihn mit sich herum. Seit dem Zeitpunkt, als er die Söldnerin aus einem ähnlich verrotteten Loch gezogen hatte, in dem er selbst einmal vergessen worden war.

„Ja", sagte Scott langsam, „dann sind wir quitt."

„Schön", sagte sie, ließ die Waffe sinken und schob die Sicherung über den Auslöser des Todmannschalters in ihrer anderen Hand. Ein kaltes Lächeln verzog ihr Gesicht. „Nimm sie mit und erstick an dem Geld, das Snyder dir in den Rachen wirft."

„Du ziehst die falschen Schlüsse", sagte Scott mit einem Grinsen.

„Inwiefern?"

„Ich will nicht die Lorbeeren für deine Arbeit einsammeln."

Echte Überraschung zeigte sich auf ihren Zügen, auch die Verblüffung der Moore-Geschwister und Zoe Harper konnte Scott regelrecht fühlen. Eines musste er Roxanne lassen: Sie hatte das perfekte Druckmittel für die Moores gefunden.

„Sondern?", fragte Roxanne skeptisch.

„Ich denke", sagte Scott und sah zu den Hybriden, die ihn alle mit Raubtieraugen anstarrten, „dass wir das draußen unter zwei Augen klären sollten, meinst du nicht? Ich kann mir vorstellen, dass Ms Harper gerne von ihrem Halsschmuck befreit werden würde."

„Mein Team wird jede Minute hier eintreffen."

„Wird es nicht", widersprach er. „Ich habe dein Handy hacken lassen, deine Nachrichten sind direkt an mich gegangen."

„Das war Laurence, nicht wahr?", zischte Roxanne. „Dieser miese kleine Drecksack. Ich hätte ihn das letzte Mal umbringen sollen, als ich ihn gesehen habe."

„Verpasste Gelegenheiten“, witzelte Scott. Er wandte sich den Hybriden und der Frau zu und sagte: „Wenn Sie uns nun entschuldigen würden?“

„Nein“, sagte Aleydis Moore entschieden. „Ich habe es satt, mich ständig nach Ihnen umdrehen zu müssen. Sie erklären jetzt und hier, warum Sie andauernd hier auftauchen. Woran liegt das, wenn Sie wie eben angedeutet, nicht vorhaben uns alle gesammelt an ConPharm auszuliefern?“

„Das wurmt Sie, nicht wahr?“, fragte Scott lächelnd.

„Lassen Sie die Spielchen“, knurrte Lycan. „Wir sind in der Überzahl.“

„Das mag sein“, entgegnete Scott, „aber dafür sind meine Kollegin und ich bewaffnet und haben nicht nur die Fähigkeit, sondern auch den Willen, sie alle ohne zu zögern zu erschießen. Dann hätte es sich mit dem Leben in Freiheit gehabt, nicht wahr? Sicher würde Dr. Snyder auch noch für Ihre Kadaver ein hübsches Sümmchen abdrücken.“

Ein bösartiges Knurren zerriss die Luft, dass es selbst Scott für einen Herzschlag kalt den Rücken hinunterlief. Er sah zu dem Wolf, der sich halb vor Zoe gestellt hatte und sie ganz offensichtlich bewachte. Canys zog die Lefzen nach oben, leckte sich über die Zähne und starrte ihn mit gesträubtem Fell an.

„Beeindruckend, für eine sonst so schüchterne kleine Wölfin.“

Sie knurrte noch lauter, legte die Ohren an und duckte sich, als würde sie jeden Moment zum Sprung ansetzen. Scott haderte mit sich… aber etwas anderes als die Wahrheit würde ihn hier nicht herausholen können. Nun, zumindest ein Teil der Wahrheit.

Er sah Aleydis an und sagte: „Ich habe nie gelogen, wenn ich Ihnen gesagt habe, dass Sie mich faszinieren. So etwas oder besser so jemand gehört nicht in einen fensterlosen Raum mit gepolsterten Wänden gesteckt, den ganzen Tag von übereifrigen Wissenschaftlern durch Spiegelwände und Kameras angestarrt."

Wieder wurde die Luft von Knurren erfüllt, dieses Mal aus mehr als einer Kehle und Scott fragte sich, zu wem dieser durch und durch bedrohliche Laut gehörte. Er war sich bewusst, dass er auf Messers Schneide tanzte, wenn er solche Triggerwörter benutzte. Ein Trauma konnte gemein und hinterhältig sein. Flashbacks konnten durch die kleinsten Erinnerungsfetzen ausgelöst werden. Es konnte einen hinterrücks überfallen, überall und zu jeder Zeit.

Dass die Moore-Geschwister noch so fokussiert sein konnten, sagte viel über ihre mentale Stärke aus. Wirklich faszinierend.

„Du bist so ein Schwätzer", schnaubte Roxanne, womit sie die Spannung im Raum geringfügig auflockerte. Die Waffe, die sie bis eben noch locker in der Hand gehalten hatte, steckte sie in das Holster unter ihrer schwarzen Einsatzjacke.

Scott zuckte mit den Schultern. „Möglich."

Aleydis schnaubte und fragte: „Das heißt, dass Sie uns einfach nur auf die Nerven gehen, weil Ihnen sonst langweilig ist?"

Scott konnte nicht anders, er musste bei der ungläubig ausgesprochenen Frage lachen. „Oh Aleydis, wie schön Sie das gesagt haben."

„Stimmt es?", wollte der große Mann mit den dunklen Locken wissen. Ursyn Moore, auch in menschlicher Gestalt mit der Statur eines Bären gesegnet, hatte sich bisher im Hintergrund gehalten. Scott hatte jedoch nicht eine Sekunde den Fehler gemacht, ihn deswegen nicht zu beachten. Er war, neben Roxanne, die gefährlichste Person im Raum. Ganz sicher deswegen, weil er höchst romantische Gefühle für Ms Harper hegte.

Scott erwiderte den dunklen Blick des jüngeren Mannes und sagte: „Sie sind die erste Generation von Hybrid-Wesen, da kann man doch nicht anders, als neugierig zu sein."

„Wir sind keine Zirkusattraktionen", sagte der Mann mit dem weißen Haar und den eisblauen Augen. Bei keinem der Geschwister konnte man so deutlich sehen, dass es eine genetische Besonderheit an ihnen gab, wie bei Lycan Moore.

Scott zuckte als Antwort lediglich mit den Schultern. Er hatte es nicht nötig, mit ihm oder den anderen Hybriden zu diskutieren. Sie standen in seiner Schuld, so tief wie bis vor wenigen Minuten noch Roxanne Jones. Dass ihre Schulden noch viel höher waren, als sie ahnten, verleitete ihn beinah zu einem Lächeln.

„Sie sind ein kranker Soziopath", knurrte Aleydis, wildes Gold in den Augen.

„Wie nett von Ihnen, das zu bemerken." Scott grinste und sagte übertrieben höflich: „Wenn Sie gestatten, begleite ich die Dame hinaus zu ihrem Wagen. Ich kann mir vorstellen, dass sie darauf brennen, Ms Harper loszubinden und von hier zu verschwinden."

Ohne auf eine Antwort zu warten ging er zu Roxy, fasste sie galant am Ellbogen und führte sie zur Tür. Die ersten Meter ging sie mit, wahrscheinlich zu perplex von dem eben erlebten, ehe sie sich von ihm losmachte. Scott folgte ihr zu einem dunklen Geländewagen, der auf der anderen Gebäudeseite stand.

„Das war das Verrückteste, was ich jemals erlebt habe", schnaubte sie, drehte sich um und funkelte ihn an. Er konnte ihr deutlich ansehen, dass sie sich überlegte, ihn zu schlagen. Oder eine Kugel zu verpassen. Zu seinem Glück entschied sie sich dazu, nichts dergleichen zu tun.

„Es ist zumindest in meinen Top Ten", antwortete er mit einem Lächeln.

Roxanne schüttelte den Kopf. „Warum hat sich noch niemand einen Ruck gegeben und dich erschossen?"

„Ich war immer schneller", erwiderte Scott grinsend.

„Sieht so aus. Ich kenne niemanden in der Branche, der so irrational und gleichzeitig so erfolgreich ist wie du."

„Ich nehme das als Kompliment."

„Ich bitte darum." Roxanne schob die Hände in die Taschen, ihr Blick wurde kalt und berechnend. „Ehrlich Scott, was sollte das eben? Warum willst du nicht, dass ich diese Monster zurück nach Kanada bringe? Was soll ich deiner Meinung nach Snyder erzählen?"

„Denk dir was aus, denn ich habe das eben ernst gemeint", sagte Scott nüchtern. „Ich entlasse dich aus deiner Schuld, wenn du weder ConPharm noch sonst jemandem etwas hierüber erzählst. Du verschwindest sofort aus der Stadt und wirst niemals ein Wort über all das hier verlieren."

Sie lehnte sich gegen das Auto, eine Augenbraue erhoben. „Warum?"

„Weil ich dich darum bitte und es damit Teil des Deals ist."

„Du bist verrückt", schnaubte Roxanne.

Scott zuckte nur mit den Schultern. „Gut möglich."

Roxanne lachte.

„Ich kann dich gut leiden", sagte er. „Bitte zwing mich nicht, nach dir zu suchen und dir eine Kugel in den Kopf zu jagen, nur weil du dich nicht an die Abmachung gehalten hast."

„Lass mich raten: Jace und Diana waren nicht so klug auf dich zu hören?"

Scott lächelte nur. Er würde nichts dazu sagen, so dass Roxanne ihre eigenen Schlüsse ziehen konnte. Das tat sie offenbar, lachte wieder und schüttelte den Kopf. Er wusste, dass es sie massiv ärgerte, so kurz vor dem Ende ihrer langen Jagd ausgebremst worden zu sein. Dennoch konnte sie seinem Angebot, sie aus ihrem Schuldverhältnis zu entlassen, nicht widerstehen.

Scott wusste das ganz genau, denn ihm würde es an ihrer Stelle ebenso ergehen.

„Was stimmt nicht mit dir Scott?", fragte Roxanne, während sie nach den Schlüsseln für ihren Geländewagen kramte. „Ich weiß, dass du seit Monaten keine Aufträge mehr angenommen und niemanden für Geld umgebracht hast. Du spielst sonst nie mit der Beute und ich bin mir nicht einmal sicher, ob es das ist, was du mit diesen… Wesen machst. Wirst du weich?"

„Nein", sagte er. „Aber vielleicht habe ich all die schmutzige Arbeit satt und bereite mich auf meinen… sagen wir, Ruhestand vor. Du weißt, dass man in unserem Gewerbe nicht alt wird und ich habe nicht vor in nächster Zeit den Löffel abzugeben."

„Du hängst deinen Job also an den Nagel?", hakte sie nach, echtes Interesse in den schwarzen Augen.

„Ich denke ernsthaft darüber nach." Wieder zuckte Scott mit den Schultern. „Es gibt noch einen großen Auftrag, den ich erledigen muss. Was danach kommt… ich weiß es noch nicht."

„Eine hübsche Frau, Einfamilienhaus, weißer Gartenzaun, ein Van und ein Hund?", witzelte die Söldnerin und lachte.

„Mach dich nicht lächerlich", erwiderte er. „So etwas gibt es für unsereins nicht."

„Nein, wahrscheinlich nicht."

Sie sahen sich an, maßen sich mit den kalten Blicken von Killern. Dennoch war es Roxy, die als erstes den Blickkontakt abbrach. Sie sah auf die Schlüssel in ihrer Hand, öffnete das Auto und seufzte: „Wenn du mir ein Abschiedsgeschenk machen willst, dann mail mir deine Kundenliste."

„Träum weiter Baby", sagte Scott lächelnd.

Roxanne zwinkerte ihm zu, stieg in ihren Wagen und fuhr davon. Scott sah ihr einige Augenblicke hinterher, ehe er die Hände in die Taschen seiner Jacke schob und ebenfalls den Parkplatz verließ. Er vermutete, dass die Moore-Geschwister nicht erfreut wären, wenn sie das Diner verließen und ihn noch immer hier vorfanden.

Vielleicht war es ganz gut, dass er bald die Stadt verlassen würde. Andernfalls würde es sich Aleydis Moore doch noch anders überlegen und ihm die Kehle durchbeißen. Zuzutrauen wäre es ihr.

Scott lächelte vor sich hin.

Kapitel 33

Kaum hatten die beiden Auftragskiller das Diner verlassen, eilte Ursyn zu Zoe. Lycan ging zur Tür, wahrscheinlich um sicherzustellen, dass die Frau in Schwarz und Scott Hewlett auch wirklich gingen.

Canys schnüffelte an Zoes Stuhl und ließ sich kaum zur Seite drücken, während er vorsichtig den Verschluss des schwarzen Kragens löste und Ally sie losband. Sobald Ursyn das Metall von Zoes Hals entfernt hatte, warf er es zur Seite, schob die Arme unter Zoe und hob sie hoch. Wie von selbst legte sie die Arme um seine Schultern, was seinen Bären ein wenig beruhigte. Dennoch strich er knurrend in seinem Kopf hin und her.

„Den Kindern geht es gut", sagte Ally sofort, während sie zum Ausgang gingen. „Sie sind in der Schule, Rafael hat sie gesehen. Es ist alles in Ordnung mit ihnen."

Zoe atmete aus, ihre Schultern sackten nach unten. „Danke."

„Wie geht es dir?", fragte Ursyn. Er konnte nicht aufhören sie anzustarren, hätte sie am liebsten sofort ausgezogen, um sicherzustellen, dass ihr wirklich nichts fehlte. Zumindest auf den ersten Blick schien sie unverletzt. Dennoch spürte er ihr Zittern und ihrer sonst so frischen, lieblichen Witterung haftete der bittere Geruch von Angst an.

Das war alles seine Schuld.

„Mir geht es gut", sagte Zoe, die Augen auf ihn gerichtet. Sie versuchte sich an einem Lächeln, das kläglich scheiterte.

„Bist du dir sicher?", hakte er nach. „Hat sie dich nicht verletzt? Willst du zu einem Arzt gehen?"

„Nein." Sie schüttelte den Kopf. „Ich will nur nach Hause."

Sie hatten mittlerweile das heruntergekommene Gebäude verlassen. Lycan wartete dort auf sie und nickte ihnen zu. Seine Augen waren noch immer eisblau.

„Sie sind weg."

Die Erleichterung darüber wollte sich nicht einstellen. Jeder von ihnen wusste, dass es noch nicht vorbei sein konnte. Das Leben - vor allem das ihre - war nicht so einfach. Dennoch hatten sie nun Wichtigeres zu tun, zum Beispiel Zoe nach Hause zu bringen.

„Soll Rafael die Kids bringen?", fragte Aleydis.

„Nein, besser wir lassen sie in dem Glauben, dass es ein ganz normaler Tag war." Zoe rieb sich über die Stirn, ganz so als hätte sie Kopfschmerzen, und fügte hinzu: „Außerdem muss ich mich erst noch sammeln, bevor sie mich sehen."

Die Schuldgefühle in Ursyn drohten ihn ersticken zu lassen. Er musste sich willentlich davon abhalten, Zoe noch näher an sich zu drücken. Er würde ihr sonst sicher wehtun.

„Wir bringen dich nach Hause", sagte er. Zoe lächelte ihn an und er setzte sich in Bewegung. Sie waren kaum an der Straße angekommen, da begann sich Zoe in seinen Armen zu regen.

„Lass mich runter", bat sie. „Du kannst mich nicht den ganzen Weg tragen."

Ursyn wollte widersprechen, doch Aleydis neben ihm sagte: „Sie hat recht. Das erregt Aufmerksamkeit."

„Bist du dir sicher?", hakte er bei Zoe nach. „Es macht mir nichts aus, dich zu tragen."

Zoe nickte und obwohl es ihm nicht gefiel, obwohl er sie am liebsten nie wieder losgelassen hätte, zwang er sich ihrer Bitte nachzukommen. Vorsichtig ging er ein Stück in die Knie, ließ Zoe von seinen Armen gleiten. Die Kälte schmerzte, die sie an seinem Körper hinterließ. Um das Missempfinden zu lindern und sofort reagieren zu können, sollte sie schwanken, legte Ursyn einen Arm um ihre Schultern.

An Zoes anderer Seite hatte sich Lycan postiert. Schweigend und ein genaues Auge auf ihre Umgebung gerichtet, gingen sie zu Zoes Zuhause. Ursyn würde seinen Pelz darauf verwetten, dass sie alle ähnlichen Gedanken nachhingen: Würde diese Frau, die Scott Hewlett mit Roxanne angesprochen hatte, ihr Versprechen gegenüber dem anderen Söldner wirklich halten? Was für einen Gefallen hatte sie ihm geschuldet, dass sie so einfach eine Jagd aufgab, die sie seit mehr als einem halben Jahr angeführt hatte?

Im Moment mochten sie noch einmal ihren Kopf aus der Schlinge gezogen haben, doch würde es dabei bleiben?

Ursyns Magen drehte sich um, denn er glaubte nicht daran. Wenn nicht diese Roxanne wieder hier auftauchte, dann garantiert Scott Hewlett. Er mochte sagen, was er wollte, Ursyn glaubte ihm nicht. Er plante etwas. Er trieb ein perfides Spiel mit ihnen.

Zwanzig Minuten später, in denen nur Aleydis während ihres Telefonats mit Rafael gesprochen hatte, erreichten sie Zoes Zuhause. Sofort machte sich Ursyn daran, Zoe aus ihrem Mantel zu schälen. Sie lachte erstickt, wehrte sich nicht und lächelte schief, als sie ihm versicherte, dass sie nicht verletzt war.

Ein Winseln an seiner Seite, als sich Canys dicht an sein Bein drückte und an Zoes Hüfte schnüffelte.

„Du bist so hübsch“, sagte Zoe, streckte vorsichtig eine Hand aus und hielt dann doch kurz vor dem Kopf der Timberwölfin an. „Ich habe bisher nur Ally als Wolf gesehen. Ist es seltsam oder unangebracht, wenn ich dich streichle?“

Canys antwortete, indem sie ihre Schnauze an Zoes Finger drückte und näher zu ihr ging. Ein ersticktes Lachen entwich Zoe, ihre Schultern sackten herunter und sie streichelte das braune Fell seiner Schwester.

Eine Hand legte sich auf Ursyns Schulter und er entdeckte die zweite Wölfin im Raum, die sich in menschlicher Gestalt befand. Sie bedeutete ihm, mit einem Kopfnicken, ihr zu folgen. Nur widerwillig kam Ursyn ihrer Bitte nach.

Einige Meter entfernt, aber immer noch in der Lage Zoe und seine beiden Geschwister zu beobachten, sah Ursyn Aleydis fragend an.

„Das war knapp", sagte sie mit leiser Stimme. So leise, dass Ursyn sich ein Stück zu ihr beugen musste. Immerhin würde so Zoe nichts von ihrer Unterhaltung mitbekommen.

Ursyn erwiderte: „Wie wahrscheinlich ist es, dass Con-Pharm nicht schon weiß, wo wir sind?"

„So verrückt es auch klingt, ich denke, dass sie keine Ahnung haben." Aleydis schüttelte den Kopf, ihre Augen schwankten zwischen Braun und Gold. „Egal wie sehr meine Wölfin mich dazu drängt, Scott Hewlett lieber heute als morgen die Kehle durchzubeißen, bisher hat er sein Wort immer gehalten. Wenn er die Abmachung mit dieser Frau eingegangen ist, dass sie ihre Jagd aufgibt, dann wird das auch so geschehen."

„Meinst du nicht, dass es ganz schön leichtsinnig ist, auf die Worte eines bezahlten Mörders zu vertrauen?"

„Was sollen wir denn sonst tun?", fragte sie und zum ersten Mal sah Ursyn einen verlorenen Ausdruck in den Augen seiner älteren Schwester. Bisher war sie der Fels in der Brandung gewesen, unerschütterlich. Rein vom Verstand her wusste er, dass sie natürlich nicht alles wissen und kontrollieren konnte, doch ihre Verzweiflung zu sehen versetzte ihm einen Stich.

Ohne zu zögern, nahm er sie in den Arm, versuchte Mann und Bär mit ihrer Witterung nach Jasmin, Waldluft und Kardamom zu besänftigen. Sie waren alle in Sicherheit. Vorerst zwar nur, aber immerhin.

„Sollen wir untertauchen?", fragte er mit schwerem Herzen.

Aleydis schüttelte an seiner Brust den Kopf. „Nein. Und das sage ich nicht nur, weil mich der Gedanke quält, jeden hier zurücklassen zu müssen."

Ein Seufzen entwich Ursyn. Er war aufgrund seines inneren Tiers nicht so hierarchisch geprägt wie seine Wolfsgeschwister, doch er hatte Aleydis dennoch als ihr Familienoberhaupt anerkannt. Hätte sie gesagt, dass sie besser verschwinden würden, dann wäre er mit ihr gegangen.

Gebrochenes Herz hin oder her.

Bei diesem Gedanken sah er wieder zu Zoe. Sie hatte sich mittlerweile auf ein Knie hinuntergebeugt und kraulte Canys an den Ohren. Seine Schwester hatte das Maul geöffnet, ihre Zunge hing heraus. Ursyn lächelte vor sich hin.

„Du kümmerst dich um sie, ja?", fragte Ally.

„Was werdet ihr tun?"

„Nach Hause fahren und uns beraten. Sicher ist Lina schon angekommen und ich denke, wir sollten auch Ian bitten zu kommen."

Ursyn nickte. Er hatte den Tierarzt bisher nur telefonisch kennengelernt, der mit seinen Eltern befreundet gewesen war und Aleydis seit ihrer Kindheit kannte. Er war ein bärbeißiger Mann, was Ursyn durchaus zu schätzen wusste.

Ohne weitere Worte lösten sie sich voneinander und gingen zu den anderen dreien zurück. Zoe richtete sich auf, ein müdes Lächeln auf dem Gesicht.

„Ich kann euch nicht genug danken", setzte sie an, doch Lycan schüttelte den Kopf.

„Das musst du nicht."

„Wir sind eine Familie", fügte Aleydis hinzu. Sie umarmte Zoe. „Syn bleibt hier. Du ruhst dich aus, ja? Oft kommt der Schock zeitlich verzögert."

„Hoffentlich nicht", murmelte Zoe. Sie trat von Aleydis zurück. „Ich… geh mich dann mal umziehen."

Ursyn und seine Geschwister sahen ihr hinterher, wie sie die Treppe nach oben stieg. Ursyn sah zu seiner Schwester und fragte: „Kann der Schock wirklich erst noch kommen?"

„Vielleicht, aber Zoe ist sehr taff."

„Sei einfach für sie da", sagte Lycan.

Den Hals zugeschnürt, konnte Ursyn nur nicken. Er sah den zwei Wölfen in Menschengestalt zu, wie sie Canys' Kleidung einsammelten und das Haus verließen, ehe er Zoe nach oben folgte.

Es fühlte sich an, als wäre er auf dem Weg zu seinem Scheiterhaufen. Denn welche Chance hatte er noch mit ihr glücklich zu werden, wenn sie nun hautnah miterlebt hatte, wie gefährlich es war, mit ihm in Verbindung gebracht zu werden? Eben mochte sie sich noch vertrauensvoll an ihn gelehnt haben, doch was war, wenn sie erst über die Ereignisse nachgedacht hatte?

Sie würde sich von ihm abwenden und das mit gutem Grund. Nicht nur ihr Leben war durch seine Anwesenheit in Gefahr, sondern auch das ihrer Kinder. Nicht auszudenken, wenn diese Frau in Schwarz nicht sie, sondern die Mädchen oder Ryan gekidnappt hätte.

Diesen Schmerz in der Brust klopfte Ursyn an Zoes Schlafzimmertür. Sie war nur halb angelehnt und schwang langsam nach innen auf.

Zoe saß auf ihrem Bett, hatte die Schuhe und den Pullover bereits ausgezogen. Ihr Haar hatte sich halb aus ihrem Zopf gelöst, umspielte ihr Gesicht und ließ sie verletzlich aussehen. In Jeans und einem dünnen Shirt sah sie zu ihm auf.

„Es tut mir leid", platzte es aus Ursyn heraus, ehe Zoe etwas sagen konnte.

„Nein, schon in Ordnung." Sie lächelte und fügte hinzu: „Du hast mich ja schon vorher unbekleidet gesehen."

Er schüttelte den Kopf, trat weiter in das Zimmer hinein. „Das meinte ich nicht. Es tut mir leid, dass du entführt wurdest. Das… das wäre nie passiert, wenn wir uns nicht kennengelernt hätten."

„Das stimmt doch nicht", widersprach sie. „Hast du vergessen, dass ich deine Familie schon kannte, lange bevor wir uns begegnet sind? Rafael und Ally sind ein Paar, unsere Familien sind längst miteinander verbunden. Die Gefahr bestand schon vorher."

„Aber es hat dich getroffen, weil du mir wichtig bist!", stieß er hervor. „Weil du jemand bist, mit dem man mich erpressen kann. Solange wir uns so nahe sind, wirst du vielleicht wieder in solch eine Gefahr geraten."

Das Blau ihrer Augen wurde ganz dunkel, während sie ihn ansah. Als sie sich erhob und langsam auf ihn zuging, musste er sich gewaltsam dazu bringen, ihr nicht entgegenzukommen. Alles in Ursyn wollte ihn dazu drängen, zu ihr zu gehen und sie in den Arm zu nehmen, nie wieder loszulassen, doch er wagte es nicht.

Zoe vermutete, dass der Mann ihr gegenüber im Moment nicht in der Lage war, einen klaren, logischen Gedanken zu fassen. Sie selbst war von sich überrascht, dass sie so ruhig war. Verglichen zumindest damit, was man landläufig von Leuten hörte, die gefangen genommen, gefesselt und mit dem Tod durch Gift bedroht worden waren.

Sie wusste, dass Ursyn schon viel Schlimmeres durchlebt hatte, körperliche und seelische Folter hatte ertragen müssen, und doch sah er so aus, als würde er jeden Moment die Nerven verlieren. Wegen ihr. Seine Augen waren komplett dunkel, das Grün war verschwunden, und er hatte die Hände an den Seiten seines Körpers zu Fäusten geballt.

Er litt, war genauso ein Opfer der Ereignisse wie sie.

„Du hast etwas Besseres verdient", sagte er rau. „Du verdienst jemand normales und nicht jemanden, wegen dem du in solche Gefahr gerätst."

„Hör auf damit", verlangte Zoe. Sie schloss die Lücke zwischen ihnen, griff in das Revers von Ursyns Pullover und hinderte ihn so daran sich von ihr zu entfernen. „Es war nicht deine Schuld."

„Doch, war es."

„Nein", sagte sie entschieden. „Du hast mich nicht aufgegeben, als ich mir wegen uns unsicher war, und dasselbe werde ich jetzt mit dir tun."

„Aber du wurdest entführt!", brach es hitzig aus ihm heraus. Seine Hände legten sich um ihre Schultern, sein Blick war voller dunklem Feuer. Zoe wusste einfach, dass sowohl Mann als auch Bär sie gerade aus diesen Augen ansahen.

„Ich wäre beinah gestorben vor Angst, dass du verletzt werden könntest. Oder sogar schlimmeres. Dafür will ich nicht verantwortlich sein!"

„Das bist du auch nicht!", erwiderte Zoe beschwörend. „Ally und die anderen vertrauen darauf, dass dieser verrückte Hewlett die Wahrheit sagt und ConPharm nichts davon erfährt, dass du und deine Geschwister hier seid."

Ursyn sagte nichts darauf, starrte sie nur weiter an. Auf seinem Gesicht war der Kampf deutlich zu sehen, den er mit sich selbst ausfocht.

Nicht in der Lage, ihn so zu sehen, wie er sich quälte, strich sie mit den Händen seine Brust nach oben, über seine Schultern und legte sie links und rechts an sein Gesicht. Raue Bartstoppeln kratzten über ihre Handflächen, sie spürte seine warme Haut.

„Hör auf dir Vorwürfe für etwas zu machen, auf das du keinen Einfluss hattest."

„Ich hatte solche Angst um dich", murmelte er rau. Die Anspannung in seinem Körper ließ ein wenig nach, er legte die Arme um Zoes Oberkörper. Sie zitterte unter der Berührung und spürte, wie auch die letzten Reste der Furcht von ihr abfielen. Sie war in Sicherheit, ihre Kinder und auch ihre Familie und Freunde waren sicher.

„Ich hatte auch Angst“, gestand sie, weil alles andere keine Option war. Jedoch fügte sie schnell hinzu: „Aber ich wusste, dass du und die anderen kommen würdet. Ich habe keine Sekunde daran gezweifelt.“

Mit einem Seufzen senkte Ursyn den Kopf, schloss die Augen und lehnte seine Stirn an ihre. Zoe reckte sich ihm entgegen, lehnte sich näher an seinen größeren Körper. Sein vertrauter Geruch nach Mann, warmer Haut und etwas Herbem beruhigte ihren Herzschlag weiter.

Sie vergrub ihre Hände in den dicken, dunklen Locken, drückte sich noch ein bisschen näher an ihn und seufzte leise. Ein Zittern lief durch seinen größeren Körper, seine Arme schlossen sich fester um sie.

Minutenlang standen sie einfach nur da, hielten sich gegenseitig fest. So lange, bis Zoes Haut zu prickeln anfing. Langsam nahm sie den Kopf von Ursyns Schulter, strich mit den Lippen über seine Wange, bis sie an seinem Mund ankam.

„Weißt du“, sagte sie leise, genoss die Reibung ihrer Lippen an seinen. Ihr Herz schlug ihr bis zum Hals. „Ich habe mich unabsichtlich in dich verliebt und jetzt plane ich, dich für immer zu behalten.“

„Wirklich?“, wisperte er. Seine Arme schlossen sich fester um ihren Körper.

Zoe nickte langsam.

Der Kuss, mit dem Ursyn sie daraufhin belohnte, brachte ihr Blut zum Singen. Die ersten Sekunden waren sanft, doch bereits als sie den Mund öffnete, um seine Zunge hereinzulassen, veränderte sich alles. Ein Seufzen entwich ihrer Kehle, ihr wurde schwindlig. Mit einer Mischung aus Lebensdurst, Liebe und Erleichterung, drängte sich Zoe näher an Syn.

Seine Hände strichen ihren Rücken hinunter, legten sich auf ihren Po. Hitze sammelte sich in Zoes Schoß und sie krallte ihre Hände in sein Haar. Der Kuss wurde immer leidenschaftlicher. Sie knabberte an seiner Unterlippe und bemerkte erst, dass sie sich bewegt hatten, als sie gegen die Kommode neben ihrem Bett gedrängt wurde.

Mit einem kräftigen Ruck hob er sie auf das niedrige Möbelstück, drängte sich zwischen ihre Knie und küsste sie weiter. Das war schön und gut, aber sie brauchte mehr. Sie brauchte alles von ihm. Entschieden schob Zoe ihn an den Schultern von sich, ein Grinsen auf dem Gesicht.

In einem Durcheinander aus Händen, Armen und Stoff, schafften sie es, ihr Shirt und seinen Pullover auszuziehen. Zoe trug noch ihren BH, doch sie konnte sich ihrerseits an Ursyns bloßer Brust sattsehen. Mit den flachen Händen strich sie über die schlanken Muskeln und biss sich auf die Unterlippe.

Sie wollte ihn wieder an sich ziehen, doch er hielt sie an den Handgelenken zurück.

„Sollen wir wirklich nicht die Kinder abholen?“, fragte Ursyn atemlos und Zoes Herz schlug noch ein wenig mehr für ihn. Sie liebte es schon jetzt, wie er sich um die drei kleinen Monster sorgte. Es war eine der Facetten an ihm, denen sie nicht widerstehen konnte. Im Augenblick jedoch hatte sie etwas im Sinn, das ganz entschieden nicht jugendfrei war.

Sie warf einen Blick auf den Wecker neben ihrem Bett und sagte: „Erst in eineinhalb Stunden.“

Das waren, bis auf leises Seufzen und unterdrücktes Stöhnen, die letzten Worte, die sie miteinander wechselten. Hastig, als würde er es genauso wenig erwarten können wie sie, rissen sie sich die Kleider vom Leib. Zoe atmete geräuschvoll ein, als ihr Po das kühle Holz der Kommode berührte. Sie lächelte Syn an und krümmte den Zeigefinger, um ihn zu sich zu locken.

Sie fühlte sich verrucht und lebendig, während er sich wieder zwischen ihre Knie stellte. Seine Erektion legte sich heiß an ihren Oberschenkel und sie rutschte vor an die Kante, damit sie die Beine um seine schlanken Hüften legen konnte.

Ihre Hände strichen über seine Schultern, spürten die Kraft in ihnen. Seine Haut schien heißer als ihre zu sein. Sein dunkler Blick versengte sie. Er legte beide Hände an ihr Gesicht und küsste sie, als würde sein Leben davon abhängen. Mit den Lippen wanderte er an ihrem Kinn entlang, über ihren Hals, ihr Schlüsselbein und zu ihren Brüsten.

Schamlos reckte Zoe den Brustkorb nach vorn, wobei eine ihrer Brustwarzen in seinen Mund glitt. Die Liebkosungen seiner Zunge und seiner Zähne schickte Stromstöße direkt in ihren Schoß. Sie war derart feucht und bereit für ihn, dass es ihr unter anderen Umständen sicher unangenehm gewesen wäre. Jetzt allerdings war sie gottfroh darum, denn sie konnte, wollte nicht eine Sekunde länger warten.

Ursyns Mund hatte zu ihrem zurückgefunden, er hatte eine Hand an ihrer Hüfte und die andere auf ihren Hintern gelegt. Voller Vorfreude rutschte Zoe noch ein Stück nach vorn, kippte das Becken und beförderte damit seine Erektion direkt an ihren Eingang.

Ein Wimmern entwich ihr, sie ließ den Kopf in den Nacken fallen und presste die Lippen aufeinander, während sich Ursyn immer tiefer in ihren Körper schob. Ihr Schoß pochte, zog sich enger um seinen harten Schaft zusammen. Ihr Herz schlug ihr bis zum Hals. Der Druck in ihr nahm weiter zu.

Ein Japsen entwich ihr und sie sah Ursyn an, als er begann sich zu bewegen. Sein Blick bohrte sich in ihren, ließ sie nicht eine Sekunde los, als er sich immer wieder aus ihr heraus und wieder hineinschob. Seine Hände lagen heiß und besitzergreifend auf ihren Hüften.

Ihrer beider Atem ging immer schneller. Schweiß sammelte sich auf Zoes Körper, sie krallte die Hände in seine Schultern. Es rauschte in ihren Ohren und ihr Unterleib pochte, doch es fehlte noch ein Stückchen. Kurz davor zu schluchzen, weil die Erlösung so knapp außerhalb ihrer Reichweite war, presste sie die Lippen aufeinander.

Unter halb geschlossenen Lidern beobachtete sie, wie Ursyn eine Hand von ihrer Hüfte löste und lächelte. Es sah derart sexy aus, wie er sie mit dunklem Blick, wirren Haaren und diesem unanständigen Lächeln ansah, das Zoe eine heiße Gänsehaut über den Körper jagte.

Übertroffen wurde es nur dadurch, dass Syn mit der rauen Kuppe seines Daumens über ihren Lustknoten rieb. Sterne tanzten vor ihren Augen und sie vergaß beinah zu atmen. Zoe wimmerte, nicht in der Lage die süße Folter weiter zu ertragen. Der Orgasmus überspülte sie wie eine Welle, riss sie mit sich und ließ sie am ganzen Körper zittern.

Ursyn zog ihren Genuss in die Länge, indem er sie immer weiter reizte und gleichzeitig mit seinen Stößen nicht nachließ. Erst, als er in ihr ganz starr wurde und sie das Pulsieren seines Höhepunkts spüren konnte, ließ er von ihr ab.

Heftig atmend, überwältigt und ermattet von ihrem Liebesspiel, ließ Zoe sich gegen die kühle Wand in ihrem Rücken sinken. Unter halb geschlossenen Lidern beobachtete sie den Mann, der noch immer mit ihr verbunden war.

Diesen Mann, der noch so viel mehr war als das, was man auf den ersten Blick sah: Ein Gefangener, ein Überlebender, ein Hybrid.

Aber allen voran ein Mann, der sich in ihr Herz geschlichen hatte und den sie nun nie wieder gehen lassen würde.

Egal wer kam um ihn, seine Geschwister oder jemand anderen ihrer Familie zu bedrohen, sie würden es gemeinsam mit diesem Feind aufnehmen.

„Komm mein Schatz“, sagte Syn sanft und hob sie hoch, „jetzt haben wir beide eine Dusche nötig.“

Nicht in der Lage zu protestieren oder auch nur einen Muskel zu rühren, lächelte Zoe und schmiegte sich näher an ihn.

Kapitel 34

Als Zoe und Ursyn später die Kinder abholten, konnte sie sich fast einreden, dass alles normal war. Sie war am Morgen nicht von einer skrupellosen Frau entführt worden, die vorgehabt hatte, sie gegen das Leben von Ursyn und seinen Geschwistern einzutauschen.

Dennoch war es schwer, das ganz zu verdrängen. Unwillkürlich schlossen sich Zoes Finger enger um die des Mannes an ihrer Seite. Grünbraune Augen sahen zu ihr hinunter, ein Lächeln darin.

„Alles in Ordnung?"

„Ich denke, ja", erwiderte Zoe. Sie atmete tief durch. Sein Gesichtsausdruck wurde verschlossen und sie fügte schnell hinzu: „Mir geht es gut, wirklich."

„Es tut mir ehrlich leid, Zoe."

Sie zog die Brauen zusammen, Wut sammelte sich in ihrer Brust. Nicht gegen Syn gerichtet, sondern gegen den verdammten Konzern, der noch immer versuchte, sein Leben und das seiner Geschwister zu versauen.

„Hör auf die Schuld für etwas auf dich zu nehmen, für das du nichts kannst."

Seine Reaktion war ein tiefes Brummen, von dem Zoe sich gut vorstellen konnte, dass es direkt von seinem Bären kam. Der Gedanke löste einen Teil der Anspannung in ihr und sie fragte sich, wann sie Syn einmal im Pelz zu sehen bekommen würde.

Zoe löste ihre Hand von ihm, legte stattdessen ihrem Arm um seine Taille und seufzte zufrieden, als er seinen Arm um ihre Schultern legte. Schweigend, aber nicht länger angespannt, legten sie die letzten Meter zur Schule zurück.

Gerade rechtzeitig, denn als sie auf dem Vorplatz ankamen, läutete die Glocke. Weitere Eltern waren anwesend, Zoe winkte einigen der Mütter und Väter zu und grinste innerlich, weil mehr als ein neugieriger Blick auf ihr und Ursyn lag. Sie schätzte, dass spätestens bis zum nächsten Morgen jeder in St. Mary wusste, dass sie in einer Beziehung war.

Der Gedanke erfüllte sie nicht mehr mit Beklemmung, sondern mit prickelndem Glück. Diese wurde noch gesteigert, als erst Ryan und dann Amy und Liv aus dem Gebäude kamen und auf sie zu rannten. Ihr Sohn klatschte mit Ursyn ab, Liv grinste ihn liebenswert an.

„Syn!“, rief Amy und sprang in Ursyns Arme, der sie ohne zu zögern auffing. Als wöge sie nichts, hob er sie hoch und setzte sie sich auf seine Hüfte. Amy schlang ihre Arme um seinen Hals und das Lächeln auf seinem Gesicht wärmte Zoes Herz.

Sie wuschelte Ryan durch die dunklen Haare und fragte: „Wollen wir zu Rafael und den anderen gehen?“

Wie von ihr erwartet, erntete sie begeistertes Nicken von allen drei.

„Und was ist mit unseren Hausaufgaben?“, wollte Liv wissen, die Stirn in Falten gezogen. Ryan verdrehte die Augen, Amy machte Zischgeräusche, die ihrer Schwester signalisieren sollten, dass sie still sein sollte. Zoe konnte nicht anders als leise zu lachen.

„Die könnt ihr dort machen“, antwortete sie. „Nys hilft euch bestimmt wieder.“

So beruhigt setzten sie sich zu fünft in Bewegung. Es war so ungewohnt, schön und gleichzeitig traurig. Zoe versuchte, sich gegen den Gedanken zu wehren, dass der Mann an ihrer Seite nicht der Vater ihrer Kinder und auch nicht ihr Ehemann war.

Er war etwas anderes und damit gleichzeitig genau das, was sie und auch ihre Kinder brauchten. Über Ryans Kopf hinweg, der zwischen ihnen ging und ihre Hände hielt, sah Zoe Syn an. Sein Blick ruhte auf dem Jungen, der begeistert von einem Experiment erzählte, das sie im Biounterricht gemacht hatten. Amy und Liv gingen vor ihnen und kicherten, Zoe hatte nicht genau mitbekommen über was.

Sie hatte die richtige Entscheidung getroffen, selbst mit dem, was am Morgen geschehen war. Als Familie ging es darum, die Probleme gemeinsam zu lösen.

Und das würden sie tun, schwor sie sich.

Als sie die Tür zum Haus ihres Bruders aufschloss, kam dieser ihr mit großen Schritten entgegen. Rafael legte die Arme um sie und zog sie so fest an sich, dass sie fast keine Luft mehr bekam. Andererseits war das nicht schlimm, denn Zoe klammerte sich ihrerseits an ihren Bruder.

„Geht es dir gut?“

„Keine Sorge, Raffy“, murmelte sie und spürte das Lachen in seinem Körper.

„Ich lasse dir den Spitznamen nur durchgehen, weil ich mir Sorgen gemacht habe.“

„Weiß ich doch.“ Sie löste sich von ihm, damit er die Kinder begrüßen konnte. Die bemerkten zum Glück nichts von der veränderten Stimmung im Haus, sondern rannten glücklich herum, um alle zu begrüßen.

Wie immer bildete die große Essküche das Zentrum des Geschehens. Zoe ließ sich der Reihe nach von Canys, wieder in menschlicher Gestalt, Lina, Nim und Vincent umarmen. Auch Ally nahm sie kurz in den Arm und Lycan strich ihr über die Wange. Alle sahen sie mit wachsamen Blicken an, was sie unter anderen Umständen sicher gestört hätte.

Jetzt jedoch sagte sie sich, dass sie sich nur um sie sorgten, weil sie sie gernhatten. Ein schönes Gefühl, auch wenn der Anlass dazu alles andere als angenehm gewesen war. Nach der Begrüßung fand sich Zoe schnell an Ursyns Seite wieder.

Zoe mit seiner Familie zu beobachten, wie sie umsorgt wurde, beruhigte Ursyns Bären. Hier war sie sicher. Er erwartete immer noch, dass jeden Moment ein Killerkommando der Männer in Schwarz auftauchen und sie alle mit Betäubungspfeilen niederstrecken würden.

Doch mit jeder Stunde, die verstrich und in der nichts dergleichen geschah, ließ die panische Stimme in ihm leiser werden. Dennoch waren seine tierischen Instinkte in höchster Alarmbereitschaft. Zumal mit den Kindern in ihrer unmittelbaren Nähe alles komplizierter wäre, sollten sie doch noch angegriffen werden.

„Ich weiß, was du denkst", sagte Felina neben ihm. Die Augen seiner jüngsten Schwester waren bronzefarben. Ein deutliches Zeichen dafür, dass auch sie sehr aufgewühlt war. Ursyn musste unweigerlich daran denken, dass sie versucht hatte ihr Leben zu beenden, als sie gedacht hatte, von Con-Pharm geschnappt worden zu sein.

Da Zoe Canys und Lycan bei der Vorbereitung des späten Mittagessens half, zog Ursyn die Puma-Hybridin an seine Seite.

„Ich war so erleichtert, dass du nicht in der Stadt warst", sagte er leise. Lina zog die Augenbrauen zusammen. Bevor sie etwas erwidern konnte, fügte Ursyn hinzu: „So wusste ich, dass zumindest du in Sicherheit warst. Es hat nichts mit deinen Beinen zu tun."

Ihre Miene entspannte sich. „Du kennst mich einfach zu gut."

Sie sah missmutig auf den Stock, der neben ihrem Stuhl lehnte. Sie war schon viel beweglicher und würde das Ding in ein paar Wochen nicht mehr benötigen, aber darauf kam es nicht an. Ursyn wusste, dass sie es hasste, nicht im Vollbesitz ihrer Fähigkeiten zu sein.

Wer mochte das schon, wenn der Feind einem so dicht auf der Spuren war?

„Lycan und die anderen haben bereits alles erzählt.“ Felina sah zu ihm auf. „Es war knapp.“

„Ja.“

„Wir müssen uns etwas einfallen lassen.“

Ursyn nickte, sah zu den Kindern rüber, die sich angeregt mit Nim und Canys unterhielten. „Aber erst später.“

Dieses später kam, als das Essen beendet war und die Kinder im Wohnzimmer mit ihren Hausaufgaben beschäftigt waren. Erst dann hielten die Erwachsenen in der Küche Kriegsrat. Ian hatte nicht kommen können, da ein von den Schneemassen umgestürzter Baum die Straßen blockierte. Stattdessen hatte er sich per Videochat dazu geschaltet. Sein ernstes Gesicht, betont durch das Feuermal auf seiner Wange, blickte ihnen von Rafaels Laptop entgegen.

„Ihr solltet sofort packen und verschwinden“, forderte er.

„Das werden wir nicht“, kam es von Aleydis. Sie hatte die Arme vor der Brust verschränkt. „Hier ist unser Zuhause, das lasse ich mir nicht wegnehmen.“

„Solche Sentimentalitäten könnten euren Untergang bedeuten.“

„Also sollen wir lieber ständig auf der Flucht sein?“, fragte Ally. „Ohne wirkliche Heimat?

„Es wäre sicherer.“

„Ian hat recht“, sagte Nim und blickte zu dem Polarwolf an ihrer Seite.

„Fang bitte nicht schon wieder damit an“, knurrte Lycan. Dieser Kommentar und sein düsterer Blick, den er Nimué zuwarf, bewiesen eindeutig, dass die beiden dieselbe Diskussion geführt hatten wie Ursyn und Zoe. Nur in umgekehrter Rollenverteilung.

„Ich kann Ian verstehen“, kam es von Rafael, „aber es wäre taktisch unklug sich aus einem Gebiet zu entfernen, welches ihr kennt. Diesen Heimvorteil hättet ihr anderswo nicht.“

Betretenes Schweigen, einige am Tisch nickten. Die Argumentation des Gefährten seiner älteren Schwester konnte Ursyn nachvollziehen. Es entsprach ganz seinem Wesen als ehemaliges Mitglied einer Militäreinheit. Aber es ging in der aktuellen Situation nicht nur um ihn und seine Geschwister.

„Was ist mit der Gefahr, die wir für andere hier bedeuten?", fragte er. Sein Blick wanderte automatisch zu Zoe, ging dann weiter zu Nim und Vincent. „So etwas wie heute Morgen kann wieder passieren."

„Aber diese Söldnerin hat zugestimmt, dass sie nichts erzählen wird", argumentierte Vincent. Der Tierarzt strich sich durch seine Haare, die noch unordentlicher aussahen als sonst.

Felina schnaubte und fragte: „Du willst einer Frau glauben, die für Geld mordet?"

„Tun wir das nicht schon längst?" Aleydis schüttelte den Kopf und sagte: „Seit mehreren Monaten vertrauen wir darauf, dass Scott Hewlett uns nicht verpfeift. Er hat uns schon mehrfach geholfen, erst vor wenigen Stunden wieder."

„Er ist ein Irrer!", brauste Lycan auf. Sein Körper zitterte vor Anspannung. „Wir sind ein Zeitvertreib für ihn, das hat er heute selbst zugegeben. Was wird wohl passieren, wenn wir nicht mehr interessant genug sind? Ursyn ist jetzt bei uns, unsere Familie ist damit komplett. Kein Grund mehr also für ihn, uns weiter zu beobachten."

Die Stille, die sich auf seine hitzigen Worte in der Küche bildete, schmerzte in Ursyns Ohren. Sein Bär stimmte ihrem Wolfsbruder zu. Wenn Scott in ihnen wirklich nur einen Zeitvertreib gesehen hatte, dann war mit Ursyns Ankunft in St. Mary die Spannung raus.

Ein Seufzen von dem Laptop, ehe Ian fragte: „Aber warum ist er dann den Deal mit der Söldnerin eingegangen? Sie hat ihm einen Gefallen geschuldet sagtet ihr?"

„So klang es zumindest", antwortete Ursyn. „Es war ein Tauschhandel."

„Er hat einen wertvollen Trumpf für uns ausgespielt", murmelte Canys. Sie saß zwischen Nim und Rafael, ein Bein angewinkelt und die Arme darum geschlungen. Sie wirkte beunruhigt, aber nicht verängstigt. Ein himmelweiter Unterschied zu der verschreckten Frau, die sie in der letzten Zeit in den Laboren gewesen war. Ursyn nahm sich einen kurzen Moment, um deswegen stolz auf sie zu sein.

„Warum hätte er das tun sollen?", fragte Rafael.

„Es gibt nichts Offensichtliches, was wir ihm geben könnten", erwiderte Aleydis. „Das Geld, das ConPharm bereit ist ihm zu bezahlen, wenn er uns ihnen übergibt, will er nicht."

„Ich weiß nicht, ob ich darüber froh sein soll oder nicht", knurrte Lina.

„Was ist mit diesem Henry?", fragte Ian. Er rieb sich über das Kinn, als würde er nachdenken. „Habt ihr ihn schon erreichen können?"

„Ja", antwortete Rafael. „Er wollte nächste Woche herkommen."

Nim beugte sich ein Stück vor und fragte: „Kann er sich nicht beeilen?"

„Leider nicht." Rafael schüttelte den Kopf. „Er hat Verpflichtungen, die er nicht aufschieben kann."

„Na schön", sagte Ally und richtete sich gerade auf. „Gehen wir davon aus, dass Scott und diese Roxanne ihr Wort halten und uns nicht an ConPharm verpfeifen. Wir sind also für den Moment sicher. Was machen wir?"

„Wachsam bleiben", sagte Lycan. „Etwas anderes wird uns nicht übrigbleiben, wenn wir nicht fliehen und von hier verschwinden wollen."

„Ich kann einen Satz nicht vergessen, den Scott gesagt hat." Canys sah in die Runde, ihre Augen schwankten zwischen Flaschengrün und Gold.

„Welchen?“, wollte Lina wissen.

„Er sagte, dass wir die erste Generation von Hybrid-Wesen seien.“

„Das stimmt ja auch“, erwiderte Lycan.

„Ja schon… aber kam euch die Formulierung nicht auch seltsam vor?“

Vincent schnaubte und sagte: „Das ist ungewöhnlich, aber ich hatte selbst schon das Vergnügen, mich mit ihm zu unterhalten. Scott Hewlett ist manipulativ und nicht richtig verdrahtet.“

„Vince hat recht“, bestätigte Ally. „Er ist ein Meister darin zu täuschen und falsche Fährten zu legen. Ohne die Forschungsergebnisse unserer Eltern ist ConPharm nicht in der Lage ihre Experimente zu wiederholen.“

„Und wenn sie es in der Zwischenzeit herausgefunden haben?“, wollte Rafael wissen, einen kalten Ausdruck in den grünen Augen.

„Weil“, sagte Aleydis an ihn gewandt, „sie dann nicht mehr solche Mühe darauf verwenden würden, uns einfangen zu wollen.“

Zustimmendes Gemurmel ertönte in ihrer Runde, auch Ursyn nickte. Die Argumentation seiner Schwester war stichhaltig. Er selbst hatte oft genug durch die Spiegelwände gehört, wie die Wissenschaftler sich darüber ausgetauscht hatten, dass sie die spezielle Methode des Splicings nicht finden konnten. All ihre Versuche waren gescheitert, die Embryonen hatten sich entweder nie geteilt, waren nach wenigen Tagen abgestorben oder nicht lebensfähig gewesen.

Ursyn hatte es als Fluch und Segen gleichermaßen angesehen. Immerhin hatten so andere Wesen wie er und seine Geschwister, nicht dasselbe Leben, wie sie führen müssen. Andererseits hatte es natürlich bedeutet, dass sie weiterhin die einzigen Forschungssubjekte gewesen waren, an denen die Wissenschaftler hatten herumdoktern können.

Bei den Erinnerungen, die sich daraufhin in sein Hirn pressen wollten, überlief ihn eine Gänsehaut und der Grizzly knurrte bösartig. Unwillkürlich fasste er nach Zoes Hand, die ihre Finger mit seinen verschränkte.

Sie diskutierten noch einige Zeit weiter, doch kamen dabei auf keinen grünen Zweig.

Nur in einem Punkt waren sie sich einig: Für den Augenblick war die Gefahr gebannt und sie alle in Sicherheit. Was die Zukunft bringen würde, war jedoch ungewiss. Etwas, das keinem von ihnen behagte, woran sie gleichzeitig jedoch nichts ändern konnten.

Drei Stunden später, die Sonne war bereits untergegangen, liehen sich Ursyn und Zoe Rafaels Jeep und fuhren mit den Kids nach Hause. Ursyn hatte nicht gefragt, ob er Zoe begleiten würde. Für ihn war es selbstverständlich, dass er mit zu ihr ging. Er würde immer bei Aleydis und Rafael sein Zuhause haben, das wusste er, aber nun sehnten sich Mann und Bär nach einem anderen Heim.

Eines, in dem eine Frau mit schönen blauen Augen und dem Duft nach grünen Äpfeln lebte. Zusammen natürlich mit einem aufgeweckten Jungen und zwei süßen Mädchen. Alle drei schlurften müde die Treppen hinauf und gingen ohne Widerworte ins Badezimmer, um sich fertig fürs Bett zu machen.

Diese Rituale waren Ursyn noch nicht vertraut und er wusste nicht recht, was er machen sollte. Als er das Zoe gegenüber erwähnte, lächelte sie ihn warm an und legte die Arme um seinen Oberkörper.

„Du schaffst das schon“, sagte sie. „Wir sind nun immerhin zu zweit und weil du größer bist als ich, werden sie uns nicht so schnell auf der Nase herumtanzen.“

„Ach, daher weht also der Wind." Er grinste breit, froh darüber, dass sie so mit ihm scherzte. „Du lässt mich nur hier sein, damit ich auf deine Kinder aufpasse."

„Du hast mich ertappt." Zoe stellte sich auf die Zehenspitzen und gab ihm einen schnellen Kuss. „Und jetzt mach dich nützlich. Ich übernehme Ryan, du die Zwillinge."

„Das erscheint mir nicht ganz fair."

„Du bist immerhin größer", erwiderte sie lachend. Sie gab ihm einen letzten Kuss, ehe sie sich von ihm losmachte und in das Zimmer ihres Sohnes ging.

Ursyn sah ihr nach, mit einem warmen Gefühl in der Brust. Er hatte noch nicht vergessen, was passiert war – das würde er wohl nie – aber er wagte daran zu glauben, dass es sich nicht wiederholen würde. Selbst wenn, dann wusste er, dass seine Geschwister und noch viele mehr immer zur Stelle sein würden, um zur Hilfe zu eilen.

Mit diesem Gedanken im Hinterkopf ging er in das Zimmer von Amy und Liv. Beide Mädchen saßen bereits in ihren Betten, verlangten jedoch von ihm, eine Geschichte vorzulesen. Da er Anweisungen befolgen konnte, vor allem wenn sie von so süßen Lächeln begleitet wurden, setzte er sich zwischen die Betten und nahm das Buch entgegen, das Liv ihm reichte.

Fünfzehn Minuten und eine Geschichte von drei Bären und einem goldgelockten Mädchen später – was für eine Ironie – klappte er das Buch zu. Liv war bereits eingeschlafen, während Amy noch gähnte. Lächelnd setzte sich Ursyn zu ihr auf die Bettkante.

„Du kannst toll vorlesen", sagte sie müde.

„Danke." Das Kompliment wärmte ihm das Herz. Er griff nach der Decke und zog sie Amy bis zum Kinn. Ihre Augenlider waren schon schwer, doch sie versuchte, sich noch wach zu halten.

„Mein Dad ist tot", sagte das kleine Mädchen unvermittelt. Hätte sie Ursyns Brust geöffnet und sein Herz zerquetscht, es hätte ihm nicht mehr Schmerzen bereiten können.

„Ich weiß Kleines", murmelte er und strich ihr über die Wange. „Vermisst du ihn?"

Sie zuckte mit den Schultern. „Manchmal. Ich kann mich nicht gut an ihn erinnern." Amy sah zu ihm auf. „Das ist schlimm, oder?"

„Nein, das ist es nicht." Ursyn drückte einen Kuss auf ihr duftendes Haar und sagte: „Ich kann mich an meine Eltern auch nicht mehr erinnern."

Er sagte nicht, dass er sie nie gesehen hatte und das auch nicht als Verlust ansah. Seine Eltern waren kalte, berechnende Menschen gewesen, die ihn und die anderen ohne einen Gedanken zurückgelassen hatten. Dass sie damals kaum mehr als rohe Zellhaufen gewesen waren, machte da kaum einen Unterschied. Amys Dad hingegen hatte sie sicher sehr geliebt, der Verlust war real und schmerzhaft.

„Ich mag dich sehr", sagte Amy und kuschelte sich tiefer in ihr Kissen. „Mom mag dich auch. Sie sagt, dass du sie sehr liebhast."

„Das stimmt." Seine Stimme wurde rauer, der Grizzly war dicht unter der Oberfläche, als er hinzufügte: „Dich, deine Schwester und deinen Bruder hab ich auch sehr lieb."

„Ich weiß", sagte Amy voller Überzeugung, was Ursyns Herz noch ein klein wenig mehr für das Kind schlagen ließ. Als hätte man einen Schalter umgelegt, schlief sie ein. Ursyn konnte sich daran erinnern, dass ganz früher, als sich noch nicht gezeigt hatte, wie besonders sie waren, Lycan und Lina das auch gemacht hatten.

Erfüllt von der bittersüßen Erinnerung, betrachtete Ursyn erst Amy, dann warf er einen Blick zu ihrer Schwester. Liv schlief noch immer tief und fest, nur ihr blonder Schopf war zu erkennen.

Lächelnd verließ Ursyn das Zimmer und löschte das Licht. Im Halbdunkeln ging er den Flur entlang, betrat Zoes Schlafzimmer und zog sich bis auf die Unterwäsche aus. Leise schlüpfte er zu ihr ins Bett, zog ihren Rücken an seine Brust und vergrub das Gesicht an ihrem Nacken. Mit dem warmen Duft von Frau und grünen Äpfeln schlief er ein.

Kapitel 35

Drei Tage später, in denen jeder von ihnen beim kleinsten Geräusch zusammengezuckt war, waren ihre Häuser noch immer nicht von schwerbewaffneten Männern in Schwarz gestürmt worden. Es war alles geradezu erschreckend normal. Die Wachsamkeit aller ließ langsam nach und der Glaube daran, dass das Aufeinandertreffen mit der Söldnerin von ConPharm wirklich keine Konsequenzen mehr nach sich zog, sickerte in ihr Unterbewusstsein durch.

Dennoch blieben Ursyn und seine Geschwister wachsam. Henry würde in wenigen Tagen eintreffen und sie konnten sich daran machen, mehr in Scott Hewletts Vergangenheit zu wühlen. Etwas, was ihnen hoffentlich mehr in die Hand gegen den irren Mann gab, als nur das Wissen um seine zwielichtigen Geschäfte.

Ansonsten kehrte Normalität unter ihnen ein. Ursyn hatte Felina und Vincent in Browning besucht. Evelyn hatte er schon bei ihrem ersten Aufeinandertreffen in sein Herz geschlossen. Die taffe Tierarzthelferin, die mit ihrer Frau und der gemeinsamen Tochter in derselben Stadt wohnte, war eine gute Freundin für seine Schwester geworden. Ebenso Olivia Marrison, die zweite Ärztin in Vincents Praxis.

Doch nicht nur Ursyn lernte die Menschen in den Leben seiner Geschwister kennen, die er bisher noch nicht getroffen hatte. Sie planten das auch umgekehrt: Mit einem Besuch in Columbia Falls, damit Ally und die anderen Hazel und Rufus Anderson besser kennenlernen konnten, als nur von dem kurzen Treffen. Die Vorstellung erfüllte Ursyn mit einem tiefen Gefühl der Zufriedenheit.

Bis dahin jedoch würde noch einige Zeit vergehen. Zeit, die Ursyn so weit es ging mit Zoe und den Kindern verbrachte. Zoe war begeistert gewesen, als er ihr von seiner neuen Anstellung als Ranger erzählt hatte. Sie waren mit gutgemeinten Scherzen überschüttet worden, sobald die anderen Mitarbeiter des Rathauses herausgefunden hatten, dass sie ein Paar waren.

Niemand hatte seltsam reagiert, so wie Zoe es befürchtet hatte. Sie hatte ihm von ihren Bedenken erzählt und er hätte lügen müssen, wenn er sagte, dass es ihn nicht betroffen gemacht hatte. Er wusste ganz genau, dass Zoe ihn nicht mit Chris verglich, dass sie aber Sorge gehabt hatte, dass andere ihre neue Beziehung nicht gutheißen würden.

Dass dem nicht so war erleichterte nicht nur sie, sondern auch ihn. Denn er liebte es, mit ihr zusammen zu sein, unter einem Dach zu wohnen, nachts neben ihr zu schlafen und sie küssen zu können, wann immer ihm danach war. Bär und Mann liebten Zoe, wie er nicht müde wurde ihr zu versichern. Nicht immer mit Worten, dafür umso mehr mit Gesten.

Die Krönung waren jedoch die Kinder, die ihn so mühelos in ihrem Zuhause aufgenommen hatten, dass es ihn oft genug sprachlos machte. Vielleicht, nur vielleicht, war es Ursyn und den anderen nun vergönnt ein Leben zu führen, wie es jeder verdient hatte: In Ruhe und Frieden, ohne Bedrohung von außen und mit den Menschen, die sie liebten.

An diesem Abend verließ er das Haus alleine. Die Hände tief in den Taschen seines Mantels ging er durch die Straßen. Es hatte wieder geschneit, so dass über allem eine neue, weiße Schicht lag. Es hüllte die Welt in eine ganz eigene Art von Stille. Ursyn war sich schon jetzt sicher, dass der Winter seine liebste Jahreszeit war. Selbst die Kälte störte ihn wenig, sein Grizzly machte ihn unempfindlicher als die gewöhnlichen Menschen und selbst seine Geschwister.

Zu diesen war er auf dem Weg, stieg die Stufen zur Veranda hinauf und öffnete die Haustür mit seinem Schlüssel. Ursyn roch neben Kardamom und Zedernholz, warmes Karamell, frischen Schnee und Wacholder, Passionsfrucht, Jasmin und Waldluft. Hätte er nicht bereits gewusst, dass all seine Geschwister anwesend waren, dann hätte spätestens dieser Duftcocktail ihm die Antwort geliefert.

„Ich bin's", rief Ursyn in den Flur. Aus dem Wohnzimmer hörte er ein Rascheln und er sah Ally und Lycan, wie sie mit je einem Tablet auf dem Sofa saßen. Von Rafael, Lina und Canys war nichts zu sehen, was aber nichts bedeuten musste.

„Hey Großer", sagte Ally und winkte ihn neben sich. Sein Bär brummte zufrieden, erfreute sich an dem warmen Duft seiner Schwester, als er ihr einen Kuss auf die Wange drückte.

„Was treibt dich her?", fragte Lycan an seiner anderen Seite.

Ursyn lächelte und setzte sich zwischen die beiden. „Ich wollte euch besuchen kommen, einfach nur so."

Weil das hier auch sein Zuhause war und er die Freiheit hatte, ein und aus zu gehen wie es ihm beliebte. Weil er hier willkommen war und das ein Gefühl war, das zu süß war, um es zu beschreiben.

Als hätte Aleydis seine Gedanken gehört, lächelte sie ihn an und ein goldener Ring zeigte sich in ihren Augen. „Wo stecken Zoe und die Kids?"

Er lachte leise vor sich hin und sagte: „Veranstalten einen Filmabend und haben mich rausgeworfen."

„Ist das so?", fragte Aleydis und zog eine dunkle Augenbraue nach oben. Lycan lachte und fragte: „Was hast du angestellt?"

„Nichts, ich schwöre." Ursyn grinste und fügte hinzu: „Zoe meinte, dass es mir gut tun würde, wieder einen Abend mit euch zu verbringen."

„Ich wittere eine Verschwörung", sagte Ally amüsiert. „Rafael und Mike treffen sich heute Abend."

„Und Nim ist bei ihren Eltern", ergänzte Lycan. „Lina ist auch alleine hier, weil Vincent sich mit seinem Freund Sam treffen wollte."

„Da wurden wir wohl ausgetrickst", sagte Ursyn. Auch sein Bär schnaubte belustigt in seinem Kopf. Diese Art von Manipulation machte ihm nichts aus. Sie kam von Menschen, die ihn und seine Geschwister liebten.

„Was stellen sie sich eigentlich vor, was wir zusammen machen?", kam es von Felina, die auf der Türschwelle aufgetaucht war. „Uns wandeln, durch den Wald rennen, ein Kaninchen erlegen und den Mond anheulen?"

„Seit wann kannst du denn heulen?", stichelte Lycan, was die Puma-Hybridin dazu brachte mit den Augen zu rollen.

Ally fügte hinzu: „Kaninchen lohnen sich nicht."

„Ihr wisst genau, wie ich das meine." Seine Schwester verdrehte die Augen, in denen dennoch ein Lächeln zu sehen war.

Lycan rutschte zur Seite, als Lina langsam ins Zimmer gelaufen kam, und sagte vergnügt: „Vielleicht sollten wir genau das tun."

„Ohne mich", sagte Ursyn sofort. „Mein Bär ist zu groß und ich habe keine Lust so weit in den Wald hinein zu laufen, bis ich dort nicht mehr auffalle."

„Im Sommer wieder", sagte Aleydis an ihn gewandt. „Dann tarnt uns unser Fell besser."

„Das ist unfair", beschwerte sich Lycan sofort. Er war mit dem weißen Pelz seines Wolfs der Einzige von ihnen, der in der Landschaft draußen im Moment einen echten Vorteil hatte.

Ursyn und seine Schwestern lachten, begannen ihren Bruder mit wohlgemeintem Spott aufzuziehen, bis dieser nicht anders konnte und seine beleidigte Miene aufgab. Das Gelächter, das daraufhin das Wohnzimmer erfüllte, klang fröhlich und ausgelassen.

Doch etwas – oder besser jemand – fehlte noch in ihrer Runde.

Ursyn sah sich um und fragte: „Wo steckt eigentlich Canys?"

„Wahrscheinlich oben in ihrem Zimmer", antwortete sein Bruder und Ally fügte hinzu: „Sie war heute den ganzen Tag unterwegs. Sie hat sich oben sicher hingelegt."

„Ich hab sie auch noch nicht gesehen", bemerkte Lina.

„Canys?", rief Aleydis laut, den Kopf leicht in den Nacken gelegt. „Schätzchen, kommst du runter? Syn ist nun auch da."

„Vielleicht schläft sie noch", mutmaßte Ursyn, als sich nach fast einer Minute nichts tat. Alle sahen sich an, dachten dasselbe: Sie müsste schon ins Koma gefallen sein, um mit ihrem guten Gehör Aleydis' Ruf nicht gehört zu haben.

Ohne sich abzusprechen, standen sie auf und gingen zur Treppe. Ursyn legte Felina einen Arm um die Taille, da sie mit Stufen noch ihre Probleme hatte. Kurz darauf standen sie vor Canys' Zimmertür. Lycan klopfte, sie warteten. Ursyn wusste, wie wichtig Privatsphäre ihnen allen war. Selbst wenn sie voneinander genau wussten, dass sie jederzeit ihre jeweiligen Zimmer betreten durften.

„Nys?", fragte Ursyn sanft. „Wir kommen rein, in Ordnung?"

Wieder nichts… und die Stimmung zwischen ihnen steigerte sich ins Unerträgliche. Lycan öffnete die Tür und sie erkannten alle auf einen Blick, warum sie keine Antwort von ihrer Schwester bekommen hatten: Das Zimmer war verwaist, das Bett ordentlich gemacht.

Nur ein Umschlag lag auf dem Kopfkissen.

Mit großen Schritten ging Aleydis zum Bett, hob ihn auf und zog ein Blatt Papier heraus. Über ihre Schulter hinweg konnte Ursyn die geschwungene Schrift der anderen Wölfin erkennen. Er las die Worte, aber sie ergaben in seinem Kopf keinen Sinn.

„Was zur Hölle?!“, entfuhr es Lina und da wusste Ursyn, dass seine Augen ihm keinen Streich gespielt hatten.

„Sie ist tatsächlich weggelaufen“, brachte er schwach hervor. Er griff nach dem Brief, zog ihn aus Allys kraftlosen Fingern. Wieder las er die wenigen Zeilen, die Canys ihnen hinterlassen hatte...

Meine geliebten Geschwister,

ich weiß, es ist feige es auf diese Art zu tun. Doch ihr sollt wissen, dass es ich es als meine einzige Möglichkeit sah, euch zu beschützen.

Scott Hewlett weiß viel mehr, als er uns gesagt hat, und ich werde herausfinden, was es ist. Ich glaube, dass er der Schlüssel zu unserer endgültigen Freiheit ist. Wenn wir nichts unternehmen, dann holt uns Con-Pharm vielleicht doch noch ein. Das kann und werde ich nicht zulassen.

Ich bin nicht mehr die verängstigte, gebrochene Frau von damals. Ich weiß, was ich tue und ich tue es, weil ich es für das Richtige halte. Sobald es möglich ist, werde ich mich bei euch melden. In der Zwischenzeit bitte ich euch, nicht nach mir zu suchen.

In Liebe,
eure Canys

Epilog

Zwölf Stunden zuvor

St. Mary wurde im Rückspiegel von Scotts Geländewagen immer kleiner und kleiner. Dieser verschlafene Ort, in dem so einzigartige Persönlichkeiten lebten. Und da hieß es immer, dass Kleinstädte sterbenslangweilig waren.

Zwei Tage waren vergangen, fast drei, seit er dem Showdown in der Diner-Ruine beigewohnt hatte. In der vergangenen Zeit hatte Scott sichergestellt, dass Roxanne auch wirklich verschwand und ihr gesamtes Team mitnahm. Was sie getan hatte. Sie war immerhin eine der wenigen in ihrer Branche, auf deren Wort man sich verlassen konnte. Allerdings war Scotts Anreiz, ihre Schuld bei ihm zu tilgen, für sie ein massiver Anreiz gewesen. Da hätte er an ihrer Stelle ebenfalls schnellstmöglich das Weite gesucht.

Dennoch… er konnte einfach nicht aus seiner Haut. Also griff er nach seinem Handy, wählte eine altbekannte Nummer und ließ das Gespräch über die Anlage des Wagens laufen. Es dauerte fast eine Meile, ehe abgenommen wurde und sich ein Mann meldete.

Ein hörbar unzufriedener Mann.

„Scott", brummte Glenn Snyder, man hörte, wie er sich über das Gesicht rieb. „Was gibt's?"

Scott lächelte und flötete: „Dir auch einen wunderschönen guten Morgen, mein Freund."

„Lass den Unsinn, dafür habe ich im Moment keine Nerven."

„Na schön, dann heute keinen gepflegten Smalltalk."

„Ich wäre dir dankbar", sagte Glenn. „Hier ist die Stimmung gerade derartig im Keller, dass es mich nicht wundern würde, wenn der Vorstand meine Eier auf einem silbernen Tablett fordert."

„Uh, das hört sich unangenehm an."

„Ist es auch."

„Hängt es mit eurer neusten Forschungsreihe zusammen?", fragte Scott interessiert. Es gab schließlich noch mehrere Dinge, weswegen die Obrigkeit die Kastration seines Freunds fordern konnte.

Ein Schnauben, es hörte sich fast nach einem Lachen an, erklang im Wagen. „Nein, zum Glück nicht. Dein Auftrag läuft also noch."

„Ich bin auch gerade auf dem Weg dahin. Wie weit ist die Frau?", fragte Scott. Er wählte absichtlich klare Worte. Dieses Mal gab es keine versteckten Hinweise wie in dem verlassenen Diner.

„Achter Monat. Theoretisch könnte es jeden Tag zur Geburt kommen."

„Mit Blut kann ich umgehen", witzelte Scott, was Glenn wieder zu einem Schnauben veranlasste.

„Bitte nicht. Bring sie in eines der Krankenhäuser und kontaktiere unser Team, sollte es vor ihrem Transport soweit sein. Ich will nicht, dass du anderweitig Hand an sie oder die Zwillinge legst."

Grinsend sagte Scott: „Ich kann ein echter Gentleman sein."

„In deinen Träumen vielleicht", lachte Glenn. Wieder ein Seufzen von ihm, was mehr als alle Worte über sein derzeitiges Stresslevel verriet. „Die Suche nach den ersten vier Subjekten ist gescheitert."

„Man hat ihre Leichen gefunden?"

„Das nicht, aber alle Spuren sind laut deiner Nachfolgerin kalt. Die Ausgaben rechtfertigen den Einsatz nicht mehr, sagt sie, und der Vorstand stimmt dem zu. Dennoch sind sie nicht glücklich damit."

„Immerhin gab es in den letzten Monaten keine Schlagzeilen von irgendwelchen Wer-Viechern."

„Ein schwacher Trost", brummte Glenn. „Demnach setze ich großes Vertrauen in dich. Du meldest dich, wenn du bei der Probandin angekommen bist?"

„Aber natürlich", versicherte Scott sofort. Sie klärten noch einige Details, dann legte Scott auf.

Mehrere Meilen zogen an ihm vorbei, bis auf das Brummen des Motors und die Abrollgeräusche der Reifen, war im Wagen nichts zu hören.

Er atmete tief ein und seufzte. Dieses Gespräch versprach interessant zu werden.

„Weißt du, es ist mir ehrlich gesagt unangenehm, dass du nicht angeschnallt bist. Unfälle können so leicht passieren und ich bin mir sicher, dass selbst dein Körper es nicht überlebt, sollte sich der Wagen bei siebzig Meilen die Stunde überschlagen. Also würdest du bitte aus dem Kofferraum kriechen, dich ordentlich hinsetzen und dich anschnallen?"

Für fast eine Minute war es wieder still im Wagen und Scott befürchtete schon, dass er anhalten und sich selbst um das Problem kümmern müsste, als es im Font seines Geländewagens raschelte. Scott warf einen Blick in den Rückspiegel, sah wolfsgelbe Augen in einem blassen Gesicht.

„Komm schon, setzt dich nach vorne", forderte er und weil er ein Bastard war, sagte er mit einem Grinsen: „Ich werde dich schon nicht beißen."

Mit langsamen Bewegungen, die Augen bei jedem seiner Kontrollblicke fest auf ihn gerichtet, schob sich die junge Frau über die Rückbank und die Konsole zwischen den Vordersitzen. Sie trug feste Stiefel, enganliegende Jeans und einen übergroßen schwarzen Pullover. Die blonden Haare hatte sie zu einem Pferdeschwanz gebunden. Sie sah unerträglich jung und verletzlich aus. Ängstlich wie immer und doch hatte sie genügend Mumm gehabt, sich in sein Auto zu schleichen.

Canys Moore war eine Frau voller Widersprüche.

„Da wir viel Zeit miteinander verbringen werden, nehme ich mir die Freiheit zum vertraulichen Du zu wechseln“, sagte Scott und warf einen Blick zu seiner neuen Beifahrerin, um sicherzugehen, dass sie sich auch anschnallte. Das Klicken des Sicherheitsgurts beruhigte seine Nerven.

Sie sagte nichts, weswegen er fortfuhr: „Ich hoffe, du hast ordentliche Kleidung mitgenommen. Ich will mir kein Gejammer über die Kälte anhören, wenn ich dich schon mitnehmen muss.“

„Du drehst nicht um oder schmeißt mich am Straßenrand raus?“, fragte sie, die Stimme leise, aber ohne zu schwanken.

Scott konnte nicht anders, er lachte und registrierte dabei, wie sie zusammenzuckte. „Das würde zu mir passen, nicht wahr? Aber ich verhalte mich gerne unvorhersehbar, das macht das Leben unterhaltsamer.“ Er wurde ernst und sagte: „Nein, ich nehme dich mit. Es könnte interessant werden.“

Er sah, wie sie schluckte, wie sich ihr zarter Hals bewegte. Wie immer, wenn er sie ansah, fragte er sich, wie sie es geschafft hatte, in der Hölle der ConPharm-Labore nicht verrückt zu werden. Menschen, selbst solche ohne tierischer DNA, taten schlimme Dinge, wenn sie versuchen zu überleben.

„Wo genau fahren wir hin?“, fragte Canys langsam, vorsichtig.

„Oh Schätzchen, du bist ziemlich schlau“, sagte Scott und lachte abermals. „Du weißt genau, wohin es geht. Die Frage ist nur: Willst du wirklich mitkommen?“

Leseprobe

„Magical Stories“

Kapitel 1 ~ Verhängnisvolles Date

Kathy hatte immer noch das Gefühl jeden Moment in Ohnmacht fallen zu müssen.

Oder zu hyperventilieren.

Oder doch zu sabbern?

So viele Auswahlmöglichkeiten und sie konnte sich beim besten Willen nicht entscheiden. Sicher war aber, dass sie dem schönsten Mann der Welt gegenübersaß – und der sich mit ihr unterhielt. Es war ihr ein Rätsel, wie sie es schaffte, ihm halbwegs intelligente Antworten zu geben, da eine Gehirnzelle nach der anderen in einem Cocktail aus Hormonen ertränkt wurde.

„Und du arbeitest in einer Softwarefirma?", fragte Eric und beugte sich ein Stück weiter nach vorn. Die gedimmte Beleuchtung in dem kleinen Restaurant brachte seine dunklen Augen zum Funkeln und schimmerte auf seinen Haaren. Der Hauch seines Aftershaves wehte zu Kathy hinüber und sie musste sich zwingen nicht tief und genüsslich einzuatmen.

Stattdessen sah sie etwas verlegen auf ihr Wasserglas und murmelte: „Das hört sich so interessant an, aber eigentlich sitze ich nur im Büro."

„Sag das nicht so", wies Eric sie an und zwinkerte ihr zu. „Ich wette, dass alle anderen vollkommen aufgeschmissen sind, wenn du nicht da bist. Oder?"

„Schon möglich", lachte Kathy und begann von dem Chaos zu erzählen, das sie vorgefunden hatte als sie sich im vorigen Monat eine Erkältung eingefangen und drei Tage das Bett gehütet hatte. „Du hättest das Gesicht meiner Chefin sehen müssen.“ Sie kicherte vor sich hin. „Sie hat mir einen Jahresvorrat von meinem Lieblingstee hingestellt und mich angefleht nie wieder krank zu werden.“

Ein warmes, dunkles Lachen von Eric, das seine breiten Schultern beben ließ. „Siehst du, habe ich es doch gewusst.“

Sie lächelte und nahm einen Schluck Wasser, um ihre trockene Kehle zu befeuchten. Warum musste er nur so heiß aussehen? Eric war groß, hatte dunkle Haare und dunkle Augen und ein fast beängstigend perfektes Gesicht - nur eine kleine Narbe an seiner Unterlippe bewies, dass er tatsächlich ein Mensch war und keiner der Halbgötter, die immer wieder mal einen Abstecher in die Welt machten. Denn so schön sie auch waren, die Halbgötter waren gefährlich für die Menschen. Wer sich mit ihnen einließ, endete nicht selten unter der Erde. Menschen waren für sie Mittel zum Zweck. Meist als Zutat für sehr blutige Rituale.

Es gab unzählige Horrorgeschichten über sie, eine schlimmer als die andere. Sie waren nicht so leicht zu erkennen, außer dass sie makellos schön waren. Aber obwohl Eric aussah wie aus einer anderen Welt, die Narbe verriet seine menschliche Abstammung. Kein Halbgott war derart gezeichnet. Und Kathy glaubte auch nicht, dass je einer in einem Supermarkt gesehen worden war.

Wo er die Narbe wohl her hatte? Von einem Unfall? Oder einer Prügelei? Die Vorstellung war irgendwie heiß, dass er sich mit irgendwem geprügelt hatte. Kathy seufzte innerlich - sie hatte schon immer eine Schwäche für die vermeintlichen Bad Boys gehabt.

Daher war es ein Ding der Unmöglichkeit gewesen Erics Einladung abzulehnen. Sie hatte es erst für einen schlechten Scherz gehalten, als er sie beim Einkaufen angesprochen hatte. Sie hatte sich gerade den Kopf zerbrochen, ob sie noch genügend Nudeln daheim hatte oder nicht - sie neigte dazu, unzählige angefangene Packungen zu horten – da hatte eine tiefe Männerstimme sie aus ihren Gedanken gerissen.

Er hatte gefragt, ob er sie kurz stören könnte, und sie wollte schon ansetzen ihm schonend beizubringen, dass sie keine Ladenangestellte war, doch er hatte sie mit diesem sexy-schiefen Lächeln angesehen und sie nach ihrer Telefonnummer gefragt.

Und Kathy war auch nur eine Frau: Wenn so ein Prachtexemplar vor einem stand, dann lächelte man, nickte und hoffte sich an die Nummer erinnern zu können.

Dieser surreale Moment war nun zwei Tage her, es war Freitagabend und Eric war tatsächlich zu dem kleinen, neuen Restaurant gekommen, das sie ihm als Treffpunkt vorgeschlagen hatte. Halb hatte Kathy schon damit gerechnet, abserviert zu werden.

Nicht, dass sie nicht hübsch war – braune Locken, grüne Augen, schmale Taille, etwas zu runde Hüften – aber sie war auch nicht das Kaliber, das für gewöhnlich das Beuteschema von Typen wie Eric war. Naja, zumindest bis jetzt nicht.

„Hey, bist du noch da?"

Erschrocken fuhr Kathy zusammen. „Tut mir leid, ich war ein bisschen in Gedanken. Die Woche war ziemlich aufreibend", flunkerte sie.

„Möchtest du mir davon erzählen?"

In Kathys Blut schien eine Champagnerflasche entkorkt worden zu sein. Lächelnd berichtete sie Eric von ihrer verrückten Woche, von dem anstrengenden Kollegen im Büro und dem kleinen Kaffeedesaster, das ihre Chefin angerichtet hatte.

Sie lachten, scherzten, tauschten sich aus und der Abend verflog so schnell, dass Kathy sich vorkam wie in einem der vielen Paralleluniversen, die es noch gab. Obwohl sie als Normalsterbliche nie ein solches betreten würde. Aber so musste es dort sein.

Draußen war es schon lange dunkel geworden, als der Kellner vorbeikam und ihnen das Dessert brachte, welches zu dem Menü gehörte, für das sie sich entschieden hatten.

Kathy sah auf und blinzelte überrascht – so hellblaue Augen hatte sie noch nie bei einem Menschen gesehen. Sie hatte den Kellner bisher gar nicht beachtet, da ihre Nervosität so groß gewesen war, dass selbst ein Schaf sie hätte bedienen können und sie hätte es nicht registriert.

Jetzt konnte sie fast nicht ihren Blick von den hellen Augen des Mannes abwenden, der etwa in ihrem Alter sein müsste. Ihr Herz geriet tatsächlich ins Stolpern, so intensiv sah der Mann sie an. Sie hatte das Gefühl unter diesem Blick anzufangen zu dampfen.

Er war groß, schlank und hatte dunkelblonde Locken, die sich dick und eigenwillig kringelten. Hatten denn neuerdings alle in der Gen-Lotterie gewonnen?

Peinlich berührt, weil sie sich schäbig vorkam einen anderen anzuschmachten, während sie ein Date mit einem ebenso attraktiven Mann hatte, zwang sich Kathy, den Blick auf die Tischplatte zu senken.

Ein kleines Kunstwerk aus Schokolade, lockerer Sahne und Mangoscheiben wurde vor Kathy abgestellt und sie konnte das selige Seufzen nicht unterdrücken, was Erik zum Lachen brachte. Ihm servierte der Kellner eine Schale mit kunstvollverzierter Schokoladenmousse, die aussah, als bestehe sie aus Sünde und nichts sonst.

„Lass es dir schmecken", sagte Eric. Kathy zwang sich wegzusehen, als er einen Löffel der Mousse zwischen seine schönen Lippen schob. Ihre Hormone spielten eindeutig verrückt.

Mit hochroten Wangen griff sie nach der kleinen Gabel – und runzelte die Stirn. Unter dem Besteckstück lag ein kleiner Zettel, der seltsam fehl am Platz wirkte. Im Gegensatz zu der sonstigen Einrichtung - gemütlich aber mit Stil - sah er aus wie hastig abgerissen, wie von einem Notizblock.

Als sie danach griff, war tatsächlich etwas darauf gekritzelt. Kathy wollte es schon als Versehen abtun, da ganz offensichtlich unbeabsichtigt ein Schmierzettel bei ihrem Dessertteller gelandet war, bis sie ihn neugierig auffaltete und las.

Kathleen, er ist ein Halbgott! LAUF!

„Alles in Ordnung mit dir? Stimmt etwas mit deinem Dessert nicht?" Erics Stimme drang wie durch Watte an Kathys Ohren. Würde sie jetzt ohnmächtig werden?

Mit klopfendem Herzen zwang sie sich hochzusehen, in Erics freundliche, dunkle Augen - und auf die Narbe an seiner Unterlippe. Wie war das möglich?! Halbgötter hatten keine Narben. Sie wandte sich nach dem Kellner um, doch der war schon wieder verschwunden.

Sollte das ein schlechter Scherz sein?

„Kathy?", versuchte es Eric nochmal, dieses Mal klang er besorgt. „Du bist ganz blass geworden."

„Meine Bandscheibe hat sich gerade gemeldet", log sie schleppend. „Das kommt vom vielen Sitzen im Büro. Entschuldigst du mich kurz?"

Ein besorgter Blick von Eric. „Aber natürlich."

Sie zwang sich zu einem Lächeln, stand auf und ging leicht gebeugt in Richtung Toiletten. Den Zettel in ihrer geballten Faust. Als sie um die Trennwand gegangen war, die den Speiseraum abtrennte, ging sie schnellen Schrittes zur Küche statt zu den Toiletten.

Kathys Herz drohte ihr den Brustkorb zu sprengen und ihre Haut kribbelte, so viel Adrenalin peitschte durch ihre Adern. Eric, ein Halbgott?! Wirklich?

Mit zitternden Fingern stieß sie die Tür zur Küche auf und rannte direkt in den blonden Kellner hinein. Atemlos schwenkte sie den Zettel vor seinem Gesicht und krächzte: „Ist das wahr?"

„Über so etwas macht man keine Scherze", sagte er und seine tiefe Stimme strich wie raue Seide über ihre Sinne.

„Nein, ganz sicher nicht!", erwiderte Kathy. „Woher weißt du das? Und warum kennst du meinen Namen?"

„Joshua ist ein Hexer", sagte eine weibliche Stimme aus den tiefen der Küche. Kurz darauf stand neben dem blonden Mann eine ältere Frau, deren graumelierte Haare zu einem strengen Pferdeschwanz nach hinten gebunden waren. Ein großer, roter Saucenfleck prangte an ihrem Revers. Sie musterte Kathy eingehend, während sie sich die Hände an einem Küchentuch abrieb.

„Gail… Musste das sein?", murmelte der Kellner, der offenbar Joshua hieß. Und ein Hexer war. Obwohl es vollkommen verrückt war, entspannte sich Kathy.

„Meine Mutter und meine Großtante sind auch Hexen", erzählte sie. „Mich hat die Gabe übersprungen."

„Hat sie nicht", widersprach Joshua. Er griff blitzschnell nach ihrer Hand – und kleine Funken stoben dort in die Luft, wo sich ihre Finger berührten.

„Himmel Herrgott!"

„Der hat nur wenig mit dem Handwerk zu tun", schnaubte Gail, die Köchin und grinste.

Kathy schwirrte der Kopf und sie umklammerte Joshuas Hand fester. Sie hatte immer geglaubt, dass sie kein Hexenblut geerbt hatte. Ihr war kein einziger der Zauber ihrer Mutter oder ihrer Großtante gelungen. Und sie hatten es oft versucht ihr näher zu bringen. Als sie nach ihrem dreizehnten Geburtstag noch immer keines der vielen Hexentalente gezeigt hatte, war sie offiziell als Mensch klassifiziert worden.

Aber scheinbar war sie ein echter Spätzünder.

Von all den Dingen, die Kathy im Kopf herumschwirrten und den Fragen, die sie hatte, purzelte ihr dann über die Lippen: „Eric kann kein Halbgott sein."

„Er ist einer, ganz sicher", sagte Joshua kalt, ein unheilvoller Schleier legte sich über seine blauen Augen. Sein Griff um ihre Hand verstärkte sich. „Seine Aura fühlt sich genauso an und er hat das Rosmarinbrot nicht angerührt."

„Viele Menschen mögen keinen Rosmarin", entgegnete Kathy, der selbst bei ihrer momentanen Gemütslage bei dem Gedanken an das köstliche Brot warm in der Brust wurde. „Nur weil Halbgötter ihn nicht berühren können heißt das nicht, dass Eric einer von ihnen ist. Nein, er ist ein Mensch. Außerdem hat er eine Narbe an der Lippe."

Plötzlich stand Gail ganz dicht vor ihr. „Wo genau?"

„H-hier", stammelte Kathy und hob ihre freie Hand, um sich mit dem Zeigefinger über die Unterlippe zu fahren.

„Joshua!", murmelte sie eindringlich und sah zu dem schönen blonden Hexer hoch, der noch immer Kathys andere Hand hielt.

War das seltsam? Oder in Ordnung? Kathy konnte es beim besten Willen nicht sagen, denn dafür war in ihrem Gehirn zu viel Durcheinander. Wie Kleidung in einer Wäschetrommel flogen sie hin und her und ließen sie keinen klaren Gedanken fassen.

„Ich weiß", erwiderte er unheilvoll. „Wir müssen etwas unternehmen. Hast du alles da?"

Ein knappes Nicken der Köchin, ehe sie zurück hinter den Tresen ging.

„Was wollt ihr denn gegen einen Halbgott ausrichten?!" In Kathy drohte sich die ganze Anspannung in einem hysterischen Lachanfall auszudrücken.

Joshua sah wieder zu ihr, ein kleines Lächeln auf den Lippen. „Wir tun gar nichts – du wirst das erledigen."

„Ihr seid doch verrückt“, entfuhr es Kathy und sie machte sich von ihm los. Sofort fühlten sich ihre Finger eiskalt an, doch sie ignorierte das Missempfinden. Stattdessen deutete sie zur Tür und zischte: „Da draußen sitzt mein Date, der zwar wirklich heiß ist, aber ein Mensch. Kein Halbgott hat einen Makel! Und selbst wenn er einer wäre, niemand kann etwas gegen Halbgötter tun!“

„Du schon“, beharrte Joshua. Bevor sie widersprechen konnte, sagte er: „Deine Magie ist anders und genau deswegen hat Kevaros dich ausgesucht. Er ist der einzige der Halbgötter, der eine Narbe hat, genau da wo du es beschrieben hast. Und weist du woher er sie hat?“

Schwach schüttelte Kathy den Kopf.

„Von einer Elementar-Hexe, so wie du es eine bist. Ihr seid unglaublich selten. Diese Funken, wenn ich dich berühre“, er griff wieder nach ihrer Hand und abermals stoben die winzigen Blitze in die Luft, „die sind der Beweis.“

„Woher weißt du das alles?“, fragte Kathy schwach, den Blick noch immer auf ihre verschränkten Finger gerichtet.

„Eine meiner Ahninnen war auch eine Elementar-Hexe.“

„Hier ist das Pulver“, sagte Gail und hielt ihr ein kleines Tütchen entgegen. „Nimm das mit zurück an deinen Tisch und streu es unauffällig auf den Boden. Dann zeichnest du mit dem linken Fuß ein Pentagramm hinein. Du weißt wie das geht?“

„Ich bin nicht dämlich.“

„Das hat auch niemand behauptet“, entgegnete Joshua. „Keine Sorge, es wird funktionieren. Du schaffst das schon. Du darfst dir nichts anmerken lassen.“

Mit diesen Worten trat er hinter sie, legte die Hände auf ihre Schultern und schob sie zur Küchentür hinaus. In dem kleinen, dämmrigen Flur beugte er sich hinunter und flüsterte dicht an ihrem Ohr: „Keine Sorge Kathleen, du schaffst das. Ich passe auf dich auf." Seine Lippen streiften ihre Ohrmuschel, ehe er ihr einen kleinen Schups Richtung Hauptraum gab.

Wie im Autopiloten setzte Kathy einen Fuß vor den anderen, abwechselnd von heißen und kalten Schauern durchrieselt. Sie? Eine Elementarhexe? Wenn das stimmte, dann war der vermeintliche Halbgott an ihrem Tisch nicht nur hinter ihrem Leben her. Als wäre das nicht schon schlimm genug.

Und auch wenn Kathy noch immer nicht ganz glauben wollte, dass Eric eine dieser herzlosen Kreaturen war, so wollte sie doch nicht die Probe aufs Exempel machen…

Dir hat das Buch gefallen?

Dann freue ich mich über eine Rezension!

Du willst immer auf dem Laufenden über meine Bücher und mich sein? Dann melde dich auf meiner Homepage www.melissa-ratsch.de zu meinem Newsletter an und erhalte vor allen anderen Infos zu neuen Büchern und exklusive Leseproben!

Außerdem bin ich auch auf Instagram: Melissa.Ratsch

Bereits erschienene Bücher von Melissa Ratsch:

Romantic-Fantasy-Reihe „Das Highborn-Projekt“ (beendet):

- Wolfshaut
- Wolfsspur
- Katzenseele
- Grizzlyblut
- Wolfsstimme

Urban-Fantasy-Reihe „New Gods“:

- Erwachen (Juni 2021)
- Erheben (Dezember 2021)

Romantic-Fantasy-Reihe „Die anderen Anderen“:

- Sirenengesang
- Schlangengift
- Sturmwind
- Irrlicht
- Fuchsfeuer
- Blutdurst
- Neuschnee
- Traumwandler
- Nachtgeheimnis (März 2021)
- Höllenfeuer (September 2021)

Urban-Fantasy-Romane:

- Burned – Wenn in der Hölle das Licht ausgeht
- Magical Stories – Zauberhafte Kurzgeschichten

Fantasy-Roman:

- Bis du mich weckst

Printed in Poland
by Amazon Fulfillment
Poland Sp. z o.o., Wrocław

73505930R00208